DONGSUH MYSTERY BOOKS 83

本陣殺人事件
혼징살인사건
요꼬미조 세이시/김문운 옮김

동서문화사

옮긴이 김문운(金文橒)
일본대학교 문과 졸업. 연합신문 편집국장 역임. 지은책《조국의 날개》옮긴책
란포《음울한 짐승》하이스미스《태양은 가득히》등이 있다.

DONGSUH MYSTERY BOOKS 83

혼징살인사건

요꼬미조 세이시/김문운 옮김

1판 1쇄 발행/1977년 12월 1일
2판 1쇄 발행/2003년 6월 1일
2판 10쇄 발행/2018년 9월 9일
발행인 고정일/발행처 동서문화사
창업 1956. 12. 12. 등록 16-3799
서울 중구 다산로 12길 6(신당동 4층)
☎ 546-0331~6 Fax. 545-0331
www.dongsuhbook.com

이 책의 출판권은 동서문화사가 소유합니다.
의장권 제호권 편집권은 저작권 법에 의해 보호를 받는 출판물이므로
무단전재와 무단복제를 금합니다.
사업자등록번호 211-87-75330
ISBN 978-89-497-0168-4 04830
ISBN 978-89-497-0081-6 (세트)

혼징살인사건
차례

혼징살인사건
제1장 세 손가락의 사나이 …… 11
제2장 혼징의 후예 …… 19
제3장 거문고는 울리다 …… 28
제4장 대참극 …… 36
제5장 거문고 깍지의 새 용도 …… 45
제6장 낫과 거문고 줄 굄목 …… 54
제7장 수사 회의 …… 63
제8장 긴다이찌 고스께 …… 75
제9장 고양이의 무덤 …… 84
제10장 미스터리 소설 문답 …… 94
제11장 두 통의 편지 …… 104
제12장 무덤을 파헤치다 …… 114
제13장 이소까와 경감의 놀라움 …… 125
제14장 고스께의 실험 …… 135

제15장 혼징의 비극 …… 143
제16장 예행 연습 …… 151
제17장 부득이한 밀실 …… 160
제18장 돌마늘 …… 173

나비부인 살인사건

서곡 …… 182
제1장 콘트라베이스 …… 191
제2장 수학 문제 …… 207
제3장 알토의 전율 …… 219
제4장 노래 부를 수 없는 악보 …… 231
제5장 모래 주머니 …… 243
제6장 유행가 가수의 죽음 …… 252
제7장 무거운 트렁크 …… 258
제8장 매니저와 조수 …… 268

제9장 테너의 고민 …… 276
제10장 장미와 모래 …… 286
제11장 그녀와 다섯 사나이 …… 296
제12장 또 하나의 죽음 …… 307
제13장 다섯 개의 창 …… 326
제14장 트롬본 …… 331
제15장 공포에 떠는 소프라노 …… 345
제16장 비극의 유머리스트 …… 348
제17장 프리마돈나의 비밀 …… 356
제18장 남편의 고백 …… 367
제19장 바리톤의 슬픔 …… 378
제20장 파이프의 곡예 …… 384
피날레 …… 393

트릭을 본능적으로 숙지한 통쾌한 구상적 이미지 …… 413

등장인물

이찌야나기 이또꼬 겐조의 어머니
겐조 이또꼬 여사의 장남
류지 겐조의 첫째 동생
사부로 겐조의 둘째 동생
스즈꼬 겐조의 막내 여동생
료스께 겐조의 사촌
아끼꼬 료스께의 아내
구보 긴조 가스꼬의 삼촌
구보 가스꼬 긴조의 조카
시라끼 시즈꼬 가스꼬의 친구
이소까와 경감 수사 주임
긴다이찌 고스께 탐정
세 손가락의 사나이 ?

제1장 세 손가락의 사나이

 이 책을 쓰기 전에, 나는 그 무서운 사건이 있었던 집을 보아 두고 싶은 생각이 나서 어느 이른 봄날 오후, 산책을 겸해 스틱을 들고 표연히 집을 나섰다.
 내가 오까야마 현(縣) 이 농촌으로 잠시 이사해 온 것은 작년 5월인데, 그 뒤로 마을 여러 사람으로부터 반드시 한 번은 듣는 이야기가 이찌야나기 집안의 이 요금(妖琴) 살인 사건이다.
 사람들은 내가 미스터리 소설가인 것을 알고는 꼭 자기가 보고 들은 살인사건을 이야기해 준다.
 이 마을 사람들도 그 예에 어긋남이 없이 그랬는데, 그 사람들 누구나가 한 번은 꺼내는 이야기가 이 사건이었다. 그 정도로 이 사건은 이곳 사람들에게 있어 인상적이었던 모양이다. 그러나 그들은 아직 이 사건의 참으로 무서운 점은 모르고 있었다.
 흔히 남이 이야기해 주는 내용 가운데 이야기하는 사람이 느끼는 정도로 나에게도 재미있다고 느껴지는 사건은 거의 없었다. 그랬기 때문에 그것이 소설 재료가 될 만하다고 생각한 적은 한번도 없었다.

그런데 이 사건은 달랐다. 나는 처음 이 이야기를 들었을 때부터 비상한 흥미를 느꼈는데, 이 사건에 매우 정통한 F군으로부터 사건의 진상을 듣고 나서는 말할 수 없는 큰 흥분에 사로잡혔다. 그것은 보통 살상 사건과는 전혀 달리 범인의 면밀한 계획이 엿보였으며, 더구나 이것은 '밀실 살인'이었기 때문이다.

미스터리 소설가라고 자처하는 사람은 누구나가 반드시 한 번은 써 보고 싶어하는 것이 있는데, 그것이 바로 '밀실 살인' 사건이다. 범인이 들어갈 곳도 나올 곳도 없는 방안에서 자행된 살인 사건, 그것을 멋지게 해결한다는 것은 작가로서 얼마나 기막힌 매력이냐 말이다. 그래서 미스터리 소설가들은 꼭 한번쯤 이것을 취급했다. 존경하는 친구 이노우에 에이조(井上英三) 군의 설에 따르면, 딕슨 카 같은 사람의 작품은 모두가 '밀실 살인'의 변형이라고 했다.

나도 미스터리 소설가라는 명분으로 언젠가 한번은 이런 트릭과 정면으로 부딪쳐 보고 싶었는데 힘들이지 않고 그것을 내 것으로 할 수 있는 행운을 얻었으니, 나는 그 무서운 방법으로 두 남녀를 난도질한 흉악 무도한 범인에게 참으로 감사를 드리지 않으면 안 될지도 모르겠다.

나는 이 사건의 진상을 처음 들었을 때, 내가 지금까지 읽은 소설 중에 이와 비슷한 사건이 없었는지 기억을 더듬어 보았다. 먼저 르루의 《노랑 방의 수수께끼》를 생각해 냈다. 그리고 르블랑의 《호랑이의 엄니》, 반 다인의 《카나리아 살인 사건》과 《켄네르 살인 사건》, 딕슨 카의 《프레이그 코트의 살인》, 그리고 밀실 살인의 변형이라고 생각되는 스칼렛의 《엔젤 가의 살인》까지 생각했다. 그러나 이 사건은 그런 소설의 어느 것과도 달랐다. 다만 범인이 그런 소설들을 읽고, 거기에 씌어진 트릭을 산산이 풀어헤쳐, 그 중에서 자기에게 필요한 요소만을 주워 모아 거기에 새로운 하나의 트릭을 구축한 것이 아닐까

하고 생각되는 데가 없지는 않았지만……

닮았다면 《노랑 방의 수수께끼》가 제일 이 사건과 비슷할지도 모르겠다. 단 그것도 사건의 진상이 아니고 현장의 분위기이다. 이 사건이 있는 방은 노랑 벽지 대신에 기둥, 천장, 중방, 덧문까지도 모두 분홍 물감으로 칠해져 있었다고 한다. 하기야 이 지방에서는 분홍 물감으로 칠한 집이 드물지 않으며, 현재 내가 사는 집도 그렇다. 우리 집은 상당히 낡아서 분홍빛이라기보다 검붉은 빛이 나는데, 이 사건이 있었던 방은 당시 새로 칠했다니 아마 선명한 분홍빛이었을 것이다. 그리고 다다미나 문도 새것이었고, 금빛 병풍이 둘러쳐져 있었다고 하니까, 그 곳에 남녀 두 사람이 피투성이가 되어 쓰러진 광경은 정말 강렬한 인상을 주었을 것이다.

한데, 이 사건에는 또 한가지 나를 흥분케 하는 이상한 요소가 있다. 그것은 사건에 시종 얽혀 드는 거문고이다. 변사(變事)가 일어날 때마다 사람들이 들었다는 그 거친 거문고 소리! 아직도 낭만벽이 가시지 않은 나에게, 그것은 얼마나 커다란 매력이었는지. 밀실 살인, 분홍빛 방, 그리고 거문고 소리. 약간 로맨틱한 듯한 이 사건을 내가 기록해 두지 않는다면 그야말로 작가의 명분에 어긋나는 일이 될 것이다.

이야기가 좀 앞지른 감이 있다. 우리 집에서 이 사건이 일어난 이 찌야나기 집안의 저택까지는 대충 15분 정도 걸으면 되는 거리이다. 그 곳은 속칭 야마노따니라고 불리는 세 방향이 산으로 둘러싸인 작은 부락으로, 낮은 산등성이가 불가사리 발처럼 평지를 향해 내밀고 있다. 그 발의 한쪽 끝에 이찌야나기 집안의 넓은 저택이 있었다.

이 내민 산 서쪽에는 작은 시내가 흐르고 있고, 동쪽에는 산 너머 히사(久) 마을로 통하는 좁은 길이 나 있는데, 이 작은 내와 길은 평지에 나와 곧 합쳐진다. 이찌야나기 집안은 이 작은 내와 길로 구분

된 불규칙한 삼각형 모양의 토지를 2천 평 가량 점유하고 있다. 즉, 이찌야나기 집안은 북쪽은 내민 산기슭에 접하고, 서쪽은 작은 내로 나뉘고, 동쪽은 산 너머 히사 마을에 통하는 길로 향해 있다. 문은 말할 것도 없이 동쪽 길에 면하고 있다.

나는 먼저 그 정문 앞을 거닐어 보았다. 길에서 조금 올라간 곳에 커다란 검은 문이 있고, 문 양쪽에는 훌륭한 담이 2백 미터 가량 이어져 있었다. 문에서 안을 들여다보니 바깥 담 안에 또 하나의 담이 있어서 정말 대갓집다웠는데, 속 담 안은 보이지 않았다.

그래서 나는 걸음을 옮겨 저택 서쪽으로 돌아가 보았다. 작은 내를 따라 북쪽으로 걷다보니, 이찌야나기 집의 담이 끝나는 곳에 부서진 물레방아가 있고, 물레방아 북쪽에 흙다리가 놓여 있었다. 나는 흙다리를 건너, 저택의 북쪽에 있는 벼랑 위의 깊은 대나무 숲 속으로 들어갔다. 이 벼랑 끝에 서서 남쪽을 바라보면 저택의 상황을 거의 완전히 내려다볼 수가 있다.

우선 내가 처음 눈을 돌린 곳은 발 밑에 있는 사랑채의 지붕인데, 이 지붕 밑이 바로 그 무서운 사건이 일어났던 곳이다. 사람들 말에 따르면, 이 사랑채는 이찌야나기 집안의 선대가 노후를 위해 지은 것으로, 안에는 8조와 6조의 두 방만 있는 아주 좁은 곳이라고 했다. 그런데 노후를 위해 지은 곳이라서 그런지 건물은 작으나, 뜰에는 조금 지나칠 정도로 길게 남쪽에서 서쪽으로 나무와 돌을 배치해 놓았다.

이 사랑채에 관해서는 차차 이야기를 하겠다. 지금 그곳을 지나 멀리 저쪽을 보니, 그곳에는 이찌야나기 집의 커다란 단층 본채가 동쪽을 향해 서 있고, 다시 그 저쪽에 작은 집과 곳간들이 불규칙하게 늘어서 있다. 이 본채와 사랑채는 겐진 사(寺) 울타리로 갈라지고, 그 사이를 잇는 것은 작은 일각 대문뿐이다. 지금은 이 울타리도 일각 대문도 모두 부서졌으나, 사건 당시에는 새것이면서 튼튼해서 비명을 듣고 본채에서 달려가는 사람들을 한때 가로막기도 했던 것이다.

 이것으로 이찌야나기 집의 상황은 거의 다 본 셈이어서 나는 곧 대나무 숲에서 기어 나와, 이번에는 마을 끝에 있는 오까 마을의 동사무소 앞까지 가 보았다. 이 동사무소는 마을 남쪽 끝에 있고, 집들이 거기서 뚝 끊겼으며, 그곳에서 남쪽은 맞은편 가와 마을까지 논이 계속 이어지고 있었다. 그리고 그 논 가운데를 일직선으로 두 칸 도로가 달리고 있는데, 그 도로를 40분쯤 걸으면 기차역으로 갈 수 있다. 그러니까 기차로 온 사람이 이 마을에 오려면, 아무래도 이 길로 와서 동사무소 앞을 지나지 않으면 안된다.

 동사무소 맞은편에는 댓돌이 넓고 정면에 허술한 장식창이 달린 집이 있는데, 이 집은 원래 마부 같은 노동자가 들러 한잔하는 싸구려 목로주점이었다. 그리고 이 집이야말로 이찌야나기 집의 살인 사건에 중대한 관계를 가진, 그 이상한 세 손가락의 사나이가 최초로 발길을 멈춘 곳이다.

 그것은 쇼와(昭和) 12년(1937년) 11월 23일 저녁 무렵, 즉 사건이 일어나기 이틀 전이었다.

 이 식당의 여주인이 바깥에 있는 걸상에 걸터앉아 낯익은 마부와 동사무소 직원과 잡담을 하고 있었는데, 가와 다을 쪽에서 지금 말한 두 칸 도로를 터벅터벅 걸어오는 사나이가 있었다. 그 사나이는 식당 앞까지 오더니 갑자기 멈춰서서 물었다.

 "좀 묻겠는데, 이찌야나기 씨의 저택으로 가려면 어떻게 가야 하나요?"

 잡담을 하고 있던 여주인과 동사무소 직원, 마부는 그 말을 듣자 일제히 사나이의 행색을 보고 서로 얼굴을 마주 보았다. 그 사나이의 꾀죄죄한 모습과 저 커다란 이찌야나기 집을 비교해 볼 때 도무지 어울리지 않았기 때문이다. 그 사나이는 엉망으로 구겨진 모자를 깊숙이 쓰고 커다란 마스크를 하고 있었다. 모자 아래로 머리칼이 비어져 나오고 구레나룻이 긴 몰골이 어쩐지 수상쩍은 느낌을 주었다. 외투는 입지 않았고 윗옷 깃은 추운 듯 세우고 있었는데, 그 윗옷과 바지는 때와 먼지에 찌들고 팔꿈치와 무릎 근처는 닳아서 반들반들했다. 구두도 양쪽 다 크게 입을 벌리고 먼지에 찌들어 부옇게 되어 있었다. 전체적으로 매우 피로한 것처럼 보였다. 나이는 서른 안팎일 것 같았다.

"이찌야나기 씨? 이찌야나기 씨 집이라면 저쪽인데, 자네는 이찌야나기 씨에게 무슨 용건이이라도 있는가?"

동사무소 직원의 질문을 받자 그 사나이는 눈이 부신 듯 껌벅거리며 마스크 속에서 뭐라고 중얼거렸는데 잘 알아 들을 수가 없었다.

마침 그때, 지금 사나이가 걸어온 길로 한 대의 인력거가 왔다. 그러자 그것을 본 목로주점 여주인이 말했다.

"아, 잠깐. 당신이 찾는 이찌야나기 나리께서 오시는군."

인력거를 타고 온 사람은 마흔 살 가량의 좀 검고 엄한 얼굴을 한 중년 신사였다. 그는 검은 양복을 입고 자세를 똑바로 하고 있었는데, 그 눈은 앞을 응시한 채 결코 옆을 돌아보지 않았다. 깎아 낸 듯한 볼의 선과 높은 코가 근접하기 어려운 인상을 주었다.

이 사람이 이찌야나기 집안의 호주인 겐조였다. 인력거는 이찌야나기 집안의 주인을 태운 채 그들이 있는 앞을 지나 곧 저쪽 모퉁이로 돌아가 버렸다.

"아주머니, 이찌야나기 집의 나리께서 색시를 얻으신다는 게 사실인가요?"

인력거가 보이지 않게 되자 마부가 물었다.

"사실이고말고. 모레 결혼식을 한대요."

"그래요? 굉장히 급하게 서두르는군."

"그게 말야, 우물쭈물하다가는 또 어디서 탈이 날지 모르니까. 아무튼 억지로 밀고 나갈 배짱인가 봐. 한 번 마음먹으면 그대로 하고 마는 고집 센 분이니까."
"사실 그래서 그렇게 유명한 학자가 된 게 아니겠어? 한데 노부인이 용케 승낙하셨군."
이렇게 말한 사람은 동사무소 직원이었다.
"물론 불만이지. 그러나 이젠 체념하고 있다나봐. 반대하면 할수록 나리가 고집을 피우시니까."
"이찌야나기 집안의 나리는 올해 몇 살이나 됐지? 마흔?"
"꼭 마흔이래. 그런데도 초혼이니."
"중년의 사랑이라는 것은 젊은 사람보다 더하대요."
"그런데 새색시는 스물 다섯인가 여섯이라더군. 구보 린끼찌 씨의 따님이래. 굉장한 사람을 붙든 거야. 또 연을 타고 시집을 오겠군. 그렇게 잘생겼나, 주인 아주머니?"
"그렇지는 않대. 하지만 여학교 선생을 했으니까 똑똑해서, 그런 점이 나리 눈에 드신 거겠지. 이제부터 딸애들도 가르치지 않으면 안되겠어."
"주인 아줌마도 여학교에 가서 훌륭한 영감쟁이라도 하나 붙잡는 게 어떻겠어?"
"옳은 말씀이야."
세 사람이 자지러질 듯이 웃었을 때였다. 아까의 사나이가 옆에서 멈칫거리며 말을 했다.
"주인 아주머니, 죄송하지만 물좀 한 잔 주시지 않겠습니까? 목이 말라서……"
세 사람은 깜짝 놀란 듯 그 사나이를 돌아보았다. 그들은 이 사나이의 존재를 까맣게 잊고 있었다. 여주인은 흘깃 상대방의 얼굴을 보다가 곧 컵에 물을 떠다 주었다. 사나이는 인사를 하고 컵을 받아들더니 마스크를 조금 벗었다. 그 순간 세 사람은 무심결에 사나이의 얼굴을 마주 보았다.

그 사나이의 오른쪽 뺨에는 큰 흉터가 있었다. 다친 곳을 꿰맨 것인지 입술 오른쪽 끝에서 뺨에 걸쳐 깊은 상처가 있었는데, 마치 입이 찢어진 것처럼 보였다. 이 사나이가 마스크를 한 것은 감기 예방 때문도 먼지를 막기 위해서도 아니고, 그 상처를 감추기 위해서인 듯싶었다.

그리고 또 한가지 세 사람이 기분 나쁘게 생각한 것은, 컵을 쥔 그 사나이의 오른손 때문이었다. 그 손에는 손가락이 세 개밖에 없었다. 새끼손가락과 약손가락은 반이 잘리고, 엄지손가락과 집게손가락, 그리고 가운뎃손가락만이 완전했다.

세 손가락의 사나이는 물을 마시고 나서 공손히 인사를 한 뒤, 이찌야나기 집의 주인이 간 쪽으로 터벅터벅 걸어갔다. 세 사람은 다시 얼굴을 마주 보았다.

"뭐야, 저 자는……?"
"이찌야나기 씨에게 무슨 용건이 있는 거겠지."
"기분 나쁜 자식! 그 입하고는! 난 두 번 다시 이 컵을 사용할 생각이 없어."

여주인은 그 컵을 두 번 다시 쓰지 않으려고 선반 구석에 밀어 넣어 두었는데 뒷날 이것이 매우 큰 도움이 되었다.

눈빛이 종이를 꿰뚫을 만큼 통찰력이 있는 독자라면 여기까지 읽으면 내가 지금부터 하려는 이야기를 깨닫고 있어야 한다. 즉, 거문고를 뜯는 데는 손가락이 세 개만 있으면 된다는 것을. 거문고라는 것은 엄지손가락, 집게손가락, 그리고 가운뎃손가락 세 개만으로 뜯는다는 것을…….

제2장 혼징의 후예

마을의 노인 말에 따르면, 이찌야나기 집안은 근처에서 유명한 자산가였는데, 원래 이 마을 사람이 아니었기 때문에 편협한 마을 사람들로부터는 별로 좋은 말을 듣지 못했다고 한다. 이찌야나기 집안은 본래 맞은편에 있는 가와 마을 사람이었다. 가와 마을은 옛날의 주고꾸 가도(일본의 오사카와, 시모노세끼 간의 가도)에 있었고, 에도 시대에는 그곳에 혼징(本陣 : 귀족이나 고관들이 묵는 공인된 여관)이 있었는데, 이찌야나기 집안은 바로 그 혼징이었다고 한다. 그런데 메이지유신 무렵의 주인이 시대를 보는 눈이 있었던지, 막부 정치가 와해됨과 동시에 재빨리 지금 사는 곳으로 옮겨와, 당시의 어수선한 틈을 타서 헐값으로 논밭을 사들여 일약 대지주가 된 것이다. 그래서 마을 사람들은 이찌야나기 집안을 가리켜 물 속에서 보물을 건져 부자가 되었다고 비난했다. 가와 마을에서 산골짜기로 올라왔다는 뜻이기도 했다.

그런데 그 무서운 사건이 있던 당시, 이찌야나기 집안의 저택에 살고 있던 사람들은 다음과 같다.

우선 선대(先代)의 미망인인 이또꼬 여사가 있는데, 당시 쉰 일곱 살이었다. 여사는 언제나 나이에 비해 크게 머리를 단정히 빗고, 어떤 경우에도 혼징의 후예로서 위엄과 자랑을 저버리지 않았다. 이 이또꼬 여사에게는 자식이 다섯 명 있었는데, 당시 셋만 이곳에 살고 있었다. 그 첫째가 장남인 겐조로, 이 사람은 교또에서 어느 사립 대학을 나와 젊었을 때 2, 3년간 모교의 강사 노릇을 한 적이 있는데, 호흡기가 나빠져 고향으로 내려와 살고 있었다. 그러나 대단한 노력가여서 고향에 틀어박혀서도 연구를 게을리하지 않고, 저서도 있어서 가끔 잡지에도 기고하여 이 방면에서는 상당히 알려진 학자였다고 한다. 이 사람이 마흔 살이 될 때까지 장가를 들지 않은 것은 건강을 고려해서라기보다 공부하기에 바빠 장가들 틈이 없었던 것으로 생각된다.

이 겐조 아래로 다에꼬라는 누이동생과 류지라는 남동생이 있었는데, 다에꼬는 어느 회사원에게 시집가서 당시 중국 상하이에 있었으니까 이 사건과는 전혀 관계가 없다. 그리고 류지는 의사로, 당시 오사카에 있는 큰 병원에 근무하고 있었는데, 이 사람도 사건 당일 밤에는 집에 없었다. 그러나 이 사람은 사건이 있은 직후에 돌아왔으니까, 전혀 관계가 없다고 할 수는 없겠다. 당시 이 사람은 서른 다섯 살이었다.

이또꼬 여사는 이 류지를 낳고 오랫동안 아이가 없어서 단산된 것으로 생각했는데, 10년 만에 사내아이가 생기고, 그리고 나서 또다시 8년 후에 여자아이가 생겼다. 그 아이들이 삼남인 사부로와 차녀인 스즈꼬이다. 그 당시 사부로는 스물 다섯 살, 스즈꼬는 열 일곱 살이었다.

이 사부로는 형제들 중에서 제일 못나서, 중학교 때 퇴학을 당하고, 고베의 사립 전문 학교에서도 또 퇴학을 당했다. 그리고 당시에는 아무것도 하는 일이 없이 집에서 빈둥빈둥 놀고 있었다. 머리는 그렇게 나쁜 편이 아닌데, 일하는 데 끈기가 없고 성질이 교활했다. 그래서 마을에서도 이 청년을 경멸했다.

그런데 막내인 스즈꼬는 대단히 불쌍한 소녀로, 양친이 노경에 들어서 낳은 탓인지 그늘에 핀 꽃처럼 허약하고 선병질이었다. 지능도 상당히 뒤떨어졌다. 그러나 결코 저능아는 아니었다. 어느 면에서는, 가령 거문고를 뜯는 일 따위는 천재적이라고 할 수 있었으나, 대체로 하는 짓이 일고여덟 살된 어린애보다 못한 데가 많았다.

본가는 이상과 같았다. 그리고 당시 이찌야나기 집안의 저택에는 또 한 가족, 분가한 일족이 살고 있었다. 분가한 집의 주인은 료스께라고 하는 겐조의 사촌으로 당시 서른 여덟 살이었다. 그와 아내 아끼꼬와의 사이에는 아이가 셋 있었는데, 아이들은 물론 이 무서운 이야기와 관계가 없으니까, 처음부터 집어넣지 않기로 한다.

이 료스께라는 사람은 이또꼬 여사의 아이들과는 전혀 다른 타입이며, 학교는 초등학교를 나왔을 뿐이다. 그러나 계산이 빠르고 세상 물정에 밝아서 이찌야나기 집안의 관리인으로는 안성맞춤이었다. 그래서 이또꼬 여사도 편벽한 장남이나, 집에 없는 차남이나, 믿음직스럽지 못한 삼남보다 이 사람이 제일 무난해서 좋은 상대가 되는 모양이었다. 그리고 료스께의 처 아끼꼬는 남편이 시키는 대로 따라 하는 고지식한 평범한 여자였다.

본가와 분가를 합해서 이상의 여섯 사람, 즉 이또꼬 여사, 겐조, 사부로, 스즈꼬, 료스께, 아끼꼬만이 봉건적인 공기 속에서 그런대로 평온 무사한 생활을 계속해왔는데, 거기에 갑자기 커다란 파문을 던진 사람이 나타났다. 그 사람은 장남 겐조가 결혼하려는 상대로, 당시 오까야마 시에서 여학교 선생을 지낸 구보 가스꼬라는 여성이었다. 이 결혼에 온 집안이 반대한 것은, 가스꼬에게 어떤 결점이 있어서가 아니라 그녀의 가문에 난점이 있었기 때문이었다.

 농촌에 가 보면 도회지에서는 거의 죽은말이 된 '가문'이라는 말이 얼마나 생생하게 살아 있는지, 그리고 그것이 만사를 어떻게 지배하고 있는지를 알 수 있다. 패전 이후 사회의 혼란 때문에 농민들도 지위, 신분, 재산 등을 이전보다는 덜 찾게 되었다. 그것들이 지금은 커다란 소리를 내며 무너지고 있기 때문이었다. 그러나 가문은 붕괴되지 않는다. 좋은 가문에 대한 동경, 공경, 자부심은 지금도 역시 농민을 지배하고 있다. 그런데 그들이 말하는 가문이란 반드시 우생학이나 유전학적 견지에서 본 좋은 혈통을 구비하는 것은 아닌 모양이다. 옛 막부시대(幕府時代) 대대로 벼슬을 했다면, 비록 그 집에서 폐질환자나 간질병자나 미친 사람이 속출했어도 좋은 집안으로 통한다. 현재와 같은 혁신 시대에도 그러하니 쇼와 12년경에는, 더구나 혼징의 가문인 것을 무엇보다도 자랑으로 여기고 있는 이찌야나기 집안의 일족이 얼마나 가문의 존엄을 중시했는지는 더 말할 필요조차 없을 것이다.

 구보 가스꼬의 부친은 일찍이 이 마을의 소작인이었다. 그러나 이 소작인은 약간 뼈대가 있었던지 이곳 생활을 청산하고 동생과 둘이서 미국으로 건너갔다. 그리고 그곳 과수원에서 일하며 몇 만 엔을 저축하자, 고국에 돌아와 이 마을에서 백 리쯤 떨어진 곳에 형제가 함께 미국에서 배워 온 지식으로 과수원을 시작했다. 형제는 그곳에서 늦게야 결혼을 했는데, 형은 가스꼬를 낳은 뒤 죽었다. 가스꼬의 모친은 남편이 죽은 뒤로 친정으로 돌아갔기 때문에, 가스꼬는 숙부 밑에서 자랐다. 그녀는 공부를 매우 좋아하는 소녀였다. 숙부는 그녀의 학비에 돈을 아끼지 않았다. 가스꼬는 도꾜에서 사범 학교를 나와 고향에서 가까운 오까야마 여학교에 봉직했다.

 그녀의 부친과 숙부가 공동으로 시작한 과수원은 성공을 거두었다.

숙부는 그녀의 몫이 될 돈을 정확히 저축하고 있었으니까, 가스꼬가 여학교 선생을 하는 것은 생활 때문이 아니라, 그녀의 의지에 의한 것이었다. 그녀는 자기 재산을 가지고 있었다. 그러나 이찌야나기 집안 입장에서 본다면, 그녀가 아무리 교육을 받았고 총명하며 재산을 가지고 있다 하더라도 한낱 소작인의 자식에 불과했다. 그녀는 성도 근본도 없는 옛날의 가난한 농민 구보 린끼찌의 딸이었다.

겐조가 그녀를 안 것은, 가스꼬가 주선한 젊은 지식인의 집회에 강연을 부탁받은 때부터였을 것이다. 그 후 가스꼬는 외국어 책 같은 것에서 모르는 데가 있으면 곧잘 겐조에게 물으러 왔다. 그러한 교제가 1년쯤 계속된 뒤, 갑자기 겐조가 그녀와의 결혼 의사를 발표한 것이다.

집안이 모두 그에 반대한 것은 앞에서도 말했는데, 그 선봉이 이또꼬 여사와 료스께였다. 형제 중에서는 누이동생인 다에꼬가 맹렬한 반대 편지를 오빠에게 써 보냈다. 그러나 동생 류지는 모친 앞으로 '형님이 원하는 대로 하게 하십시오. 일단 말을 꺼내면 물러설 줄 모르는 사람이니까요'라는 뜻의 편지를 보냈을 뿐 직접 겐조에게는 아무 말도 하지 않았다.

이런 주위의 반대에 겐조가 어떤 태도로 응수했는가 하면 시종 침묵으로 일관했다. 반대에 대해 반박하는 따위의 일은 절대로 하지 않았다. 그러나 결국 물은 불에 이긴다는 말처럼 반대자는 흩어지고 마지막에는 쓴웃음을 짓고, 어깨를 움츠리며 자신들의 패배를 인정하지 않으면 안 되었다.

이렇게 해서 그 해 11월 25일에 화촉을 밝히게 되었는데 그날 밤에 그 무서운 사건이 일어난 것이다.

그런데 나는 이야기를 진행하기 전에, 나중에 생각하니 그야말로 사건의 전주곡이었다고 생각되는 사소한 일 두세 가지를 여기에 소개하려 한다.

사건이 일어나기 전날 즉 11월 24일 오후였다. 이찌야나기 집의 식당에서 이또꼬 여사와 겐조가 약간 찜찜한 얼굴로 차를 마시고 있었다. 옆에서는 막내 스즈꼬가 여념없이 인형에게 옷을 입히고 있었다. 이 소녀는 어디에다 두어도 혼자 쓸쓸히 놀기 때문에 결코 방해가 되지 않았다.

"하지만 말야, 그것이 이 집 대대로 내려오는 관례이니까……."

이또꼬 여사는 벌써 완전히 이 아들에게 지고 있었기 때문에 이 때도 어딘지 모르게 스스러워하고 있었다.

"그렇지만 어머니, 류지가 장가 들 때에는 그런 일을 하지 않았잖습니까?"

겐조는 모친이 권하는 메밀 만두는 거들떠보지도 않고 떠름한 얼굴로 담배를 피우며 말했다.

"그야 그 앤 차남이니까 그랬지. 그 애와 너를 같이 다룰 순 없어. 넌 이 집을 이어 나갈 사람이고, 가스꼬는 네 색시이니까……."

"하지만 가스꼬는 거문고를 못 뜯을 겁니다, 틀림없이. 피아노라면 칠 수 있을지 몰라도……."

지금 두 사람 사이에서 문제가 되고 있는 것은 바로 이것 때문이다. 이찌야나기 집안에서는 몇 대 전부터 대를 이을 아들의 색시는 혼례식 자리에서 거문고를 뜯어야 한다는 가헌(家憲)이 있었다. 뜯을 거문고는 이찌야나기 집안의 선조로부터 전해 내려오는 것이고, 그 곡목이나 그런 가헌이 생긴 연유에는 까다로운 옛날부터 내려오는 내력이 있는데, 그것은 다시 기회가 있을 때 이야기하기로 하겠다. 지금 문제가 되고 있는 것은 색시가 될 가스꼬가 거문고를 뜯을 수 있느냐 없느냐 하는 것이었다.

"어머니, 이제 와서 그런 말씀을 하시는 건 무리입니다. 그럼 그렇다고 미리 말씀해 주셨으면 가스꼬도 준비를 했을 게 아닙니까."
"내가 이런 말을 해서 이 혼례식에 물을 끼얹으려는 게 아냐. 또 가스꼬에게 창피를 주기 위한 것도 아니고. 그러나 가풍은 가풍이니까……."
두 사람 사이가 좀 험악해지려는 찰나였다. 여념없이 인형을 가지고 놀던 스즈꼬가 갑자기 옆에서 귀여운 말참견을 했다.
"어머니, 거문고를 제가 뜯으면 안 되나요?"
이또꼬 여사는 눈을 크게 뜨고 스즈꼬를 보았는데, 겐조는 그 말을 듣고 씁쓸한 미소를 띠었다.
"그게 좋겠군. 이건 스즈꼬에게 부탁해야겠군. 어머니, 스즈꼬라면 누구에게도 지장이 없고 좋지 않습니까?"
이또꼬 여사도 약간 마음이 움직이는 듯했는데 그때 불쑥 나타난 사람이 있었다. 조카 료스께였다.
"스즈꼬야, 여기 있었니? 자, 주문한 상자가 다 됐어."
그것은 귤 상자 크기 만한 깨끗이 깎은 흰 나무 상자였다.
"료스께, 뭐지?"
이또꼬 여사가 눈살을 찌푸리며 물었다.
"별거 아닙니다. 방울공(玉公)의 관이랍니다. 귤 상자면 되지 않겠냐고 했더니 스즈꼬가 고개를 설레설레 흔들더군요. 그런 허술한 상자로는 방울공이 가엾다고 듣지 않아서 겨우 이렇게 만들었지요."
"하지만 정말로 방울이 가엾은걸요. 새집 오빠, 고맙습니다."
방울공이란 스즈꼬의 사랑하는 고양이인데, 먹은 것이 체했는지 2, 3일간 토하고 앓다가 마침내 그날 아침에 죽어 버렸다.
이또꼬 여사는 미간을 찌푸리며 흰 나무 상자를 보고 있더니 문득 생각을 바꾼 듯 말했다.

"료스께, 저 거문고 말야. 그걸 스즈꼬보고 타라고 하자는 데 어떨까?"

"그야 큰어머니, 좋지요."

료스께는 선뜻 말하고는 거기에 있는 메밀 만두를 먹었다. 겐조는 딴 곳을 보며 담배만 피우고 있었다.

그때 마침 사부로가 들어왔다.

"스즈꼬, 훌륭한 상자가 생겼군. 누구보고 만들어 달랬니?"

"작은 오빠는 심술쟁이야. 거짓말만 하고 만들어 주지 않아. 새집 오빠보고 만들어 달랬어. 됐지?"

"저런, 여전히 신용이 없군!"

"사부로, 너 머리는 깎고 왔니?"

이또꼬 여사는 사부로의 머리를 보았다.

"예, 지금요. 그런데 어머니, 이발관에서 이상한 말을 들었어요."

이또꼬 여사가 말없이 얼굴을 보는 것을 사부로는 상관하지 않고 겐조 쪽으로 몸을 내밀었다.

"형님, 형님은 어제 저녁때 동사무소 앞을 인력거로 지나간 일이 있었지요. 그때 그 식당 앞에 이상한 사나이가 서 있는 것을 못 보셨습니까?"

겐조는 눈을 크게 뜨고 의아스럽다는 듯 사부로의 얼굴을 보았으나 아무 대답도 하지 않았다.

"이상한 사나이라니, 누구야. 사부로?"

료스께가 메밀 만두를 씹으면서 물었다.

"그게 말야, 기분 나빠. 입에서 볼까지 이렇게 큰 흉터가 있고 말야. 더구나 오른손에는 손가락이 세 개밖에 없다는 거야. 엄지손가락과 집게손가락, 가운뎃손가락뿐이래. 그런데 그 녀석이 식당 안 주인에게 우리 집을 묻더래요. 얘, 스즈꼬. 너 어제 저녁때 그런

녀석이 서성거리는 것을 못 보았니?"

스즈꼬는 얼굴을 들고 잠자코 사부로의 얼굴을 보더니, 이윽고 '엄지손가락, 집게손가락, 가운뎃손가락' 하고 입 속으로 중얼거리며 하나하나 손가락을 펴서 거문고를 뜯는 흉내를 냈다.

이또꼬 여사와 사부로는 말없이 그 손짓을 바라보고 있었다. 료스께는 고개를 숙인 채 메밀 만두 껍질을 벗겼다. 겐조는 계속 담배만 피우고 있었다.

제3장 거문고는 울리다

혼징은 옛 막부시대 참근 교체(參勤交替──에도 막부가 지방의 제후인 다이묘들을 교대로 일정 기간씩 에도에 머무르게 한 제도)의 다이묘가 에도에 오르고 내리는 도중에 숙박하는, 말하자면 공인된 숙사이므로 옛날에는 상당히 격식을 차렸던 것이다. 하기야 같은 혼징이라도 도까이도(東海道)와는 달라 이 길로는 왕래하는 다이묘도 적어 규모도 자연히 달랐겠지만, 혼징은 역시 혼징이었다.

그러한 혼징의 후예임을 자랑으로 삼는 이찌야나기 집안의 일이니, 호주가 결혼하는데 호화롭지 않을 리가 없었다. 나에게 이 사건을 이야기해 준 F군은

"이런 일은 만사가 도회지보다 시골이 더 거창합니다. 이찌야나기 집안 정도의 가문에서 대를 이을 아들이 혼례를 치르는 것이기 때문에 신랑은 삼으로 짠 예복 차림, 신부는 새하얀 예복 차림을 하는 게 보통이고, 손님도 50명이나 100명쯤은 당연한 일이었지요."

라고 말했다.

그러나 사실 이 혼례는 집안끼리 극히 간소하게 행해졌다. 신랑측

에서 참석한 사람은 가와 마을의 할아버지 한 사람뿐이고, 겐조의 바로 아래 동생인 류지마저도 오사카에서 돌아오지 않았다. 신부측에서도 숙부인 구보 긴조가 단 혼자 참석했을 뿐이였다고 한다.

따라서 혼례식 자리 그 자체는 아주 쓸쓸했으나 마을 사람들에게 하는 대접은 그럴 수가 없었다. 그 일대에서 이름난 대지주이기 때문에 출입하는 사람도 많고 머슴이나 소작인도 적지 않았다. 그런 사람들은 집안 사람들과는 달리 밤새워 마시는 것이 이 지방의 관례였다.

그러니까 11월 25일의 혼례 당일은 심부름하는 사람들도 섞여 이찌야나기 집안의 부엌은 큰 혼잡을 이루었다. 그런데 저녁 6시 반쯤 부엌이 제일 바쁠 때였다. 부엌문으로 불쑥 들어오는 한 사나이가 있었다.

"실례합니다. 나리는 있습니까? 나리가 있으면 이걸 전해 주셨으면 하는데……."

아궁이에 불을 때고 있던 허드렛일을 하는 오나오 할멈이 돌아다보니까 주름투성이인 모자를 깊숙이 쓴 사나이가 서 있는데, 군데군데 닳아 해진 윗옷의 깃을 추운 듯이 세우고 얼굴을 온통 가리는 큰 마스크를 하고 있는 폼이 아무래도 수상쩍었다.

"나리께 무슨 볼 일이 있지?"

"아니, 나리께 이걸 전해 주기만 하면 되는 거요."

사나이는 왼손에 작게 접은 종이 쪽지를 쥐고 있었는데, 나중에 오나오 할멈이 이 때의 상황을 경찰관에게 이야기한 것에 따르면 다음과 같다.

"그게 글쎄 이상하단 말예요. 손가락을 모두 구부리고 있고, 집게 손가락과 가운뎃손가락의 마디 사이에 종이 쪽지를 끼우고 있었거든요. 마치 문둥병자처럼 말예요…… 네, 오른손은 주머니에 넣은 채로 말예요. 나도 이상한 생각이 들어 얼굴을 들여다보려 했더니,

상대방은 얼굴을 홱 돌리고 종이 쪽지를 억지로 나한테 주고는 허둥지둥 부엌 문으로 뛰어나갔어요."
　그때 부엌에는 이 밖에도 여러 사람이 있었는데, 그 사나이가 나중에 그렇게 중대한 의미를 지니리라고는 꿈에도 생각지 않은 일이어서 특별히 주의해서 본 사람은 아무도 없었다.
　그런데 오나오 할멈이 종이 쪽지를 쥔 채 멍청히 서 있으려니까 새집의 아끼꼬가 바쁜 듯이 안에서 나왔다.
　"잠깐, 누구 우리 집 양반 못 보았어?"
　"새집 나리라면 아까 밖으로 나가시는 것 같던데요."
　"어머, 어쩐담. 이 바쁜 때에 무엇을 꾸물거리고 있을까. 다시 보거든 빨리 옷을 갈아입으라고 말해 주어요."
　그런 아끼꼬를 불러 세운 오나오는 방금 있었던 일을 대충 이야기하고 접은 종이 쪽지를 넘겨주었다. 그것은 수첩을 찢은 것 같은 작은 쪽지였다.
　"시숙에게? 아아 그래……."
　아끼꼬는 잠시 눈살을 찌푸리더니 별로 관심 없는 듯 쪽지를 띠 사이에 끼우고는 부엌에서 나가 식당 안을 들여다보았다. 이또꼬 여사가, 거들고 있는 여자와 이야기를 하며 옷을 갈아입고 있었다. 옆에는 후리소데(겨드랑이 밑을 꿰매지 않은 소매가 긴 일본 옷)를 입은 스즈꼬가 금가루 칠을 한 멋진 거문고를 만지작거리고 있었다.
　"백모님, 시숙은 어디 계신가요?"
　"겐조? 서재에 있을걸. 아아, 잠깐 아끼꼬, 띠를 좀 매어 줘."
　이또꼬 여사가 옷을 다 갈아입었을 때 단젠(솜을 두껍게 둔 두루마기 같은 일본 옷) 차림의 사부로가 불쑥 들어왔다.
　"사부로, 아직 그런 꼴로…… 지금까지 어디 있었니?"
　"서재에 있었어요."

"또 미스터리 소설을 읽고 있었을 거야, 틀림없이."

스즈꼬가 거문고 가락을 맞추며 말했다. 사부로는 열렬한 미스터리 소설 애독자였다.

"그게 어쨌다는 거야? 그보다 스즈꼬, 고양이 장례식은 끝났니?"

스즈꼬는 말없이 거문고를 뜯고 있었다.

"아직 안 했으면 빨리 해라. 고양이 시체 같은 걸 언제까지나 방안에 놓아두면 야옹 하고 둔갑해서 나온다."

"좋아요, 작은오빤 심술쟁이야. 방울의 장례식은 오늘 아침 일찍 해 버렸어."

"뭐야, 재수 없게. 사부로도 말을 조심해라."

이또꼬 여사는 눈살을 찌푸리고 나무라듯 말했다.

"사부로 씨, 형님은 서재에 계시나요?"

"아니오, 형님은 사랑채에 있을 거예요."

"아끼꼬, 겐조를 만나거든 빨리 준비를 하라고 말해 줘. 새색시가 곧 올 시간이니까."

식당에서 나온 아끼꼬가 사랑채로 가려고 신발을 신고 있는데, 남편인 료스께가 평상복 차림으로 새집 쪽에서 느릿느릿 오고 있었다.

"당신, 뭘 하고 계세요? 빨리 갈아입지 않으면 늦겠어요."

"바보 같은 소리 하지마. 새색시는 8시에 오기로 돼 있어. 조금도 서두를 건 없어. 당신이야말로 어디 가는 거야?"

"사랑채로 시숙을 찾으러……."

겐조는 사랑채의 마루에 서서 멍하니 하늘을 보고 있더니, 아끼꼬를 보고 입을 열었다.

"제수씨, 날씨가 흐려질 것 같군요. 예, 뭐라구요? 이걸 나한테? 아, 그래요?"

겐조는 작게 접은 쪽지를 전등 아래로 가지고 가서 읽었다.

"제수씨, 대체 이걸 누가 가지고 왔습니까?"

방에서 꽃꽂이한 것을 매만지고 있던 아끼꼬는 그 목소리가 심상치 않음을 느끼고 돌아보았다. 겐조는 마치 물어뜯을 듯한 표정으로 아끼꼬의 얼굴을 노려보았다.

"글쎄요, 오나오 할멈이 받았는데 어디서 온 부랑자 같은 사나이였다고 합니다. 시숙님, 뭐 이상한 일이라도……?"

그런 아끼꼬의 얼굴을 겐조는 노리듯 보고 있더니, 이윽고 생각이 난 듯 얼굴을 돌려 다시 한 번 그 쪽지를 들여다 보았다. 그리고 곧 빡빡 찢어서 버릴 곳이 없는가 하고 주위를 둘러보다가 결국 소맷자락 속에 쑤셔 넣고 말았다.

"저 시숙님, 백모님께서 빨리 준비를 하시라고요……."

"아, 그래요. 제수씨, 미안하지만 덧문을 좀 닫아 주십시오."

겐조는 이렇게 말하고 사랑채에서 나갔다.

이것이 7시 무렵의 일이었다. 그로부터 한 시간쯤 지나 새색시가 중매인 부부와 함께 도착하여 바로 혼례식이 시작되었는데, 그런 일은 되도록 간단히 이야기하기로 하겠다.

앞서 말한 대로, 이 식에 참석한 사람은 극소수였다. 이또꼬 여사와 사부로, 스즈꼬 남매, 료스께 부부와 또 한 사람, 가와 마을의 할아버지인 이헤에라는 일흔 몇 살의 노인이 신랑측의 참석자이고, 신부측에서는 숙부인 구보 긴조 혼자였다. 중매인이란 이 마을의 이장인데 이 사람은 형식뿐인 중매인에 불과했다.

술잔이 오가고, 그 다음에 검은 바탕에 금가루 칠을 한 그 멋진 거문고가 나오고, 스즈꼬가 그것을 탄 것은 미리 약속된 대로였다. 스즈꼬는 다른 일에 있어서는 모두 나이에 비해 뒤떨어졌으나 거문고만은 천재적인 기량을 가졌기 때문에 뜯는 사람과 거문고가 어울려 그 날 밤의 식장은 금상첨화였다고 한다.

그러나 혼례 석상에서 거문고를 뜯는다는 것은 별로 예가 없는 일이고, 스즈꼬가 뜯은 한 곡은 지금까지 들은 일이 없는 곡이었기 때문에 새색시인 가스꼬는 기묘하다는 생각을 하고 있었는데, 이또꼬 여사가 이렇게 설명을 해 주었다.

이찌야나기 집안의 몇 대 전의 부녀자 중에 거문고를 매우 잘 뜯는 사람이 있었다. 그런데 어느 날 어느 다이묘의 따님이 시집을 가기 위해 내려가는 도중에 혼징에서 묵은 일이 있다. 그때 거문고의 명수인 그 부녀자가 일찍이 자신이 작사 작곡해 둔 〈원앙새 노래〉라는 곡을 들려 드렸는데, 다이묘의 따님은 매우 기뻐하고, 후일 '원앙새'라고 이름하는 한 대의 거문고를 보내왔다. 그 후부터 이찌야나기 집안에서는 대를 잇는 아들의 혼례 석상에서 반드시 새색시가 거문고를 뜯게 되었고, 지금 스즈꼬가 뜯은 것이 바로 그 〈원앙새 노래〉이며, 거문고는 '원앙새'라 하였다.

그런 내력을 시어머니로부터 듣고 난 새색시 가스꼬는 갑자기 눈이 휘둥그래졌다.

"어머, 그럼 지금의 거문고는 제가 뜯는 게 옳았겠군요?"
"그래요. 그러나 색시에게 그런 재주가 있는지 없는지 몰라서 억지로 하라고 할 수도 없어서 스즈꼬가 대신 뜯으라고 한 거예요."
가스꼬는 말이 없었고 대신 숙부인 긴조가 말했다.
"미리 말씀하셨으면 제가 뜯었을 걸 그랬습니다."
"어머, 새 언니도 거문고를 뜯을 줄 아세요?"
"아가씨, 이제부터는 이 언니가 아가씨의 좋은 상대가 되어주겠어요. 아가씨의 새 언니는 거문고 선생 노릇도 할 수 있어요."
가스꼬와 료스께는 얼굴을 마주 보았다. 그때 겐조가 불쑥 옆에서 한마디했다.
"그렇다면 가스꼬, 그 거문고는 당신이 받아 보관하구려."

제3장 거문고는 울리다 33

가스꼬가 그에 대한 대답을 바로 하지 않았기 때문에 좌중의 흥이 깨지려 하자, 중매인 이장이 옆에서 말참견을 했다.
"새색시에게 그만한 재주가 있다면 다음 번에 부탁하는 게 좋겠습니다. 어떻습니까, 나중에 사랑채에서 또 한 번의 의식이 있는데 그 자리에서 뜯어주시겠지요 그런데 〈원앙새 노래〉는 스즈꼬가 뜯었으니까 이번에는 뭐든지 좋아요. 색시가 잘 뜯는 무슨 경사스러운 곡을 한 곡…… 혼례식 날 밤에 새색시가 거문고를 뜯는 게 이 집안 가풍이니까."
가스꼬가 나중에 다시 한 번 거문고를 뜯게 된 것은 이런 경위에서였다.
이렇게 해서 식이 무사히 끝난 것은 9시가 지나서였는데, 그 뒤로 방 안과 부엌에서 성대한 술잔치가 벌어졌다.
일반적으로 혼례식 날 밤의 신랑 신부는 일종의 시련을 겪어야 되는 법인데, 시골에서는 특히 그것이 심한 모양이다. 겐조와 가스꼬는 한밤중이 지나도록 두 곳의 술자리에 교대로 참석해야 했다.
부엌에서는 벌써 술이 취해 음란한 노래를 부르는 사람도 있었다. 안에서는 그렇게 심하게 떠드는 사람은 없었으나 단 한 사람 할아버지 이헤에가 곤드레가 되어 주정을 하기 시작했다.
이 노인은 겐조와 료스께 부친의 백부뻘되는 사람인데, 젊었을 때 분가했기 때문에 보통 가와 마을의 새댁 할아버지로 불렸다. 늙은이답게 평소부터 잔소리가 많은 데다가 술버릇이 나쁜 것으로 유명했다. 더군다나 이번 혼례에 시종 불만이 많았던 사람이라서 술에 취하니까 점점 뒤틀려서 신랑 신부에게 싫은 소리를 늘어놓더니, 밤길이 위태롭다고 묵고 가라는데도 듣지 않고 12시가 지난 시간에 돌아가겠다고 했다.
"사부로, 네가 바래다 드려라."

이헤에의 독설을 마이동풍으로 듣고 있던 겐조는 상대방이 마침내 돌아가겠다니까 그래도 밤길이 걱정되는지 동생에게 그렇게 시켰다.
 "늦어지면 너도 할아버지 댁에서 자고 오면 돼."
 이래서 이헤에를 현관까지 배웅하러 나갔다가 사람들은 비로소 밖에 큰 눈이 내리고 있음을 알고 놀랐다. 대체로 이 지방에는 눈이 오는 일이 드문데, 그날 밤에는 눈이 세 치 이상이나 쌓였으니 사람들이 놀라는 것도 무리가 아니었다. 그리고 나중에 생각하니 이 눈이야말로 그 무서운 범죄에 대단히 미묘한 역할을 한 것이다.
 신랑 신부가 사랑채로 물러나 거기서 첫날밤의 술잔이 오간 것은 밤 1시 무렵이었다. 그때의 일에 관해서 료스께의 처 아끼꼬는 나중에 이렇게 말했다.
 "거문고를 사랑채로 옮긴 사람은 저와 하녀 기요꼬 두 사람이었습니다. 그 다음에 첫날밤 술잔을 나누었는데 그 자리에 참석한 사람은 백모님과 저희 내외뿐이었습니다. 사부로 씨는 새댁 할아버지를 바래다 드리러 갔고 스즈꼬는 벌써 자고 있었습니다. 그 술잔을 나눈 다음에 가스꼬 씨가 〈지도리〉라는 곡을 뜯었습니다. 거문고는 그 뒤에 도꼬노마(일본식 방의 상좌에 바닥을 한층 높게 만든 곳)에 세워 두었지요. 넣는 상자는 제가 도꼬노마 구석에 두었는데 그때 옆의 선반에 그 칼이 있었는지 없었는지는 확실한 기억이 없습니다."
 이 첫날밤 술자리가 끝난 것은 이럭저럭 새벽 2시 무렵이었다. 다들 그곳에 신랑 신부를 남겨 두고 본채로 돌아왔는데 그때까지도 눈이 많이 내리고 있었다.
 그리고 그로부터 두 시간 뒤에 사람들은 그 무서운 비명과 뭐라고 말할 수 없을 정도로 기괴한, 거친 거문고 소리를 들은 것이다.

제4장 대참극

구보 긴조는 자기 침실로 배정된 이찌야나기 집의 안방에서 혼자 잠자리에 들었는데 갑자기 피로가 덮쳐 오는 것 같았다.
그것도 무리가 아니었다. 이번 결혼에 대한 그의 염려는 대단했다.
농촌의 봉건적인 감정이나 습관을 지나칠 정도로 잘 알고 있는 긴조는, 사실 이 결혼이 마음에 내키지 않았다. 옛날에는 자기들의 지주였던 이찌야나기 집안의 며느리가 되는 것이, 가스꼬에게 과연 행복이 될까 긴조는 염려를 했다.
그러나 당사자인 가스꼬가 좋아하고, 또 긴조의 처도 '시숙이 살아 계시다면 틀림없이 기뻐하실 거예요. 이찌야나기 집안의 며느리가 되다니 대단한 출세가 아니겠어요?' 라고 말하는 바람에 긴조는 마음이 정해졌다.
가스꼬의 부친인 린끼찌와 긴조 형제는 젊었을 때 미국에 갔지만, 린끼찌는 나이가 들었기 때문에 낡은 일본의 습관이나 계급에 대한 동경은 긴조와는 비교도 안 될 만큼 크고도 깊었다. 과연 형이 살아 있다면 기뻐했겠지⋯⋯. 그렇게 생각하고 본의 아니게 혼담을 승낙

해야만 했다.
한번 마음이 정해진 다음에는 똑바로 돌진하는 긴조였다.
가스꼬에게 창피한 꼴을 당하게 해서는 안 된다, 이찌야나기 집안의 친척으로부터 손가락질을 받는 일이 있어서는 안 된다고 긴조는 생각했다. 그는 미국에서 훈련을 받았기 때문에 만사를 능률적, 정력적으로 처리해 나갔다. 돈을 아끼지 않고 교또나 오사카의 커다란 포목상에서 옷감을 사들였다.
"어머, 큰일이네. 이렇게까지 해 주셔서. 작은 아버지, 전 어떻게 하나요?"
가스꼬 쪽이 오히려 놀라고 어처구니없어 했다. 나중에는 울먹이기까지 했는데, 긴조의 이러한 염려가 모두 허사는 아니었다.
중매를 한 이장 집에서 결혼 의상을 차려입고 마침내 이찌야나기 집으로 들어갈 때의 가스꼬의 아름다움에 사람들은 놀라지 않을 수 없었다. 보내 온 세간 집기의 훌륭함도 오랫동안 마을의 화제가 되었을 정도이고, 그렇게 자존심이 강한 이찌야나기 집안 사람들조차 눈이 휘둥그래지던 꼴을 생각하면 긴조는 더할 나위 없이 만족했다.
"형님도 이만하면 만족하시겠지. 형님도 틀림없이 기뻐하시겠지."
그렇게 중얼거리고 있노라면 긴조는 어느새 가슴이 뜨거워지고, 자연히 눈물이 넘쳐흐르는 것이었다.
부엌에서는 아직도 마시고 있는지 음란한 노랫소리가 계속되고 있었다. 그것이 귀에 거슬려 긴조는 좀처럼 잠을 이룰 수가 없었는데 그래도 몇 번인가 뒤척이는 사이에 겨우 잠이 들었다. 그리고 얼마나 잤을까. 뭔가 답답한 꿈을 꾸고 있던 긴조가 갑자기 눈을 번쩍 뜬 것은 심상치 않은 비명을 들은 것 같았기 때문이다.
긴조는 자리 위에 벌떡 일어나 앉았다. 꿈은 아니었다. 똑같은 비명, 남자인지 여자인지 모를 무서운 비명이 한 번 두 번 또다시 밤의 적막을 깨는가 싶더니 쿵쿵쿵쿵 마루를 걷는 소리가 났다.

사랑채다! 하고 깨닫는 순간 긴조는 벌써 셔츠에 팔을 꿰고 있었다. 파자마 위에 가운을 걸치고 전등을 켜고 시계를 보니 정확히 4시 15분이었다.

이때였다, 그 거문고 소리가 난 것은.

둥둥둥둥 땅! 13개의 거문고 줄을 무턱대고 뜯어대는 듯한 소리가 나는가 싶더니 이어 탕하고 미닫이가 넘어지는 듯한 소리가 들렸다. 그리고 그것뿐, 다음에는 죽음의 고요로 되돌아갔다.

부엌의 술잔치도 끝난 모양이었다.

긴조는 가슴이 몹시 두근거려 덧문을 열었다. 눈은 이미 그쳤고 하늘에는 실낱 같은 초승달이 차갑게 빛나고 있었다. 눈에 덮인 뜰이 솜을 입은 듯 부풀어 있었다.

그런데 그때 눈을 밟고 이쪽으로 다가오는 사람이 있었다.

"누구야?"

긴조가 소리를 높여 물었다.

"아아, 나리. 나리도 지금 그 소리를 들으셨습니까?"

긴조는 몰랐으나 그 사람은 겐시찌라는 머슴이었다.

"아아, 들었지. 무슨 일일까? 잠깐 기다리게, 나도 나갈 테니."

긴조는 가운 위에 오버를 걸친 다음 거기에 있던 신발을 신고 눈 위에 내려섰다. 그제야 여기저기에서 덧문이 열리는 소리가 나고 이또꼬 여사도 얼굴을 내밀었다.

"겐시찌냐, 거기 있는 게? 지금 그 소리는 무슨 소리지?"

"거문고 소리가 났어요, 어머니."

스즈꼬도 모친의 소맷자락 아래로 밖을 내다보고 있었다.

"글쎄, 무슨 소리일까요? 살려 달라는 소리가 난 것 같은데."

겐시찌는 벌벌 떨고 있었다.

긴조는 성큼성큼 사립문 쪽으로 갔는데 그때 남쪽 끝에 있는 새집에서 료스께가 띠를 매며 달려왔다.

"백모님, 무슨 소립니까. 지금 난 것이……?"

"아, 료스께. 잠깐 사랑채에 가 보고 와."

긴조는 사립문을 흔들어 보았으나 안쪽에서 빗장을 걸어 놓았는지 좀처럼 열리지 않았다. 료스께가 두세 번 몸으로 쿠딪쳐 보았으나 사립문은 의외로 튼튼해서 열리지 않았다.

"겐시찌, 도끼를 가져와."

"예."

겐시찌가 돌아가려는 때였다. 사랑채 쪽에서 다시 둥둥둥 하고 거문고를 뜯는 듯한 소리가 나는가 싶더니, 이어 붕붕붕 하고 공기를 휘젓는 듯한 소리가 들렸다. 줄이 끊어진 모양이었다.

"뭐야, 저 소리는?"

모든 사람의 얼굴이 창백해졌다.

"겐시찌, 뭘 꾸물거리고 있어? 빨리 도끼를 가져오지 않고."

겐시찌가 도끼를 가져왔을 때는 이또꼬 여사와 스즈꼬를 비롯하여 하녀와 다른 머슴들까지 모두 모여들었다. 료스께의 처 아끼꼬도 늦게나마 등불을 들고 나왔다.

한 번 두 번…… 겐시찌가 도끼를 휘두르자 이윽고 경첩이 부서지면서 사립문이 열렸다. 그것을 보고 료스께가 제일 먼저 뛰어들려고 하자 무슨 생각을 했는지 긴조가 어깨를 잡아 뒤로 당겼다.

그리고 사립문 앞에 서서 사랑채 뜰을 둘러보더니

"아무 데도 발자국은 없군."

하고 작은 소리로 중얼거렸다.

"여러분은 여기 계십시오. 당신과 이 사람만 나를 따라 오십시오."

긴조는 료스께와 머슴 겐시찌를 가리키며 말했다.

"조심해서 되도록 눈을 함부로 밟지 않도록 해 주십시오."

비상시에 처하면 신분도 계급도 소용없다. 사람들은 긴조의 불가사의한 인격의 힘에 압도되어 누구도 이의를 제기하는 사람이 없었다. 단 한 사람, 료스께만은 이 소작인 출신의 사나이 명령에 대해 마음속으로 화가 치미는 모양이었다. 그러나 만약 그가 이때 상대가 보통 농사꾼이 아니라, 고학으로 미국의 단과 대학을 나왔다는 것을 알았다면 얼마쯤 불만이 가셨을지도 모른다.

사립문을 들어서니 왼쪽에 칸살을 네모나게 엮은 낮은 울타리가 있었다. 그 울타리 너머로 보이는 사랑채 뜰에도 솜을 둔 듯한 눈이 내려 있고, 아무 데에도 밟힌 흔적은 없었다. 사랑채 안에는 전등이 켜진 듯 덧문 위의 통풍창에서 밝은 불빛이 새어 나왔다.

사랑채의 현관은 동향으로 되어 있었는데, 세 사람은 우선 그 쪽으로 달려갔다. 그러나 현관에는 분홍 칠을 한 격자문과 판자문이 이중으로 닫혀 있고, 격자문은 안으로 잠긴 듯 밀어도 당겨도 꼼짝하지 않았다. 료스께와 겐시찌는 격자문을 쾅쾅 두드리며 큰소리로 겐조를 불렀으나 안에서는 대답이 없었다.

긴조의 안색은 차츰 험해졌다. 그는 현관을 떠나 울타리를 넘어 남쪽 뜰로 갔다. 두 사람도 그 뒤를 따랐다. 그곳에는 분홍 칠을 한 덧문이 꼭 닫혀 있었다. 료스께와 겐시찌가 그 덧문을 두드리며 교대로 겐조의 이름을 불렀으나 여전히 대답이 없었다.

세 사람은 덧문을 두드리며 마침내 사랑채 서쪽으로 돌아왔다. 바로 그때였다. 갑자기 료스께가 기묘한 소리를 지르며 멈춰 섰다.

"뭐요? 왜 그래?"

"저…… 저것은…….."

료스께가 떨며 가리키는 쪽을 본 긴조와 겐시찌는 갑자기 섬뜩하여 숨을 삼켰다.

사랑채에서 서쪽으로 2미터쯤 떨어진 곳에 커다란 석등이 서 있었는데 그 석등 밑에 일본도 한 개가 쿡 박혀 있었다.

겐시찌는 그것을 보고 급히 그곳으로 가려 했으나 곧 긴조가 말렸다.

"만지면 안돼!"

긴조는 등불을 들어올리고 어두운 나무 아래를 들여다보았으나 아무 데도 발자국 같은 것은 없었다.

그 사이에 료스께는 덧문을 한장 한장 조사해 보았으나 이상한 곳은 하나도 없고 안으로 꼭 잠겨 있었다.

"나리, 통풍창으로 들여다볼까요?"

"응, 그렇게 해 봐."

서쪽에는 변소가 있고 변소와 두껍닫이가 이루는 직각의 빈 땅에는 커다란 돌로 된 손을 씻는 확이 있었다. 겐시찌는 그 돌확에 발을 올려놓은 다음 덧문 위의 통풍창으로 안을 들여다보았다.

이 통풍창은 나중에 문제가 된 것이라서 여기서 일단 설명해 두겠다. 그것은 문미로 된 가로목 위에 굵은 들보를 걸쳤는데, 그 들보는 사각으로 깎은 것이 아니고, 자연의 모양 그대로 큰 나무의 껍질만 벗긴 것이었다. 군데군데 필요한 부분에만 대패질을 해 놓았기 때문에 어떤 부분에서는 문미와의 사이에 상당한 틈이 있는가 하면, 어느 부분은 전혀 틈이 없었다. 따라서 그곳에는 덧둔도 미닫이도 닫지 않았고, 제일 넓은 곳이 15센티 정도밖에 되지 않았기 때문에 사람의 출입은 절대로 불가능했다.

이 문미도, 들보도, 덧문도 분홍 칠을 했다는 것은 이 이야기 처음에서 말한 바 있다.

머슴 겐시찌는 통풍창으로 안을 들여다보았다.

"이쪽의 미닫이가 하나 열려 있습니다. 그리고 옆의 손님 방 미닫이도 하나 열려 있습니다. 그리고 병풍이 이쪽으로 기울어져 있기 때문에 그 병풍에 가려져 방안은 보이지 않습니다."

세 사람은 거기서 다시 겐조와 가스꼬의 이름을 불렀으나 여전히 대답이 없었다.

"하는 수 없지. 덧문을 부수자."

이 사랑채의 덧문은 한장 한장이 서로 맞물리게 되어 있어서 그 중 한 장만 벗겨낼 수는 없었다.

겐시찌는 사립문 밖에 두고 온 도끼를 가지러 뛰어갔다. 긴조와 료스께는 남아서 겐시찌를 기다리고 있는데, 그때 뒤의 벼랑 위로 사람이 걸어가는 소리가 나서 두 사람은 급히 변소 모퉁이까지 뛰어나갔다.

"누구야, 거기 있는 사람은?"

변소 바로 앞에는 커다란 녹나무가 뻗어 있었는데 그 녹나무가 우거진 저쪽에서

"그렇게 말씀하시는 분은 새집 나리가 아닙니까?"

하는 소리가 들렸다.

"아, 슈끼찌 씨인가? 그런데서 뭘 하고 있지?"

"아까 이상한 소리가 난 것 같아서 뛰어나온 겁니다. 그랬더니 나리들 목소리가 들리기에……."

"누굽니까, 슈끼찌 씨란……?"

"별사람 아닙니다. 저기 물레방앗간에 쌀을 찧는 자인데 우리 집 소작인으로, 슈끼찌라고 하지요."

이찌야나기 집의 서쪽에는 작은 내가 흐르고 그곳에 부서진 물레방앗간이 있다는 것은, 이 이야기의 처음에 말한 바 있다. 그 무렵에는 물레방앗간도 부서지지 않고, 그곳에는 매일 아침 일찍 소작인인 슈끼찌가 쌀을 찧으러 왔었다. 그런데 이 일이 사건을 한층 더 신비한

것으로 만들었다.

"슈끼찌 씨, 당신은 우리 목소리를 듣고 바로 방앗간에서 뛰어나왔다고 했지요? 그때 혹시 수상한 사람을 보지 못했습니까?"

긴조의 이같은 질문에 대해 슈끼찌의 대답은 다음과 같았기 때문이다.

"아뇨, 아무도 보지 못했습니다. 나는 독소리를 듣고 바로 방앗간에서 뛰어나와 한참 동안 흙다리 위에 서 있었습니다. 그런데 두 번째로 둥둥둥 붕붕붕 하는 거문고 소리가 들리기에 급히 이 벼랑 위로 기어 들어왔는데 사람은 보지 못했습니다."

마침 그때 겐시찌가 도끼를 가지고 돌아왔기 때문에 긴조는 슈끼찌에게 계속 감시해 달라고 부탁하고 덧문 있는 데로 왔다.

료스께의 명령으로 겐시찌는 두껍닫이 제일 가까운 덧문에 도끼로 일격을 가했다. 그랬더니 곧 커다란 틈새가 생겼다. 료스께는 그곳으로 손을 넣어 안쪽 고리쇠를 벗기고 겨우 덧문 한 장을 열었다.

이렇게 해서 세 사람은 겨우 안에 들어갈 수가 있었는데, 방 안을 본 세 사람은 그만 장승처럼 그곳에 우뚝 멈춰서고 말았다.

그것은 말할 수 없이 무서운, 피비린내나는 광경이었다.

겐조도 가스꼬도 토막토막 잘려 피투성이가 된 채 쓰러져 있었다. 첫날밤의 원앙금침도, 새로 깐 파란 다다미도, 그리고 머리맡의 금병풍도 모두 피투성이였다.

그 즐겁고 기쁜 첫날밤의 꿈은 어디로 사라졌단 말인가. 그곳에는 피도 얼어붙을 것 같은, 무서운 지옥 그림 외에 아무것도 없었다.

머슴 겐시찌는 그것을 보고 기급할 정도로 놀랐는데, 긴조는 바로 그의 어깨를 잡고 방 밖으로 밀어냈다.

"의사와 경찰관을 불러와. 그리고 아무도 대문 안쪽으로 들어오지 못하게 하고……."

머슴이 나간 뒤 긴조는 물어뜯을 것 같은 얼굴로 처참한 두 구의 시체를 바라보고 있더니 이윽고 다시 방 안을 둘러보았다.

먼저 최초로 그의 눈에 띈 것은 거문고였다. 검은 바탕에 금가루 칠을 한 거문고는 마치 죽은 사람의 영혼을 달래듯 가스꼬의 베갯머리에 놓여 있었다. 그리고 누군가가 피투성이가 된 손가락으로 그 거문고를 뜯은 듯, 열 두 줄의 뜯는 부분에 피가 엉켜 있었다. 열 두 줄이라고 한 것은, 나머지 한 개는 뚝 끊겨 끝 쪽으로 돌돌 말려 있었기 때문이다. 그리고 잘라진 줄의 굄목이 하나 없었다.

줄이 끊어졌다. 굄목이 없어졌다.

긴조는 그걸 보고 깨달은 듯 문단속한 것을 살피고 다녔다. 현관에도 덧문에도 이상이 없었다.

6조 방의 반침이나, 서쪽에 있는 변소나, 변소 앞에 있는 반칸 짜리 곳간도 일일이 문을 열고 안을 조사했다. 서쪽 복도 막다른 곳에는 작은 창이 있었는데, 그 창살에도 이상은 없었다. 그는 다시 8조 방으로 돌아와, 그곳에 넋을 잃고 서 있는 료스께를 돌아보며 중얼거리듯이 말했다.

"이상한데? 아무 데도 사람은 숨어 있지 않아. 아무 데에도 도망칠 곳이 없어. 어쩌면……."

어쩌면……? 그 의미가 료스께에게도 통한 것이 분명했다. 그는 고개를 세게 흔들고 말했다.

"그럴 리가 있나. 그럴 리는 없습니다. 보세요, 저 병풍을……."

보니, 금병풍 위에는 아직 피가 마르지 않은 손가락 자국이 나 있었는데, 어찌 된 일인지 그 손가락은 세 개밖에 없었다. 엄지손가락과 집게손가락, 가운뎃손가락. 게다가 이 세 개의 손가락 자국은 정말 묘한 데가 있었다.

제5장 거문고 깍지의 새 용도

 이 이야기의 자료를 나에게 말해준 F군의 아버지는 지금은 이미 고인이 되었다. F씨는 오래 전부터 이 마을에서 살던 의사로, 사건 당시 제일 먼저 달려온 사람이었다.
 F씨는 이찌야나기 집의 이 살인 사건에 매우 흥미를 느낀 모양으로, 당시 상세한 메모를 해 둔 것이 지금도 남아 있다. 내가 지금 쓰고 있는 이 이야기는 주로 그 메모에 의한 것이다. 메모 속에 있는 사건이 있었던 이찌야나기 집의 사랑채 조감도는, 이런 이야기를 진행해 나가는 데 매우 중요한 것이어서 여기에 그대로 옮겨 두기로 한다(142페이지 그림 참조).
 그런데 머슴 겐시찌의 급보에 의해 F씨와 파출소 순경이 달려온 것은 곧 날이 새려는 6시 무렵이었다. 순경은 현장을 보고는 깜짝 놀라 후사 시(市)에 있는 경찰서에 전화를 했다. 후사 시의 경찰서에서는 다시 현(縣)의 경찰국에 보고했다. 이런 순서로 관계관이 속속 달려왔는데, 교통이 불편한 시골이라서 그런 사람들이 다 모인 것은 그럭저럭 점심때가 다 되어서였다.

이찌야나기 집 사랑채 조감도

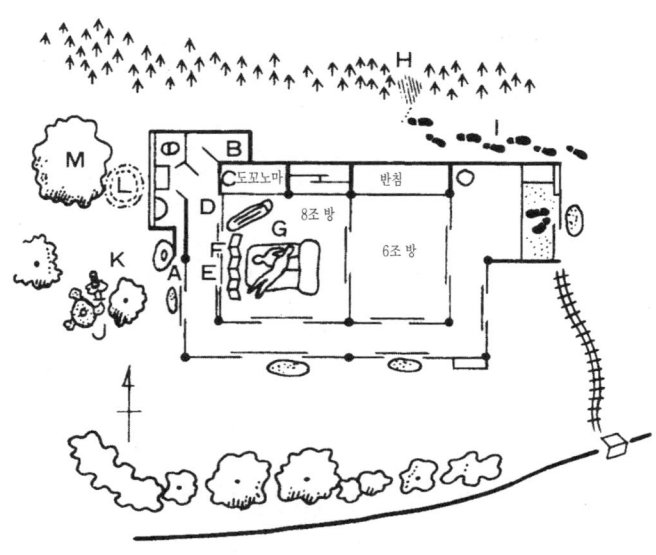

A. 료스게가 부순 덧문
B. 범인이 숨어 있었을 것으로 생각되는 반침
C. 거문고를 넣는 상자
D. 조금 열린 장지문
E, F. 넘어진 병풍
G. 거문고
H. 범인이 미끄러져 내렸다고 생각되는 흔적
I. 발자국
J. 석등
K. 꽂혀 있는 단도
L. 낙엽을 모아 두는 곳
M. 녹나무

여기서 관계관의 현장 검증이나 관계자 일동의 심문이 있었겠으나 그런 것을 일일이 적고 있다가는 독자를 지루하게 만들 염려가 있으므로, 이 사건을 담당한 이소까와 경감이 현장 쓰사나 관계자로부터 조사 결과 얻은 사실을 되도록 간단하게 써 두기로 한다.

우선 첫째로 문제가 된 것은 뭐니뭐니 해도 발자국이다. 이소까와 경감이 달려온 것은 오전 11시경이었는데, 그 무렵에는 눈도 녹기 시작했다. 그러나 눈 위에 발자국이 하나도 없었던 것은 긴조나 료스께, 그리고 겐시찌의 증언으로 의심할 여지가 없었다. 이것이 나중까지 경감을 괴롭히는 원인이 되었는데, 그곳에 절대로 발자국이 없었느냐 하면 그렇지는 않다.

여기서 앞에 게재한 조감도를 참고하기 바란다. 사랑채의 북쪽은 벼랑이고, 벼랑과 사랑채 사이는 약 2미터 정도의 빈터가 있는데, 그곳은 벼랑 위 대나무 숲이 덮여 눈도 쌓이지 않았다. 그런데 그 빈터에 점점이 구두 자국이 나 있었다. 발자극뿐이 아니라, 벼랑에는 누군가가 미끄러져 내린 듯한 흔적도 있었다. 그런 점으로 판단하면, 최근 누군가가 벼랑에서 빈터로 뛰어내린 것이 분명하다. 그 발자국은 조감도에도 나타난 것처럼 동쪽으로 향했는데, 현관 앞까지 와서 눈으로 지워졌다. 그러나 그와 같은 진흙 발자극이 현관 안의 시멘트 바닥에 남은 것을 보면, 벼랑에서 뛰어내린 그 인물은 동쪽으로 돌아 현관으로 해서 사랑채에 들어간 것 같다.

더구나 이 구두 자국이라는 것이 곧 알 수 있는 해진 구두 자국인데, 그런 구두를 가진 사람이 이찌야나기 집안에는 없으니까, 이것을 범인의 발자국이라고 봐도 틀림없을 것 같다. 즉, 범인은 벼랑에서 뛰어내려 현관으로 해서 안에 숨어든 것이 되는데, 그렇다면 그것은 몇 시경의 일이었을까. 그것을 결정하기 위해서는 그 눈이 매우 도움이 되었다.

이 지방에 눈이 내리기 시작한 것은 전날 밤 9시경의 일로, 한밤중인 3시경에는 그쳤으니 범인이 사랑채로 숨어든 것은 9시 이전이나 혹은 아직 한창 눈이 내리고 있던 2시경까지의 일이어야 한다. 그러나 현관 시멘트 바닥에 남은 진흙 발자국이 눈을 밟고 온 자국으로는 보이지 않았으니까, 이것은 9시 이전이었다고 보아도 틀림없을 것 같다.
  그런데 7시경에 사랑채에 덧문을 닫고 나간 새집 아끼꼬의 증언에 따르면, 그때에는 현관에 그런 발자국이 없었다니까 범인이 숨어든 것은 그 이후라는 셈이 된다. 즉, 7시에서 9시경까지──그것은 본채에서 혼례식이 한창 진행되는 때였으니까, 상식적으로 보더라도 그 사이였으리라고 판단된다.
  그러면 7시경부터 9시경까지의 사이에 숨어든 범인은 그 뒤 어떻게 하고 있었을까. 여기서 다시 조감도를 보아주기 바란다. 서쪽 변소 앞에 반 칸의 반침이 있는데 범인은 그 반침 속에 숨어 있었던 모양이다. 거기에는 헌 이불이니 헌솜 따위가 들어 있었는데, 그 헌솜 위에 누군가가 기대고 있었던 듯한 흔적이 확실히 나 있었다. 그뿐 아니라 이 반침 속에는 흉기로 사용된 일본도의 칼집도 떨어져 있었다.
  이 일본도는 이찌야나기 집의 것으로 그날 밤 사랑채의 도꼬노마 옆에 장식해 둔 것인데, 범인은 반침 안으로 들어가기 전에 그것을 가지고 간 모양이었다. 따라서 1시가 지난 그곳에서 첫날밤 술잔이 오갈 때에는 이미 칼은 없었을 텐데, 아무도 그것을 깨닫지 못했다는 것은 그 앞에 금병풍이 세워져 있었기 때문이다.
  그러나 어쨌든 2시에는 신랑 신부가 잠자리에 들었을 것이다. 그런데 범인은 왜 4시까지 범행을 기다려야 했던가. 그에 대한 해석은 여러 가지가 있겠으나, 그 중 가장 타당하다고 생각되는 것은, 그 밤이 결혼 초야라는 것이다. 겐조도 가스꼬도 아마 좀처럼 잠들 수 없었을 것이다. 범인은 그런 두 사람이 잠들기를 기다리고 있었을 것이다…… 고 했는데, 여기서 다시 한 번 반침의 위치에 주의를 기울여야 한다.

이 반침은 신랑 신부가 베개를 나란히 하고 잔 8조 방과는 벽 하나를 사이에 두고 있다. 범인은 아마 신랑 신부의 일거수 일투족을, 그 다정하게 주고받는 말을, 그 숨결을 몸으로 듣고 몸으로 느꼈을 것이다.

이 사건에서 가장 끔찍하게 느껴지는 것이 그 점이다. 긴조도 이 이야기를 들었을 때에는 말할 수 없이 어두운 얼굴을 했다. 그건 그렇고 겨우 두 사람이 잠든 것을 보자 범인은 칼을 빼들고 반침에서 나왔다. 그리고 서쪽 미닫이를 열고 8조 방에 들어갔는데, 그 전에 범인은 좀 묘한 짓을 했다. 아니, 한 것 같다고 판단된다.

도꼬노마 옆의 응접실 창. 그 창의 미닫이 가운데 도꼬노마에 가장 가까운 것이 한 장 조금 열려 있었다. 그런데 첫날밤 술자리에서 가스꼬가 거문고를 다 뜯고 났을 때, 거문고를 넣는 상자를 아끼꼬가 도꼬노마 끝에 놓았다는 것은 이미 말했는데, 그 상자의 위치가 조금 열린 미닫이 틈의 바로 아래에 해당했다. 범인은 미닫이 틈으로 손을 뻗어 그 상자를 더듬었다. 그리고 그 속에서 세 개의 거문고 깍지를 꺼내어 그것을 손가락에 낀 모양이었다.

이렇게 판단되는 까닭은 금병풍에 남은 피투성이가 된 세 개의 손가락 자국 때문이었다. 앞에서 이 손가락 자국에는 정말 묘한 데가 있다고 했는데, 그 자국에는 지문이 없었던 것이다. 밋밋한 거문고 깍지의 자국만 남아 있었던 것이다.

여기서 거문고 깍지의 성질을 생각해 보자. 그것은 보통 깍지와는 달리 손가락 안쪽에 끼우게 되어 있다. 말하자면 거문고 깍지를 끼면 지문이 가려진다. 범인은 그것을 알고 범행에 착수하기 전에 거문고 깍지를 낀 모양이다……라고 생각된다. 더구나 피투성이가 된 세 개의 거문고 깍지가 변소 안의 손 씻는 곳 선반 위에서 발견되었으므로, 더욱 이 추정이 확실한 것으로 증명되었다.

그런데 거문고 깍지를 낀 손에 일본도를 빼든 범인은 8조 방으로 들어가, 먼저 아래쪽에서 자고 있던 가스꼬를 난도질한 모양이다. 가스꼬는 어느 정도 저항이라기보다 몸부림을 친 흔적이 있는데, 그것은 극히 미약한 것이었을 테니까, 계속 내리치는 칼 끝에 그녀는 곧 숨진 것으로 보인다.

그런데 그 소리에 겐조는 잠에서 깼다. 이불을 차고 일어났다. 그 찰나 범인은 한번 내리친 듯 겐조는 어깨에서 팔로 베어져 있었다. 겐조는 그럼에도 불구하고 가스꼬의 몸뚱이를 넘어 범인에게 대항하려 했다. 그런데 범인이 도려낸 모양으로 겐조는 보기 좋게 심장을 찔려 가스꼬 위에 겹쳐 쓰러져 있었다. 이것이 현장의 상황을 보고 이소까와 경감이 내린 대략의 판단인데, 그 다음은 알 수가 없다.

시체의 베갯머리에 거문고를 갖다 놓고 그것을 피투성이가 된 손가락으로 탄 것 같다는 말은 앞에서도 했으나, 왜 범인은 그곳에서 거문고를 탄 것일까? 그리고 한 가닥 끊어진 줄의 굄목이 없어졌는데, 그 굄목은 대체 어디로 갔을까? 사랑채 안의 어디에서도 그것은 발견되지 않았다.

그런데 그보다도 더 불가사의한 것은 범인이 어디로 도망쳤느냐 하는 일이다. 사랑채의 문이란 문은 모두 안으로 단단히 잠겼더라는 말은 앞에서도 했다. 사람 하나 기어나올 만한 틈새도 없었다.

그러나 겐조 부부를 죽이고 거문고를 탄 뒤 범인이 서쪽 마루에 나온 것은 확실하다. 앞에서도 말한 것처럼 변소 안에는 피투성이가 된 세 개의 거문고 깍지가 있었고, 료스께나 겐시찌 등이 부순 덧문 바로 안쪽에는 피에 물든 일본 손수건이 돌돌 말린 채 떨어져 있었다. 아니, 그것뿐이 아니라 부서진 덧문 안쪽에서 뚜렷이 손자국이 남아 있는 것이 훨씬 나중에야 발견되었는데, 이 손자국에도 손가락은 세 개 밖에 없었다. 그러나 이 손가락은 거문고 깍지를 끼지 않았는지 지문이 똑똑히 남아 있고, 그 지문은 아주 조금이었지만 피에 물들어 있었다.

이런 점으로 보아 범인은 이 덧문을 열고 도망쳤거나 혹은 도망치려고 한 것이 틀림없다. 그래서 문제가 되는 것은, 료스께와 겐시찌가 이 덧문을 때려 부줬을 때 정말로 고리쇠를 벗겼느냐 하는 일이다. 이 고리쇠를 벗긴 사람은 료스께이므로 그는 이 일이 문제가 되자 화를 내며 이렇게 말했다.

"고리쇠는 분명히 걸려 있었습니다. 겐시찌가 도끼로 덧문을 때려 부수고 손이 들어갈 만한 구멍을 만들어 주었기 때문에 내가 손을 밀어 넣어 고리쇠를 벗긴 겁니다. 첫째, 범인이 이곳으로 나갔다니 그런 엉터리 같은 이야기는 있을 수 없습니다. 그렇다면 어째서 발자국이 남아 있지 않습니까. 눈 위에 발자국이 하나도 남아 있지 않았다는 것은 나나 겐시찌뿐이 아니고 저 긴조 씨도 잘 알 것입니다."

그에 대해 긴조도 말없이 끄덕거렸다. 그러나 그때 똑바로 료스께의 옆얼굴을 노려보던 그의 눈에 적지 않은 의혹이 보인 것은 명백하다.

그런데 여기서 이야기를 조금 되돌려야겠다.

밤이 샐 때까지 료스께와 서로 노려보며 얼어붙은 듯이 시체 옆에 버티고 있던 긴조는 관계관이 속속 달려왔기 때문에 겨우 안심하고 사랑채에서 나왔다. 그것이 7시 무렵의 일인데, 어제와는 달리 날씨가 좋은지 이찌야나기 집의 커다란 본채 지붕에 쌓인 눈이 아침해에 눈부시게 빛났다. 처마끝을 따라 떨어지는 눈 녹는 물소리가 차츰 빨라졌다.

그러나 긴조에게는 그런 경치도 눈에 보이지 않고, 그런 소리도 귀에 들리지 않았다. 입술을 한일자로 딱 다문 그의 얼굴은 침통하기 짝이 없었다. 침통의 밑바닥에는 회한의 분노도 숨겨져 있었다.

그는 묵묵히 사랑채에서 본채로 돌아왔는데 바로 그때였다. 이찌야나기 집에서 심부름꾼이 갔는지, 어젯밤 가와 마을로 이혜에 노인을 모시고 간 사부로가 안색이 변해서 돌아왔다. 그 사부로에게는 의외의 동행자가 있었다.

그 사람은 서른 대여섯의 둥근 얼굴에 훌륭한 수염을 기른 신사였는데, 이또꼬 여사는 한번 그 얼굴을 보더니 눈을 크게 뜨고 숨결이 가빠졌다.

"어머, 류지. 넌 어째서 돌아왔니?"

"어머니, 방금 겐시찌한테서 들었는데 큰일이 있었다구요?"

그는 놀라기는 했으나 의외로 침착한 것 같아 보였다.

"큰일이고말고. 난 어떻게 해야 좋을지 모르겠다. 그런데 류지, 넌 어떻게 돌아왔니? 언제 돌아왔어?"

"후꾸오까에서 방금 도착했습니다. 학회의 일이 생각보다 일찍 끝나서 형님께 축하 말씀을 드리려고 조금 전에 기요시 역에 도착했습니다. 그래서 상황이 어떤가 하고 가와 마을의 할아버지댁에 들렀더니 겐시찌가 와서……."

그때까지 이상하다는 듯이 그 사람의 얼굴을 지켜보던 긴조는 그 말을 듣고 갑자기 눈을 크게 떴다. 그리고 타는 듯한 시선으로 그 옆얼굴을 노려보았다. 이 응시가 너무나 집요했기 때문에 류지도 그것을 깨달았는지 침착성을 잃은 안색으로 이또꼬 여사를 돌아보았다.

"어머니, 이분은……."

"아아, 이분은 가스꼬 양의 숙부님이셔. 긴조 쎄, 이 애가 우리 차남 류지랍니다."

긴조는 말없이 고개를 끄덕이고 사람들의 옆을 떠나 자기 방으로 돌아왔다. 그리고 한참 동안 방 중앙에 우뚝 서 있더니 이윽고 한마디했다.

"그 사나이는 거짓말을 하고 있다."

그렇게 중얼거리더니 슈트케이스 속에서 전보 용지를 꺼냈다. 그리고 잠깐 생각한 뒤 다음과 같은 문구를 썼다.

가스꼬 죽음. 긴다이찌 씨를 보내라.

받을 사람은 자기 아내였다.

긴조는 그 전보를 가지고 직접 가와 마을의 우체국으로 갔다.

제6장 낫과 거문고 줄 굄목

"정말 싫은 사건인데. 기분 나쁜 사건이야. 나도 오랫동안 이 직업에 종사해 와서 아무리 흉포한 피투성이 사건이라도 좀처럼 놀라지 않는 편인데, 이 사건만은 생각할수록 싫어져. 으스스하단 말야. 여보게 기무라 군, 범인이 들어간 흔적은 있는데 나온 흔적은 없으니 대체 어찌 된 것일까?"
사랑채의 마루에 내놓은 책상에서 이소까와 경감은 작게 찢은 종이 쪽지를 열심히 이어 맞추고 있었다. 기무라 형사도 그것을 거들었다.
"경감님, 그 일에 관해서는 좀더 간단히 생각하는 게 어떨까요?"
"간단히라면?"
"즉, 료스께라는 자가 거짓말을 하고 있다고요. 그렇게 생각하면 조금도 이상할 게 없잖습니까. 고리쇠가 걸려 있었는지 안 걸려 있었는지를 아는 사람은 그 자뿐이니까요. 거짓말을 하려면 얼마든지 할 수 있죠."
"그야 그렇지. 그러나 그렇게 되면 발자국이 문제가 돼."
"경감님, 그렇게 한꺼번에 두 가지 일을 생각하면 안됩니다. 발자국 건은 나중에 다시 한번 뜰을 잘 조사해 보기로 하죠. 조금 전의 이야기입니다만, 만약 료스께가 거짓말을 했다면 왜 그런 거짓말을 했느냐가 문제가 되죠."
"그 사람은 뭔가 알고 있지 않을까 싶습니다. 즉, 범인을 말입니다."
"그러나 범인을 알고 있다는 것과, 고리쇠가 걸려 있지 않았다는 것은 문제가 다르지 않은가?"
"그렇지 않습니다. 즉 그렇게 해서 사건을 복잡하게 만들려는 거죠. 아무래도 전 그 사람이 의심스러운데요."
"에끼, 이 사람. 인상으로 사람을 판단해선 안돼. 사건을 잘못 푸는 근원이 돼."
사실 이소까와 경감도 말은 그렇게 했지만 그도 료스께의 인상을 별로 좋게 생각하지 않았다.
대체로 이찌야나기 집안 본가의 형제들은 모두 상당한 외양과 품격을 갖추고 있어서 혼징의 후예라고 말해도 결코 부끄럽지 않았다. 제일 못난 사부로도 나태하긴 하지만 역시 도령 같은 데가 있었다. 그에 비해 료스께는 훨씬 못해 보였다. 몸집도 작고 궁상스러우며, 자깝스럽고 성질도 곰상스러워 어딘지 모르게 천한 데가 있었다. 그런 성질은 그의 눈을 보면 잘 알 수 있었다. 그 눈은 쉴 새 없이 움직이며 늘 남의 안색을 살피고 있었다. 얼른 보기에는 겁쟁이로 보이나 어딘지 방심하지 못하게 하는 음침한 데가 있었다.
"그 녀석은 새집 사람이었지?"
"그렇습니다. 평생 눌러 살아야 하는 형편이지요. 하긴 살해된 겐조라는 사람이 학자이고 집안 일은 상관을 하지 않아 상당히 재미를 보았을 것이라는 소문입니다."
"류지라는 자는 어떤가? 그 자가 오늘 아침에 돌아왔다는 것이 아무래도 이상해."

"아, 그 사람 말입니까. 그 사람은 평판이 좋은 것 같더군요, 대하기 좋고 탁 트인 사람이라고 마을 사람들이 말하고 있습니다. 확실치는 않으나 한다이 병원에 근무하고 있고 지금은 규슈 대학의 학회에서 돌아오는 길이랍니다. 뭐 이까짓 거야 조사해 보면 바로 알 수 있으니까 설마 거짓말은 하지 않겠지요."

"음…… 그래. 자네가 아까 한 말인데 료스께가 범인을 감싸고 있다면, 료스께는 그 세 손가락의 사나이를 알고 있는 셈이 되겠군. 그런데 가와다야의 여주인 말에 따르면, 그 녀석은 마치 룸펜 같은 궁상스럽고 보잘것 없는 녀석이었다고 하던데."

가와다야란 이 이야기의 맨 처음에 세 손가락의 사나이가 나타난 동사무소 앞의 그 목로주점을 말한다.

여기서 말해 둘 것은, 이소까와 경감은 벌써 이찌야나기 집안 사람들의 심문을 일단 끝냈다는 것이다. 따라서 경감은 이미 그 기괴한 세 손가락의 사나이에 관한 것을 알고 있었다. 그것을 이야기한 사람은 사부로인데, 그는 사랑채에 세 손가락의 손자국이 남아 있다는 말을 듣고 바로 전날 이발관에서 듣고 온 이야기를 생각해 낸 것이다.

이소까와 경감은 사부로의 이야기를 듣고 나서 바로 가와다야로 형사를 급파했다. 그리고 여주인으로부터 그 사나이의 인상과 풍채를 자세히 들었는데, 형사는 그때 세 손가락의 사나이가 물을 마신 컵을 압수해 온 것이다. 처음에도 말했지만 여주인은 기분이 나빠서 그 후이 컵을 사용하지 않았기 때문에 거기에는 세 손가락 사나이의 지문이 뚜렷이 남아 있었다. 그래서 경감은 바로 그것을 감식과로 돌린 것이다.

사부로의 이야기를 들은 새집 아끼꼬도 혼례식 조금 전에 부엌에 왔었다는 이상한 사나이의 일을 생각해 냈다. 그래서 오나오 할멈과 그때 부엌에 있었던 사람들이 취조를 받았다. 그 사람들의 말을 들으면, 인상과 풍채가 확실히 세 손가락의 사나이와 같은 사람으로 생각되었다.

다음에는 그때 그 사나이가 전한 종이 쪽지인데, 이것은 겐조가 다 읽고 나서 그대로 소맷자락 속에 쑤셔 넣었던 것이다.

아끼꼬로부터 그 말을 들은 경감은 즉시 그때 겐조가 입고 있던 옷을 꺼내게 해서 소맷자락 속을 찾아보았는데, 과연 그 속에서 나온 것은 빡빡 찢어진 종이 쪽지였다. 그리고 지금 경감이 기무라 형사의 도움을 받으며 정성껏 이어 맞추고 있는 것이 바로 그것이었다.

"기무라군, 인제 조금 남았어. 이곳에 들어맞는 것은 없나? 아니, 그게 아냐. 그것은 여기 같은데. 그럼 인제 두 군데, 이것과 이것 …… 자, 다 됐군."

다행히 빡빡 찢긴 그 쪽지가 한 조각도 없어지지 않아 경감의 손에 의해 본래의 형태를 되찾았다. 그리고 거기 씌어진 것은 연필에 침을 묻히며 쓴 것 같은, 지렁이가 기어간 듯한 글자였다.

"대단히 묘한 글자군. 기무라군, 맨 처음의 글자는…… 이건 뭐라고 읽나?"

"경감님, 그것은 섬도(島)자가 아닙니까?"

"섬…… 그래. 그러고 보니 섬인 것 같군. 섬의 약속…… 그 다음은 뭘까?"

"그건 근(近)자지요, 근일이 아닙니까?"

"아, 옳거니. 근일 이루겠다…… 라. 그런데 그 다음을 또 알 수 없군."

그것은 글자 그 자체가 아주 악필인데다가 빡빡 찢은 것을 이어 맞춘 것이라서 읽는데 매우 힘이 들었다. 그러나 기무라 형사와 지혜를 모아 경감이 겨우 판독한 것에 의하면, 그것은 다음과 같은 문장이 된다.

'섬의 약속, 근일 이루겠다. 어둠을 타서 치거나, 기습을 하거나, 어떤 수단을 취해도 좋다는 약속이었지. 소위 너의 평생의 원수로부터.'

다 읽고 난 경감과 기무라 형사는 갑자기 찬물이라도 맞은 듯 서로 얼굴을 마주 보았다.

"경감님, 이것은 결투장이군요. 마치 살인 예고 같지 않습니까?"

"같은 것이 아니라, 진짜 예고인 거야. 이 편지가 전해진 몇 시간 뒤에 살인이 있었으니까. 제기랄, 점점 싫어지는 사건이 되는군."

경감은 뒤를 배접한 그 경고장을 집어들고 책상 앞에서 일어섰다.

"좌우간 본채로 가서 물어 보세. 섬의 약속이라고 했는데, 겐조가 언제 어느 섬에 있었는지 이찌야나기 집안 사람들에게 물으면 알겠지."

경감이 신발을 신고 내려섰을 때였다. 아까부터 사랑채의 서쪽을 세밀히 조사하고 있던 젊은 형사가 뒤에서 그에게 말했다.

"경감님, 용건이 끝났으면 잠깐 이쪽으로 오십시오. 묘한 것이 있습니다."

"뭐야, 뭐야? 뭐 새로운 것이라도 발견했는가?"

형사가 안내한 곳은 사랑채 서쪽으로 내민 변소 바로 앞이었다. 여기서 다시 한 번 앞에 게재한 조감도를 참조하기 바란다. 그곳에는 쓸어모은 낙엽이 수북이 쌓여 있었는데 형사는 막대기 끝으로 그 낙엽을 헤쳤다.

"저기, 저길 좀 보십시오."

경감은 그것을 보고 갑자기 눈이 휘둥그래졌다.

"앗, 이건 거문고 줄 괘목이 아닌가?"

"그렇습니다. 없어진 괘목입니다. 이런 곳에 던져 넣고 가 버렸습니다. 경감님, 이걸로 보더라도 범인이 이쪽으로 도망쳐 간 것이 확실합니다. 어쩌면 변소 창으로 내던진 것이 아닌가 생각했습니다만, 살펴보니 이 변소의 창은 모두 올이 가는 철망이 쳐져 있습니다. 도저히 그곳에서 굄목을 내던질 수는 없습니다. 덧문 위의 통풍창으로는 각도로 보아 무리일 것이고요. 그런데 이게 용케도 낙엽에 묻혀 있어서 별로 젖지 않았습니다. 아무래도 피에 물든 손가락 자국이 남아 있는 것 같습니다."

경감은 그곳에서 변소 창을 올려다보고 덧문을 바라보았는데, 이것은 형사의 말대로였다.

"됐어. 그럼 조심해서 감식과로 돌려주게. 발견한 것은 그것뿐인가?"

"아뇨, 또 하나 있습니다. 이쪽으로 오십시오. 저기 저겁니다."

형사가 가리킨 것은 머리 위에 뒤덮은 녹나무였다.

"아래에서 세 번째 가지에 낫이 박혀 있지요? 아까 올라가 보았는데, 나무에 깊게 박혀 있어서 도저히 제 힘으로는 뽑을 수가 없습니다. 자루를 보니까, 우에한이라는 소인(燒印)이 찍혀 있었습니다."

"정원사가 잊고 간 거겠지."

"이 뜰을 보니, 최근 정원사가 다녀간 것은 분명합니다. 그러나 가위라면 몰라도 저런 곳에 낫을 꽂아 놓는다는 것은 이상하지 않습니까?"

"그러고 보니 그렇군."

경감은 잠깐 생각하고 말했다.

"저 낫은 그대로 놓아두게. 그래, 그밖에는…… 아아, 그렇지. 그럼 그 굄목을 감식과에 돌리고, 만약을 위해 그 근처를 잘 찾아보게."

경감이 본채로 가보니까 이찌야나기 집안의 사람들은 모두 식당에 모여 있었다.

긴조도 방구석에 앉아 마도로스 파이프로 열심히 담배 연기를 뿜고 있었다. 그는 오늘 아침에 우체국에서 돌아온 뒤 그곳에 진을 치고 절대로 움직이려 하지 않았다. 그는 누구와도 거의 이야기를 하지 않았다. 그저 잠자코 마도로스 파이프를 문 채 일동의 소곤거리는 말을 듣고 있었다. 그리고 그들의 눈빛이나 거동을 말똥말똥 살피고 있었다. 그러한 긴조의 존재는 이찌야나기 집안 사람들에게 있어 장마철의 비구름처럼 답답하고 숨이 막혔다. 그 중에서도 료스께와 사부로는 그의 얼굴을 볼 때마다 겁에 질린 것처럼 눈길을 돌렸다.

그러나 스즈꼬는 이 아저씨가 얼른 보기에 무서워 보이기도 했지만 어딘지 모르게 친절하게 보였다. 그래서 어느 사이에 낯이 익어 지금도 어리광을 부리듯 긴조의 무릎에 몸을 기대고 있었다.

"아저씨."

스즈꼬는 긴조의 마디 굵은 손가락을 만지작거리며 말했다.

"저 이상한 일이 있어요."

"……?"

긴조는 파이프를 문 채 스즈꼬의 얼굴을 보았다.

"어젯밤 한밤중에 거문고 소리가 났지요? 처음에는 둥둥둥둥 둥 하고 거문고 깍지를 낀 손가락으로 무턱대고 뜯는 듯한 소리였어요. 그리고 두 번째에는 땅땅땅 하고 무엇으로 거문고 줄을 뜯는 듯한 소리가 났어요. 아저씨, 기억나세요?"

"그럼 기억하고 있지. 그게 어떻다는 거지?"

"전요, 그저께 밤에도 똑같은 소리를 들었거든요."

긴조는 눈이 휘둥그래져서 스즈꼬의 얼굴을 다시 보았다.

"스즈꼬 양, 그게 정말이야?"

"네, 정말이에요. 역시 사랑채에서 들려왔어요."
"그래, 어젯밤처럼 둥둥둥둥 둥 하고 무턱대고 거문고 줄을 뜯는 것 같은 소리였나?"
"아아뇨, 그렇지 않았어요. 그런 소리가 났는지 모르지만, 그때는 전 자고 있었거든요. 제가 들은 것은 땅땅땅 하고 거문고 줄을 뜯는 듯한 소리뿐이었어요."
"대체 그게 그저께 저녁 몇 시쯤이었지?"
"몇 시경인지는 몰라요. 저는 무서운 생각이 들어서 자리 속으로 파고들어가 버렸으니까요. 그날 밤에는 사랑채에 아무도 없었을 게 아녜요. 거문고도 여기에 있었는걸요. 아저씨, 고양이는 죽으면 정말 둔갑하나요?"
스즈꼬의 이야기는 언제나 이러했다. 상당히 줄거리가 통하는 말을 하는가 하면, 갑자기 그것을 묘한 방향으로 비약해 버렸다.
그러나 지금 스즈꼬가 한 이야기, 그저께 밤에도 거문고 소리가 났다는 이야기에는 뭔가 중대한 의미가 있는 것이 아닐까. 긴조가 그것을 다시 물어 보려고 할 때 이소까와 경감이 들어왔다. 그래서 스즈꼬와 긴조의 이야기는 그것으로 그쳤다.
"잠깐 여러분에게 물어 보고 싶은 것이 있습니다. 돌아가신 겐조 씨는 어느 섬에 묵었던 일이 있었나요?"
경감의 물음에 이찌야나기 집안 사람들은 얼굴을 마주 보았다.
"글쎄요…… 료스께, 넌 기억하고 있니? 겐조는 최근엔 한 번도 밖에 나가지 않았는데, 그렇지?"
"아니, 최근이 아니라도 좋습니다. 오래 건이라도 상관없습니다. 섬으로 여행을 했다던가, 섬에 묵은 일이 있다던가……."
"아아, 그런 일이야 있었겠지요. 형님은 여행을 좋아해서 젊었을 때 여러 군데를 돌아다닌 모양이니까요. 그런데 경감님, 그 일이 이번 일과 무슨 관계라도……. ”
류지는 눈살을 찌푸리고 경감의 얼굴을 지켜보았다.
"예, 중대한 관계가 있는 것처럼 생각됩니다. 그래서 그 섬의 이름을 알았으면 하는데…… 실은 이겁니다. ”
경감은 뒤를 배접한 문제의 편지를 보였다.
"여기에 묘한 말이 씌어 있어서요. 한 번 읽어 볼 테니 이 편지의 의미를 생각해 보아 주십시오. ”
경감이 그 편지를 읽는데 마지막 '너의 평생의 원수로부터'라는 데까지 읽었을 때였다.
갑자기 누군가 작은 소리를 질렀다. 그 사람은 사부로였다. 사부로는 경감의 힐문하는 듯한 시선과 주위의 의아하다는 듯한 눈초리를 받자 창백해져서 안절부절못했다.

제7장 수사 회의

사부로의 묘한 행동은 사람들의 주의를 끌었다.
"사부로, 넌 이 편지에 대해서 뭔가 짚이는 데가 있니?"
미간을 찡그리고 이렇게 물은 사람은 류지였다. 사부로는 시선이 모두 자기에게 집중된 것을 알자, 완전히 중심을 잃고,
"난…… 난……"
하고 우물거리며 자꾸만 이마의 땀을 문질렀다. 경감의 시선은 차츰 험악해졌다.
"사부로 씨, 뭐 짚이는 데가 있으면 정직하게 말해 주십시오. 이것은 중요한 일이니까요."
꾸짖는 듯한 경감의 말투에 사부로는 더욱 더 상기되는 것 같더니 겨우 띄엄띄엄 이런 말을 했다.
"전…… 이 편지 마지막에 있는 말이 기억에 남아 있습니다. '평생의 원수……'라고, 그런 말을 본 적이 있습니다."
"보았어? 어디서 보았지요?"
"형님 앨범에서요. 겐조 형님의 앨범에는 이름도 아무것도 쓰여 있

지 않고 다만 '평생의 원수……'라고 쓴 사진이 붙어 있었습니다. 전…… 그 말이 이상해서 지금도 잘 기억하고 있습니다."

이또꼬 여사와 료스께는 얼굴을 마주 보았다. 류지는 이상하다는 듯이 눈살을 찌푸렸다. 긴조는 저쪽에서 말없이 그런 세 사람의 얼굴을 주의 깊게 지켜보고 있었다.

"그 앨범은 어디에 있지요?"

"서재에 있을 겁니다. 형님은 자기 물건을 절대로 남이 못 만지게 하는 분인데, 전 우연한 기회에 그 사진을 본 일이 있습니다."

"여사님, 서재를 찾아보아도 좋을까요?"

"그렇게 하십시오, 사부로, 네가 안내해 드리렴……."

"나도 가겠어."

류지가 일어서니까 긴조도 말없이 일어섰다.

겐조의 서재는 현관의 왼쪽, 즉 본채의 동남쪽 모서리에 있었다. 12조 정도의 양식 방이었는데, 남쪽에서 내민 반 칸의 벽에 의해 두 부분으로 갈라져 있었다. 이 갈라진 좁은 쪽은 사부로의 공부방인 듯했고, 문은 이 공부방 북쪽에 달려 있었다. 그러니까, 겐조가 자기의 서재로서 점유하는 곳은 8조 정도의 넓이인데, 이 부분의 동쪽과 북쪽 벽은 바닥에서 천장까지 양서가 꽉 들어찬 책장으로 메워졌고, 남쪽 창가 가까운 곳에 커다란 책상이 놓여 있었다. 그리고 두 구획의 거의 중앙에 커다란 철재 난로가 놓여 있었다.

"사부로 씨, 그 앨범은 어디에 있습니까?"

"책장의…… 거기에요……."

과연 책상의 왼쪽, 책상에서 제일 가까운 한 단에는 겐조의 일상생활에 필요한 앨범, 일기장, 스크랩북 등이 단정히 정돈되어 있었다. 사부로가 그 속에서 앨범을 뽑아 내리려고 하니까 경감이 황급히 그 손을 눌렀다.

"아니 조금 기다려 주십시오."

경감은 책장 앞에 서서 주의 깊게 그 한 단을 바라보고 있었다.

겐조라는 사람은 상당히 깔끔한 사람이었던 모양으로 일기 같은 것도 모두 보존되어 있고, 다이쇼 6년(1817년)부터 시작해서 쇼와 11년(1936년), 즉 작년 것까지 20권이 연대순으로 정연하게 꽂혀 있었다. 더구나 그 전부가 도쿄의 모 서점에서 발행된 것 같은 판, 같은 장정, 같은 지질의 일기장이었다. 이런 곳에서도 겐조라는 사람의 성격이 엿보였다.

경감은 책장에 얼굴이 닿을 정도로 구부리고 일기장을 들여다보더니 이윽고 미간을 찌푸리며 사람들을 돌아다보았다.

"최근에 누군가가 이 일기장을 만진 사람이 있군요. 보십시오. 이 3권, 다이쇼 13, 14, 15년의 이 3책만 제대로 책장에 똑바로 꽂혀 있지 않아요. 그리고 다른 것은 모두 얇은 먼지가 덮였는데 이 3권만은 그렇지가 않아요. 그리고 더욱 묘한 일이 있습니다."

경감은 주의 깊게 그 3책을 뽑아내어 그것을 한 책 한 책 펼쳐 보였는데, 긴조는 그것을 보고 갑자기 눈을 크게 떴다. 3책이 모두 중간 중간이 잘려 나갔고, 다이쇼 14년분 같은 것은 그 반이 없어져, 장정이 쿠렁쿠렁 했다.

"보십시오. 이 자른 면이 새로운 것을 보면 아주 최근에 한 짓입니다. 그런데 다이쇼 13, 14, 15년은 겐조 씨가 몇 살 때에 해당됩니까?"

"형은 금년에 마흔 살이니까, 다이쇼 13년이면 스물 일곱 살 때군요."

류지가 손가락을 꼽으며 계산해서 말했다.

"그럼, 이것은 스물 일곱 살에서 스물 아홉 살까지의 일기가 되겠군요. 그 무렵 겐조 씨는 무엇을 하고 있었습니까?"

"형은 스물 다섯 살 때에 교또에서 대학을 나왔습니다. 그리고 그대로 학교에 남아 2년 남짓 강사 노릇을 했는데, 그 사이에 호흡기를 앓아 학교를 그만두고 3년 남짓 정양하고 있었던 모양입니다. 그것은 일기를 보면 잘 알 수 있을 것 같습니다만."

"그럼, 이것은 학교를 그만두기 전후부터 요양중의 일기가 되겠군요. 그런데 문제는 누가 무엇 때문에 이것을 잘라냈는가, 그리고 그 잘라낸 것을 어떻게 처리했는가 하는 겁니다. 아까도 말한 것처럼 이것은 극히 최근에 한 소행이라고 생각하는데요. 예? 뭐가 있나요?"

경감은 갑자기 긴조 쪽으로 휙 몸을 돌렸다.

긴조가 뜻이 있는 듯한 기침을 하며 가지고 있던 마도로스 파이프로 난로를 똑똑 두드리는 소리를 들었기 때문이었다. 경감은 바로 그 뜻을 깨달은 듯 성큼성큼 난로 옆에 가더니, 쨍그렁하고 뚜껑을 열었는데 그 순간 '흐음' 하고 짧은 신음 소리를 냈다. 잘라 낸 부분의 일기는 분명히 거기서 태웠기 때문이다. 난로 안에는 아직 원형(原形)을 갖춘 그대로의 재가 수북이 쌓여 있었다.

"누가 언제…… 아니, 이 난로는 언제 청소했습니까?"

"어제 저녁때까지는 이런 것이 없었습니다. 전 어제 저녁 7시까지 이 방에서 책을 읽고 있었거든요. 그때 나는 두세 번 석탄을 넣고 직접 이 난로를 땠으니까 잘 압니다. 그때는 틀림없이 이런 것은 없었습니다."

사부로는 멍청한 얼굴로 난로 속의 재를 보며 말했다. 긴조는 평소처럼 감정을 드러내지 않는 눈으로 물끄러미 사부로의 옆얼굴을 응시하고 있었다. 사부로의 볼이 점점 붉어져 갔다.

"아니, 됐습니다. 그 일은 나중에 더 자세히 조사해 보기로 합시다. 아무도 이 재를 만지지 못하게 해 주십시오. 그런데 사부로 씨, 문제의 앨범이란 저거군요?"
 앨범은 모두 다섯 책이 있었는데, 겉표지에 빨간 붓으로 일일이 연호(年號)가 기입되어 있었다. 경감은 그 중에서 '자(自) 다이쇼 12년 지(至) 다이쇼 15년'이라고 쓰인 것을 뽑아내어 책상 위에서 조심스럽게 펼치기 시작했는데, 5페이지도 채 넘기기 전에 사부로가 옆에서 말했다.
 "경감님, 그겁니다. 그 사진입니다."
 사부로가 가리킨 것은 명함판 사진으로, 이미 변색되기 시작한데다가 닳기도 하고 벗겨지기도 한 상당히 낡은 것이었다. 그 앞뒤에 붙은 사진이 거의 겐조가 찍은 것으로 생각되는 아마추어 사진임에 반해, 이것은 전문 사진사의 손으로 찍은 것 같았으며, 입학 시험 같은 때 원서에 첨부해서 제출하는 사진 같아 보였다. 찍힌 사람은 스물서너 살 정도의 머리를 박박 깎은 청년이었는데 금색 단추를 단 목단이 양복을 입고 있었다.
 그리고 그 사진 아래에는 '평생의 원수'라는 단 한 마디가 틀림없이 겐조의 필적으로 씌어 있었다. 빨간색이 검게 변색되어 있었다.
 "당신들은 이 사진의 인물을 모르십니까?"
 류지와 사부로는 말없이 고개를 옆으로 저었다.
 "사부로 씨는 이 사진에 관해 겐조 씨에게 물어 보지 않았나요?"
 "무슨 말씀을. 그런 짓을 했다간 형님한테 얼마나 혼이 날지 모릅니다. 전 그런 사진을 발견한 것조차 형님에게 숨기고 있었습니다."
 "평생의 원수라면 아주 대단한 말인데, 무슨 사건이 있었던 것을 당신들은 기억 못하시겠습니까?"
 "형은 자기의 마음 속을 결코 남이 들여다보지 못하게 하는 사람이었습니다. 그런 사건이 있었다고 하더라도 형은 아마 누구에게도 말하지 않고 자기 혼자만의 비밀로 계속 지켰을 것입니다."
류지가 무뚝뚝한 얼굴로 대답했다.
"좌우간 이 사진은 빌려 가겠습니다."
경감은 그 사진을 떼어내려 했으나 풀로 단단히 붙여 놓았기 때문에 좀처럼 떨어지지 않았다. 억지로 떼어내려 하면 사진이 상할 염려가 있어, 경감은 가위로 대지째 잘라내어 그것을 소중히 수첩 사이에 끼웠다.
후사 시의 경찰서에서 수사 회의가 열린 것이 그날 밤의 일이 아니었나 생각된다.
나는 수사 회의가 어떻게 진행되는 것인지도 잘 모르고, 또 F의사의 수기도 그것을 간접적으로 들은 듯 요령을 기록한 데 그쳤는데, 그것은 대략 다음과 같은 정경이었으리라고 생각된다.
"…… 그래, 태워 버린 일기 말인데, 그것에 관해서는 이런 걸 알았습니다."
물론 이것은 이소까와 경감의 발언이다.
"어제 저녁때, 혼례식이 시작되기 조금 전에 새집의 아끼꼬가 겐조를 찾아 사랑채로 간 것은 전에도 말했지요. 그때 겐조는 사랑채의 덧문을 닫도록 아끼꼬에게 부탁해 놓고 한 걸음 먼저 사랑채에서 나갔는데, 그로부터 얼마 안 있다 아끼꼬가 본채로 돌아와 보니, 그곳에 와 있을 줄 알았던 겐조의 모습이 보이지 않았다고 합니다. 그러는 사이에 시간이 점점 다가오자, 이또꼬 여사는 잔소리를 많이 했다고 합니다. 그래서 아끼꼬가 집 안을 찾아다니는데, 겐조는 서재의 난로 앞에서 무엇인가 태우고 있었다고 합니다."
"옳거니, 그럼 일기를 태워 버린 사람은 겐조 자신이었다 이 말이군."
서장이 이렇게 말했다.

"그렇습니다, 그렇습니다. 결혼 전에 일기나 편지를 태워 버리는 일은 흔히 있는 일입니다. 그렇지만 식이 시작되기 직전에 그 짓을 했다는 데에는 의미가 있다고 생각됩니다. 즉, 아끼꼬가 사랑채로 가지고 간 편지, 그것 때문에 갑자기 옛날 일이 생각나서 당시의 기록을 태워 버릴 필요를 느낀 거겠지요."
"그래, 이것이 그 일기의 재군."
"그렇습니다. 상당히 조심해서 태웠는지 거의 다 타 버렸는데, 그래도 아주 약간이지만 타다 남은 부분이 조금 있습니다. 그것이 아무래도 이 사건과 관계가 있지 않은가 싶어 여기에 골라 두었는데 순서는 이렇습니다. 유감스럽게도 날짜 있는 데가 모두 타 버려서 잘 모르겠는데, 다이쇼 14년경의 것으로 생각됩니다."
이소까와 경감이 그곳에 늘어놓은 것은 타다 남은 5장의 종이 쪽지였는데, 가까스로 재가 되는 것을 면한 그 문구는 매우 암시적인 느낌을 주었다. F의사도 그 점에 꽤 흥미를 느꼈는지 메모를 해 두었는데 나도 그것을 그대로 옮겨 두겠다.

1. …… 바닷가로 내려가는 도중 늘 다니던 곳을 지나는데, 오늘도 오후유 씨가 거문고를 뜯고 있었다. 나는 요사이 그 거문고 소리를 들으면 애달파 견딜……
2. …… 그놈이다, 그놈이야. 나는 그 사나이를 미워한다. 나는 평생 그 사나이를 증오한다……
3. ……는 오후유 씨의 장례식이다. 외로운 날, 슬픈 날, 섬에는 오늘도 가랑비가 내린다.
   장례식을 따라가니까……
4. …… 나는 몇 번이나 그놈에게 결투를 요청할까 생각했다. 이 참을 수 없는 분격. 외롭게 죽어 간 그 사람의 일을 생각하면, 나는 그 사나이를 갈기갈기 찢어죽여도 분이 풀리지 않을 것 같

다. 나는 그 사나이를 평생의 원수로서 증오한다, 증오한다, 증오한다……

5. …… 섬을 떠나기 전에 나는 다시 한 번 오후유 씨의 묘에 가서 참배했다. 들국화를 바치고 묘 앞에 엎드려 있는데, 어디선가 거문고 소리가 들려오는 것 같아 나는 갑자기……

"옳거니……."

서장은 타다 남은 5장의 쪽지를 주의 깊게 읽었다.

"이것으로 보면 겐조라는 사람은 어느 섬에서 오후유라는 여자와 가까워졌다. 그런데 오후유라는 여자에게는 달리 깊은 관계가 있는 남자가 있었고, 그 남자 때문에 오후유는 죽어 갔다. 즉 그 남자가 겐조의 평생의 원수이고 그 자가 이번 사건의 범인이란 말이군."

"그런 이야기가 되겠지요. 틀림없이 거기에는 뭔가 복잡한 경위가 있었겠지요. 그 녀석의 이름이나 하다못해 섬 이름이라도 알았으면 좋겠는데, 이렇게 일기장이 타 버렸으니 통 모르겠습니다. 연대로 말하자면 다이쇼 14년, 겐조가 스물 여덟 살 때로 당시 겐조는 호흡기를 앓아 세또 나이까이의 섬에서 섬으로 전전하며 요양을 하고 있었던 모양인데, 이 사건이 생긴 섬이 어딘지 그것은 이찌야나기 집안의 사람들도 모른답니다."

"그러나 이 사진이 있으면…… 그렇지, 자네는 이 사진을 세 손가락의 사나이가 처음 나타났다는 식당 사람에게 보였겠지?"

"물론 보였지요. 식당 여주인과 동사무소 직원, 그리고 그때 함께 있었던 마부에게도 보였습니다. 그랬더니 세 사람 모두 이 사람이 틀림없다는 것이었습니다. 이 사진과 비교해 보면 늙기도 했고 야위기도 했습니다. 그리고 입 근처에 커다란 흉터가 있어 상당히 인상이 달라졌는데, 어쨌든 확실히 이 자가 틀림없다고 세 사람 모두 단언했습니다."

"그럼 대체로 틀림은 없겠군. 그런데 그 사나이가 식당 앞에서 떠난 뒤 아무도 본 사람은 없나?"

"아니, 있습니다."

옆에서 말참견을 한 사람은 젊은 기무라 형사였다.

"같은 날에 이찌야나기 집 근처에서 사는 다구찌 요스께라는 사람이 그 사나이를 보았다고 합니다. 그 사람의 말에 따르면 그 녀석이 이찌야나기 집의 문전에 서서 살짝 내부를 들여다보더랍니다. 그래서 요스께가 수상히 여겨 상황을 살피고 있었더니, 그걸 알아차렸는지 그 사나이는 요스께에게 히사 마을로 가는 길이 이거냐고 다 아는 것을 묻더랍니다. 그리고 흔들흔들 그쪽으로 걸어갔는데, 한참 후에 요스께가 돌아다보니 이찌야나기 집의 북쪽에 있는 그 벼랑으로 기어올라가는 것이 보이더랍니다. 지금 생각하면 거기서 이찌야나기 집의 상황을 살폈던 모양입니다. 시간적으로는 식당 앞에서 떠난 뒤 5분인가 10분 후의 일인 것 같습니다."

"그게 23일의 저녁때, 즉 혼례식 날 전전날의 일이군."

"그렇습니다."

"그래, 그 후 다시 한 번 혼례식이 시작되기 조금 전에 이찌야나기 집안의 부엌에 나타났다는데, 그때 부엌에 있던 패들이나 다구찌 요스께에게도 이 사진을 보였겠지?"

"물론 보였지요. 그러나 이 사람들은 다 잘 모릅니다. 그 자는 모자를 깊숙이 쓰고 큰 마스크를 하고 있었으며, 또 이찌야나기 집의 부엌은 매우 어두워서……."

서장은 담배를 피우며 뭔가 생각하고 있더니 이윽고 책상 위를 보았다. 거기에는 다음과 같은 물건들이 놓여 있었다.

1. 컵
2. 일본도

3. 일본도의 칼집
4. 세 개의 거문고 깍지
5. 거문고 줄 굄목
6. 낫

서장은 그런 물건들을 보고 말했다.
"이 컵이 동사무소 앞의 식당에 있던 것이군. 그래 지문은?"
"거기에 관해서는 제가 설명하겠습니다."
서장의 말을 기다리고 있었다는 듯 가방을 연 사람은 감식과의 젊은 사나이였다.
"여기에 사진이 있습니다만 이 컵에는 두 종류의 지문이 있습니다. 그 하나는 식당 안주인의 지문이고, 다른 하나는 엄지손가락, 집게손가락, 가운뎃손가락밖에 없는 지문입니다. 이것이야말로 문제의 세 손가락 사나이의 지문에 틀림이 없습니다. 그리고 똑같은 지문이 일본도, 일본도 칼집, 그리고 굄목에 찍혀 있는데 지문에는 피가 물들어 있습니다. 일본도와 일본도 칼집에는 겐조 자신의 지문도 희미하게 남아 있는데, 굄목에는 범인의 지문 외에는 아무것도 없습니다. 그리고 거문고 깍지 안쪽에 범인의 지문이 없으면 안 되는데, 보시는 바와 같이 피가 질펀하게 묻어 있어서 도저히 지문을 채취할 수 없습니다. 낫은 보시는 것처럼 자루가 이런 종류의 목제로 되어 있어서 이것도 명확한 지문을 채취할 수가 없습니다."
"이 낫은……."
"그것은 이렇습니다."
이소까와 경감이 몸을 내밀었다.
"이것은 사랑채 뜰에 있는 녹나무에 꽂혀 있었는데, 조사해 보니 이찌야나기 집에는 일 주일쯤 전에 정원사가 다녀갔더군요. 그래서 그 정원사를 불러 조사했는데 확실히 그때 잊고 간 것만은 틀림없으나 녹나무에 꽂아 놓고 간 일은 절대로 없다고 주장합니다. 나무 가위라면 모르지만 낫을 가지고 녹나무에 오른다는 것은 생각할 수 없는 일이니까, 이것은 정원사가 하는 말을 믿어도 좋다고 생각합니다. 그렇다면 이것이 어째서 녹나무에 꽂혀 있었는가. 그리고 이건 무섭게 갈아 놓았어요. 거기에 뭔가 의미가 있지 않을까 싶어서 좌우간 압수해 왔습니다."
"꽤 많은 의문점이 있군. 그런데 현장의 지문은……?"
"현장에서는 세 군데에서 명확한 범인의 지문이 채취되었습니다. 하나는 예의 8조 방 뒤에 있는 반침 속인데 이것은 피에 물들지 않았습니다. 그리고 나머지 두 군데는 모두 피에 물든 지문으로, 하나는 덧문의 뒤쪽, 또 하나는 8조방 남서쪽의 기둥에 있었습니다. 이 나중의 지문은 제일 눈에 띄기 쉬운 곳에 있는 것인데도 제일 늦게야 발견됐습니다. 그것은 집을 전부 분홍색으로 칠해 놓아서 그만 빠뜨렸던 거죠."
"그럼, 아무래도 달리 범인이 있다는 결론이 되겠군. 자살 가능성은 없겠구만."
"자살이라구요?"
이소까와 경감은 어이가 없다는 듯이 눈을 크게 떴다.
"아니, 이것은 나의 의견이 아니야. 스스로 심장을 찔러놓고 칼을 통풍창 밖으로 내던진 것이 아니냐고 하는 사람이 있어."
"누가 그런 어리석은 생각을 했습니까? 현장을 보면 그런 의문이 생길 까닭이 없지요. 흉기가 꽂힌 현장으로 보아 그런 가능성은 없습니다. 그리고 예의 굄목인데, 이것은 분명히 눈이 그친 뒤에 그곳에 놓은 것이 틀림없습니다. 그런데 그것이 있던 장소라는 게 설사 덧문을 열었다고 해도 집 안에서 던질 수 있는 곳이 아닙니다. 그런데 누가 그런 어리석은 생각을 했습니까?"

"세노야. 그 사람에게는 자살로 되는 편이 이익이거든. 보험금을 지불하지 않아도 되니까."

"보험금? 아아, 세노란 보험 회사 대리점을 하는 사람이군요. 겐조는 대체 보험을 얼마나 들었습니까?"

"5만 엔이야."

"5만 엔?"

경감의 눈이 휘둥그래진 것도 무리가 아니었다. 이 무렵의 시골에서 5만 엔은 확실히 큰 금액이었던 것이다.

"대체 언제 가입했습니까?"

"5년 전이래."

"5년 전? 그런데 마누라도 자식도 없는 그가 무엇 때문에 그렇게 큰 보험에 들었을까요?"

"그건 이렇대. 겐조에게 류지라는 동생이 있는데, 5년 전에 그 동생이 결혼했을 때 분깃을 형제들에게 나누어주었다네. 그런데 삼남인 사부로는 따돌림을 받았는지 분깃이 매우 적었어. 그에 대한 의분을 느꼈던지, 그때 겐조는 5만 엔의 보험에 들어 그것을 사부로에게 양도하기로 했다는 거야."

"그럼 보험금 수취인은 사부로로 돼 있겠군요."

이소까와 경감은 갑자기 말할 수 없을 만큼 가슴이 뛰었다.

사부로는 혼례식 전날 밤, 가와 마을에 사는 할아버지를 바래다 주고 그냥 그곳에서 묵었다. 즉 관계자 중에서 사부로만이 제일 확실한 현장 부재 증명을 갖고 있는 셈이 되는데, 그 일이 뭔가 커다란 의미를 가지고 있는 것이 아닐까……

이소까와 경감은 느닷없이 수염을 세차게 문질렀다.

제8장 긴다이찌 고스께

11월 26일, 즉 이찌야나기 집에서 무서운 살인 사건이 있은 다음 날이었다.

하꾸비 선(線)의 기요시 역에서 내려 가와 마을 쪽으로 흔들흔들 걸어오는 한 청년이 있었다. 나이는 스물 대여섯 살 정도이고 키는 중키, 그리고 살이 알맞게 찐 약간 몸집이 작은 청년이었다.

그는 하오리(일본 옷 위에 입는 짧은 겉옷)와 기모노(일본 옷), 그리고 가는 줄무늬의 하까마(일본 옷 겉에 입는 주름 잡힌 하의. 지금은 하오리와 함께 정장으로 입음)를 입었는데 하오리, 하까마, 기모노가 다 주름투성이였다. 감색 다비(일본 버선)에서는 발톱이 튀어나올 것 같고, 게다(일본의 나막신)는 무지러지고, 모자는 쭈그러지고…… 즉 그 나이의 청년으로서는, 외모에 전혀 신경을 쓰지 않는 인물이었다. 피부색은 흰 편이었으나 용모는 내세울 만한 것이 못되었다.

그런 모습의 청년이 다까하시 내를 건너 가와 마을 쪽으로 걸어왔다. 왼손은 호주머니에 넣고 오른손에는 스틱을 쥐고 있었다. 호주머니가 몹시 불룩한 것으로 보아 잡지나 노트 같은 것을 넣은 모양이었다. 그 무렵 도쿄에 가면 이런 타입의 청년이 매우 많았다. 와세다 대학 근처의 하숙에는 이런 부류가 득실득실했다. 그리고 변두리 리뷰 극장의 작가실에서도 이와 비슷한 인물을 흔히 볼 수 있었다. 이 사람이 구보 긴조의 전보로 부름을 받고 온 긴다이찌 고스께였다.

이 사건의 경위를 비교적 자세히 아는 마을 사람들 사이에 이 청년은 지금도 신비적인 인물로 기억되고 있다.

"그런 매우 부수수한 젊은이가 경감도 해내지 못하는 대활약을 했으니, 역시 도쿄 사람은 다른 데가 있다면서 그 무렵 평판이 대단했지요……."

이런 말로도 알 수 있듯이 이 청년은 이찌야나기 집의 요금(妖琴) 살인사건에서 가장 중요한 역할을 해낸 인물이다. 지금 내가 마을 사람들의 이야기를 종합해서 생각하건대, 이 청년은 전해 들은 풍모로 미루어 어딘지 앤토니 길링검 군을 닮지 않았나 싶다. 앤토니 길링검 군――느닷없이 외국 이름이 튀어나와 독자들은 어리둥절하겠지만, 이 사람은 내가 가장 애독하는 영국 작가 A. A. 밀른이 쓴 미스터리 소설 《빨강 집의 수수께끼》에 나오는 주인공, 풋내기 탐정이다.

밀른은 그 소설 속에서 처음으로 앤토니 길링검 군을 소개할 때 이런 말을 했다. 이 인물은 이 이야기 중에서 주요한 역할을 담당하고 있기 때문에 이야기로 접어들기 전에 간단하나마 일단 설명해 둘 필요가 있다고. 나도 밀른을 본받아 여기서 일단 긴다이찌 고스께라는 사나이의 사람됨을 설명해 두기로 하겠다.

긴다이찌――이런 신기한 이름에서 독자는 곧 생각되겠지만 같은 성을 가진 사람으로 유명한 아이누 학자가 있다. 그 사람은 동북 지방이나 홋카이도 출신이었다고 생각되는데, 긴다이찌 고스께도 그 지방 출신인 듯 말씨에 사투리가 많이 섞인데다가 또 간혹 말을 더듬었다고 한다.

그는 19세 때에 고향에서 중학교를 졸업하자, 청운의 뜻을 품고 도쿄로 뛰어나왔다. 그리고 어느 사립 대학에 적을 두고 간다 근처의 하숙을 전전하고 있었는데, 일년도 못 되어 어쩐지 일본의 대학은 시시한 생각이 들어 훌쩍 미국으로 건너갔다. 그런데 미국에서도 별로 신통한 일이 없었던지, 접시 닦기니 뭐니 하면서 이곳 저곳을 떠돌다가 우연히 호기심에서 마약에 맛을 들였는데, 점점 깊이 빠져 들어갔다.

만약 그대로 아무 일도 생기지 않았더라면 그도 마약 중독 환자로서 재미 일본인 사이에서 주체 못하는 존재가 되었을 것이지만, 그렇게 되기 전에 묘한 일이 생겼다. 샌프란시스코에 있는 일본인 사이에서 기묘한 살인 사건이 일어났는데, 하마터면 사건이 미궁에 빠질 뻔했다. 그런데 그곳에 마약 상습자인 긴다이찌 고스께가 갑자기 뛰어들어 이 괴사건을 멋지게 해결해냈다. 더구나 이 해결 방법에 조금도 흥감이 없이 끝까지 이치로 따지는 정공법을 썼기 때문에 재미 일본인들은 깜짝 놀라서 어안이 벙벙했다. 그래서 지금까지의 마약 상습자 긴다이찌 고스께는 당장 영웅 대우를 받게 되었다.

그런데 그 무렵 우연히 샌프란시스코에 구보 긴조도 머물고 있었다. 긴조는 오까야마에서 시작한 과수원이 성공했기 때문에 그에 이어 또 한 가지의 사업을 기획하고 있었다. 독자는 전쟁 전에 선키스트라는 상표가 붙은 건포도를 즐겨 먹은 기억이 있을 것이다. 그것은 캘리포니아에 있는 일본인에 의해 많이 만들어졌는데, 긴조는 그것을 일본에서 만들어 보려고 했다. 그래서 견학 겸 오랜만에 미국에 건너가 있었는데, 어느 재미 일본인 모임에서 긴다이찌 고스께를 만났던 것이다.

"어떤가, 이젠 마약과 인연을 끊고 착실히 공부할 생각은 없나?"

"저도 그렇게 하고 싶습니다. 마약도 결국 대단한 것은 못 되니까요."
"자네가 그럴 생각이라면 내가 학자금을 대주겠네."
"제발 잘 부탁합니다."
고스께는 더부룩한 머리칼을 긁으며 선뜻 고개를 숙이고 부탁했다.
긴조는 곧 일본으로 돌아왔고 고스께는 3년 동안 미국에 남아서 공부하여 단과 대학을 졸업했다. 그리고 일본으로 돌아와 곧 고베로 긴조를 찾아왔다. 그때 긴조는 이렇게 말했다.
"그래 앞으로 무엇을 할 셈인가?"
"전 탐정이 되려고 합니다."
"탐정……?"
긴조는 눈이 둥그래져서 고스께의 얼굴을 다시 보았다. 그리고 3년 전의 사건을 생각해냈다.
"탐정이라는 직업은 영화에 나오는 것처럼 큰 돋보기나 줄자 따위를 사용하는가?"
"아뇨, 전 그런 것은 사용하지 않을 셈입니다."
"그럼 무엇을 사용하겠는가?"
"이걸 쓰겠습니다."
고스께는 싱글벙글하며 더부룩한 머리를 두들겨 보였다.
긴조는 감탄한 듯 고개를 끄덕였다.
"그러나 머리를 쓴다 하더라도 역시 얼마쯤 자본이 필요하겠지?"
"글쎄요, 사무실 설비니 뭐니 해서 3천 엔은 들 것 같습니다. 그리고 우선 당장 생활비가 필요합니다. 간판을 내걸었다고 해서 금방 번창하진 않을 테니까요."
긴조는 5천 엔의 수표를 끊어 말없이 넘겨 주었다. 고스께는 그것을 받고 나서 고개를 숙였을 뿐 별로 고맙다는 인사도 하지 않고 도쿄로 돌아가 곧 이 색다른 직업을 시작한 것이다.

도쿄에서의 긴다이찌 고스께의 탐정 사무소는, 처음에는 전혀 되지 않는 모양이었다. 긴조에게 이따금 보내는 근황 보고에는, 문전에는 거미가 줄을 치고 사무실에서는 뻐꾹새가 울고 주인공은 하품을 삼키며 미스터리 소설만을 읽고 있다는, 진실인지 장난인지 모를 것들이 많았다고 한다.

그런데 반년쯤 지나니까 편지의 투가 점점 달라지는가 싶더니, 어느 날 아침 뜻밖에 고스께의 사진이 크게 신문에 난 것을 발견하고 긴조는 놀랐다. 무슨 짓을 저질렀나 싶어 읽어 보니, 그 무렵 전국을 떠들썩하게 했던 어떤 중대한 사건을 보기 좋게 해결한 수훈자로 신문이 대대적으로 보도한 것이었다.

그 기사 속에서 고스께는 이런 말을 했다.

"발자국 수색이나 지문 채취는 경찰관들이 하면 됩니다. 나는 거기서 얻은 결과를 논리적으로 분류, 종합해서 최후에 추단(推斷)을 내립니다. 이것이 나의 탐정 방법입니다."

그것을 읽은 긴조는 언젠가 그가 줄자나 큰 돋보기 대신에 머리를 두들겨 보이면서 그것을 쓰겠다던 것을 생각해 내고 회심의 미소를 지었던 것이다.

그 고스께가 이찌야나기 집의 사건 때 우연히 긴조의 집에 와 있었던 것은 이런 연유에서였다. 당시 오사카에서 또 어려운 사건이 생겨 고스께는 그 조사 때문에 오사카에 내려갔었는데, 의외로 사건이 빨리 처리되어 휴양 겸 오랜만에 긴조에게로 놀러 와 있었다. 그리고 긴조와 가스꼬를 배웅한 그는 긴조가 혼례식을 마치고 돌아올 때까지 천천히 쉬고 있을 셈이었는데, 이번 사건으로 긴조로부터 전보를 받은 것이었다.

이찌야나기 집안이 있는 오까 마을과 긴조가 과수원을 하고 있는 곳과는 직선 거리로 백 리도 못된다. 그러나 교통이 좋지 않은 곳이라서 이곳에 오려면 일단 다마지마 선으로 나가, 그곳에서 산요 선 상행 열차를 타고, 구라지끼에서 하꾸비 선으로 바꿔 타야 한다.

그리고 기요시 역에서 내리면, 거기서 다시 10리쯤 거슬러 돌아가지 않으면 안된다. 긴조와 가스꼬도 그 길을 따라 찾아왔고, 고스께도 같은 경로를 거쳐 왔다. 고스께가 다까하시 내를 건너 가와 마을의 큰길에 이르렀을 때였다. 갑자기 소란한 소리가 들리고 사람들이 욕을 하고 떠들며 ㄱ자 모양으로 구부러진 큰길 저쪽으로 달려가는 것이 보였다.

무슨 일이 생겼나 하고 고스께는 무심히 걸음을 빨리 해서 가 보았다. 가와 마을의 집들이 끊기는 근처에서 버스가 전신주를 들이받은 모양이었다. 그리고 그 둘레에 많은 사람들이 모여 있었다. 고스께가 옆으로 다가갔을 때는 그 버스 쪽에서 부상자를 꺼내어 옮기는 참이었다. 옆에 있는 사람에게 물었더니 저쪽에서 오는 소달구지를 피하려다가 전신주를 들이받았다는 것이었다.

이 버스는 아까 고스께가 내린 기요시 역에서 나오는 것이었는데, 승객의 태반은 고스께와 같은 열차로 온 사람들이었다. 자기도 이 버스에 탔더라면 같은 재난을 겪을 뻔했다고 고스께는 스스로의 행운을 축복하며 버스 옆을 떠나려 했다. 그때 버스 안에서 메어져 나오는 부인의 모습이 갑자기 그의 눈길을 끌었다. 고스께는 그 부인을 본 기억이 있었다.

앞에서도 말한 것처럼 그날 아침 일찍 다마지마에서 산요 선 상행 열차에 탄 고스께는 구라지끼에서 하꾸비 선으로 바꿔 탔는데, 그 구라지끼에서 같은 열차에 동승한 부인이었다. 고스께와는 반대로 이 부인은 하행 열차로 구라지끼까지 온 모양인데, 마주 보는 자리에 앉았을 때 고스께는 이 부인이 매우 흥분하고 있음을 깨달았다.

부인은 도중에서 산 듯한 이 지방의 신문을 몇 장이나 무릎 위에 포개 놓고 몰두하는 것처럼 읽고 있었는데, 그녀가 읽는 기사가 이찌야나기 집의 살인 사건인 것을 알았을 때 고스께는 새삼 부인의 얼굴을 다시 보지 않을 수 없었다. 나이는 스물 일고여덟이나 되었을까. 수수한 기모노에 보랏빛 치마를 입었는데, 묶은 머리칼이 굉장히 곱슬거리는데다가 꽤 심한 사팔뜨기여서 결코 미인이라고 할 수는 없다. 그러나 어딘가 지적인 번뜩임이 있어 그것이 용모의 미운 점을 보강했는데, 전체적인 느낌으로 보아 여학교 선생 같은 인상을 주었다.

고스께는 문득 이번 사건의 피해자의 한 사람인 가스꼬가 여학교 선생이었음을 상기하고, 어쩌면 이 부인은 가스꼬와 무슨 관계가 있지 않나 생각했다. 만약 그렇다면 여기서 이야기를 해 보면 뭔가 참고가 될 만한 것을 들을 수 있을지도 모르겠다고 생각했는데, 부인의 태도에 어딘지 사람을 끌어들이는 데가 없어 미처 말을 꺼내지 못하고 있는 사이에 기차는 기요시 역에 닿았다. 그래서 끝내 고스께는 말을 걸 기회를 잃고 말았다.

지금 버스 안에서 메어져 나오는 사람은 그 부인이었다. 더구나 두세 사람 되는 부상자 중에서 이 부인이 제일 많이 다친 듯 축 늘어져 있어서 고스께는 몇 번이나 따라가려고 생각했다. 그러나 그때 자동차를 둘러싸고 있는 사람들 사이에서 다음과 같은 말이 들려 고스께는 다시 생각을 고쳐 멈춰 섰다. 그 말은 이러했다.

"어젯밤에 또 이찌야나기 집에 세 손가락의 사나이가 나타났대."

"그렇다더군. 그래서 또 경찰에서는 아침부터 야단법석이야. 이 근처 일대에 비상망을 쳤다니까 조심하라구. 묘한 꼴을 하고 서성거리다가는 붙잡힌다구."

"바보 같은 소리 하지 마. 난 분명히 다섯 손가락이 다 있어. 그런데 대체 어디에 숨어 있을까?"
"히사 마을로 넘어가는 산속에 숨어 있지 않나 해서 그 근방에서는 마을 청년단을 총동원하여 산을 샅샅이 뒤지고 있다는 거야. 어쨌든 큰일이야."
"이찌야나기 씨 집에는 무엇인지 모르지만 어떤 앙화가 있다는 거야. 선대의 사꾸에 씨도 그런 죽음을 당하고 말야. 새집의 료스께 씨의 아버지라는 사람도 히로시마에서 할복을 했다는 이야기가 있어."
"흥, 오늘 아침 신문에도 그런 말이 나왔더군. 피에 저주받은 집안이니 뭐니 하고…… 그러고 보니 그 집에는 이전부터 어쩐지 음산한 데가 있었어."
 가와 마을 사람들이 지금 말하는 '피에 저주받은 집안'이라는 것은 그날 아침 지방 신문에 난 것이어서 고스께도 잘 알고 있었는데 그것은 이렇다.
 젠조 형제의 부친인 사꾸에는 15, 6년 전 즉 스즈꼬가 태어난 뒤 곧 죽었는데 그것은 보통 죽음이 아니었다. 이 사람은 평소에는 극히 온후하고 물정을 잘 아는 인물이었으나 무슨 일에 격하기를 잘하고, 또 격하면 앞뒤 분별을 가릴 줄을 몰랐다. 스즈꼬가 태어난 뒤 얼마 안 있어 이 사람은 마을 사람과 논밭 일로 싸움을 벌였다. 이 싸움이 커진 끝에 어느 날 밤 사꾸에는 칼을 뽑아 들고 상대방 집으로 쳐들어갔다. 그리고 보기좋게 상대를 베어 죽인 것까지는 좋았는데, 자기도 깊은 상처를 입고 집에 돌아온 뒤 그날 밤 숨을 거두었다.
 마을의 노인은 이 사건과 이번 살인 사건을 결부시키고, 다시 거기에 야담 비슷한 이야기를 억지로 끌어다 붙였다. 사꾸에가 그때 쳐들어 갈 때 사용한 칼이 무라마사(일본 무로마찌 시대 도공 이름. 칼이름을 도공의 이름에서 땄음)이고, 젠조 부부가 살해된 것도 같은 무라마사이다. 이찌야나기 집안에는 무라마사가 앙화를 불러온다는 등의 말을 진짜인 듯 말하고 있으나, 이것은 잘못이다. 사꾸에가 그때 뽑아 들고 간 칼은 무라마사가 아니며, 더구나 그 칼은 사꾸에 씨 사건이 있은 뒤 보다이 절(寺)에 갖다 두었다고 한다. 이번 사건에서 범인이 사용한 칼은 분명히 사다무네라는 기록이 남아 있다. 그러나 신문이 '피에 저주받은 집안'이니 하고 떠드는 것도 무리가 아닌 것은 이 사꾸에라는 사람의 동생 즉 새집 료스께의 부친인 하야또라는 사람이 또 일본도로 비명의 죽음을 한 때문이다.

이 사람은 군인을 지원해서 러일전쟁 때 대위로 히로시마에 있었다. 그런데 군부 내에서 일어난 부정 사건의 책임을 지고 일본도로 할복했다. 이 때도 책임을 절실히 느껴서 한 자결은 훌륭하나, 할복할 정도의 큰일은 아니라는 것이 일반의 정평이었다. 그리고 할복의 원인으로 보더라도 군부 내에서 일어난 부정 사건도 그렇거니와, 사소한 일에도 큰일을 불러일으킬 정도로 신경이 날카로웠던 것이 보다 큰 원인이었으리라고 말하고 있다. 즉 이찌야나기 집안에는 대대로 남과 화합하지 못하는 괴팍하고 격한 성질이 전해지고 있다는 것이다.

그것은 그렇다 치고 어젯밤에 또 세 손가락 사나이가 이찌야나기 집안에 나타났다는 것은 고스께로서는 처음 듣는 일이었고, 뭔가 또 다른 일이 일어나지 않았나 생각하니 그 근처에서 우물쭈물하고 있을 수 없었다. 그래서 그는 마음에 걸리는 부상자를 두고 이찌야나기 집으로 바삐 갔는데, 그래도 그는 그 부인이 기우찌 의원으로 운반되는 것을 똑똑히 확인했다.

제9장 고양이의 무덤

긴다이찌 고스께가 야마노따니에 있는 이찌야나기 집에 닿은 것은 정오가 되기 조금 전의 일이었다. 과연 부락이 가까워짐에 따라 주위는 어쩐지 삼엄하고 자전거를 탄 순경이 왔다갔다하는 것도 사건이 있은 뒤다웠다.

고스께가 도착했을 때 이찌야나기 집안 사람들은 여전히 식당에 모여 있었는데, 그 한구석에 묵묵히 앉아 있던 긴조는 고스께의 이름을 듣자 갑자기 생기있는 표정이 되었다.

"여어, 잘 와 주었어!"

현관으로 마중 나온 긴조의 얼굴에는 반가움이 넘쳤다.

"아저씨, 정말 안됐습니다!"

"아니, 그런 인사는 나중에 해도 돼. 그것보다 이쪽으로 오게. 여러분에게 소개하지."

긴다이찌 고스께가 온다는 말은 전날 밤에 긴조로부터 들었기 때문에 식당에 모여 있던 이찌야나기 집안 사람들은 어떤 인물이 나타날까 하고 호기심을 가지고 기다리던 중이었다.

그런데 그곳에 나타난 인물을 보니 나이로 보아도 사부로와 별로 다를 게 없고, 또 더부룩한 머리에 풍채가 별로 좋지 않아서 모두 실망한 모양이었다. 스즈꼬는 눈을 크게 뜨고
"어머, 훌륭한 탐정님이란 바로 당신이신가요?"
하고 순진한 질문을 했을 정도였다.
이또꼬 여사와 료스께는 좀 놀랐는지 이 청년의 얼굴을 말똥말똥 쳐다보고 있었다. 그래도 류지만은 점잖게 멀리서 온 노고를 치하했다.
긴조는 소개를 마치자 곧 고스께를 데리고 자기 방으로 돌아왔다. 그리고 거기서 그저께 저녁부터 있은 일을 되도록 자세히 이야기했는데, 그 중에는 고스께가 이미 신문에서 읽어 알고 있는 것도 있었지만 아직 모르는 부분도 많았다. 긴조는 이야기를 마치고 마지막에 이렇게 덧붙였다.
"…… 그래, 현재로서는 세 손가락의 사나이라는 정체 모를 사나이가 범인으로 돼 있는데, 나로서는 아무래도 납득이 안 가는 데가 여러 가지 있단 말야. 우선 첫째로 그 류지라는 사람인데, 그 사건이 있은 날 아침 일찍 사부로와 함께 이 집으로 돌아왔어. 그때 저 사람은 방금 규슈에서 도착했다고 했거든. 그런데 실제로는 그 전날 가스꼬를 데리고 다마지마에서 기차에 탔을 때 저 사람도 확실히 같은 기차에 타고 있었어."
"허허어!"
고스께는 휘파람을 부는 것 같은 소리를 냈다.
"그렇다면 살인이 있었던 시각에 이 부근에 있었다는 것을 숨기고 있군요."
"그렇다니까. 나와 같은 기차로 온 것을 상대방은 모르고 있는 거야. 저 사람이 25일 밤부터 26일 아침에 걸쳐 이 근처에 있었다는

것은 틀림없어. 그런데도 왜 저런 거짓말을 하는지 모르겠어. 25일 밤에 이곳에 있었으면서 왜 혼례식에 참석하지 않았는지 그것부터가 아무래도 이상해."

긴조는 험한 눈으로 식당 쪽을 바라보더니, 이윽고 내뱉듯이 덧붙였다.

"아니, 그 사람뿐 아냐. 이 집 사람들은 모두 이상해. 뭔가 알고 있으면서도 그걸 숨기고 있다고밖에 생각되지 않아. 서로가 감싸주고 있는 것 같아 보이기도 하고, 반대로 모두가 서로 의심하고 있는 것 같이도 보인단 말야. 아무래도 나는 그것이 못마땅해."

이 사람으로서는 드물게 격한 투로 말하는 것을 고스케는 일일이 듣고 있더니 이윽고 생각난 듯이 말했다.

"그런데 아저씨, 아까 이곳에 오는 도중에 어젯밤에 또 세 손가락의 사나이가 나타났다는 말을 들었는데, 그게 정말입니까? 무슨 일이 또 있었습니까?"

"음, 그것이 또 좀 묘하단 말야. 실제로 그 녀석의 모습을 본 것은 스즈꼬뿐인데, 분명히 그 녀석이 찾아왔을 것이라는 증거는 똑똑히 있어."

"증거? 아저씨, 그것은 어떤 것입니까?"

"스즈꼬의 이야기인데 그 애는 좀 모자라거든. 약간 두서가 없지만 내 생각으로는 그 소녀는 몽유병자가 아닌가 싶어."

"몽유병자?"

고스케는 갑자기 눈을 크게 떴다.

"음, 그렇지 않다면 그런 시각에 일어나 어슬렁어슬렁 고양이 무덤을 참배할 리는 없으니까 말야."

"고양이의 무덤?"

고스케는 또 눈을 크게 뜨더니 갑자기 재미있다는 듯이 웃었다.

"아저씨, 그것이 대체 무슨 이야기입니까? 몽유병자니 고양이의 무덤이니 하시는데 이야기가 매우 요사스럽고 괴상해지지 않습니까? 대체 그게 무슨 이야기입니까?"

"아, 이거 미안하군. 나 혼자만 알고 이야기를 해 봤자 통할 리 없지. 실은 이렇게 된 거야."

어젯밤이라기보다는 오늘 아침 일찍의 일이었다. 이찌야나기 집안 사람들은 다시 심상치 않은 비명 소리에 잠을 깼다. 전날 밤 일도 있고 해서 긴조는 잽싸게 일어나 덧문을 열고 보니, 사랑채 쪽에서 넘어지고 뒹굴며 이쪽으로 달려오는 사람이 보였다.

긴조는 그것을 보자 맨발로 뜰에 뛰어내려 그쪽으로 달려갔는데, 그의 가슴으로 쓰러지듯 덤벼든 것은 뜻밖에도 스즈꼬였다. 스즈꼬는 플란넬 잠옷을 입은 채 창백해져서 떨고 있었다.

"스즈꼬, 어떻게 된 거야? 이런 곳에서 뭘하고 있지?"

"아저씨, 나왔어요! 나왔어요! 도깨비가 나왔어요! 세 손가락의 도깨비가 나왔어요!"

"세 손가락의 도깨비……?"

"그래, 그래요. 아저씨, 무서워, 무서워요. 저기에 있어요. 저기, 방울의 무덤 옆에 있어요."

그러는데 류지와 료스께가 달려왔다. 좀 뒤떨어져 사부로도 비틀비틀 뛰어왔다.

"스즈꼬, 너 이런 시각에 무엇 때문에 이런 곳에서 우물거리고 있지?"

류지는 약간 강한 말투로 물었다.

"전…… 전…… 방울의 무덤에 갔었어요. 그랬더니…… 그랬더니 …… 세 손가락의 도깨비가 뛰어나와서……."

그때 저쪽에서 이또꼬 여사가 염려가 되는 듯한 목소리로 스즈꼬의 이름을 불렀기 때문에 스즈꼬는 울면서 그쪽으로 달려갔다. 뒤에 남은 사나이들은 서로 살피듯 얼굴을 마주 보고 있었다.
이윽고 긴조가 말했다.
"좌우간 가 봅시다."
"전, 등불을 가져오겠습니다."
사부로는 이렇게 말하고 돌아가더니 곧 등불을 켜들고 쫓아왔다.
그곳은 저택의 동북쪽 구석에 해당하며 사랑채를 갈라놓는 겐진지 절의 울타리 바깥쪽이 되는데, 그 근처 일대에 커다란 느티나무, 졸참나무 등이 우거져 낙엽이 수북이 깔려 있었다. 그런 낙엽 속에 작게 쌓아올린 흙무더기 같은 것이 만들어져 있고, 그 봉우리 위에 흰 나무 기둥이 세워져 있었다. 기둥에는 사부로의 필적인 듯한 특징 있는 글자로 '방울공의 묘'라고 씌어 있었다. 묘표 앞에는 흰 들국화가 두세 송이 꽂혀 있었다.
모두가 무덤을 중심으로 나무 밑을 조사해 보았으나 특별히 수상한 것은 보이지 않았다. 사부로가 가져온 등불로 지면을 샅샅이 조사했으나, 앞에서도 말한 것처럼 그 근처 일대에는 낙엽이 떨어져 깔렸기 때문에 발자국다운 발자국은 하나도 발견할 수 없었다. 그들은 다시 저택 안을 조사해 보았다. 아무것도 없었다.
"그래서 다들 식당으로 돌아와 스즈꼬를 둘러싸고 여러 가지를 물어 보았지만 그 애의 이야기라는 것이 도무지 두서가 없어서 말야. 고양이 무덤에 갔었다고 하는데, 그런 한밤중에 고양이 무덤에 갔다는 것도 우습지. 그래서 나는 아까도 말한 것처럼 그 애에게 몽유병이 있지 않은가 생각하는 거야. 어제부터 그 소녀는 이상하게 죽은 고양이 일을 걱정하고 있었으니까 말야. 그래서 밤중에 비틀비틀 일어나서 무덤에 참배하러 갔다가, 거기서 수상한 사나이를 만나 번쩍 정신이 든 것이 아닌가 싶어. 그때 그 소녀는 비몽사몽이었으리라고 생각되는데, 확실치는 않으나 고양이 무덤 저쪽에 이상한 사나이가 쭈그리고 앉아 있었대. 그 녀석은 얼굴 전체를 가릴 듯한 큰 마스크를 하고 있고, 그것이 마치 입이 쭉 찢어진 것처럼 보였다는 거야. 그래서 스즈꼬가 악 소리를 지르며 도망치려고 하니까, 그 애를 붙잡으려는 것처럼 사나이는 오른손을 앞으로 내밀더래. 그때 그 손에 손가락이 세 개밖에 없었다는 거야.

앞에서도 말한 것처럼 그 소녀는 머리가 좀 이상해. 지능이 상당히 뒤떨어지는 것 같아. 그래서 믿을 수가 없다고 한다면 그렇게도 말할 수 있으나, 나는 이 집 안에서 그 애의 말을 제일 신용할 수 있을 것 같단 말야. 적어도 고의로 거짓말을 하지는 않을 테니까. 그래서 그 애가 보았다면 틀림없이 보았을 것으로 생각해. 그리고 세 손가락의 사나이가 그 근처에 있었다는 확실한 증거도 남아 있어."

"증거? 그 증거라는 것을 듣고 싶군요."

"그건 이래. 날이 밝자, 우리는 다시 한 번 고양이 무덤 주위를 조사해 보았어. 발자국이라도 발견할 수 없을까 해서 말야. 유감스럽게도 낙엽 때문에 발자국은 발견할 수 없었으나 그 대신 그 이상의 확실한 증거를 발견했어. 지문이야, 세 손가락의 지문……."

"지문이 대체 어디에 남아 있었습니까?"

"묘표에……. 고양이 무덤 위에 뚜렷이 진흙이 묻은 세 손가락의 지문이 나 있었어."

고스께는 또 휘파람을 부는 듯한 소리를 냈다.

"그 지문이라는 것이 확실히 문제의 세 손가락의 지문임에 틀림없더란 말씀이군요?"

"응, 오늘 아침 일찍 경찰에서 조사한 결과 확실히 문제의 지문이 틀림없다는 거야. 그러니까 어젯밤 세 손가락의 괴물이 다시 이 집

제9장 고양이의 무덤

을 찾아온 것은 의심할 여지가 없어."
긴조는 고스께의 얼굴을 보고 있었는데 그 눈 속에는 분명히 짙은 의혹의 빛이 보였다.
"대체 그 고양이의 무덤이라는 것은 언제부터 그곳에 있었습니까?"
"어제 저녁때부터래. 하긴 고양이의 시체를 그곳에 묻은 것은 그저께 아침, 즉 혼례식 날 아침의 일이었다는데 그때에는 미처 묘표를 세우지 못했다는군. 그래서 어제 사부로를 졸라 묘표를 만들어 달라고 하고, 하녀 기요꼬와 함께 저녁때쯤 스즈꼬가 그 묘표를 세우러 갔대. 그래서 기요꼬를 조사해 보았는데, 그때에는 확실히 그런 손가락 자국이 나 있지 않았다고 단언하는 거야. 하여튼 금방 깎은 흰 나무 묘표이니까 그런 것이 묻어 있었다면 기요꼬건 스즈꼬건 바로 알아차렸을 거야."
"그럼 결국 어젯밤에 세 손가락의 사나이가 다시 왔다는 것은 틀림없군요. 그러나 무슨 용건이 있어서 다시 왔을까요? 그리고 뭣 때문에 고양이 무덤 따위에 손을 댔을까요?"
"그에 대해선 사부로가 이렇게 말했어. 범인은 뭔가 잊고 간 것이 틀림없다. 그걸 되찾으러 왔을 거라고 말야. 그런데 그때 또 스즈꼬가 이런 말을 했어. 누군가가 고양이의 무덤을 파헤진 사람이 있다고, 봉우리의 모양이 어제와 다르다면서 말야. 그래서 당장 순경이 고양이 무덤을 파헤쳐 보았는데……."
"뭐가 나왔습니까?"
"아니, 특별히 나온 것은 없는 모양이야. 귤상자 정도의 흰 나무 상자 속에 고양이의 시체가 들어 있고 달리 색다른 것은 없었대."
"그 고양이의 시체를 묻은 것은 그저께 아침의 일이군요."
"그렇지. 그날 밤에 혼례식이 있었어. 고양이 시체 같은 것을 오래 놓아두면 재수가 없다고 모친한테 야단을 맞자, 25일 아침 일찍이 묻었다고 스즈꼬가 말했어. 아까도 말한 것처럼 그 소녀의 말은 신용해도 좋으리라고 생각되는데……."

고스게가 범행 현장인 사랑채를 조사한 것은 그로부터 얼마 지나지 않아서였다.

대체로 이런 사건의 경우 경찰관 외의 사람이 현장 부근을 서성거리는 것은 허용되지 않았으나, 긴다이찌 고스게만은 예외였다. 이 일에 관해서는 이찌야나기 집안 사람들을 비롯해서 마을 사람들도 매우 기이한 생각을 품은 모양이었다.

나에게 이 이야기를 해 준 노인도 이렇게 말했다.

"어쨌든 그 젊은이가 경감에게 뭐라고 소곤거리니까 경감이 당장 굽실거리더군요. 손바닥을 뒤집듯 굽실거리자 평판이 대단했지요."

그런 점에서도 이 청년은 일종의 신비적인 존재로 마을 사람들에게 큰 인상을 준 모양이었다. F군의 말에 따르면 그것은 고스게가 중앙의 어느 높은 자리에 있는 사람으로부터 받은 소개장을 가지고 있었기 때문이라고 한다.

"그 사람은 이곳에 오기 전에 오사카에서 두슨 조사를 하고 온 모양인데 그 사건이라는 것이 상당히 거창했나 봅니다. 높은 관리로부터 신분 증명서 같은 것을 받아 가지고 왔었지요. 어쨌든 그 방면에서는 중앙으로부터의 첨서(添書)라고 하면 하느님의 편지 이상의 효험이 있으니까요. 서장도, 사법 주임도 모두 쩔쩔맨 모양입니다."

그러나 서장이나 사법 주임이 이 청년에게 보통 이상의 호의를 보인 것은 중앙으로부터의 첨서 때문만은 아니었던 것 같다. 여러 사람으로부터 들은 이야기를 종합해서 생각할 때, 이 청년의 꾸밈없는 태도나 조금 더듬는 말씨에는 사람을 묘하게 끌어당기는 데가 있어, 그에게 무슨 부탁을 받으면 힘이 되어 주지 않을 수 없었던 모양이다.

이 사건을 담당한 이소까와 경감도 그 마술에 걸려든 사람 중의 하나였다.

이소까와 경감은 그날 오전에 마을의 청년단을 지휘해서 수색을 하고 있었는데, 정오가 지나 이찌야나기 집으로 돌아와 긴다이찌 고스께를 만나더니, 당장에 이 청년의 인품에 끌려 버렸다. 그래서 경감은 지금까지 자기가 조사한 사실을 모조리 이 청년 앞에 털어놓았다. 그 사실 중에서 고스께가 제일 흥미를 가진 것은 앨범에 붙었던 세 손가락 사나이의 사진과, 난로 속에서 발견된 타다 남은 일기의 단편이었던 모양이다. 그런 이야기를 듣자 고스께는 자못 기쁜 듯 싱글벙글하며 다섯 손가락으로 더부룩한 머리를 벅벅 긁었다. 이것은 이 청년이 흥분했을 때의 버릇이라고 한다.

"그, 그 사진이며 타다 남은 일기는 지금 어디에 있습니까?"

"그것은 후사 시의 경찰서에 있지요. 필요하다면 찾아다가 보여 드리지요."

"그, 그렇게 해 주신다면…… 그래, 다른 앨범이나 일기장 등은 아직도 서재에 있겠군요?"

"그렇습니다. 보시고 싶다면 안내해 드리지요."

"예, 예, 그, 그렇게 해 주시면……."

경감의 안내로 겐조의 서재에 들어간 고스께는 앨범과 일기장 등을 마구 꺼내서 훌훌 넘기더니 곧 그것을 제자리에 찔러 넣었다.

"이것은 나중에 더 자세히 조사하기로 하지요. 그럼 어디 현장을 좀 보여 주실까요?"

두 사람이 그 서재에서 나오려고 할 때였다. 고스께는 무슨 생각을 했는지 갑자기 못박힌 듯 그 자리에 멈춰 섰다.

"경감님."

한참만에 이소까와 경감을 돌아다보는 고스께의 얼굴에는 기묘한 표정이 떠올랐다.

"경감님, 경감님은 왜 저것에 대한 이야기를 해주지 않았습니까?"

"저것? 저것이 뭡니까?"

"저기 저 책장에 꽉 찬 책……. 저, 저것은 미스터리 소설이 아닙니까?"

"미스터리 소설? 예, 예 그렇습니다. 그런데 미스터리 소설이 이 사건과……?"

그러나 고스께는 그 말에는 대답하지 않고 성큼성큼 그 책장 앞에 다가갔다. 그는 커다란 눈을 더욱 크게 뜨고 가쁜 숨을 내쉬며 거기 늘어선 미스터리 소설의 배열을 정신없이 바라보고 있었다.

고스께가 그렇게까지 놀란 것도 무리가 아니었다. 그곳에는 국내외의 온갖 미스터리 소설이 망라되어 있었다. 오래된 것으로는 루이꼬 오본으로부터 시작해서 도일 전집, 뤼뺑물, 그리고 여러 출판사에서 발행된 번역 미스터리 소설 전집, 일본물로는 에도가와 란포, 고사까이 후기, 가가 사부로, 오시따 우다지, 기기 다까따로, 운노 주조, 오구리 주따로 등의 저서가 한 권도 빠짐없이 있을 뿐 아니라, 아직 번역하지 않은 원본, 엘러리 퀸이니 딕슨 카, 크로프츠와 크리스티 등등 정말 그것은 미스터리 소설 도서관이라그 해도 좋을 정도였다.

"대, 대, 대체, 이, 이, 이것은, 누, 누구의 장서입니까?"

"사부로 것이랍니다. 그는 굉장한 미스터리 소설 팬이랍니다."

"사부로…… 사부로…… 사부로라면 아까 당신 이야기에서 게, 겐조의 보험금 수취인이 되는 사람이지요? 그, 그리고, 그 사람이, 제, 제일 확실한 알리바이를 가지고 있다고 하셨지요?"

고스께는 거기서 또 머리를 벅벅 긁었다.

제10장 미스터리 소설 문답

이 사건이 처리된 뒤 긴다이찌 고스께는 사람들에게 다음과 같이 술회했다고 한다.

"솔직히 말해서 처음에 나는 이 사건이 별로 마음에 내키지 않았다. 신문을 보니까 세 손가락의 사나이가 수상하다고 했다. 물론 그밖에도 여러 가지 수수께끼나 의문이 있는 모양인데, 그것은 사건의 핵심과 아무 관계도 없는 일들이 우연히 겹쳐져서 그런 조건을 만들어낸 것이 아닐까. 그러한 우연의 껍데기를 한장 한장 벗겨가면, 뒤에 남는 것은 결국 세 손가락의 부랑자가 지나는 길에 저지른 흉행——이렇게 흔해 빠진 것이 되지 않을까. 신세를 진 아저씨에 대한 의리 때문에 찾아오긴 했지만, 그런 평범한 사건에 일일이 끌려다니는 건 견딜 수 없다.

이찌야나기 집의 문을 들어섰을 때의 나의 생각을 솔직히 말한다면 이런 것이다. 그러던 게 갑자기 흥미를 느끼기 시작한 것은 사부로 군의 책장에 꽉 찬 국내외의 미스터리 소설을 본 뒤로부터였다. 이 집에서는 '밀실의 살인'의 형태를 갖춘 흉행이 저질러졌다.

그리고 여기에 '밀실의 살인'을 취급한 많은 미스터리 소설이 있다. 이것을 우연이라고 해야 할 것인가. 아니다, 이것은 어쩌면 지금까지 생각하던 사건이 아니고, 범인에 의해 정성껏 계획된 사건이 아닐까. 그리고 그 계획의 텍스트가 이들 미스터리 소설의 줄거리에 의해서 자행된 것이 아닐까. 그렇게 생각했을 때, 나는 갑자기 말할 수 없이 기뻤다. 범인은 '밀실의 살인'이라는 문제를 제출하고 우리에게 도전해 온 것이다. 지혜의 싸움을 우리에게 걸어온 것이다. 좋아, 그렇다면 한 번 그 도전에 응해야 되겠다. 지혜의 대결을 해 주어야겠다. 그때 나는 이렇게 생각했다."

그러나 이소까와 경감에게는 그런 고스께의 흥분이 유치하고 시시하게 생각되었을 것이다.

"어떻게 된 것입니까. 미스터리 소설도 미스터리 소설이지만, 현장을 보기로 하지 않았습니까. 너무 꾸물거리고 있다간 어두워집니다."

"아, 그, 그렇군요."

점 찍은 소설 5, 6책을 책상에서 꺼내 훌훌 페이지를 넘기던 고스께는 경감으로부터 주의를 받자, 비로소 깨달은 듯 책을 되돌려놓았다. 그 태도가 자못 섭섭해하는 것 같아 사람 좋은 경감은 웃음을 참을 길이 없었다.

"당신은 미스터리 소설을 꽤 좋아하는 모양이군요."

"뭐, 그, 그렇지도 않습니다. 이것이 또 여러 가지 참고가 되는 일도 있으니까 대충 훑어보고 있지요. 그럼 안내해 주시겠습니까?"

앞에서도 말한 것처럼 그날은 산을 수색했기 때문에 현장에는 형사나 순경이 없었다. 그래서 경감이 손수 현관의 봉인을 뜯고 고스께를 사랑채 안으로 안내했다.

덧문이 닫혀 있었기 때문에 사랑채 안은 어두컴컴했고 마루의 통풍

제10장 미스터리 소설 문답

창으로 비치는 빛만이 부옇게 보였다. 11월도 이젠 다 지나가서 불기 없는 저녁때의 건물 안은 육체적으로나 정신적으로 으스스했다.
"덧문을 열까요?"
"아니, 좀더 그대로 두십시오."
경감은 8조 방에 전등을 켰다.
"시체 외에는 사건이 발견된 때 그대로 두었습니다. 병풍이 응접실 기둥과 열린 미닫이 사이에 다리를 놓듯 넘어져 있고, 그 안쪽에 신랑 신부가 겹쳐져 쓰러져 있었습니다."
경감은 그때의 두 사람 위치를 상세히 설명했다. 고개를 끄덕이며 듣던 고스께는 말했다.
"옳거니, 그럼 신랑은 새색시의 발 쪽으로 머리를 두고 쓰러져 있었겠군요?"
"그렇습니다. 새색시의 무릎 쪽을 베고 벌렁 누운 것처럼 쓰러져 있었습니다. 필요하다면 나중에 사진을 보여 드리지요."
"예, 그렇게 해 주신다면……."
그리고 나서 고스께는 금병풍에 묻은, 피투성이가 된 세 개의 거문고 깍지 자국을 바라보았다. 선명한 색깔 위에 똑똑히 표시된 세 개의 거문고 깍지 자국은 너무 익은 딸기처럼 벌써 거무스름하게 변색되어 있었다. 그리고 그 거문고 깍지 근처에서 꼭대기까지 얕은 칼자국이 나 있고, 그 칼자국에도 희미하게 피가 묻어 있었다. 아마 범인이 칼을 휘두르는 찰나에 피묻은 칼끝이 닿은 것 같았다.
그런 다음 고스께는 줄이 한 가닥 끊어진 거문고를 조사해 보았다. 그 거문고 줄 위에 묻은 피의 색깔도 녹슨 쇠처럼 검게 변색되어 있었다.
"이 줄의 굄목이 밖의 낙엽을 모아 두는 곳에서 발견된 거로군요."
"그렇습니다, 그렇습니다. 그것으로 보더라도 범인은 서쪽 뜰로 도망친 것이 틀림없는데요."

고스께는 그곳에 남은 12개의 거문고 줄 굄목을 조사하더니 갑자기 얼굴을 들며 말했다.

"경감님, 잠, 잠, 잠깐 이걸 보십시오."

몹시 더듬으며 말을 했기 때문에 경감도 무슨 일이 생겼는가 하고 황급히 들여다보았다.

"무, 무, 무엇이 있습니까?"

"아하하하하, 경감님은 좋은 분이 아니군요. 말더듬이 흉내까지는 내지 않아도 좋은데요."

"아니, 그래서가 아니고 나도 모르게 그렇게 됐습니다. 한데, 뭐가 있습니까?"

"보세요, 이 굄목⋯⋯다른 11개는 모두 같은 것으로, 파도 위에 물새의 부조(浮彫)가 돼 있는데, 이것 하나만은 밋밋하고 아무런 조각도 없습니다. 다시 말해서 이것은 이 거문고의 굄목이 아닙니다."

"아아, 과연. 그걸 지금까지 몰랐군요."

"그런데 낙엽 더미 속에서 발견된 것은 어땠습니까? 역시 이것과 같은 한 벌이던가요?"

"그렇습니다. 파도에 물새의 부조가 돼 있었습니다. 그런데 이것 하나만 다른 굄목이 섞여 있다는 것에 무슨 의미가 있을까요?"

"글쎄요. 있을지도 모르고 없을지도 모릅니다. 아마 한 벌의 굄목 중에서 하나를 분실했기 때문에 다른 거문고의 것을 가져왔겠지요. 그런데 문제의 받침은 이 뒤에 있습니까?"

고스께는 경감의 안내를 받아 받침과 변소 안 등을 조사했다. 그리고 방의 기둥에 묻어 있는 피에 물든 세 손가락의 지문과 서쪽 덧문 안쪽에 남은 피묻은 손 모양을 주의 깊게 바라보았다. 그 지문이나 손 모양은 빨갛게 칠해진 나무결 속에서 검고 탁하게 가라앉아 있었다."

"옳지, 이 분홍칠 때문에 지문이나 손 모양의 발견이 늦어진 거로군요."

"그렇습니다. 그리고 그 덧문은 두껍닫이에 제일 가깝지 않습니까. 서쪽 덧문을 열면 그 문은 제일 안쪽으로 들어갑니다. 그래서 덧문을 다 닫아 버리지 않으면 그 손 모양을 발견할 수 없게 돼 있습니다."

그 덧문에는 겐시찌가 도끼를 내리쳤을 때 생긴 구멍이 남아 있었다.

"옳거니. 그리고 사건을 발견한 사람들도 이곳으로 들어갔으니까, 그때 덧문을 두껍닫이 속에 밀어넣어 내렸겠군요."

고스게가 고리쇠를 벗기고 덧문을 열자 희뿌연 바깥 빛이 한꺼번에 흘러 들어왔다. 두 사람은 무심결에 눈이 부신 듯 껌벅거렸다.

"그럼 집 안은 이 정도로 하고 뜰을 보여 주시겠습니까? 아, 잠깐. 겐시찌가 들여다보았다는 통풍창이 이거로군요."

고스게는 버선발로 두껍닫이 밖에 있는 커다란 돌확 위에 서서 발돋움을 하고 통풍창으로 안을 들여다보았는데, 그 사이에 경감이 현관에서 두 사람의 신발을 가지고 왔다.

그리고 나서 두 사람은 뜰로 내려갔다. 경감은 일본도가 꽂혔던 석등 아래와 괴목이 발견된 낙엽 더미를 일일이 가리키며 설명했다.

"옳거니. 그래, 발자국은 아무데도 없었단 말씀이죠?"

"그렇습니다. 내가 왔을 때에는 이 근처 일대가 벌써 상당히 짓밟혀 있었지만, 눈 위에 발자국이 하나도 없었다는 것은 구보 씨도 인정하고 있습니다."

"아아, 과연. 눈 위에 발자국이 없었으니까, 먼저 온 형사와 순경이 주저없이 이 근처를 짓밟아 버렸다는 말씀이군요. 그런데 낫이 꽂혀 있었다는 녹나무는 저겁니까?"

고스께는 뜰의 여기저기로 위치를 바꾸며 주위의 상황을 살폈다.

"최근에 정원사가 들어와서 그런지 과연 손질이 잘 돼 있군요."

서쪽 경계선 근처에 있는 소나무도 산뜻하게 가지가 쳐져 있고, 새끼로 매단 가지에는 아직 벤 지 얼마 안 되는 푸른 대가 대여섯 개 걸쳐져 있었다. 고스께는 정원석 위에 뛰어올라 그 푸른 대 속을 들여다보았는데 경감은 그것을 보고 웃었다.

"왜 그러십니까. 범인이 대나무 마디 속에 숨을 거라고 생각하십니까?"

경감이 놀리는 듯 물으니까 고스께는 자못 기쁜 듯이 머리를 벅벅 긁었다.

"그렇습니다. 범인은 이 대나무 속을 뚫고 도망쳤는지도 모르겠습니다. 글쎄, 이 대나무는 저쪽까지 확 뚫려 있으니까요."

"뭐라구요?"

"정원사가 매다는 가지의 첨목(添木)으로 쓰는데, 일일이 대나무의 마디를 뚫을 리는 없지요. 그리고 이 가지는 친절하게도 두 개나 대나무 첨목을 했군. 새끼를 맨 솜씨로 보아 한 개는 분명히 정원사의 솜씨인데, 마디를 뚫은 이 대나무 쪽은 풋내기가 한 모양이군요."

경감도 놀라 옆에 와서 대나무 속을 들여다보았다.

"과연 마디를 뚫어 놓았군. 그런데 이것에 무슨 의미가 있을까?"

"글쎄요. 이상한 곳에 낫이 꽂혀 있고, 확 뚫린 대나무 첨목을 해 놓았으니 전혀 의미가 없다고 볼 수는 없겠지요. 나도 아직 잘 모르겠으나…… 여어, 어서 오십시오."

느닷없이 고스께가 소리를 쳐서 경감이 돌아보니 사립문께에 류지와 사부로가 서 있었다. 두 사람 뒤에 긴조의 얼굴도 보였다.

"들어가도 좋습니까?"
"좋고말고요, 경감님, 괜찮겠지요?"
고스께는 경감을 돌아다보며 말했다.
"확 뚫린 대나무 건은 당분간 아무에게도 말하지 마십시오."
빠른 말로 이렇게 말한 그는 사립문 쪽으로 세 사람을 맞으러 갔다. 류지와 사부로는 신기한 듯 주위를 둘러보며 들어왔다. 긴조는 무뚝뚝한 얼굴을 하고 그 뒤를 따라왔다.
"당신들은 사건이 난 뒤 이곳에 들어오신 적이 없습니까?"
"경찰분들에게 방해가 돼서는 안 되겠기에 사양하고 있었습니다. 사부로, 너도 처음이지?"
사부로는 묵묵히 끄덕거렸다.
"하기야 이야기는 료스께한테 들어서 잘 압니다. 어떻습니까, 뭐 새로운 것이라도 발견했습니까?"
"좀처럼 발견 못하겠습니다. 좌우간 어려운 문제이니까요. 경감님, 덧문을 열어도 좋겠지요?"
고스께는 아까 나온 서쪽 마루로 해서 안으로 들어가 남쪽 덧문을 두세 장 열었다.
"자, 여기 걸터앉으십시오. 아저씨, 아저씨도 여기 걸터앉는 게 어떻습니까?"
류지와 긴조는 마루에 걸터앉았는데, 사부로는 선 채로 사랑채 안을 살짝 들여다보고 있었다. 경감은 조금 떨어진 곳에서 살피는 것처럼 이 사람들을 바라보고 있었다.
고스께는 싱글벙글 웃으며 말했다.
"어떻습니까, 사부로 씨? 당신은 무슨 의견이 없으십니까?"
"전······."
덧문 안을 들여다보던 사부로는 약간 당황해하는 빛으로 고스께를 보았다.
"제가……? 왜 그러십니까?"
"당신은 매우 열성적인 미스터리 소설 팬인 것 같더군요. 미스터리 소설의 트릭을 푸시는 지식으로 사건의 수수께끼를 풀 수는 없습니까?"
사부로는 얼굴이 조금 빨개졌는데 그와 동시에 그의 눈에는 상대를 경멸하는 듯한 빛이 희미하게 떠올랐다.
"미스터리 소설과 실제는 다릅니다. 미스터리 소설의 경우에는 범인이 등장 인물 속에 한정되어 있지만, 실제의 경우에는 그렇게는 안 되니까요."
"그렇게 말한다면 그렇군요. 그러나 이 사건의 경우에는 범인이 세 손가락의 사나이로 한정된 것 같지 않습니까. 그렇지 않은가요?"
"그, 그런 것은 전 모릅니다."
"당신도 역시 미스터리 소설의 독자입니까?"
옆에서 류지가 점잖게 참견을 했다. 그의 얼굴에는 특별한 감정은 나타나지 않은 것 같았다.
"예, 읽지요. 그런대로 꽤 도움이 되는 일이 있으니까요. 물론 실제의 경우와 소설은 다릅니다만, 그런 생각이나 이치로 따져보는 사고 방식은 어떤 생활에도 도움이 되는 법이지요. 특히 이 사건은 '밀실의 살인'이니까요. 나는 지금 모든 것을 총동원해서 이와 비슷한 미스터리 소설이 없는가 하고 생각하는 중이랍니다."
"밀실의 살인이라면?"
"말하자면, 안으로 자물쇠가 정확히 잠겨 있어서 절대로 범인이 도망칠 구멍이 없는 방, 그런 방안에서 일어나는 살인 사건입니다. 미스터리 작가는 이것을 불가능한 범죄라고 합니다만, 그 불가능을 어떻게 해서 가능하게 하느냐 하는 데에 작가들은 매력을 느끼는 거지요. 대부분의 작가가 이걸 쓰고 있습니다."

"옳거니, 그것 재미있겠군요. 그래, 어떤 식으로 해결합니까? 그 가운데 두세 가지 정도 이야기해 주지 않겠습니까?"

"글쎄요. 그것은 사부로 씨에게 물어 보시는 게 좋겠지요. 사부로 씨, 밀실의 살인을 다룬 미스터리 소설 중에서 뭐가 제일 재미있습니까?"

사부로는 다시 경멸하는 듯한 엷은 웃음을 띠었다. 그리고 형의 얼굴을 보며 약간 겁나는 것처럼 말했다.

"글쎄, 난 역시 르루의 〈노랑 방〉이야."

"옳지, 역시 그렇군요. 지금은 고전이 되었지만 영원한 걸작일 것입니다."

"그 〈노랑 방〉이란 어떤 것입니까?"

"그것은 이렇습니다. 안으로 빗장이 질러진 방안에서 아가씨가 거의 죽을 지경에 이를 만큼 중상을 입는다. 그 비명을 듣고 아가씨의 아버지와 하인 두 사람이 달려가 문을 부수고 안에 들어가 보니, 방안은 피투성이이고 아가씨는 심한 상처를 입고 있다. 그런데도 범인은 방에 없다. 이런 이야깁니다. 이 소설이 왜 걸작으로 불리는가 하면 그 해결에 기계를 쓰고 있지 않기 때문입니다. 밀실의 살인을 다룬 미스터리 소설이 많이 있지만 대개는 기계적인 트릭이어서 끝에 가서는 실망하게 되지요."

"기계적 트릭이라면?"

"즉 자물쇠나 빗장이 잠겨진 방에서의 살인인데 결국은 범인이 어떤 방법으로——철사나 노끈 등을 써서 말이지요——나중에 자물쇠나 빗장을 잠근다는 것입니다. 이런 것은 아무래도 감탄할 수 없어요. 사부로 씨, 당신은 어떻습니까?"

"글쎄요. 나도 물론 그 설에 찬성입니다만 〈노랑 방〉 같은 트릭은 좀처럼 있을 수 없으니까, 기계적인 것이라고 해도 종류에 따라서 참고로 하고 있습니다."

"예를 들면……?"

"예를 든다면 카라는 작가가 있지요? 이 사람의 소설은 거의 모두가 밀실 살인이거나 아니면 밀실 살인의 변형인데, 이 변형에는 매우 멋진 트릭이 있어요. 〈모자 수집광의 비밀〉 등 그의 소설은 훌륭하고 독창적인 트릭을 쓰는데, 엄밀한 의미에서의 밀실물은 역시 기계적으로 됩니다. 그러나 카는 철사나 노끈으로 나중에 문을 닫았다는 속임수는 쓰지 않았습니다. 〈프레이그 코트의 살인〉 등은 역시 기계적인 트릭인데, 그것을 위장하기 위해 고심하고 있어서 나는 작가를 몹시 동정하고 있습니다. 기계적 트릭이라고 해서 반드시 경멸할 수는 없습니다."

사부로는 득의 양양하게 지껄이더니 갑자기 생각이 난 듯 주위를 둘러보았다.

"이런, 수다를 떠는 사이에 캄캄해졌군. 아무래도 미스터리 소설 이야기가 시작되면 그만 열중해 버리거든요."

사부로는 갑자기 추운 듯 몸을 움츠리고 어둑어둑한 속에 있는 고스케의 얼굴을 교활한, 그리고 살피는 듯한 눈으로 바라보았다. 이찌야나기 집에서 두 번째 거문고가 울린 것은 그날 밤의 일이었다.

제11장 두 통의 편지

"고 씨, 고 씨!"
누가 흔들어 깨우는 바람에 고스께가 번쩍 눈을 뜬 것은 새벽이 가까운 때였다. 정신을 차려 보니 방 안에는 전기가 켜지고, 나란히 자고 있던 긴조가 덮치듯 자기 얼굴을 들여다보고 있었다. 고스께는 그 안색의 엄숙함에 깜짝 놀라 벌떡 일어났다.
"아, 아저씨. 무, 무슨 일이십니까?"
"어쩐지 이상한 소리가 나는 것 같은 생각이 들어. 거문고를 뜯는 듯한 소리가…… 꿈이었는지도 모르겠지만……."
두 사람은 그대로의 자세로 가만히 귀를 기울이고 있었다. 별다른 소리는 들리지 않았다. 심장의 고동 소리까지 들을 수 있을 것 같은 고요 속에서 단 한 가지만 규칙적인 리듬을 가지고 움직였다. 그것은 물레방아 소리였다.
"아, 아, 아저씨."
갑자기 고스께가 딱딱 이를 부딪치며 짓눌린 듯한 쉰 목소리로 속삭였다.

"그저께 밤 그 살인이 있은 밤에도 물레방아 소리가 났습니까?"
"물레방아 소리……?"
긴조는 놀라서 살피는 듯한 눈으로 고스께의 눈을 들여다보았다.
"그러고 보니 들렸던 것 같기도 한데…… 그래, 분명히 들렸어…… 늘 듣던 소리여서 별로 마음에 두지도 않았는데…… 그러나, 앗!"
거의 동시에 두 사람은 자리에서 뛰어 일어나 셔츠에 팔을 꿰었다. 거문고가 다시 울린 것이다. 땅땅땅 실을 튕기는 듯한 소리, 그에 이어 붕붕 하고 공기를 휘젓는 듯한 소리…….
"제기랄, 제기랄, 제기랄. 아뿔싸, 큰일났군. 큰일났어…….."
셔츠 속에서 몸부림을 치며 고스께는 정신없이 소리쳤다.
어젯밤 고스께는 늦게까지 자지 못했다. 약속대로 이소까와 경감이 보내 준 사진과 타다 남은 일기장, 그리고 서재에서 가지고 온 일기장과 앨범, 그런 것들을 12시까지 조사했던 것이다. 그러고 난 다음에도 서재에서 꺼내 가지고 온 미스터리 소설의 페이지를 여기저기 넘기고 있었기 때문에 잠자리에 든 것은 2시가 넘어서였다. 그렇지만 않았다면 아주 잠귀가 밝은데…….
"아저씨, 아저씨. 지금 몇 시입니까?"
"4시 반이야. 요전 날과 같은 시간이야."
그들은 재빨리 옷을 입고 덧문을 열었다. 밖에는 심한 안개가 끼어 있었다. 그 안개 속에서 서로 밀치락달치락하는 두 개의 그림자가 보였다. 그곳은 사랑채로 통하는 사립문 근방이었다. 나무라는 듯한 남자의 낮은 음성과 훌쩍훌쩍 우는 여자 아이의 음성이 들렸다. 료스께와 스즈꼬였다.
"왜 그럽니까? 스즈꼬 양이 무슨……?"
옆으로 달려가 이렇게 따지듯이 묻는 긴조의 음성은 험악했다.

"스즈꼬가 또 몽유병 증세를 일으킨 모양입니다."
"거짓말, 거짓말이에요. 전 방울의 묘에 참배를 온 거예요. 몽유병이라니 거짓말이에요!"
스즈꼬는 다시 훌쩍훌쩍 울었다.
"료스께 씨, 당신은 지금 그 소리를 못 들었나요?"
"들었습니다. 그래서 여기로 달려왔는데 스즈꼬가 비틀비틀 걷고 있어 깜짝 놀랐습니다."
그러는데 류지와 이또꼬 여사가 안개 속에서 달려왔다.
"거기 있는 사람은 료스께? 아아, 스즈꼬도 있었군. 사부로는 어디 갔지? 사부로를 못 보았나?"
"사부로? 사부로는 아직 자고 있는 게 아닙니까?"
"아니, 잠자리는 텅 비어 있어. 난 그 소리를 듣고 제일 먼저 사부로를 깨우러 갔는데……."
"긴다이찌 군은 어디에 있습니까?"
류지의 말에 긴조가 안개 속을 둘러보고 있을 때, 사랑채 안에서 고스께의 요란스러운 소리가 들려왔다.
"누가 의사를 불러 주십시오. 사부로 군이……."
그 뒤의 말은 안개 속에 묻혀서 들리지 않았다. 그 말을 듣는 순간 모두들 돌처럼 몸이 굳어지는 것 같았다.
"사부로가 살해됐다!"
이또꼬 여사가 비통한 소리로 외치고 잠옷 소매를 눈에 갖다댔다.
"어머니, 어머니는 저쪽으로 가 계세요. 아아, 제수씨, 어머니와 스즈꼬를 부탁합니다. 그리고 의사를……."
마침 달려온 새집의 아끼꼬에게 이또꼬 여사와 스즈꼬를 맡겨 놓고 류지, 료스께, 긴조 세 사람은 사립문 안으로 몰려 들어갔다. 사랑채의 덧문은 전날과 마찬가지로 꼭 닫혀 있었는데, 통풍창으로 새어 나오는 등불 색깔이 안개 속에서 밝은 빛을 반사하고 있었다.
"저쪽, 저쪽…… 서쪽 마루로 들어오십시오."
고스께의 목소리는 현관 바로 안쪽에서 들려왔다. 모두들 서쪽으로 돌아가니까 요전에 겐시찌가 때려 부순 덧문이 한장 열려 있었다. 그곳으로 해서 안으로 뛰어드니 어두컴컴한 현관 토방에 고스께가 쭈그리고 앉아 있는 것이 보였다. 세 사람은 모두 그 쪽으로 달려갔는데 곧 얼어붙은 듯이 그 자리에 우뚝 서고 말았다.
현관의 시멘트 바닥에 사부로가 등을 둥그렇게 하고 쓰러져 있었다. 오른쪽 어깨 근처에는 새빨간 피가 흐르고 있고 오른손은 현관문 안쪽을 향하고 있었다. 류지는 그 순간 막대기를 삼킨 듯 그곳에 우뚝 서 있더니 곧 팔을 걷어붙이고 토방에 뛰어내려 고스께의 몸뚱이를 밀어 내듯이 하고 사부로 위에 몸을 굽혔다. 그리고 곧 얼굴을 들었다.
"료스께, 미안하지만 본채로 가서 내 가방을 가져다 주지 않겠나? 그리고 마을 의사보고 한시 바삐 와 달라고 하고……."
"사부로는, 사부로의 상태는? 안 되겠는가?"
"아니, 어쩌면 괜찮을 것 같아. 상처가 깊기는 해도…… 조심해…… 어머니를 너무 놀라지 않게 해 주게."
료스께는 곧 사랑채에서 나갔다.
"거들어 드릴 것은 없습니까?"
"아니, 너무 만지지 않는 편이 좋겠어요. 곧 료스께가 가방을 가져다 줄 테니까요."
류지의 목소리에는 어딘지 쌀쌀한 여운이 있었기 때문에 긴조는 미간을 찌푸리며 고스께의 얼굴을 보았다.
"대체 이것은 어찌 된 일인가?"
"글쎄요…… 저도 잘 모르겠습니다. 그러나 외관상으로 판단한다면 저쪽 병풍 있는 데서 칼을 맞고 여기까지 도망쳤군요, 그리고 문을 열려다가 그대로 정신을 잃은 거겠지요, 병풍, 보셨습니까?"
긴조와 고스께는 다시 8조 방으로 들어갔다. 문제의 병풍은 전날 밤과 같은 위치에 반쯤 넘어진 채 서 있었는데, 위에서 한 자쯤이 짝 잘려 있고 눈부실 정도로 번쩍이는 금박 가루에는 피가 튀어 있었다. 그리고 그 핏자국 사이에 꽃잎을 뿌려 놓은 것처럼 설마른 손가락 자국이 나 있었다. 그 손가락은 역시 세 개밖에 없고 더구나 이번에는 거문고 깍지도 끼고 있지 않아 불명료한 대로 지문의 윤곽을 볼 수 있었다. 긴조는 얼굴을 찡그리고 병풍 옆에 내던져진 거문고로 눈길을 돌렸다. 거문고 줄이 또 한 가닥 끊어져 있었다. 그러나 이번에는 괴목은 없어지지 않고 거문고 바로 옆에 뒹굴고 있었다.
"고스께 군, 자네가 달려왔을 때 이 덧문은?"
"닫혀 있었습니다. 쪼개진 틈으로 손을 밀어 넣고 제가 고리쇠를 벗겼습니다. 아저씨, 석등 옆을 보십시오."
긴조는 마루에 나가서 방금 들어온 덧문 틈으로 뜰을 보았는데, 석등에서 조금 오른쪽으로 기운 곳에 일본도가 있고, 그것이 안개 속에서 둔한 빛을 발하고 있었다.
이러한 일은 숨기려 해도 숨길 수 있는 것이 못 되며, 특히 시골에서는 알려지는 게 무척 빠르다. 날이 샐 무렵에는 이 마을은 말할 것도 없고, 근처 여러 마을까지 이찌야나기 집안의 두 번째 참극이 전해져서 난무하는 가운데 소동은 컸다. 그런데 그런 소동이 한창인 때에 이찌야나기 집안에 또 한 가지의 새로운 소식이 전해졌다. 그리고 그 일이 사건의 면모를 완전히 바꾸어 버릴 것같이 생각되었다.
그것은 이렇다. 그날 아침 9시경, 가와 마을에서 자전거로 달려온 한 남자가 이 사건을 담당한 주임을 만나고 싶다고 했다. 그 무렵에는 이소까와 경감도 달려와 있었기 때문에 곧 만나보니, 그 남자의 말이라는 게 이러했다. 지금 가와 마을의 기우찌 의원에 한 부인이 입원하고 있다. 그 부인은 어제 가와 마을에서 일어난 자동차 사고로 부상을 입고 그곳으로 운반되었는데, 오늘 아침의 이찌야나기 집안의 사건을 듣고 매우 흥분했다. 그 부인은 이번 사건에 관해 뭔가 알고 있는 듯 수사 주임을 만나 꼭 이야기하고 싶은 것이 있다고 한다. 그녀는 범인을 알고 있는 모양이다…… 고스께도 그때 경감 옆에 있었는데 이 말을 듣는 사이에 그는 점점 흥분하기 시작했다. 그렇다. 그 여자가 틀림없다. 구라지끼에서 같은 기차로 온 여자, 그리고 고스께가 그렇게 마음에 걸려 하면서도 사건 때문에 지금까지 잊고 있었던 여자.

"경감님, 가 봅시다. 그 여자가 무언가를 알고 있는 게 틀림없습니다."

그래서 두 사람은 자전거를 타고 곧장 가와 마을에 있는 기우찌 의원으로 달려갔는데 과연 상대방은 어제의 그 여자였다.

그녀는 손과 머리에 붕대를 감고 얇은 이불 위에 누워 있었는데 의외로 기운이 있고 혈색도 나쁘지 않았다.

"당신이 이 사건을 담당하고 계신 경찰관이십니까?"

그 말투는 위엄을 지니고 있었다. 그러한 위엄 속에는 여학교 수업 시간 비슷한 냄새가 풍겼지만…….

경감이 그렇다고 대답하니까 자기는 시타끼 시즈꼬라고 하며 오사카에 있는 S학교에서 교편을 잡고 있다고 했다. 그리고 요전에 살해당한 구보 가스꼬와는 동창이고 가까운 친구였다고 했다.

"이번 사건에 관해 뭔가 짚이는 데가 있다는 말씀을 들었는데……."

시라끼 시즈꼬는 힘있게 끄덕거리고 나서 베갯머리에 놓아 둔 핸드백을 끌어당겨, 그 속에서 두 통의 편지를 꺼내더니 그 중의 한 통을 경감에게 주었다.

"이것을 보아 주십시오."

경감이 보니 그것은 구보 가스꼬가 시라끼 시즈꼬에게 보낸 편지였는데 날짜는 10월 20일, 그러니까 1개월 정도 전의 것이었다. 경감은 고스께와 얼굴을 마주 보고 잠깐 숨을 삼키더니 곧 급히 속의 것을 꺼냈다. 그것은 대체로 아래와 같은 뜻의 편지였다.

그리운 시즈꼬 언니

이 편지를 쓰기에 앞서 가스꼬는 먼저 언니에게 사과를 드리지 않으면 안 될 일이 있습니다. 결혼 전의 비밀은 일체 어둠 속에 묻어 버리지 않으면 안 된다, 그것을 고백한다는 것은 결코 부부 생활을 행복하게 하는 것이 못 된다던 언니의 충고, 가스꼬는 끝내 그것을 거역하고 그 저주스런 T와의 과거를 이찌야나기에게 고백해 버렸어요. 하지만 언니, 걱정 마세요. 가스꼬는 지금 그 일을 후회하지 않습니다. 이찌야나기도 처음에는 매우 놀라는 것 같았습니다만 마지막에는 친절하게 용서해 주었습니다. 물론 이 일, 즉 가스꼬가 처녀가 아니었다는 것은 이찌야나기의 마음에 어두운 그림자를 던졌을 것이 틀림없습니다. 하지만 나는 그러한 비밀을 안고 평생 떳떳지 못한 마음으로 지내기보다는, 이러는 편이 행복한 결혼 생활에 들어갈 수 있지 않을까 생각해요. 그분 마음에 어떠한 그림자를 던졌거나, 가스꼬는 자신의 노력과 애정으로 반드시 그것을 지워 버리도록 노력할 것입니다. 그러니까 언니, 부디부디 걱정하지 마세요.

언니의 가스꼬로부터

경감과 고스께가 그 편지를 다 읽고 나자 시즈꼬는 곧 제2의 편지를 넘겨 주었다. 그것은 11월 16일, 즉 혼례식이 있던 9일 전에 쓴 것이었다.

언니

가스꼬는 지금 마음이 착잡합니다. 어제 가스꼬는 숙부님과 오사카의 미쓰꼬시 백화점에 갔습니다. (언니한테 들르지 못한 걸 용서하세요, 숙부님과 함께였기 때문이었어요.) 우리는 혼례를 위한 물건을 사러 갔습니다만 언니, 거기서 내가 누굴 만났다고 생각하세요? T를 만났습니다. 아아, 그때 가스꼬의 놀라움! 언니, 헤아려 주세요. 지난날과 비교하면 T는 상당히 변했더군요. 상당히 거칠어졌어요. 얼른 보기에 건달 같은 청년 둘을 데리고……. 나는 파랗게 질리고 말았습니다. 심장이 얼음처럼 차가워지고 몸이 가늘게 떨렸습니다. 물론 나는 말할 생각은 전혀 없었습니다. 그런데…… T는 숙부님의 방심을 틈타 내 곁에 다가와 히죽히죽 웃으며 귀에 대고 이런 말을 속삭였습니다……. 아아, 그때의 굴욕과 수치……. 언니, 나는 어떻게 해야 할까요? 6년 전, 그렇게 하고 헤어진 이후 가스꼬는 한 번도 그 사람을 만난 일이 없었습니다. 가스꼬에게 그 사람은 이미 과거의 무덤 속에 들어간 거나 마찬가지였습니다. 이찌야나기에게도 그렇게 이야기했고 그래서 이찌야나기도 용서해준 것입니다. 우리는 인제 두 번 다시 T의 이름을 입 밖에 내지 않겠다고 맹세했습니다. 그런데 이제 와서 T를 만나다니……. 물론 미쓰꼬시에서의 만남은 그것뿐이고 T는 들아보지도 않고 가 버렸지만……. 언니, 언니, 나는 어떻게 하면 좋을까요?

가스꼬로부터

두 통의 편지를 다 읽고 나자 경감은 대단히 흥분했다.

"시라끼 양, 그럼 당신 의견으로는 이 T라는 사나이가 범인이라는 거로군요?"

"그럼요, T 외에 이런 무서운 일을 할 사람이 어디 있겠습니까?"

시라끼 시즈꼬는 교단에서 학생을 엄하게 나무랄 때와 같이 딱 잘라 말했는데, 이윽고 경감의 물음에 대답하여 다음과 같은 이야기를 했다.

T——본래 이름은 다야 쇼조라고 하는데 그 남자는 스마의 재산가의 아들로서, 가스꼬와 알았을 무렵 모 의과 대학의 제복을 입고 있었다. 그러나 사실은 그 대학의 학생이 아니고 단지 그 학교를 세 번 시험쳐서 낙방한 데 그쳤다. 가스꼬는 매우 총명한 여성으로, 시골에서 단신 상경한 많은 여학생이 빠지는 위험을 그녀는 아직 알지 못했었다. 그 점을 다야가 이용한 것이었다.

"가스꼬 양의 그때의 마음은 결코 들뜬 것이 아니라 정말로 상대방을 사랑하고 나중에는 결혼할 셈이었습니다. 그러나 그 꿈은 석 달도 계속되지 못했습니다. 곧 T의 기만이 폭로되고, 그밖에도 여러 가지 괘씸한 짓을 하고 있다는 것을 알았기 때문에 넉 달째에는 그만 손을 떼고 말았습니다. 그때 가스꼬 양의 대리인으로서 주로 T와 교섭한 사람은 바로 저였습니다. 그런데 최후에 가스꼬 양을 만났을 때의 남자의 구실이 뻔뻔하지 않겠습니까! '야아, 이렇게 비밀이 탄로난 이상 하는 수 없지. 좋습니다. 헤어지겠습니다' 그리고 울고 있는 가스꼬 양을 향해 '구보 군, 조금도 걱정할 것은 없어. 이것을 기화로 언제까지나 너한테 물고늘어질 생각은 털끝만큼도 없으니 안심하라구'라고요. 정말 유들유들하더군요. 그 길로 헤어진 가스꼬 양은 그 편지에도 씌어 있는 대로 그 후 T를 만난 일도 없고 소문을 들은 일도 없었던 모양입니다. 그러나 저는 두세 번 T의 소문을 들은 적이 있었습니다. T는 그 후 더욱더 신세를

망쳐서 연파(軟派)에서 경파(硬派)로 전향하여 우익 폭력단에 들어가 공갈, 협박 등을 하고 있다는 말을 들었습니다. 그런 남자니까 오랜만에 가스꼬 양을 만난데다가 또 가스꼬 양이 시집을 간다는 것을 알았으니 그냥 둘 리가 없습니다. 네, 가스꼬 양과 가스꼬 양의 남편을 죽인 사람은 T가 틀림없습니다."

고스께는 이 이야기를 매우 흥미를 가지고 듣더니 이윽고 시즈꼬의 말이 끝나자 곧 한 장의 사진을 내보였다. 그것은 어젯밤 이소까와 경감으로부터 받은 사진, 즉 긴조의 앨범에서 잘라 낸 평생의 원수, 세 손가락의 사나이의 사진이었다.

"시라끼 양, 혹시 T라는 사람이 이 자가 아닙니까?"

시즈꼬는 좀 놀란 듯이 그 사진을 손에 들고 보더니 곧 힘차게 고개를 가로 저었다. 그리고 똑똑히 이렇게 말했다.

"아뇨, 이 사람이 아닙니다. 훨씬 더 미남이었습니다!"

제12장 무덤을 파헤치다

 시라끼 시즈꼬의 이 이야기는 긴다이찌 고스께와 이소까와 경감에게 이상한 충격을 준 것 같았다. 이 때 두 사람이 시즈꼬의 이야기에서 받은 인상에는 전혀 다른 것이 있었던 모양이다. 그러나 시라끼 시즈꼬의 이 이야기 속에 사건 해결의 중요한 열쇠가 숨겨져 있었다는 것을 나중에야 알았던 것이다.
 그로부터 얼마 뒤 기우찌 의원에서 나온 두 사람은 생각에 잠겼다. 그러나 보는 사람이 있어서 자세히 주의해서 보았다면, 같이 생각에 잠겨 있긴 해도 두 사람의 안색에 전혀 다른 데가 있다는 것을 깨달았을 것이다. 이소까와 경감은 잔뜩 찡그린 얼굴을 하고 있는데 반해, 긴다이찌 고스께는 몹시 기쁜 듯한 얼굴을 하고 있었다. 그리고 그가 얼마나 흥분하고 있었는가는, 한 손으로 자전거 핸들을 쥐고 있으면서도 또 한 손으로는 자꾸만 그 더부룩한 머리를 벅벅 긁는 것으로 알 수 있었다.
 두 사람은 아무 말 없이 자전거를 타고 냇가의 거리를 지나 오까 마을로 통하는 그 일직선 도로에 이르렀는데, 그때 갑자기 고스께가 경감을 불렀다.

"자, 자, 잠깐 경감님, 잠깐 기다려 주십시오."

경감이 의아스럽다는 듯이 자전거를 세우자 고스께는 그 모퉁이에 있는 담배 가게에 들어갔다. 그리고 담배를 한 갑 사더니 가게 안주인에게 이렇게 물었다.

"히사 마을로 가려면 이 길로 가면 됩니까?"

"네, 그렇습니다."

"이 길로 가서…… 그리고 어떻게 갑니까? 곧 알게 됩니까?"

"그렇습니다. 이 길을 쭉 가면 오까 마을의 끝에 동사무소가 있으니까, 그 근처에서 야마노따니의 이찌야나기 씨의 집을 물어 보세요. 커다란 저택이니까 금방 알 수 있어요. 그 이찌야나기 집의 정문 앞길로 가면 됩니다. 산을 넘긴 해도 외길이니까 헷갈리는 일은 없을 거예요."

뜨개질에 열중하고 있던 안주인은 얼굴도 들지 않고 그렇게 가르쳐 주었다.

"아아, 그래요? 감사합니다."

담배 가게에서 나올 때의 고스께의 얼굴에는 감출 수 없는 기쁨이 담겨 있었다. 경감은 이상하다는 듯한 눈으로 그 얼굴을 지켜보고 있었다. 고스께는 그것에 대해 별로 설명하려고도 하지 않고 곧 자전거에 올라탔다.

"기다리게 해서 죄송합니다. 자, 갑시다."

경감은 고스께의 질문의 의미를 생각해 보았으나 아무래도 적당한 답이 나오지 않았다. 그래서 모르는 체하고 고스께의 뒤를 따라 야마노따니 부락의 이찌야나기 집으로 돌아왔다.

그런데 이런 일이 있는 동안 사부로는 본채에 운반되어 형인 류지와 달려온 F의사한테 극진한 치료를 받고 있었다. 그의 상처는 상당히 깊었다. 그리고 이 상처가 파상풍을 야기하고 있어서 한때는 생사가 위태로울 만큼 중태에 빠져 있었다. 그러나 경감과 고스께가 가와 마을에서 돌아왔을 때에는 마침 소강 상태를 유지하고 있어서 심문에 응할 수 있었다. 그래서 경감은 곧 병실로 들어갔는데, 어찌 된 까닭인지 고스께는 이 심문에 입회하려 하지 않았다.

그는 자전거에서 내려 그 근처에 있는 형사를 붙잡고 뭔가를 열심히 이야기하고 있었는데, 형사는 놀란 것처럼 고스께의 얼굴을 쳐다 보았다.

"예에? 그럼 히사 마을에 가서 물어 보고 오는 겁니까?"

"그렇습니다, 그렇습니다. 수고스럽지만 한 집 한 집을 이 잡듯이 뒤져서 물어 보고 와 주십시오. 집 숫자가 그렇게 많은 것도 아닐 테니까."

"예, 그야 그렇습니다만…… 경감님은……?"

"아니, 경감님에게는 내가 이야기해 두겠습니다. 이건 중요한 일이니까…… 그럼 이것을 먼저 드리지요."

고스께가 형사에게 넘겨 준 것은, 아까 시라끼 시즈꼬에게 보인 그 세 손가락의 사나이의 사진인 것 같았다. 형사는 그것을 포켓에 넣더니 이상하다는 듯이 고개를 갸웃거리며 자전거를 타고 급히 나갔다. 고스께는 그를 전송하고 나서 현관으로 돌아왔다. 그곳에는 긴조가 기다리고 있었다.

"고스께 군, 자네는 사부로의 이야기를 듣지 않아도 되는가?"

"예, 괜찮습니다. 그 이야기라면 어차피 나중에 경감님한테서 들을 수 있으니까요."

"형사를 히사 마을로 보내는 것 같은데 히사 마을에 무슨 일이 있는가?"

"예, 조금…… 그 일은 나중에 이야기하겠습니다."

싱글벙글 웃고 있는 고스께의 눈동자를 빤히 보고 있던 긴조는 이
윽고 만족한 듯한 한숨을 쉬었다.
 긴조는 잘 알고 있었기 때문이다. 고스께의 모색 시대(摸索時代)
는 이미 지난 것이다. 그의 두뇌――언젠가 돋보기나 줄자 대신에
이것을 쓰겠습니다' 하고 두들겨 보인 머릿속 아니, 논리와 추리의
집짓기놀이의 나무토막이 하나하나 쌓여지고 있는 것이다. 그의 눈동
자의 번쩍임이 그것을 잘 말해 주고 있었다. 수수께끼가 풀릴 때가
이제 멀지 않았다고.
 "가와 마을에서 뭔가 듣고 왔군."
 "예, 그 일에 관해서 아저씨에게 할 이야기가 있습니다. 그러나 여
기서는 안돼요. 저쪽으로 갑시다."
 두 사람은 식당으로 들어갔다. 이찌야나기 집안 사람들은 빠짐없이
사부로의 머리맡에 모여 있었기 때문에 식당에는 아무도 없었다. 고
스께나 긴조에게는 이 편이 훨씬 좋았다.
 지금부터 말하려고 하는 것이 고스께에게 있어서는 큰 고통이었다.
긴조가 얼마나 깊이 가스꼬를 사랑하고 또 얼다나 깊이 가스꼬를 믿
었었는지를 잘 알고 있는 고스께는, 상대방의 꿈을 깨 버릴 가스꼬의
비밀을 털어놓는 일에 양심의 가책 비슷한 고통을 느꼈다. 그러나 그
것은 꼭 이야기를 해야만 될 일이었다.
 과연 긴조의 놀라움은 컸다. 그는 순간 정신 둘 곳을 잃은 사람 같
은 얼굴을 했다. 두들겨 맞은 개처럼 겁에 질린 얼굴을 했다.
 "고스께 군, 그게…… 그러나…… 정말일까?"
 "정말이라고 생각합니다. 일부러 거짓말을 하러 올 필요는 없으니
까요. 그리고 가스꼬 양이 쓴 편지가 있으니까요……."
 "가스꼬는 왜 그 일을 나에게 털어놓지 않았을까? 왜 그런 친구에
게……."

"아저씨."

고스께는 위로하듯 가볍게 긴조의 어깨를 두드렸다.

"소녀에게는 부모 형제나 친척보다 남인 친구 쪽이 털어놓기 쉬운 경우가 많은 겁니다."

"흐음."

긴조는 한참 동안 완전히 풀이 죽은 모습을 하고 있었다. 그러나 이 정력적인 노인은 오랜 시간 한 가지 일에 신경을 쓰지 못하는 성질이었다. 한참만에 생각을 고쳐 먹은 듯 그는 머리를 들었다.

"그래서……? 자, 이제 어떻게 하면 되지. 그럼, 그 T…… 다야 쇼조라는 남자가 범인이란 말인가?"

"경감은 그렇게 생각하고 있는 것 같습니다. 시라끼 시즈꼬도 그렇게 주장하고 있습니다."

"그럼, 즉 그 사나이가 세 손가락의 사나이란 말이지?"

"그런데 그렇지가 않습니다. 전 그런 일이라도 있지 않을까 해서 예의 사진을 준비해 가지고 갔습니다만, 시라끼 시즈꼬는 분명히 이 사람이 아니라고 단언했습니다. 그래서 경감님은 또 막다른 골목에 부딪쳐 난처해졌습니다."

고스께는 순진한 얼굴로 싱글벙글 웃었다. 긴조는 살피듯 그의 얼굴을 보며 말했다.

"그래 자네의 생각은 어떤가. 자네 생각으로는 그 사람은 이 사건에 관계가 없다는 것인가?"

"아니, 그렇지는 않습니다. 그 사람은 이 사건에 매우 큰 관계를 가지고 있습니다. 아, 무슨 용건인가?"

미닫이 틈으로 들여다본 사람은 하녀 기요꼬였다. 기요꼬는 당황하는 얼굴이었다.

"어머, 죄송합니다. 아가씨께서 계시지 않나 해서……."

"아뇨, 스즈꼬 양은 못 보았어요. 아, 잠깐, 잠깐. 기요꼬 씨."
기요꼬는 거기에 멈춰 섰다.
"네, 무슨 용건이십니까?"
"응, 잠깐 기요꼬에게 묻고 싶은 게 있어. 그날 밤, 혼례식 날 밤 말야. 그때 사랑채의 첫날밤 술자리에 참석한 사람은 이장 부부와 이또꼬 여사, 그리고 새집 내외분, 그뿐이었지?"
"네, 그렇습니다."
"그런데 그날 밤 여사께서 입었던 기모노는 가몬(家紋)을 넣은 예복이었지? 그걸 개서 치운 사람은 기요꼬가 아니었던가?"
기요꼬는 이상하다는 듯한 얼굴을 했다.
"아뇨, 전 치우지 않았습니다."
"그럼, 누가 치웠지?"
"아무도 치우지 않았습니다. 마님은 옷을 매우 소중히 하시기 때문에 자신의 옷은 절대로 남이 못 만지게 하십니다. 언제나 마님께서 개는데, 이번에는 그럴 틈이 없으셨는지 아직 저쪽 거실에 걸려 있습니다."
고스께는 갑자기 자리에서 벌떡 일어났다.
"저, 저, 저쪽 방이라고? 기, 기요꼬. 나, 나를 그곳으로 안내해 주게."
고스께의 기세가 너무나 맹렬했기 때문에 하녀는 어이가 없다기보다 두려움을 느낀 모양이었다. 그녀는 두세 걸음 뒤로 물러서서 울 것 같은 얼굴로 고스께를 지켜보고 있었다. 긴즈도 놀라서 일어섰다가 이내 기요꼬의 얼굴을 보고 말했다.
"기요꼬 양, 조금도 걱정할 것은 없어. 자, 나도 갈 테니까 안내해 주게. 여사의 거실이라면……?"
"네, 이쪽입니다."

제12장 무덤을 파헤치다

"고스께 군, 어째서 그래? 여사의 기모노가 어떻게 된 건가?"

고스께는 두세 번 고개를 세게 끄덕거렸다. 말을 하면 또 더듬을 것 같아서였다.

과연 기요꼬가 말한 대로 이또꼬 여사의 예복은 칠을 한 대나무 옷걸이에 걸린 채 아직도 거실에 있었다. 고스께는 그 소맷자락을 하나하나 곁에서 눌러보더니, 갑자기 형언할 수 없이 기쁜 듯한 표정을 지었다.

"기, 기, 기요꼬 양, 이제 가봐도 좋아요."

기요꼬가 묘한 얼굴을 하고 가 버리자 고스께는 소맷자락 속에 손을 넣었다.

"아저씨, 아저씨, 마술의 술법 해설입니다. 왜 그 무대의 마술사가 상자나 뭣에 회중 시계를 집어넣으면 그것이 없어졌다가 이윽고 구경꾼의 주머니에서 시계가 나타나는 게 있지요. 그런 거야 누구나 알고 있지요. 그 구경꾼이란 한통속으로, 처음부터 시계는 그 녀석의 주머니 속에 들어 있던 것입니다. 즉, 시계는 원래 두 개인데 문제는 무대의 마술사가 상자에 넣는 시늉을 하며 어떻게 해서 그 또 한 개의 시계를 감추느냐 하는 데 있습니다. 바로 그 시계가 여기에 있습니다."

소맷자락에서 꺼내어 싹 펴 보인 고스께의 손바닥에는 파도에 물새의 부조가 있는 괴목이 놓여 있었다.

"고스께 군, 이것은?"

긴조는 눈을 크게 뜨고 숨을 거칠게 내쉬었다. 고스께는 싱글싱글 웃었다.

"그래서 아저씨께 말씀드리지 않았습니까. 마술의 술법 해설이라구요. 더구나 제일 초보의, 그날 밤…… 아, 어서 오십시오. 이리로 들어와요."

긴조가 돌아보니 소매가 긴 기모노를 입은 스즈꼬가 두려운 듯한 눈을 하고 마루에 서 있었다.

"스즈꼬 양, 마침 잘 왔어. 스즈꼬 양한테 물어 보려고 생각하고 있었지. 이것이 그 거문고의 굄목이지? 응, 그렇지?"

스즈꼬는 머뭇거리며 들어와 고스께의 손바닥을 보고 말없이 끄덕거렸다.

"그 거문고 굄목이 하나 없어졌지? 그것이 언제 없어졌지?"

"언제인지 모르겠어요. 이번에 꺼내어 보니까 없어졌더군요."

"그 거문고는 언제 꺼냈지?"

"혼례식이 있던 날이에요. 그날 아침 곳간에서 꺼내 온 거예요. 그런데 굄목이 하나 없어졌기에 내 연습용 거문고의 굄목을 쓴 거예요."

"아, 그럼 거문고는 곳간 속에 간수해 두었었군. 그런데 그 곳간에는 누구나 들어갈 수 있나?"

"아뇨, 보통 때는 아무나 못 들어가요. 하지만 새색시가 온다니까 여러 가지 도구를 곳간에서 꺼내야 하지 않겠어요? 그래서 요즘에는 쭉 곳간을 열어 놓았었어요."

"아아, 그래? 그래서 모두 들락날락했겠군?"

"네, 모두 들락날락했어요. 상, 그릇, 방석, 병풍 등 여러 가지 것을 꺼내야 했으니까요."

"그래, 고마워. 스즈꼬 양은 정말 영리해. 그런데 말야, 스즈꼬 양."

고스께는 다정하게 스즈꼬의 어깨에 손을 얹고 싱글싱글 웃으며 소녀의 눈을 들여다보았다.

"스즈꼬 양은 어째서 죽은 고양이 일이 그렇게 걱정이 되지?"

긴다이찌 고스께가 나중에 고백한 바에 따르면, 그때 그는 이 질문

제12장 무덤을 파헤치다

이 그렇게도 중대한 의미를 가져오리라고는 꿈에도 생각지 못했다고 한다. 그는 다만 약간 지능이 낮은 이 소녀의 가슴에 대체 어떤 슬픈 비밀이 있어서 밤마다 고양이의 묘 근처를 방황하는지 그것을 알아두어야겠다고 생각한 것이었다.

그런데 이 질문을 받은 스즈꼬는 점점 겁에 질린 듯 안색이 흐려졌다.

"방울……?"

"아아, 방울. 스즈꼬 양은 뭔가 방울에게 나쁜 짓을 한 기억이 있나?"

"아뇨, 아니에요. 그런 일 없어요."

"그럼 왜? 스즈꼬 양, 방울은 언제 죽었지?"

"혼례식 전날이에요. 아침에 죽어 버렸어요."

"아아, 그래. 그리고 스즈꼬 양은 그 다음날 아침, 방울을 묻어 주었군? 응, 그렇지?"

스즈꼬는 잠자코 있었다. 그리고 갑자기 훌쩍훌쩍 울기 시작했다. 고스께는 긴조의 얼굴을 보았는데 뭔가 갑자기 짚이는 데가 있는 듯 숨을 가쁘게 쉬었다.

"그럼 스즈꼬 양은 혼례식 날 아침에 방울의 장례식을 치른 것이 아니었군? 스즈꼬 양은 지금까지 거짓말을 하고 있었군?"

스즈꼬는 마침내 소리를 내어 울기 시작했다.

"용서하세요. 용서하세요. 방울이 너무 불쌍해서요. 혼자 차가운 무덤 속에 가는 것이 불쌍해서요. 그래서 난 상자 속에 넣어 반침 안에 숨겨 두었어요. 그랬는데 큰오빠가 살해되고……."

"흠, 흠, 큰오빠가 살해되고……. 그래서 어떻게 했지?"

"전 갑자기 무서워졌어요. 글쎄, 사부로 오빠가 죽은 고양이를 언제까지 놓아두면 둔갑해서 나온다느니, 뭔가 좋지 않은 일이 생긴

다니니 하고 자꾸 겁을 주잖아요. 그래서 전 무서워져서 모두들 큰오빠 일로 떠들고 있는 사이에 살짝 방울을 파묻고 왔어요."

이것이 스즈꼬의 귀여운 비밀이었다. 그리고 이 비밀이 그녀를 괴롭히고 그녀를 몽유병자로 만든 것이었다.

"스즈꼬 양, 스즈꼬 양. 그럼 방울을 넣은 상자는 혼례식 때에도, 큰오빠가 그렇게 된 때에도 쭉 스즈꼬 양 방에 있었겠군?"

"용서하세요, 용서하세요. 하지만 제가 그런 말을 하면 어머니한테 야단을 맞는걸요."

"아저씨!"

갑자기 고스께는 스즈꼬 옆을 떠났는데 곧 정신이 드는 듯 말했다.

"스즈꼬 양, 괜찮아, 괜찮아. 응, 이제 정직하게 말했으니까 조금도 걱정할 것이 없어. 자, 눈물을 닦고 저쪽으로 가 봐요. 아까 기요꼬가 찾고 있던데."

스즈꼬가 눈물을 닦으며 마루를 뛰어간 다음 고스께는 느닷없이 긴조의 팔을 잡았다.

"아저씨, 고양이 무덤에 가 봅시다."

"고스께 군, 그러나……."

그러나 고스께는 긴조의 말을 듣지 않았다. 너털너털한 하까마의 단을 펄럭이며 벌써 현관 쪽으로 뛰어가고 있었다. 긴조도 물론 그 뒤를 쫓고 있었다.

두 사람은 곧 뜰 구석에 있는 고양이 무덤에 다다랐다. 다행히 그곳에는 어제 아침, 무덤을 파헤칠 때 쓴 삽이 아직 그대로 내던져진 채 있었다. 고스께는 그 삽을 집어 들고 곧 무덤을 파기 시작했다.

"고스께 군, 대체 어떻게 하겠다는 건가?"

"아저씨, 그 소녀의 순진한 거짓말이 완전히 저의 눈을 가리고 있었습니다. 고양이의 관은 사건이 일어나던 당시에 스즈꼬의 방에 있지 않았습니까?"
"그러니까 범인이 그 속에 무엇을 감추었다는 것인가? 그러나 이 묘는 어제도 한 번 파보았어."
"그, 그, 그렇습니다. 그러니까 아저씨, 지, 지금에는 제일 안전한 은닉 장소가 아닙니까?"
작은 무덤이 파헤쳐지고 나무 상자가 나타났다. 어제도 한 번 열렸던 그 뚜껑은 못이 느슨해져서 여는데 아무런 힘도 들지 않았다. 상자 속에는 아직 조금도 모양이 변하지 않은 귀여운 새끼 고양이의 시체가 스즈꼬의 비단 이불에 싸여 있었다.
고스께는 나무 끝으로 그 비단 이불을 쿡쿡 찌르더니 곧 몸을 구부리고 이불 밑에서 무엇인가를 집어냈다. 그것은 기름 종이에 싼 것이었는데 삼 끈으로 十자로 묶여 있었다. 크기는 꼭 새끼 고양이만했다.
긴조는 갑자기 눈을 크게 떴다. 어제는 분명히 이런 것이 없었다.
고스께는 그 기름 종이의 모서리를 조금 찢어서 속을 들여다보더니 곧 그것을 긴조의 코 앞으로 내밀었다.
"보, 보, 보세요, 아저씨. 여, 역시 있지 않습니까?"
긴조도 그 속을 들여다보았는데 그 순간 그는 발 밑의 흙이 무너져 내리는 듯한 큰 놀라움을 맛보았다.
아마 그는 몇 백 년을 산다 해도 이 때의 놀라움을 잊을 수 없을 것이다. 사실 그는 이 일이 있은 직후에 더욱 쇼킹한 것을 보았는데 그때도 이처럼 놀라지는 않았다.

제13장 이소까와 경감의 놀라움

"여어, 어디에 가 있었습니까, 두 분이 함께?"

고스께와 긴조가 함께 오는 것을 발견한 이소까와 경감은 수상쩍게 생각하는 듯 마루에서 말을 걸었다.

"뭐, 잠깐 산책을 했지요."

"산책? 뜰을 말입니까?"

"예, 그렇습니다."

경감은 살피듯이 두 사람의 얼굴을 보았는데 특히 흙빛으로 변한 긴조의 안색이 강하게 주의를 끈 모양이었다.

"왜 그러십니까? 무슨 일이 있었습니까?"

"뭐, 조금······."

"대체 뭡니까, 거기 들고 있는 것은?"

"아아, 이거?"

고스께는 손수건에 싼 것을 흔들흔들하며 싱긋 웃었다.

"이것은 선물."

"선물?"

"예, 그렇습니다. 그런데 경감님, 사부로 군의 이야기는 어땠습니까? 남에게만 묻지 말고 경감님도 좀 이야기해 주십시오."
"글쎄요, 그것이 말입니다. 좌우간 여기 앉으십시오. 구보 씨, 당신 어디 아픈 게 아닙니까? 안색이 매우 좋지 않은데……."
"저, 아저씨는 가스꼬 양의 그 예의 일건을 이야기했더니, 몹시 의기소침해져서요. 그래, 사부로 군의 이야기란?"
"글쎄, 그게 말입니다. 도무지 두서가 없습니다. 그러나 긴다이찌 씨, 이번 일은 당신에게도 조금 책임이 있습니다."
"그래요? 나에게? 그게 무슨 뜻입니까?"
"어제 당신은 미스터리 소설을 토론하지 않았습니까? 즉 그 일이 사부로를 자극한 겁니다. 밀실의 살인이라고 했지요. 사부로는 그 비밀을 폭로해 보겠다고 어젯밤에 살짝 사랑채에 숨어들었다는 겁니다."
"옳거니, 옳거니. 그것은…… 그래서? 그래, 어떻게 됐습니까?"
"그래서 사랑채에 들어간 뒤 안으로 문을 모두 잠가 버렸답니다. 즉 요전 사건과 같은 상황을 만들 셈이었지요. 그런데 그런 일을 하는 데 아무래도 도꼬노마 뒤의 반침에 누군가가 있는 것 같은 생각이 들더라는 겁니다. 소리는 나지 않았지만 낌새로 말입니다. 사람이 있는 것 같은 생각이 들자 견딜 수 없었대요. 숨결 소리가 들리는 것같이 느껴지고. 그래서 그는 참을 수가 없어 확인하러 갔다는 겁니다, 그 반침을……."
"흠, 그랬더니……."
"사부로가 반침 문을 열자마자 안에서 한 사나이가 뛰어나왔는데 그 사나이는 번쩍번쩍하는 칼을 높이 쳐들고 있었대요. 사부로는 꽥 소리를 지르고 도망쳤는데, 방에 뛰어들었을 때 병풍과 함께 등 뒤에서 내리친 것 같다고 합니다. 그 뒷일은 일체 정신이 없어서 아무것도 기억나는 게 없다는 겁니다. 현관까지 간 것도 자기는 모르겠다는 겁니다."
"옳거니. 그런데 상대방의 인상은?"
"그것이 순간적인 일인데다가 어둠 속이었고, 그리고 겁에 질려 있어서 제대로 보지 못했다는데, 이것도 무리는 아닙니다. 다만, 커다란 마스크를 하고 있었던 것 같다고 합니다."
"그럼 손가락까지는 보지 못했겠군요?"
"물론 그런 것까지 볼 여유는 전혀 없었다고 합니다. 그러나 그렇게 피에 물든 지문이 남아 있는 이상 그것이 세 손가락이었음에는 틀림없습니다."
고스께는 긴조와 서로 눈짓을 했다.
"그래? 사부로의 이야기는 그것뿐입니까?"
"예, 대충 그런 겁니다. 나는 좀더 두서 있는 이야기를 들을 수 있을까 해서 기대하고 있었는데 어긋나 버렸습니다. 긴다이찌 씨, 나에게는 너무 무거운 짐이 되는군요, 이 사건은. ……다야라는 사나이의 일도 있고 말입니다. 세 손가락과 다야는 관계가 있는가, 없는가. 제기랄, 생각하면 머리가 아파."
"아, 그렇게 낙담하지 마십시오. 곧 무슨 좋은 일이 있겠지요."
고스께는 마루에서 일어났다.
"아참, 잊고 있었군. 아까 여기 있던 형사 말입니다. 그분 보고 잠깐 히사 마을에 갔다와 달랬는데."
"기무라 군 말이죠? 히사 마을에 무슨 일이 있습니까?"
"예, 좀 조사해 달라고 할 일이 있어서…… 아저씨, 그럼 가실까요?"
"어디에들 가십니까?"
경감은 약간 나무라는 듯한 투로 물었다.

제13장 이소까와 경감의 놀라움　127

"잠깐 산책을. 이 근처를 거닐다 오겠습니다. 경감님, 당신은 한동안 여기 계시겠지요?"

경감은 살피는 것처럼 고스께를 보았다.

"그럼 말입니다. 무슨 계제에 류지 씨에게 물어 보아 주시지 않겠습니까? 류지 씨는 살인이 있던 날 아침에 이곳에 도착했다고 했지요? 그런데 그 전날, 즉 혼례식이 있은 25일, 그 25일 오후에 그 사람이 기요시 역에 내리는 것을 본 사람이 있다는 것입니다. 그리고 그것은 틀림없는 것 같은데, 류지 씨는 왜 그런 거짓말을 했는지 그걸 좀 물어 봐 주시지 않겠습니까?"

"뭐, 뭐, 뭐라구요?"

"아하하하, 경감님. 저의 흉내는 내지 마십시오. 아저씨, 가십시다."

고스께와 긴조는 어안이 벙벙해진 경감을 그곳에 남겨 두고, 집을 한 바퀴 돌아 뒤의 일각 대문을 통해 밖으로 나왔다.

이 뒷문은 혼례식 날 저녁때 그 수상한 사나이가 드나든 곳으로 저택 서쪽에 있다. 그곳을 나오면 바로 밖에 작은 내가 흐르고 흙다리가 걸려 있다. 두 사람은 그 내를 건너 북쪽으로 걸어갔다.

"고스께 군, 어디로 가는 건가?"

"저도 잘 모릅니다. 아무튼 이 근처를 슬슬 거닐어 봅시다."

고스께는 여전히 그 손수건 보따리를 들고 있었다. 작은 내를 따라 북쪽으로 가면, 이찌야나기 집의 낮은 흙담이 끝나는 곳에 물레방앗간이 있다. 물레방아는 지금 멈춰 있었다.

그 물레방아 근처부터 길은 갑자기 좁아져서 벼랑을 따라 동쪽으로 급커브로 되어 있었는데, 그 커브를 돌아가니까 갑자기 두 사람의 눈 앞에 꽤 큰 연못이 나타났다.

오까야마 현에서도 이 근처는 곡창이란 말을 듣는데 이곳 역시 논이 잘 정리되고 도처에 관개용 못을 파 놓았기 때문에 그리 낯선 풍경은 아니었다. 그런데 무슨 생각을 했는지 고스께는 그 못을 보더니 갑자기 걸음을 멈추었다. 그리고 신기한 듯이 못 속을 들여다보다가 마침 그곳을 지나가는 농부를 보자 불러 세워 물었다.
"이보오, 이 못은 해마다 한 번씩 완전히 물을 퍼내고 있지요? 그렇잖소?"
"예, 예, 그렇습니다."
"올해는 벌써 끝났소?"
"아뇨, 아직입니다…… 실은 매년 11월 25일로 정해졌는데, 올해는 그 이찌야나기 집안에 경사가 있어서 모두 도와 드리러 가야 했기 때문에 다음 달 5일로 미루었지요."
고스께는 왠지 실망하는 빛이었다.
"아아, 그래요? 그럼 이찌야나기 집안에서도 그것을 알고 있겠지요?"
"그럼요. 이 못은 원래 이찌야나기 집안 선대인 사꾸에 씨의 힘으로 된 것이니까, 못을 퍼내려면 제일 먼저 이찌야나기 집에 허락을 받으러 갑니다. 뭐 형식뿐이긴 하지만, 그런 관례로 돼 있습니다."
"그, 그래요? 고맙소."
그 농부와 헤어진 뒤 두 사람은 다시 벼랑을 따라 위로 올라갔다. 긴조는 아무것도 묻지 않았으나 고스께가 무엇을 찾고 있는지를 아는 듯 묵묵히 따라갔다. 이윽고 다시 벼랑이 조금 구부러져 있었는데 그 모퉁이까지 왔을 때 갑자기
"앗, 저게 뭐야!"
하고 고스께가 소리치며 발을 멈추었다.
벼랑을 돈 바로 저편에 좁은 평지가 있고, 그곳에 다다미 한 장 넓이보다 조금 큰 진흙으로 칠한 둥근 토관 같은 구축물이 있었다. 그

것은 숯을 굽는 가마였다.
이 근처에서는 본업으로 숯을 굽는 사람은 없다. 도시나 마을이 가까우므로 숯으로 구워서 내는 것보다 장작으로 해서 내는 편이 수입이 좋기 때문이다. 그러나 농가 중에서 조금 형편이 좋은 집에서는 자기 집에서 쓰기 위해 숯을 굽는다. 그런 사람들은 각자 자신이 벽돌을 쌓고 흙을 이겨서 숯 굽는 가마를 만든다. 그것은 규모도 작아 기껏해야 6, 7섬에서 12, 13섬 굽는 것이 고작이고, 그런 가마는 다다미 한 장보다 조금 넓은 정도다. 높이는 기껏해야 어른 가슴 높이 정도가 될까말까하다.

고스께가 지금 발견한 것은 그러한 가마였는데 마침 숯을 구웠는지 가마 속에서 막대 모양의 숯을 한창 밖으로 내던지고 있었다. 고스께는 그것을 보고 급히 가마 옆으로 달려가 몸을 구부리고 좁은 입구로 안을 들여다보았다. 가마 안에서는 수건을 쓴 사나이가 숯 조각을 긁어모으고 있었다. 숯을 밖으로 거의 다 던진 것 같았다.

"여보, 여보!"

고스께가 말을 거니까 그 사나이는 깜짝 놀란 듯이 어두운 가마 속에서 이쪽을 돌아보았다.

"잠깐 물어볼 것이 있는데 이리로 나와 주지 않겠소?"

그 사나이는 한참 구부리고 있더니 이윽고 숯 조각을 가득 담은 재 바구니를 안은 채 가마에서 기어 나왔다. 얼굴과 손이 숯가루로 새까맣게 되고 눈만 뒤룩거리며 빛났다.

"예, 용건이 무언가요?"

"이 숯 말인데, 당신이 이 가마에 불을 피운 것은 언제요? 이것은 중요한 일이니까 정직하게 대답해 주어야 하오."

시골에서는 조금만 색다른 일이 있어도 곧 온 마을에 알려진다. 이 몸집이 작고 풍채가 별로 좋지 않은, 마구 구겨진 하까마를 입은 청년이 유명한 탐정이라는 소문은 어제 온 마을에 퍼졌으므로 숯 굽는 사나이는 어리둥절해 하며 마디가 앙상한 손가락을 꼽아 세웠다.

"예, 이 가마에 불을 붙인 것은 25일 저녁때였습니다. 예, 틀림없습니다. 마침 이찌야나기 집안의 혼례식 날이었으니까요."

"그런데 숯이 되는 이 나무를 가마 속에 채운 것은……?"

"탄재(炭材) 말입니까? 예, 탄재를 채운 것은 그 전날, 즉 24일인데 그날은 반쯤 채웠을 때 날이 저물었기 때문에 돌아가 버렸습죠. 그래서 다음 날 저녁때 남은 것을 채우고 불을 넣었습니다."

"그 사이에 뭐 달라진 일은 없었소? 이상하다고 생각되는 일은……?"

"글쎄요. 실은 25일 저녁때 불을 넣고 나서 밤에 가끔 돌아보러 왔습니다. 그렇죠, 역시 25일입니다. 눈이 한참 내리고 있었으니까요. 그런데 아무래도 이상한 냄새가 났습니다. 가죽이 타는 것 같은 역겨운 냄새였습니다. 혹시 고양이의 시쳬라도 섞여 들어왔나 했는데 그렇지는 않았어요. 나쁜 짓을 한 녀석이 있었던 겁니다. 누군가가 다 해진 양복과 구두를 굴뚝으로 밀어 넣고 간 것이었어요. 보세요, 저기에 내다 버렸습니다."

양복은 거의 모양을 갖추고 있지 않았으나 구두는 검게 탄화되어 원형을 갖추고 있었다. 고스께는 막대기 끝으로 그것을 쿡쿡 찔러 보았다.

"여보, 이 속에 들어가도 괜찮소?"

"예, 그러나 이젠 아무것도 없습니다요."

고스께는 하까마 자락이 끌리는 것도 상관하지 않고 몸을 구부려서 가마 안으로 들어가 어둠 속에서 굼실거리더니 얼마 후 괴상한 소리를 질렀다.

"여, 여, 여보!"

"이, 이, 예!"

"아하하하하, 모두 흉내만 내고 있어. 당신 미안하지만 급히 이찌야나기 집에 가서 경감을 오라고 해 주지 않겠소! 순경이나 형사가 있으면 모두 함께 말야. 아, 그리고 삽을 두세 자루 가지고 오도록."

"나, 나, 나리, 거기에 뭐가……."

"곧 알게 돼. 좌우간 급한 일이야!"

숯 굽는 사나이가 황급히 뛰어간 다음 고스께도 코끝을 까맣게 하고 가마 속에서 기어 나왔다.

"고스께 군, 역시 이 속에……?"

고스께는 묵묵히 그러나 힘있게 끄덕거렸을 뿐이다. 그래도 긴조는 그것으로 충분히 상황을 파악한 모양이었다. 그는 숨을 삼키는 듯한 시늉을 하고 그 다음은 묻지 않았다. 고스께도 말이 없었다. 밝은 가을 하늘 아래에서 새 우는 소리가 들려왔다.

이윽고 경감이 삽을 둘러멘 순경과 형사를 세 명 데리고 달려왔다. 모두 몹시 놀란 듯한 얼굴로 숨을 헐떡이고 있었다.

"긴다이찌 씨, 무, 무슨……."

"경감님, 이 가마 바닥을 파 주십시오. 시체가 한 구 묻혀 있습니다."

"시, 시체……?"

마치 산양의 울음소리 같은 비명을 지른 사람은 숯 굽는 사나이였다. 형사와 순경은 그를 거들떠보지도 않고 가마 속으로 뛰어들려고 했다. 그러자 긴조가 급히 그들을 불러 세웠다.

"잠깐 기다려요. 도저히 이대로는 팔 수 없어요. 여보게, 이 가마는 자네 것인가?"

"예, 예."

"그럼 나중에 변상할 테니까 이 뚜껑을 부숴도 되겠지?"

뚜껑이란 가마의 천장을 말한다.

"예, 예, 그것은 괜찮습니다만 시체라니 그, 그런 당치도 않은……."

숯 굽는 사나이는 금방 울 듯한 얼굴을 하고 있었다. 형사와 순경은 곧 둥근 토관 모양의 뚜껑을 때려부수려 들었다. 진흙으로 만든 것이어서 금방 부서졌다. 뚜껑이 부서짐에 따라 캄캄했던 가마 속에 햇빛이 흘러 들어갔다. 이윽고 뚜껑이 대충 벗겨지자 형사와 순경이 안으로 뛰어들어갔다. 경감과 고스께와 긴조는 위에서 들여다보며 삽 끝을 응시하고 있었다.

이윽고 흙이 파헤쳐지자 남자의 한 쪽 다리가 불쑥 나타났다. 그 다리는 정말 으스스한 색깔을 띠고 있었다.

"히야아, 이건 알몸인데요!"

"긴다이찌 씨, 이게 대체 누굽니까? 이번 사건에……."

"좌우간 가만히 보고 계십시오. 곧 알게 됩니다."

시체는 벌렁 눕혀진 모습으로 나타났는데, 깡마른 배와 가슴을 보는 순간 형사가 또 괴상한 소리를 질렀다.

"히야아, 이, 이건 살해된 뒤에 묻혔군요. 브세요, 가슴을 무섭게 도려냈어요."

"뭐, 뭐, 뭐라구요?"

이번에는 고스께가 놀랐다. 그들은 모두 그 자리에서 뛰어올랐다.

"고스께 씨, 그 사나이가 살해당했다고 말해선 안 될까요?"

"나는…… 나는…… 나는…… 설마, 설마……."

"이봐, 빨리 얼굴을 파내 보게."

경감의 명령으로 곧 얼굴 주위의 흙이 파헤쳐졌는데 그 순간 또 형사가 비명을 질렀다.

"경감님, 이, 이건 문제의 사나이입니다. 얼굴에 큰 흉터가 있는 세 손가락의 사나이……."

"뭐 뭐, 뭐라구요?"

경감은 몸을 내밀고 시체의 얼굴을 들여다보았다. 그 눈알은 금방 튀어나올 것 같았다. 분명히 틀림없었다. 말할 수 없이 으스스한 그 시체의 얼굴에는 입술 오른쪽 끝에서 뺨에 걸쳐 길게 꿰맨 자국이 나 있었다. 마치 입이 찢어진 것처럼.

"긴다이찌 씨, 이게 도대체, 이게 도대체…… 앗, 그렇지. 이봐, 이봐. 그 녀석의 오른손을 파내 봐. 오른손을……."

곧 오른손이 파내어졌다. 이 때에도 경감과 형사와 순경은 비명 비슷한 소리를 질렀다. 어찌 된 일인가. 그 시체에는 오른손이 없었다. 손목에서 싹뚝 절단되어 있었다.

"긴다이찌 씨!"

"됐어요, 됐어요! 경감님, 이로써 모든 것이 해결되었습니다. 자, 선물."

경감은 핏발 선 눈으로 고스께의 얼굴을 쳐다보고 있더니 이윽고 지금 받은 것에 눈을 돌렸다. 그것은 아까부터 고스께가 들고 다니던 손수건 보따리였다.

"펴 보십시오. 고양이 묘에서 발견한 겁니다."

경감은 손의 촉감으로 그것이 무엇인지를 깨달은 모양이었다. 그는 섬뜩해서 숨을 삼키더니 떨리는 손으로 손수건을 풀러 끈을 자르고 기름 종이를 폈다.

그 속에서 나온 것은 손목이 절단된 사나이의 오른손이었다. 그 손에는 손가락이 세 개밖에 없었다. 엄지손가락과 집게손가락과 가운데 손가락이…….

"경감님, 이것이 그 피의 지문을 찍기 위해 사용된 스탬프라는 것입니다."

제14장 고스께의 실험

긴다이찌 고스께가 그 멋진 실험에 의해서 이 괴상한 밀실 살인 사건을 해결한 것은 그날 밤의 일이다. 이 일에 관해서는 특히 요청을 받고 그 자리에 참여한 F의사가 메모지에다 상세히 기록해 놓았으므로, 나는 지금 그것을 그대로 여기에 옮겨 놓기로 한다. 이 메모의 다른 부분으로 판단해서 F의사라는 사람은 직업상 매우 냉정한, 사물에 동하지 않는 인물로 생각되는데 이 때만은 몹시 놀랐던지 메모에도 매우 흥분한 듯한 흔적이 보인다. 그러나 나는 그것을 되도록 평판적(平板的)인 것으로 정정해 두기로 한다. 그러는 편이 이 사건의 결말로서 어울리겠다고 생각하기 때문이다. 그리고 다음에서 '나'라는 사람은 F의사임은 말할 것도 없다.

F의사의 메모 발췌
 이찌야나기 집에 와 있는 그 기묘한 청년, 긴다이찌 고스께 군으로부터 오늘밤에 어떤 실험을 하겠으니 입회해 달라는 요청을 받은 것은 그 무서운 세 손가락의 사나이 시체가 파헤쳐진 뒤 얼마 지나지 않아서였다.
  그 시체를 파냈을 때 제일 먼저 검시한 사람은 나인데 그때 긴다이찌 군은 나를 보고 이런 말을 했다.
  "이 시체에 관해 당신이 어떠한 의외의 사실을 발견하시더라도 그 발표는 나중에, 즉 내가 모종의 실험을 마칠 때까지 삼가셨으면 합니다."
  긴다이찌 군이 왜 그런 말을 했는지 그 말뜻의 절반만은 나도 바로 알 수 있었다. 그 무서운 시체를 다 조사하고 났을 때 나는 거기서 예상 외의 사실을 발견하고 매우 놀랐다. 그런데 그 일을 왜 바로 발표해서는 안 되는 것인지, 왜 나중까지 미루지 않으면 안 되는 것인지, 그 의미를 밤이 될 때까지도 몰랐다.
  어쨌거나 나는 신비적이라고 할 수도 있는 그 청년의 통찰력에 감복하지 않을 수 없었다. 들어보니 그 시체는 우연히 그곳에서 파내어진 것이 아니라 긴다이찌 군의 지시에 의해서였다고 했다. 그러고 보면 그는 그곳에 시체가 있다는 것은 확실히 알지 못했더라도 세 손가락의 사나이가 이미 시체가 되어 있으리라는 것은 알고 있었던 모양이다. 그리고 또 검시 결과 비로소 알 수 있었던 그 의외의 사실마저도 그는 미리 다 알고 있었던 것 같다. 겉보기에는 풍채가 좋지 않은, 더부룩한 머리의 말더듬이 청년이 나의 눈에 불가사의한 존재로 비친 것도 무리는 아니다. 그래서 나는 잠자코 그의 말에 따랐다. 그와 동시에 비상한 기대를 가지고 그날 밤의 실험이라는 것을 기다리고 있었다.
  그것은 다음과 같이 시작되었다.
  약속에 따라 그날 밤 내가 이찌야나기 집을 방문한 것은 9시경의 일이다. 나는 곧 사랑채로 안내되었다. 사랑채의 사립문은 기무라 형사가 경비를 하고 있었는데, 그는 나의 모습을 보자 바로 현관까지 데려다 주었다. 사랑채의 덧문은 그때 모두 닫혀 있었고 문제의 8조 방에 들어가 보니 그곳에서는 네 사람의 남자가 화롯불을 둘러싸고 묵묵히 담배를 피우고 있었다. 네 사람이란 긴다이찌 군을 비롯해서 이소까와 경감, 구보 긴조 씨, 그리고 이찌야나기 집안에서 단 한 사람 참석한 류지 씨인데 긴장으로 얼마간 창백해진 그 사람들의 얼굴을 보고 나는 드디어 사건이 막바지에 이르렀다는 것을 느낄 수 있었다.

긴다이찌 군은 내 모습을 보더니 곧 담배 꽁초를 화롯불 속에 던지고 말했다.

"자, 이제 모두 모였으니까 당장 실험을 시작하기로 합시다."

긴다이찌 군은 힘있게 일어섰다.

"이 실험은 그 범행이 있은 시간, 즉 새벽 4시경까지 기다려서 하는 것이 옳겠지만, 그러면 여러분을 너무 기다리게 하게 되므로 조금 시간을 앞당겼습니다. 그때문에 얼마쯤 인위적인 조작을 하지 않으면 안 되는데 그것은 미리 양해해 주십시오."

말을 마친 긴다이찌 군은 두 개의 손가락을 입에 대고 날카롭게 휘파람을 불었다. 그와 동시에 덧문 밖에서 동쪽에서 서쪽으로 달려가는 발소리가 들렸다. 우리는 섬뜩해서 얼굴을 마주 보는데 긴다이찌 군은 싱글벙글했다.

"뭐, 기무라 형사입니다. 아까 말한 인위적 조작이라는 것을 그 사람에게 부탁한 겁니다."

이렇게 말하면서 긴다이찌 군은 도꼬노마 앞에 세운 병풍에 손을 댔다. 이 병풍은 내가 들어갔을 때부터 저쪽을 향해 세워져 있었는데, 긴다이찌 군이 그것을 치우자 모두 똑같이 눈을 크게 떴다. 병풍 뒤에는 사람 크기만한 짚 인형이 세워져 있었다.

긴다이찌 군은 싱글벙글하며 말했다.

"머슴인 겐시찌 군을 시켜서 만든 것입니다. 사실은 그때 사람이 둘 있었는데 실험은 이것 하나로 충분합니다. 그런데 여러분은 이 방이 그날 밤과 같은 상태로 되어 있다는 것을 인정해 주시겠지요? 보세요, 그 서쪽 미닫이가 열린 정도라든가…… 그리고 이 병풍은 여기에 이런 식으로 세워지고 병풍의 이쪽에 시체가 있었습니다."

긴다이찌 군은 경감에게 거들어 달라고 해서 병풍을 그날 밤과 같은 위치에 고쳐 세우더니, 갑자기 쉿 하고 두 손으로 우리를 제지하는 시늉을 했다. 잠깐 동안 나는 그 의미를 잘 몰랐는데 곧 물레방아 소리 때문이라는 것을 깨달았다.

아까까지 멈췄던 물레방아가 그때 갑자기 움직이기 시작해서 덜컹덜컹 둔한 회전음을 냈다. 우리는 무심결에 얼굴을 마주 보았다.

"기무라 형사가 홈통의 물을 떨어뜨려 준 거죠. 그 물레방아가 언제나 돌고 있지 않다는 것은 여러분도 잘 아시겠지요. 평소에는 홈통을 벗겨 두지요. 그리고 사용할 때만 저렇게 홈통의 물을 떨어뜨려 물레방아를 움직이는 겁니다. 그런데 요새는 아직 들일이 바쁘니까 슈끼찌라는 사람이 저곳으로 방아를 찧으러 오는 것은 언제나 새벽 4시 무렵의 일입니다. 즉 매일 새벽 4시경이면 저 물레방아가 돌기 시작하는 겁니다."

긴다이찌 군은 빠른 말로 그렇게 말하며 복도로 뛰어나갔다가 곧 돌아왔는데, 손에는 뽑아든 칼 한 자루와 두 가닥의 줄을 들고 있었다.

"이 칼은 물론 도꼬노마 뒤의 반침 속에 숨겨 두었던 것입니다. 그리고 이 줄…… 보세요, 거문고 줄입니다."

복도로부터 이어진 그 거문고 줄을 긴다이찌 군은 병풍 위로 해서 방으로 끌었다. 자세히 보니 그것은 두 가닥 줄이 아니고 한 가닥 줄이 거기서 꺾여 이중으로 돼 있었다. 긴다이찌 군은 고리로 된 그 끝을 돌돌 말아 이중의 올가미로 만들고, 그 속에 칼자루를 꿰어 날 밑에서 단단히 매달리도록 했다.

"경감님, 잠깐 그 짚 인형을……"

경감은 곧 짚 인형을 안고 왔다. 긴다이찌 군은 왼손에 그 짚 인형을 안고 오른손에는 뽑아든 칼을 쥔 채 병풍 안쪽에 서 있었다. 우리는 숨을 죽이고 긴다이찌 군의 모습을 지켜보고 있었다. 칼자루에 감은 두 가닥의 거문고 줄은, 처음에는 병풍 위에서 끌어당기는 사람이 있는 것처럼 차츰 저쪽으로 끌려갔다. 긴조 씨는 그것을 보더니 갑자기 눈을 크게 떴다.

"앗, 물레방아가……"

그 순간 줄은 팽팽해졌다. 날 밑은 이미 병풍 위에 있었다. 한데, 그 순간 긴다이찌 군이 짚 인형 쪽에서 밀어붙이는 것처럼 하더니, 칼을 짚 인형의 가슴 근처에 콱 꽂아 세웠다.

"앗……"

경감도, 긴조 씨도, 류지 씨도 주먹을 쥐고 숨을 몰아쉬었다.

이윽고 시간에 맞추어 긴다이찌 군이 손을 놓으니까 짚 인형은 그 자리에 푹 쓰러졌다. 그 바람에 쑥 빠진 칼이 병풍 위에 매달려 있었다. 그러나 그것도 순식간이고 곧 병풍 저쪽으로 보이지 않게 되었다. 그와 동시에 그 칼 끝이 땅하고 덧문을 때리는 소리가 났다.

우리는 곧 그것을 뒤쫓아 서쪽 복도로 뛰어나갔다. 그 두 가닥의 거문고 줄은 지금 통풍창에 늘어져 있었다. 그런데 그것은 물레방아가 회전함에 따라 차츰 밖으로 끌려나갔다. 칼의 날 밑이 통풍창의 귀퉁이에 걸려 두세 번 칼이 반사적으로 튀어 올랐다 내렸다 하더니 무사히 통풍창을 지나 밖으로 나갔다. 그와 동시에 바스락거리는 소리가 나며 통풍창에서 무엇인가가 떨어졌다.

긴다이찌 군이 그것을 주워 긴조 씨에게 보였다.

"보세요, 아저씨가 그날 밤 이곳으로 뛰어들어왔을 때 복도에 떨어져 있던 일본 수건…… 즉 저 통풍창에 자국이 나지 않게 하기 위해 놓아 둔 것이지요."

긴다이찌 군이 덧문을 열었기 때문에 우리는 곧 밖으로 뛰어나갔다. 물론 모두 맨발이었는데 크게 놀랐기 때문에 아무도 그런 일에 신경을 쓰지 않았다.

마침 달이 떠오르는 참이어서 뜰은 별로 어둡지 않았다. 우리의 눈앞에 칼이 축 늘어져서 매달려 있었다. 거기서 칼날 밑에 감긴 그 두 가닥의 줄이 지금은 좌우로 갈려, 왼쪽 줄은 석등 불 넣는 속을 지나 서쪽으로 이어졌다. 그리고 다른 한쪽은 변소 지붕으로 달려갔다. 그 변소 지붕을 긴다이찌 군이 회중 전등으로 비쳤다.

"앗, 굄목!"

이렇게 소리친 사람은 경감이었다. 조금 내민 변소 지붕의 모서리에 거문고 줄 굄목이 하나 붙어 있었다. 그리고 그 굄목 가랑이 사이로 줄이 달리고 있었다. 물레방아가 회전함에 따라 두 가닥의 줄은 좌우에서 차츰 끌어당겨져서 이윽고 굄목과 석등 불 넣는 받침 사이에 팽팽하게 일직선으로 당겨졌다. 그리고 그 중간에 칼이 매달렸다.

"물레방아의 힘과 석등과 굄목의 안정, 이 세 가지 중에서 제일 약한 것이 부서집니다."

물레방아가 삐걱거리는 소리가 났다. 거문고 줄은 더욱더 팽팽해지더니 이윽고 거문고 줄 굄목이 휙 날아가자 줄은 또다시 늘어졌다.

"경감님, 저 굄목을 찾아보십시오. 아마 낙엽더미 근처에 떨어져 있을 겝니다."

경감은 곧 찾아냈는데 과연 그것은 낙엽 더미 바로 옆에 떨어져 있었다.

그런데 일단 긴장이 늦춰진 줄은 곧 다시 서서히 팽팽해져 갔다.

긴다이찌 군은 회중전등으로 이번에는 녹나무 줄기를 비추었다.

"낫……."

과연 그곳에는 날카롭게 간 낫이 녹나무 잎 그늘에 콱 박혀 있고, 날이 잘 선 칼날과 손잡이 사이로 가느다란 섬광이 흘렀다. 긴다이찌 군은 그 녹나무의 저편 공간을 회중전등으로 비추었다.

"저 줄, 저쪽을 보십시오."

낫의 날을 지난 줄은 거기서 쭉 서쪽으로 달렸는데, 그 줄이 팽팽해짐에 따라 뒤의 벼랑에서 늘어진 대나무 5, 6개가 그곳에 눌려 휘어졌다. 이윽고 줄은 다시 낫과 등롱의 불 넣는 곳 사이에 일직선으로 팽팽해졌다. 그 칼은 아직도 그 사이에 매달렸는데, 이번에는 먼저보다 상당히 등롱 쪽으로 가까워졌다.

"물레방아의 힘과 등롱과 낫의 안정, 그리고 이번에는 줄의 세기가 가해집니다. 4가지 중에서 제일 약한 쪽이 무너집니다."

그때였다. 거문고 줄에 눌렸던 5, 6개의 대가 젖혀지는 바람에 줄을 건드려 땅땅땅 소리를 냈는데, 그 순간 낫 있는 곳에서 줄이 뚝 잘렸다. 그 순간 붕붕붕 하고 공기를 휘젓는 듯한 소리가 났다. 그와 동시에 그 칼이 뱅글뱅글 두세 번 허공에서 춤을 춘 다음 등롱 밑동에 푹 꽂혔다.

"어떻습니까, 아저씨? 요전날 밤, 칼이 꽂혀 있었던 곳도 역시 이 근처였지요?"

그러나 그 말에 대답하는 사람은 아무도 없었다. 어둠 속에서 세찬 숨소리만이 들려올 뿐이었다. 모두 일제히 눈을 크게 뜨고 아직도 심하게 흔들리는 칼을 보고 있었다.

"자아, 그럼 이 참에 줄의 행방을 확인해 봅시다."

긴다이찌 군의 음성에 비로소 정신이 든 듯 모두가 얼굴을 들고 칼 옆을 지나 깊숙이 들어갔다. 둘로 잘린 두 가닥의 줄은 가지에서 가지를 건너 차츰 저쪽으로 끌려갔다. 그리고 그 줄은 두 가닥이 모두 저쪽에 보이는 소나무 가지의 첨목으로 한 푸른 대나무 속으로 빨려 들어갔다.

"자, 여기까지 보시면 되겠지요. 다음은 이 대나무를 지나 물레방아의 축에 감기는 것입니다. 그 축에는 거친 밧줄이 돌돌 감겨 있으니까 거문고 줄이 두세 가닥쯤 감겨 있다 해도 당분간은 아무도 알아볼 사람이 없을 것입니다."

긴조 씨가 '음' 하고 굵은 신음 소리를 냈다. 경감이 '제기랄' 하고 날카롭게 혀를 찼다. 그러고 나서 우리는 다시 덧문 있는 곳으로 되돌아왔는데 거기서 류지 씨가 문득 멈춰 서서 이런 말을 중얼거렸다.

"그러나 그 굄목은……? 그것은 무엇 때문에 필요했을까요?"

"아아, 그것 말입니까? 그것은 칼이 끌리지 않게 하기 위해섭니다. 보십시오, 저 녹나무에서는 통풍창이 너무 멉니다. 그러니까 도중에서 한 번 받치는 것을 만들어 두지 않으면, 통풍창에서 나온 칼은 땅바닥에 떨어져 그곳에 끌린 자국이 남아요. 이 장치를 고안한 사람은 그게 싫었습니다. 굄목뿐이 아닙니다. 저 병풍도, 저쪽 푸른 대나무도 모두 칼이나 거문고 줄이 끌려 다다미나 지면에 흔적을 내지 않기 위해서 교묘히 이용된 것입니다. 병풍, 낫, 석등, 푸른 대나무 등 모두 마침 그곳에 있던 것이나, 그 자리에 있어서 부자연스럽지 않은 것을 사용했다는 점에서 고안자의 두뇌가 우수하다는 것이 엿보입니다. 단 한 가지 굄목만이 부자연스러운데, 그것을 역으로 이용해서 오히려 신비적인 효과를 높이는 데 성공했으니 그야말로 보통 솜씨가 아닙니다."

실험은 끝났다. 그리고 우리는 다시 다다미 8조 방으로 돌아왔다. 긴다이찌 군을 제외하고는 밝은 곳에서 마주 보는 얼굴들 모두가 창백해져 있었다.

제15장 혼징의 비극

"그래서……."

다들 한참을 화롯불을 둘러싼 채 그곳에 묵묵히 앉아 있었다. 이윽고 불쑥 말을 꺼낸 사람은 긴조 씨였다. 오래된 우물 속에 돌이라도 떨어뜨리는 듯한 음침한 목소리였다.

"그래서……?"

긴다이찌 군이 싱글싱글 웃으며 긴조 씨의 얼굴을 보았다. 그 순간 경감이 몸을 앞으로 내밀었다.

"즉, 겐조 씨는 자살했다 그 말이군요?"

"그렇습니다."

"가스꼬를 죽이고 그 뒤에 자살한 거로군?"

긴조 씨가 신음하듯 말했다. 류지 씨는 그개를 깊이 숙이고 있었다.

"그렇습니다. 그래서 실은 F선생 보고 와 달랬습니다. 선생님, 최초에 두 사람의 몸을 조사한 사람은 선생님이었지요? 어떻습니까. 그때의 겐조 씨의 시체 위치나 몸의 상처와 저의 지금의 실험 사이에 모순된 데가 있습니까?"
"즉, 자신이 몸에 두세 군데 상처를 내 놓고 나중에 심장을 꿰뚫었다는 말이군요. 물론 지금과 같은 장치를 겐조 씨가 해 놓았다면 그것은 불가능한 일은 아니지요."
"그럼 모순은 없는 거로군요."
"예, 없다고 생각합니다. 그러나 문제는 겐조 씨가 왜 그런 짓을 했느냐 하는 점이죠."
"바로 그거야, 긴다이찌 군. 겐조 씨가 왜 그런 짓을 했느냐 말이야. 혼례식 날 밤에 새색시를 죽이고 자살한다는 것은 여간해서 있을 수 없는 일이야. 겐조 씨는 왜 그런 짓을 했을까?"
"경감님, 그 일이라면 경감님도 아시지 않습니까. 오늘 아침 시라끼 시즈꼬라는 여자가 이야기해 준 사실, 즉 가스꼬 양이 처녀가 아니었다는 비밀, 그것이 이번 사건의 직접적인 원인입니다."
경감은 눈을 휘둥그렇게 뜨고 물어뜯을 듯한 얼굴로 긴다이찌 군을 노려보고 있다가 이렇게 말했다.
"그러나, 그러나 그까짓 일로…… 그녀가 처녀가 아니라면, 그리고 그것이 마음에 들지 않는다면 파혼을 하면 될 게 아닌가?"
"그렇게 해서 온 친척들의 웃음거리가 되어도 괜찮다는 말씀인가요? 그렇습니다. 보통 사람이었다면 그렇게 할 수 있습니다. 그러나 그렇게 하지 못한 데에 겐조 씨의 커다란 비극의 원인이 있었던 것입니다."
그러고 나서 긴다이찌 군은 천천히 다음과 같은 말을 했다.
"경감님, 내가 지금 보여 드린 술법 해설, 그것은 아무것도 아닌 일입니다. 대개의 마술 술법 해설이란 알고 보면 너무도 어처구니없는, 오히려 아이들 속임수 같은 것입니다. 그러니까 이 사건의 진짜 무서운 점은 어떻게 해서 그런 일이 행해졌느냐 하는 것보다,

왜 그런 일이 행해져야만 했는가 하는 데에 있습니다. 그리고 그것을 이해하기 위해서는 먼저 무엇보다도 겐조라는 사람의 성격과 이 찌야나기 집안의 분위기로부터 이해하고 들어가야 합니다."

긴다이찌 군은 류지 씨를 돌아보았다.

"여기에 겐조 씨를 제일 잘 아는 류지 씨가 계시니까 내 말이 틀린다면 정정해 주시리라 생각합니다. 나는 어젯밤 겐조 씨의 일기를 꽤 자세하게 읽어 보았는데, 내가 매우 흥미를 느낀 것은 그 속에 씌어진 내용보다 일기장 그 자체를 다룬 일이었습니다. 대체로 일기라는 것은 1년 365일, 반드시 하루에 한 번은 펼치는 것이니까 아무리 정갈한 사람의 일기라도 다소는 책철이 느슨해지거나, 페이지 모서리가 닳거나, 아니면 잉크의 얼룩이 묻거나 하는 법입니다. 그런데 겐조 씨의 일기에는 그런 흔적이 절대로 없었습니다. 마치 금방 제본한 것처럼 단정하고 깨끗했습니다. 그러면 일기를 빠뜨리고 썼는가 하면 천만에요, 실로 아주 자상하게 쓰고 있었습니다. 더구나 그 글자라는 것이 한 자 한 획도 흔들리지 않은, 잘고 명료한 서체로 보고 있기만 해도 애달파져 숨이 막힐 듯한 느낌이었습니다.

그것만으로도 겐조 씨가 얼마나 신경질적이고 결벽한 사람이었는가를 알 수 있었습니다. 이 일에 관해서 하녀 기요꼬가 이런 이야기를 해 주더군요. 이것은 사소한 일례입니다만 이 댁에 손님이 와서 화로를 내놓는 경우가 있는데, 화로에 조금이라도 손님의 손이 닿으면 겐조 씨는 나중에 그 부분을 알코올로 소독하지 않으면 견디지 못하는 성미였답니다. 이렇게 되면 결벽이라기보다 병적이라고밖에 할 수 없습니다. 즉 겐조 씨라는 사람은 자기 외의 인간은 모두 더럽고 불결하게 생각했습니다. 이러한 성격과 또 하나의 겐조 씨의 커다란 특징, 그것은 일기를 읽으면 바로 알 수가 있는데 그는 감정의 기복이 매우 심했습니다. 즉 극단에서 극단으로 달리는 성질입니다. 흔히 애증의 생각이 심상치 않다는 말을 합니다만, 겐조 씨의 경우는 그런 간단한 말로는 표현할 수 없을 만큼 그 정도가 심각합니다. 평생의 원수—— 그런 말을 아무렇게나 사용하는 것으로 보아도 이 일은 잘 알 수 있습니다. 그리고 또 한 가지, 이 사람은 매우 정의감이 강한 사람이었어요. 이런 점은 보통 사람에게는 장점인데 겐조 씨에게는 장점보다는 단점이 되는 경우가 많았던 것이 아닌가 싶습니다. 즉, 너무나 그것이 강하기 때문에 성격에 여유라는 것이 전혀 없었어요.

부정이나 기만에 대해서 자신을 책하는 때가 많았는데 타인에 대해서도 마찬가지였던 것 같습니다. 그리고 그런 정의감이 강한 사람이었기 때문에 이러한 농촌의 대지주라는 지위에 대해서 늘 의문을 품고 있었지요. 봉건적 색채가 강한 사상이나 습관에 대해서도 심한 증오감을 갖고 있었습니다. 그런데 이상하게도 그렇게 혐오하고 있으면서도 이 이찌야나기 집안에서 겐조 씨 자신이 제일 봉건적이었습니다. 이찌야나기 집안의 가장이라는 권위, 혼징의 후예이며 대지주라는 데서 오는 폭군성, 그것을 매우 다분히 지니고 있어서 타인이 그 존엄성을 범하면 심한 불쾌감을 느꼈습니다. 즉 겐조 씨라는 사람은 그러한 모순에 가득 찬 인격자였지요.”

류지 씨는 잠자코 고개를 떨어뜨렸다. 그런 그의 행동은 긴다이찌 군의 말을 전부 긍정하는 것처럼 보였다. 나는 겐조 씨에 대해 잘 아는데, 긴다이찌 군의 지금의 말은 그 사람을 아주 정확하게 평한 것 같았다.

긴다이찌 군은 다시 말을 이었다.

"그런 사람은 당연히 고독하지 않을 수 없어요. 자기 외의 인간은 아무도 신용할 수가 없다, 그보다도 자기 외의 인간은 모조리 적으로 보인다, 더구나 그것은 근친자일수록 심한 것입니다. 그런데 겐조 씨가 늘 접촉하는 근친자라고 하면 먼저 어머니, 그리고 사촌인 료스께 씨, 동생 사부로와 누이동생 스즈꼬 양 등 네 사람인데, 나중의 두 사람은 아직 나이도 적으니까 문제는 자연히 앞의 두 사람, 특히 료스께 씨에 한정됩니다.

이 료스께 씨라는 사람이 또 매우 흥미 있는 인물인 모양입니다. 겐조 씨의 성격을 완전히 뒤집어 놓은 사람이 아닌가 싶습니다. 표면은 유순하고, 실실 웃고, 접촉하기 좋은 사람같이 보이지만 속은 겐조 씨와 마찬가지로 성미가 급한 사람인 것 같습니다. 일기를 보아도 잘 알 수 있는데 겐조 씨가 이 사람과 모친 때문에 얼마나 괴로워했는지, 얼마나 신경을 썼는지 모릅니다. 그러면서도 정면 충돌을 하지 못한 것은, 교양의 차라고 하는 자존심이 겐조 씨를 누르고 있었기 때문입니다. 료스께 씨는 그것을 잘 알고 있었기 때문에 시치미를 뚝 떼고 일부러 겐조 씨의 비위에 거슬리는 짓을 하지 않았나 생각되는 점도 있습니다.

마침 이런 때 가스꼬 양 문제가 생겼습니다. 이 혼담에 주위 사람들이 얼마나 반대했는지 그것은 여러분도 다 아시는 일이니까 많은 말이 필요 없습니다만, 그것을 고집스럽게 밀고 나가 결국 결혼에까지 이르게 되었지요. 그런데 그 막판에 와서야 가스꼬 양이 처녀가 아니었다, 전에 애인이 있었다, 더구나 우연이라고는 하나 최근 그 애인을 만났다는 말을 들었을 때 겐조 씨는 대체 어떤 마음이었을까요?"

긴다이찌 군은 말을 뚝 끊었다. 아무도 입을 여는 사람이 없었다. 경감도 긴조 씨도 류지 씨도 모두 암담한 얼굴을 하고 있었다.

"내가 생각하기에는, 겐조 씨가 가스꼬 양에게 마음이 끌린 까닭은 그 총명하고 명랑하면서도 차분한 데가 있는 점과 일을 척척 잘 처리하는 점이 큰 요소이기는 했겠지만, 무엇보다도 큰 매력은 가스꼬 양이 매우 청결한 느낌이 드는 사람이었다는 데 있었다고 봅니다. 청결——이것이 겐조 씨가 가장 중하게 여기던 점이었는데, 막상 결혼을 하려는 참에 그녀가 이미 남자를 알고 있었다, 그리고 그녀의 체내에는 다른 남자의 피가 흐르고 있다는 것을 알았습니다. 앞에서도 말한 것처럼 겐조 씨는 다른 사람이 만진 화로까지도 알코올로 소독하는 사람입니다. 이런 경우에는 저급한 말일수록 딱 들어맞습니다. 한 번 다른 남자——겐조 씨에게는 타인은 모두 더러운 존재였습니다——의 가슴에 안긴 적이 있는 여자를 자기 아내로서 안고 잘 수 있을 것인가. 겐조 씨로서는 생각만 해도 몸서리쳐지는 일이었을 겁니다. 그러면 그 혼담을 파혼할 것인가. 겐조 씨로서는 그것도 절대 불가능했습니다.

그런 짓을 하는 것은, 지금까지 경멸하고 있던 모든 친척들에게 확실히 항복하는 것과 마찬가지였으니까요. 그럼 명의상의 아내로서 친척들의 눈을 속여도 좋은가. 그것 또한 겐조 씨로서는 할 수 없는 이유가 있었습니다. 그것은 혼례식 며칠 전에 가스꼬 양이 오사카의 백화점에서 다야라는 남자를 만났다는 일입니다. 다야라는 남자가 어떤 인물인지 우리도 모르는 것처럼 겐조 씨도 알 수가 없었어요. 어쩌면 그 남자는 옛날 관계를 미끼로 공갈을 하러 오지는 않을 인물일지도 모릅니다. 그러나 겐조 씨는 확실히 그런 보장을 받을 수는 없었습니다.

가령 가스꼬 양을 명의상의 아내로 표면을 가장하고 있는 참에 다야라는 남자가 찾아왔다고 해 보십시오. 어떤 면목 없는 일이 생길 것인지, 그것을 생각한 겐조 씨는 도저히 그런 모험을 할 수 없었을 것입니다. 그러나 이 살인의 동기는 그러한 현실적인 문제보다도 더 깊은 곳, 즉 겐조 씨의 성격에 있지 않았나 싶습니다. 아마 겐조 씨는 자기를 이런 피할 도리 없는 입장에 빠뜨린 가스꼬 양에 대해 심한 증오를 느꼈을 것입니다. 그런 더러운 몸을 가지고 뻔뻔스럽게 자기 아내가 되려고 한 여자. 그것에 대해 겐조 씨는 말할 수 없는 증오를 품었을 것입니다. 그리고 겐조 씨의 성격상 자기가 그런 증오를 품은 것을 가스꼬 양이 알까 두려워했을 것입니다. 즉, 겐조 씨의 아버지나 숙부에게 있었던 감정의 격발이 겐조 씨의 경우에는 가슴 속 깊이 숨어 들어가 그런 끈적끈적하고 음침한, 그리고 번거로운 계획으로서 나타난 겁니다. 즉, 보통 사람에게는 부자연스럽게 보이는 이 동기도 겐조 씨의 성격과 혼징의 후예라는 이 집의 분위기에서 본다면 조금도 부자연스럽지 않습니다. 아니, 오히려 피할 수 없는 동기가 됐습니다. 그래서 결국 그러한 방법을 취할 수밖에 다른 도리가 없었습니다. 더구나 표면적으로는 끝까지 자기 주장을 밀고 나간 것처럼 보여야 하니까, 혼례식은 치러야 했습니다. 그러나 사실상의 부부가 되기는 절대로 싫었기 때문에 그 방법을 택할 수밖에 없었던 것입니다."

"즉, 정사라는 것인가요?"

"정사? 아니, 아마 그렇지 않았을 것입니다. 이것은 악의와 증오에 찬 보통 살인 사건입니다. 자살이 목적이 아니니까요. 자신을 이렇게 피할 수 없는 입장에 몰아넣은 가스꼬 양에 대한 격렬한 증오, 그것이 점점 깊어져서 가스꼬 양 살해 계획으로 발전한 것입니다. 다만 범인은 매우 총명했기 때문에 어떤 교묘한 범죄도 결국은 드러난다는 것을 알았지요. 아니, 비록 드러나지 않더라도 그의 양심, 정의감이 살인범으로서의 자각 때문에 오래 견뎌 낼 수 없다는 것을 자신이 알고 있었습니다. 그러니까 경찰의 손이 미치지 않는 사이에, 그리고 자기의 양심에 파탄을 가져오기 전에 미리 자살해 버렸다고 생각하는 것이 온당하지 않을까요?

즉 이것은 보통 살인 사건이나 미스터리 소설과 순서가 좀 뒤바뀌었을 뿐입니다. 보통의 경우에는 첫째 살인이 일어난다, 둘째로 경찰이나 탐정이 활약한다, 셋째로 범인이 잡혀 자살한다, 이런 순서로 되는데 이 사건의 경우에는 둘째와 셋째가 뒤바뀌었을 뿐입니다. 그러니까 범인이 자살했다고 해서 이 사건을 가볍게 보는 것은 잘못이라고 생각합니다. 범인은 어디까지나 가스꼬 양 살해를 자기 탓이 아닌 것처럼 꾸몄으니까, 악랄하기로 말한다면 어디에 비할 데가 없습니다."

"자살로 보이고 싶지 않았던 까닭은 역시 친척들에게 항복하고 싶지 않다, 친척이나 료스께한테서 비웃음을 받지 않겠다는 생각 때문이었군요?"

"그렇습니다. 이 사건의 수수께끼는 모두 거기서 출발했습니다. 즉 혼징의 비극인 거죠."

제16장 예행 연습

우리는 그곳에서 오랫동안 묵묵히 있었다. 텅 빈 사랑채 안에 화롯불이 하나 있을 뿐이어서 점점 추워졌으나, 누구 한 사람 이 회담을 빨리 끝냈으면 하고 생각하는 사람은 없는 것 같았다. 경감은 화로의 재에 글자를 썼다가는 지우고 썼다가는 지우고 하더니 이윽고 얼굴을 들고 말했다.

"이로써 왜 그런 일이 생겼는지에 대해서는 대강 알았습니다만, 어떻게 해서 그런 일을 할 수 있었는지 그걸 좀 말씀해 주십시오."

경감의 말을 듣자 긴다이찌 군은 갑자기 기쁘다는 듯 더부룩한 머리를 벅벅 긁더니 다음과 같이 말했다.

"바로 그겁니다. 이 사건에서는 사건을 계획한 자가 이미 죽었기 때문에 고백을 들을 수는 없습니다. 그래서 우리가 상상해 나가는 수밖에 방법이 없는데, 다행히 이곳에 관계자들이 거의 모였으니까 처음부터 이 사건을 연구해 보기로 합시다."

긴다이찌 군은 주머니에서 작은 수첩을 꺼내더니 그것을 무릎 위에 놓았다.

"제가 처음에 이 사건에서 느낀 점은 미스터리 소설적인 인상이 매우 강하다는 것이었습니다. 밀실의 살인이라는 것부터가 그랬고, 그밖에도 세 손가락의 사나이니, 거문고 소리니, 앨범의 사진이니, 타다 남은 일기장의 조각이니, 완전히 미스터리 소설입니다. 이런 요소도 한두 가지라면 우연히 얽히게 된 거라고 생각할 수 있지만, 이만큼 갖가지로 정성껏 모아졌다면 거기에 하나의 의지가 작용하고 있다고밖에 생각되지 않습니다. 더구나 그 의지가 매우 미스터리 소설적입니다. 그런데 그렇게 생각하던 참에 부닥친 것이 그 사부로 군의 장서입니다. 경감님, 그때 얼마나 기뻐했는지, 얼마나 흥분했는지 당신도 잘 아시겠지요?"

경감은 말없이 고개를 끄덕거렸다.

"대체로 이 사건의 중심이 되는 트릭, 자살을 타살로 보이게 하는 트릭은 미스터리 소설에서도 가끔 다루어지는 방법입니다. 그 대표적인 것이 셜록 홈스 이야기 중의 〈소아교 사건〉이라는 소설인데, 자살을 타살로 보이게 하기 위해서는 흉기를 시체에서 되도록 멀리 떼어놓지 않으면 안 됩니다. 〈소아교 사건〉에서 사용되는 흉기는 권총이었지요. 이 권총에 끈을 달고 그 끈의 다른 끝에 추를 달아 둡니다. 자살자는 다리 위에서 권총으로 자신의 머리를 쏘는데, 그 순간 손을 놓으면 권총이 추의 무게로 강물 속에 가라앉아 버리는 장치가 되어 있습니다. 나는 확신을 가지고 말할 수 있습니다만, 겐조 씨가 이번 일을 생각해 낸 것은 이 소설이 힌트가 된 것입니다. 그 증거로서 사부로 군의 장서 중에 이 소설이 있고, 거기에 매우 열심히 읽은 흔적이 있습니다."

"옳거니, 잘 알았습니다. 그렇다면 사부로는 이 사건에서 어떤 역할을 맡았나요?"

걱정스러운 듯이 물은 사람은 류지 씨였다. 그랬더니 긴다이찌 군은 자못 기쁘다는 듯이 더부룩한 머리를 벅벅 긁으면서 말했다.

"아니, 잠깐만 기다려 주십시오. 이번 사건에서의 사부로 군의 역할이라는 것은 매우 흥미가 있는 것으로 보이는데, 그것은 좀더 나중에 이야기합시다. 적어도 겐조 씨가 처음 이 계획을 세웠던 당시엔, 사부로 군은 관계하지 않았던 것으로 봅니다. 겐조 씨의 성격으로 보아 이런 중대한 계획에 남의 도움을 빌린다는 것은 있을 수 없는 일이라고 생각되니까요. 그러나 겐조 씨의 심중에 차츰 이런 계획이 무르익어 갔다는 것을 염두에 두고 다시 한 번 이번 사건을 처음부터 재검토해 봅시다."

긴다이찌 군은 수첩에 눈을 떨구었다.

"이번 사건의 최초의 막은, 11월 23일에 열렸습니다. 즉 혼례식 전전날 저녁때, 이상한 모습을 한 세 손가락의 사나이가 동사무소 앞의 가와다야(川田屋)에 나타났어요. 그 순간부터 이번 사건은 실천에 옮겨진 것입니다."

"그런데 그 세 손가락의 사나이는 이찌야나기 집안과 대체 어떤 관계가 있습니까?"

경감이 생각났다는 듯이 몸을 앞으로 내밀고 물었다.

"경감님, 그 사나이는 이찌야나기 집안과는 아무런 관계도 없는 인물입니다. 단지 지나가는 사나이에 불과했습니다."

"그러나 고스께 군."

하고 긴조 씨는 미간을 찌푸리며

"그 사나이는 식당 여주인에게 이찌야나기 집으로 가려면 어떻게 가야 하느냐고 물었다지 않나?"

하고 말했다.

"그렇습니다. 그러나 아저씨, 그 사나이가 정말 묻고 싶었던 말은 이찌야나기 집이 아니라 히사 마을로 가는 길이었습니다. 그 일은 오늘 아침에 가와 마을에서 실험으로 경감님께 보여 드렸는데요."

경감은 거기서 갑자기 눈을 크게 떴다. 긴다이찌 군은 싱글벙글 웃으며 말했다.

"그 사나이가 먼 곳으로부터 왔다는 것은 모두의 의견이 일치합니다. 그럼 그 사나이가 기차를 타고 와서 기요시 역에서 내렸다고 생각합시다. 그리고 히사 마을로 가는 길을 물었습니다. 그런 경우 질문을 받은 사람은 어떻게 대답할까요? 기요시 역 부근에서 히사 마을까지는 20리 이상이나 됩니다. 단번에 가르쳐 주기란 매우 어렵습니다. 그런 경우 사람들은 우선 가까운 곳을 가르쳐 주고, 그 근방에 가서 다시 한 번 물으라고 일러 주는 것이 보통입니다. 그래서 그 사나이는 가와 마을까지 와서 다시 한 번 물었지요. 그것을 나는 오늘 아침에 실험해 보았는데, 나한테 길을 가르쳐 준 담배 가게 여주인은 이렇게 말하더군요. ──이 길을 곧장 가면 오까 마을의 동사무소 앞에 이른다. 그 근처에서 이찌야나기 집을 물어 보아라. 큰 저택이니까 바로 안다. 그 이찌야나기 집 앞길을 곧바로 가면 산 너머 히사 마을이 나온다고요. 그 세 손가락의 사나이는 그런 식으로 가르침을 받고 동사무소 앞까지 온 겁니다. 그리고 그 식당 여주인에게 물은 겁니다."

경감과 긴조 씨와 류지 씨는 갑자기 큰 신음 소리를 냈다.

무리가 아니었다. 지금까지 관계자 모두를 괴롭히던 그 세 손가락의 사나이와 이찌야나기 집안의 관계는 그렇게 간단한 것이었기 때문이다.

"그렇습니다. 그때까지 그 사나이는 이찌야나기 집안과는 아무런 관계도 없는 인물이었습니다. 그런데 그 뒤에 바로 이 사나이가 이번 사건에 말려들게 된 것입니다. 그보다도 겐조 씨의 계략 속에 빠져 들어왔다고 하는 편이 옳겠지요. 동사무소 앞을 떠난 그 사나이는 곧장 이 저택 앞까지 왔습니다. 와 보니 과연 큰 저택이었어요. 더구나 그 집 주인이 근간 젊은 아가씨와 결혼하려고 한다는 말을 방금 듣고 온 터라 잠깐 안을 들여다보았습니다. 이것은 그런 경우 누구나 일으키는 호기심일 겁니다. 그러다가 근처 사람에게 들켜 멋쩍은 것을 감추려고 히사 마을로 가는 길을 물었죠. 이것 역시 극히 자연스러운 행동입니다. 그러니까 그때 그가 히사 마을로 가는 길을 물은 것은, 멋쩍음을 얼버무리기 위한 것이었겠지만 결코 마음에 없는 말을 한 것은 아니었습니다. 실제로 히사 마을로 갈 예정이었으니까요. 그런데 여러분도 아시겠지만, 길은 여기서부터 갑자기 고갯길로 되어 있습니다. 그리고 그 사나이가 매우 초췌했다는 것은 모두의 의견이 일치하고 있습니다. 그 사나이는 고갯길을 오르기 전에 조금 쉬려고 했습니다. 그러나 그런 수상쩍은 모습을 하고 있었기 때문에 남의 눈에 띄지 않는 곳에서 쉬고 싶어 뒤의 벼랑으로 기어올라간 거죠. 이것도 역시 극히 자연스러운 행동이라고 볼 수 있습니다."

"그리고 그때 겐조 씨에게 살해당했다는 말인가요?"

경감의 이 질문이 나옴과 동시에 나는 조심스럽게 헛기침을 해 보였다. 그랬더니 긴다이찌 군이 그것을 알아차리고 싱글벙글하며 나를 돌아다보았다.

"그 일에 대해서는 F선생이 설명해 주실 겁니다. 실은 그래서 선생을 오시라고 한 겁니다. 선생, 여기서 검시 결과를 말씀해 주십시오."

나는 비로소 긴다이찌 군이 그 발표를 지금까지 늦추도록 요청한 속셈을 알고 미소지었다. 얼른 보아 아무런 허식도 없는 것 같은 이 청년에게도 역시 연극기는 있었던 것이다. 그는 극적 효과가 가장 많이 나타날 이 순간까지 그 사실을 발표하고 싶지 않았던 것이다.

"예, 그럼 내가 검시 결과를 간단히 말씀드리겠습니다. 그 시체는 살해된 것이 아닙니다. 자연사였어요. 상세한 것은 해부 결과를 기다려 봐야겠지만, 내가 판단한 바로는 극도의 쇠약과 피로에서 온 심장의 고장, 그런 것이 아닌가 싶습니다. 그리고 흉부의 그 상처인데, 그것은 적어도 사후 24시간을 경과한 뒤에 생긴 것으로 생각됩니다."

앗! 하는 소리가 모두의 입에서 새어 나왔다. 류지 씨는 갑자기 눈을 빛내며 몸을 앞으로 내밀고 말했다.

"그럼 그 사람은 형한테 살해당한 것이 아니군요?"

"그렇습니다. 나는 처음부터 그렇게 생각했어요. 겐조 씨가 아무리 이번 계획에 열중했다 하더라도, 아무 죄도 없는 인물을 살해할 정도로 비인간적인 행위는 하지 않을 것이라고 생각했습니다."

"그러나 그 상처는? 가슴의 그 상처는?"

"그것은 경감님, 겐조 씨가 실험을 해 본 자국입니다. 겐조 씨도 아까 내가 한 것과 같은 실험을 했습니다. 겐조 씨는 그런 계획을 세워 보았으나 과연 제대로 될 것인가, 제대로 된다 하더라도 그 사이에 어느 정도의 시간이 소요되는가, 그것을 실험해 보고 싶었던 것입니다. 즉, 예행 연습이죠. 그 시체는 그 시험대로 사용된 거죠. 아저씨, 아저씨 말에 따르면 스즈꼬 양은 사건이 있는 전날 밤에도 역시 거문고 줄을 뜯는 소리를 들었다고 했다죠. 실험은 그때 행해진 것입니다."

우리는 무심결에 얼굴을 마주 보았다. 류지 씨의 얼굴은 다시 창백해졌다. 그것은 살인은 아니었지만 살인과 같은 정도로 아니, 그 이상으로 무서운 일이었다. 나는 등골이 오싹해지는 것을 느꼈다.

"그럼 이야기를 다시 앞으로 되돌려 봅시다. 그 세 손가락의 사나이는 뒤의 벼랑에 기어올라간 다음 얼마 안 되어 거기서 아무도 모르게 숨을 거두었지요. 그것을 겐조 씨가 발견한 거죠. 그것은 23일 밤이나 24일 아침이었을 것입니다. 겐조 씨는 안성맞춤이라 생각해서 시체를 메고 돌아와 이 사랑채에다 몰래 숨겨 두었지요. 감춘 장소는 그 도꼬노마 뒤의 반침 속이었겠죠. 그러니까 그곳에 세 손가락 사나이의 흔적이 남아 있는 건 이상할 것이 없습니다. 이상이 23일에 있은 일이고 그 다음이 24일, 즉 혼례식 전날이지요. 그 날 오후 식당에서 한바탕 실랑이가 벌어진 것은 여러분도 다 아시는 일입니다. 겐조 씨와 모친 사이에 거문고 문제가 논의되었죠. 그런데 그곳에 료스께 씨가 고양이의 관을 짜 가지고 왔어요. 그리고 그 뒤에 사부로 군이 이발관에서 돌아와 세 손가락의 사나이가 이 집일을 묻더라는 말을 했죠. 그때 스즈꼬 양이 세 손가락이라는 데서 거문고를 연상했죠. 스즈꼬 양으로서는 실로 무리없는 연상인데, 스즈꼬 양이 그때 거문고를 뜯는 흉내를 내보인 것이 이 사건과 커다란 관계를 갖게 된 것입니다. 즉 그것이 겐조 씨에게 퍼뜩 어떤 암시를 준 것입니다."

우리는 살피듯이 긴다이찌 군의 얼굴을 바라보았다.

"겐조 씨는 그때 이미 면밀한 계획을 세우고 있었습니다. 그러나 막상 그 계획에 사용할 끈에 관해서는 아직 확실한 생각을 가지고 있지 않았습니다. 그것은 가늘고 질기고, 더구나 상당한 길이를 필요로 했습니다. 무엇으로 할까…… 하고 생각하던 참이었는데, 스즈꼬 양이 세 손가락이라는 말을 듣고 거문고를 뜯는 시늉을 해 보였습니다. 여기서 주의해 주실 점은, 그 무렵에는 이미 세 손가락의 사나이는 시체가 되어 사랑채의 반침 속에 숨겨져 있었습니다. 겐조 씨는 그 시체를 시험대로 사용할 셈이었습니다. 그 사나이의 일이 지금 갑자기 문제가 되어서 겐조 씨는 적지않이 놀랐을 테지만 그와 동시에 스즈꼬 양의 그 손짓을 보고 퍼뜩 어떤 암시에 부닥친 것입니다. 세 손가락과 거문고──그것들의 일종의 인과 관계를 인정한 겐조 씨는 거문고 줄이라는 것에 생각이 미쳤습니다. 정말 그것은 묘한 일입니다. 그 순진한 아가씨의 아무것도 아닌 동작이 살인의 커다란 요소를 암시한다…… 정말 무서운 일입니다만 그것은 사실이었습니다. 그래서 겐조 씨는 광으로 거문고를 가지러 들어갔습니다. 이 집에는 거문고가 몇 개나 있기 때문에 거문고 줄도 여분이 많았습니다. 그 중에서 일부분을 꺼냈다고 해도 아무도 눈치채지 못할 것입니다. 그런데 거문고 줄을 가지러 간 겐조 씨는 거기서 다시 줄 굄목을 보게 되었죠. 그 변소 지붕에 장치하는 받침으로, 겐조 씨는 처음부터 굄목을 사용할 셈은 아니었다고 생각합니다. 가랑이가 있는 작은 가지 등을 쓰려고 했을 것입니다만 굄목이라는 것을 보니, 이것이 아치형으로 되어 있어 줄을 받치는 데는 매우 알맞았기 때문에 이것을 이용하려고 생각했을 것입니다. 이렇게 해서 사건은 자연히 거문고라는 것과 인연이 깊어진 것이죠."

"흐음."

하고 경감은 신음 소리를 냈다.

"그리고 그날 밤 실험을 해 본 거로군."

하고 긴조 씨가 말했다.

"그렇습니다. 그런데 그 실험에 관해 겐조 씨는 예상하지 않은 두 가지 문제에 부닥친 것입니다. 그 한 가지는 그 대나무가 거문고 줄을 퉁겨 붕붕붕 소리를 낸다는 것. 이 소리는 대나무를 잘라 버리지 않는 한 이튿날 밤에도 날 것이 틀림없었습니다. 그러나 겐조 씨는 갑자기 대나무를 자르는 것을 좋아하지 않았습니다. 그래서 그 소리는 그대로 두고 거꾸로 그것을 감추려고 생각했습니다. 그것이 살인 직후, 자살 직전에 들려 온 거문고 소리입니다. 이 거문고 소리 때문에 사람들은 그로부터 얼마 뒤에 일어난 그 대나무의 거문고 줄 퉁기는 소리에 완전히 속고 만 것입니다."
"흐음."
하고 경감이 또 신음 소리를 냈다.
"그리고 두 번째의 뜻하지 않은 문제란?"
하고 긴조 씨가 앞을 재촉했다.
"그것은 사부로 군에게 실험 현장을 들켰다는 겁니다. 하긴 이것은 나의 상상입니다만, 아무래도 이 때 외에는 사부로 군이 이 계획에 끼여들 틈이 없었을 것 같습니다."

앗! 하고 우리는 또다시 얼굴을 마주 보았다. 류지 씨의 안색은 더욱더 파래졌다.

제17장 부득이한 밀실

"그럼 내 상상이 맞았다고 생각하고, 그리고 사부로 군이 이 실험 현장을 발견했다고 생각합시다. 거기에서 어떠한 일이 일어났는지 그것은 사부로 군에게 물어 보지 않으면 안 됩니다. 그리고 사부로 군이 중간에서 이 계획에 끼여들었으리라는 것은, 그가 아니면 생각해 낼 수 없을 잔재주가 이 사건에 많이 뿌려져 있는 것으로 보아서 알 수 있습니다. 내가 생각건대, 겐조 씨는 다만 단순히 타살로 보이기만 하면 되었기 때문에 거기에 범인을 만들어 두려고는 생각지 않았을 겁니다. 그런데 미스터리 소설광인 사부로 군이 끼여든 것입니다. 사부로 군은 범인이 없는 살인 사건이란 있을 수 없다고 생각하고 갑자기 위장 범인을 만든 것입니다. 그러기 위해서는 시체로 변한 세 손가락의 사나이야말로 절호의 인물이었습니다. 겐조 씨와 사부로 군은 그 사나이가 어떤 인물인지, 그리고 왜 자기 집을 찾고 있었는지 그런 일들은 조금도 몰랐으나, 수상한 모습으로 자기 집을 물었다는 것은 알고 있었습니다. 그것만으로도 위장 범인으로서는 매우 적절한 인물이었습니다. 특히 사부로 군은 그 사나이의 특징 있는 세 손가락의 지문이 가와다야의 컵에 틀림없이 남아 있을 것이라고 생각했기 때문에 창작욕도 크게 자극되었을 것입니다. 그 지문을 이용하려는 착상은 미스터리 소설 팬이라면 누구나 할 수 있는 일입니다. 더구나 그것만으로는 부족해서 앨범의 사진이나 일기의 단편으로 끝까지 세 손가락의 사나이와 겐조 씨 사이에 무언가 인연의 얽힘이 있는 것처럼 꾸몄는데, 이런 것은 미스터리 소설광인 사부로 군이 아니고서는 생각할 수 없는 트릭입니다. 즉 겐조 씨의 좋은 머리로 만든 그 장치와 사부로 군의 미스터리 소설광다운 트릭이 얽혔기 때문에 이 사건은 더욱 복잡하게 된 것입니다. 즉, 이 사건은 두 사람의 공동 제작이었습니다."
"그런데 그 사진이 왜 거기에 붙어 있었습니까?"
"경감님, 당신은 그 사진을 앨범의 대지째 잘라 내셨지요. 만약 그 사진을 대지에서 벗겨 보셨다면, 바로 그 농간을 알아차렸을 것입니다. 자, 보십시오."
긴다이찌 군은 벗겨 낸 사진과 대지를 꺼내었다.
"이 사진 뒤에는 전에 다른 대지에 붙였던 것을 벗긴 흔적이 있습니다. 그리고 이 대지에는, 다른 사진이 붙어 있었던 듯한 흔적이 남아 있습니다. 즉 전에 다른 사진이 붙어 있었던 것을 벗겨 내고, 그 자리에 이 사진을 붙였던 겁니다. 즉 겐조 씨가 평생의 원수로 증오하던 인물이 실재하긴 했으나, 그것은 이 사진의 주인이 아니었던 것입니다."
"그러나 이 사진은 어떻게 입수했을까요?"
"그야 물론 세 손가락의 사나이가 가지고 있었던 거죠."
"그런데 묘하군요. 사람은 평소에 자기 사진을 잘 가지고 다니지는 않을 텐데요."
류지 씨가 미간을 모으며 말했다.

"그렇습니다. 그 말씀이 옳습니다. 보통 사람은 그렇죠. 그러나 어떤 특수한 직업을 가진 사람은 대개 늘 자기 사진을 가지고 다닙니다. 가령 자동차 운전사라든가……."

"앗!"

경감이 갑자기 큰소리를 질렀다.

"그래요. 나도 그걸 생각하고 있었어. 이런 형의 사진을 어디선가 본 것 같은 생각이 드는군요. 이것은 운전사의 면허증에 붙어 있는 사진입니다."

"그렇습니다, 그렇습니다."

긴다이찌 군은 자못 기쁘다는 듯이 머리를 벅벅 긁으며 말을 이었다.

"이제, 그 사나이의 얼굴에 있는 커다란 상처나 세 손가락의 유래도 아시겠지요. 이참에 그 사나이의 신분을 밝혀 두겠습니다. 그 사나이의 이름은 시미즈 교끼찌라고 합니다. 시쓰끼 군에서 사는데 어렸을 때부터 도쿄에 나가 있었지요. 그리고 그곳에서 자동차 운전을 하고 있었습니다. 그런데 최근에 그 자동차가 큰 충돌 사고를 일으켜서 그런 불구의 몸이 됐습니다. 그래서 운전을 할 수 없게 되었습니다. 그리고 매우 몸이 나빠져서 한동안 정양을 하고 싶은데 어떻겠느냐고 히사 마을에 사는 고모집에 편지를 보냈습니다. 그러자 그 고모라는 사람이 그런 사정이라면 언제든지 오라는 답장을 보냈는데, 그 후 아무 소식도 없었대요. 실은 오늘 올까 내일 올까 기다리던 참이라고 하더군요. 이것은 오늘 기무라 형사를 히사 마을에 보내어 조사한 결과입니다. 그런데 시미즈라는 사나이는 고모가 사는 히사 마을에 한번도 간 일이 없었다는 것입니다. 그리고 이 사진을 그 고모에게 보였더니, 어릴 때 만났기 때문에 잘 모르겠지만 이 사진은 교끼찌의 아버지, 즉 그 부인의 오빠인데 그 사람을 많이 닮았으니 아마 틀림없을 거라고 대답했다고 합니다. 그 세 손가락의 사나이는 시미즈 교끼찌라는 자동차 운전사로, 히사 마을에 사는 고모를 찾아가던 도중에 이 뒤의 벼랑 위에서 불행한 생애를 마친 것입니다."

"그리고 형에 의해 이용된 거로군요."

류지 씨는 침통한 얼굴로 말했다. 그러나 경감은 류지 씨의 마음 따위는 아랑곳없었다.

"그런데 그 일기의 단편, 그것은 어떻게 해석해야 합니까?"

"하하하하하, 그것도 사부로 군의 잔재주 중의 하나죠. 겐조 씨처럼 오랫동안 일기를 쓰고 있노라면, 그 사이에 여러 가지 일이 생깁니다. 그것을 여기저기에서 뽑아 내어 몽타주하면, 어떤 줄거리라도 만들어 낼 수 있지요. 보십시오."

긴다이찌 군이 노트 사이에서 꺼낸 것은 타다 남은 다섯 장의 일기 단편이었다.

"이 중의 하나…… 해변으로 내려가는 도중 언제나 지나는 곳을 가려니, 오늘도 오후유 양이 거문고를 타고 있었다. 나는 요즈음 그 거문고 소리를 들으면 애달파서 못…… 이것과 제3의 ……는 오후유 양의 장례식이다. 쓸쓸한 날, 슬픈 날. 섬에는 오늘도 가랑비가 내린다. 장례식에 따라갔더니…… 하고 이것이 제3인데, 그리고 또 한 장, 제5의…… 섬을 떠나기 전에 나는 다시 한 번 오후유 양의 묘를 참배했다. 들국화를 꽂아 놓고 묘 앞에 무릎을 꿇고 있으려니, 어디선가 거문고 소리가 들려오는 것 같았다. 나는 갑자기…… 이상의 석 장은 글씨체나 잉크색이나 그리고 문장 속에 나오는 오후유라는 이름으로 보아도 분명히 같은 무렵에 씌어진 것입니다. 그런데 제2의…… 그놈이다, 그놈이다. 나는 그 사나이를 증오한다. …… 나는 평생 그 사나이를 증오한다, 이것과 제4의…… 나는 몇 번이나 그놈에게 결투를 신청할까 생각했다. 이 비할 데 없는 분격. 쓸쓸히 죽어 간 그 사람 일을 생각하면 나는 그 사나이를 갈기갈기 찢어 죽여도 분이 풀리지 않을 것이다. 나는 그 사나이를 평생의 원수로서 증오한다. 증오한다. 증오한다. 이 두 장은 앞의 두 장과 글씨체도 다르고 잉크도 다릅니다. 그런데 1, 3, 5의 석장, 이것을 쓴 때는 여행중이었으니까, 그렇게 몇 자루씩이나 만년필을 준비했으리라고는 생각되지 않습니다. 그러니까 2와 4는 전혀 다른 때에 씌어진 것이 틀림없습니다. 그리고 글씨체, 문장 등으로 보아 이 2와 4는 다른 것보다 먼저 씌어진 것이 아닌가 싶습니다. 즉 겐조 씨가 아직 대학에 있을 무렵의 일이 아닌가 싶은데 류지 씨, 그에 관해 당신은 정말 짚이는 데가 없습니까? 학교에 있을 무렵, 그런 사건이 있었던 것을 당신은 정말로 모르십니까?"

류지 씨는 그 말을 듣자 섬뜩한 듯 긴다이찌 군의 얼굴을 흘끗 올려다보았다. 이윽고 그는 면목이 없다는 듯 고개를 떨어뜨리고 망설이면서 이런 이야기를 했다.

"이 일에 관해서는 나도 매우 이상하게 생각하고 있었습니다. 그렇습니다. 학교에 있을 무렵 어떤 사건이 있었고, 형은 동료 한 사람을 매우 원망하고 미워한 적이 있습니다. 그 사람은 원래 형의 친구였습니다. 그런데 은사의 따님에 관한 연애 사건으로 형은 그 친구에게 배신을 당했다, 업어치기를 당했다고 믿고 있었습니다. 그 결과 형은 매우 난처한 입장에 놓여 학교를 그만두지 않으면 안 되었을 뿐 아니라, 상대방 따님도 그것이 원인이 되어 병사했습니다. 이 사건의 진상은 나도 잘 모르지만 형은 오직 그것이 친구의 책모였다고 믿고 있었던 것 같습니다. 그리고 형은 격하기 쉬운 성격이어서 상대방에 대한 원한이 골수에 사무쳤던 것 같습니다. 이번 사건에서 '평생의 원수'라는 말을 형이 사용했다는 것을 알고 바로 그 사람 일을 생각했습니다만, 계속 듣다보니 평생의 원수라는 사람은 형이 섬에서 만난 사나이로 되어 있었습니다. 그렇다면 그 사람과 다른 사람인가, 이름을 말하면 여러분들도 바로 아실 정도로 유명한 학자가 되어 있는 그 사람인가…… 하고 생각했기 때문에 지금까지 잠자코 있었습니다."

"옳거니, 그런데 류지 씨는 그 사람을 만나신 일이 있습니까?"

"없습니다. 사진은 가끔 봅니다만 그것도 요즈음의 일이니까, 그 앨범에 붙어 있던 사진이 그 사람의 젊었을 때 것인지 나도 잘 몰랐던 것입니다."

"그만하면 잘 알겠습니다. 사부로 군은 이 사건과 겐조 씨가 섬에서 경험한 에피소드 두 가지를 교묘하게 몽타주하고, 그리고 세 손가락의 사나이의 사진을 집어넣어 여기에 한 가공의 사건과 인물을 창작한 것입니다. 멋지게 했습니다. 하하하하, 섬의 에피소드를 택한 것은 거기에 거문고가 나오기 때문일 것입니다. 겐조 씨는 그런 사람이니까, 자기의 일기를 결코 남에게 보이려 하지 않았을 것입니다. 그러나 사부로 군과 같은 사람에게 걸려들면 별수 없죠. 사부로 군은 재미가 나서 형님의 비밀을 모두 들여다본 것입니다. 그리고 어디에 무슨 이야기가 씌어 있는지, 어느 것과 어느 것을 정리하면 이 사건에 관계가 있는 것처럼 보일 것인지, 그런 것을 바로 생각해 낼 수 있을 정도로 그는 좋은 머리를 가지고 있습니다. 그래서 나는 생각하는데, 사부로 군이 이 계획에 가담한 뒤로는 만사가 그 사람 생각에서 나오고, 겐조 씨는 단지 그 명령에 따르는 인형에 불과했을 것입니다. 어쨌든 사부로 군은 재미삼아 미스터리 소설적으로 있는 지식을 총동원했으니 말입니다."

긴다이찌 군의 그런 이야기를 들어도 나는 전혀 부자연스럽게 생각되지 않았다. 이 이찌야나기 집안에서는 류지 씨 한 사람만 정상적인 인간일 뿐, 그 밖의 다른 사람은 모두 어딘가 남다른 데가 있다는 것을 나도 잘 알고 있었기 때문이다.

"그렇게 해서 모든 준비가 끝나자, 시체를 손목만 자르고 둘이서 숯 굽는 가마 속에 묻은 것입니다. 그것은 25일 새벽 이전의 일입니다. 그리고 그날 저녁때, 즉 식이 시작되기 직전에 세 손가락의 사나이가 다시 부엌에 나타났는데, 이것은 물론 겐조 씨 자신이었을 겁니다. 앨범이나 일기에 그러한 재주를 부려 놓아도 그것을 남이 보지 않고 지나친다면 아무 소용이 없어요. 그래서 경감님의 주의를 그쪽으로 끌기 위해서, 그리고 또 세 손가락의 사나이가 그때까지 살아 있었다는 것을 보여 주기 위해서 그런 짓을 했을 것이라고 생각합니다. 겐조 씨는 부엌에서 그 종이 쪽지를 준 다음 서쪽 길로 해서 뒤의 벼랑으로 돌아가, 그곳에서 미끄러져 내려와 사랑채로 돌아가 옷을 갈아입고 기다리고 있었어요. 그러는데 아끼꼬 씨가 와서 그 쪽지를 넘겨주었습니다. 겐조 씨는 그것을 짝짝 찢어서 소매 속에 쑤셔 넣고 사랑채에서 나갔는데, 그때 덧문을 닫아 달라고 아끼꼬 씨에게 부탁했습니다. 아끼꼬 씨가 본채로 돌아왔을 때 겐조 씨의 모습이 아무데에도 보이지 않았다는데, 보이지 않은 것이 당연하죠. 겐조 씨는 아직 사랑채에 있으면서 발자국을 내고, 자기의 피를 뽑아 그곳의 기둥과 덧문 뒤에 세 손가락의 지문을 낸 다음 증거물인 구두와 양복을 숯 굽는 가마 굴뚝에 밀어 넣으러 갔습니다. 그리고 준비해 두었던 거문고 줄을 통풍창까지 끌어 온 것도 그때였을 것입니다."

갑자기 경감이 눈을 크게 떴다.

"긴다이찌 씨, 그럼 그 세 손가락의 지문은 초저녁부터 그곳에 있었나요?"

"그렇습니다. 그때 외에 그 지문을 낼 시간이 없었으니까요. 그리고 이 일이 나에게 사건의 진상을 깨닫게 한 제1 단계였습니다. 왜냐 하면 피 묻은 세 손가락 자국은 다른 곳에도 남겨져 있었으나 보기 쉬운 곳, 즉 병풍에 남아 있던 피의 지문은 깍지를 끼고 있었습니다. 그에 반해 확실히 지문이 있는 손가락 자국은 모두 극히 발견하기 어려운 곳에 남아 있었어요. 이것에 두슨 의미가 있는 것이 아닐까 하고 생각한 나는 거기서 두 가지 의미를 생각했습니다. 이 지문은 둘 다 매우 늦게 발견되었는데 범인은 그것을 계산에 넣고 있지 않았던가. 즉 너무 빨리 발견되면 범인에게 있어 재미없는 일이 아니었던가. 발견해도 상관없지만 빨리 발견되면 재미가 없었겠지요. 그것은 다음과 같은 이유에서입니다. 즉 피가 마른 상태나 변색 상태가 다른 핏자국과 다르다는 것입니다. 그런 경우, 발견이 늦어지면 늦어질수록 그 사이의 차이를 알 수 없게 되니까요. 범인은 그것을 바라고 있던 것이 아닐까요? 둘째로는 그런 장소에 지문이 남아 있었다고 하더라도 아무도 알아차리는 사람이 없었을 것이라는 거죠. 그러나 그것보다도 전에 누구나 모두 생각했겠지만, 범행을 할 경우 거문고 깍지를 낄 정도로 조심성 있는 범인이 여기저기에 피에 물든 지문을 남긴다는 것은 아무리 생각해도 이상하니까요. 그러니까 이 지문은 고의로 찍은 것이고, 그리고 그 시각은 범행 시간보다 훨씬 전이었을 거라고 생각했습니다."

"흐음."

경감은 다시 깊은 신음을 했다. 긴다이찌 큰은 싱글벙글하며 말했다.

"이렇게 해서 무대 장치를 만든 다음, 겐조 씨는 그 손목을 가지고 본채로 돌아갔습니다. 여기서 또 의문점이 생깁니다. 겐조 씨는 그 전날 밤, 구두와 양복을 숯 굽는 가마에 밀어 넣으러 갔을 때 왜 이 손목을 처리하지 않았을까…… 이것도 역시 사부로 군의 지령이었다고 밖에 생각할 수 없습니다. 사부로 군은 이 사건이 재미가 있어 견딜 수가 없었어요. 자기도 나중에 이 손목을 이용해서 어떤 연극을 꾸며야겠다는 유혹을 이길 수가 없었지요. 그래서 형에게 부탁해서 손이 닿을 수 있는 곳에 그것을 숨겨 두도록 했을 것입니다. 그렇다고 자기가 맡아 둘 수는 없었지요. 사건이 발견된 뒤에 가택 수색을 받을 것을 각오하고 있었을 것이니까요. 그래서 고양이의 관이 이용되었는데, 그것이 범행 직후에 스즈꼬 양에 의해 묻어졌으니까 예상 외로 멋진 은닉 장소가 된 거죠."

"그래 놓고 나서 서재로 들어가 일기를 처분한 거로군요?"

"그렇죠, 그렇죠. 그 일기는 미리 사부로 군이 준비해 두었겠지요. 여기서 주의해야 할 것은, 그렇게 해서 일기를 처분할 정도라면 겐조 씨는 당연히 소매 속의 쪽지도 처분했어야 할 것입니다. 그런데 태우지도 않고 더구나 한 조각도 없애지 않고 소매 속에 넣어 두고 있었다…… 겐조 씨 정도의 사람이 그것을 못 깨달을 리 없으니까, 그 편지는 일부러 남겨 두었다고 보는 것이 옳겠지요. 그러고 나서 곧 식이 시작되었는데 그 자리에서도 주의해야 할 사항이 두 가지 있습니다. 그 하나는 그 거문고를 사랑채로 가져오도록 한 것입니다. 다행히 이것은 이장이 말을 꺼냈는데 아무도 말을 꺼내지 않았다면 겐조 씨가 꺼낼 셈이었겠지요. 그 증거로 가스꼬 양에게 '그 거문고는 당신이 받아두어요'라는 말을 했습니다. 그리고 또 한 가지는, 사부로 군에게 가와 마을의 할아버지를 배웅하라고 명령한 일입니다. 이것은 사부로 군에게 알리바이를 만들어 주기 위해서였습니다. 그런데 난 류지 씨에게 한 가지 물어 볼 것이 있습니다."

류지 씨는 눈썹을 조금 치켜올리고 긴다이찌 군을 보았다.

"이 일은 아까도 경감님이 물으셨을 테지만, 당신은 25일 저녁때 이미 이곳에 오셨습니다. 그런데 왜 식에 참석하지 않았습니까?

그리고 또 이튿날 왜 방금 도착했다고 거짓말을 하셨습니까?"
류지 씨는 그 말을 듣고 숙연히 고개를 떨구었다.
"그것이라면 나도 지금 사부로에 관한 당신 이야기로 비로소 형의 진의를 알았습니다. 형은 나에게 절대로 이번 혼례식에 와서는 안 된다고 엄한 분부를 내렸습니다. 아마 형은 내가 잘못해서 혐의를 받지 않도록 알리바이를 만들어 주려고 한 것이겠지만, 나는 그 참뜻을 알지 못했어요. 더구나 그 편지에 있는 강한 말투가 나를 불안하게 만들었기 때문에 나는 돌아오지 않을 수 없었습니다. 그래서 학회(學會) 일을 하루 일찍 끝내고 가와 마을까지 상황을 알기 위해 왔으나, 식에는 역시 참석하지 않는 편이 좋을 것이라는 생각이 들었습니다. 그런데 이튿날 그 소동이 나자, 할아버지와 사부로와 의논한 끝에 그날 아침에 도착한 것으로 했던 것입니다."
"형님은 당신을 사랑하고 있었군요."
"아니, 형이 나를 사랑했다기보다 나만이 형을 이해하고 있었습니다."
"알았습니다. 형님은 당신이 혐의를 받는 것을 염려했다기보다 당신에게 진상을 간파당할 것을 염려했던 것이 아닙니까?"
류지 씨는 끄덕거리고 나서 대답했다.
"그럴지도 모릅니다. 그날 아침에 이야기를 들은 순간, 나는 형이 한 짓이라는 것을 직감했을 정도니까요. 왜, 그리고 어떤 방법으로 했는지 그것은 나도 알 수 없었지만……."
"고맙습니다. 이것으로 당신 일은 처리가 됐습니다. 그럼 다음은 범행 장면입니다. 첫날밤 술자리가 끝났을 때, 겐조 씨는 거문고 굄목 하나를 어머니 소매 속에 몰래 숨겨 두었습니다. 이 일은 경감님의 이야기를 들었을 때 바로 알아차렸습니다. 왜냐 하면 그 낙엽 더미에서 발견된 굄목에는 세 손가락의 지문 외에는 아무 지문도 나 있지 않았기 때문이죠. 만약, 그 괘목이 그날 밤 거문고에 붙어 있었던 것이라면 그것은 정말 불합리한 일입니다. 이 거문고는 그날 밤 스즈꼬 양과 가스꼬 양이 뜯었습니다. 그리고 거문고를 탈 경우에는 누구나 한 번 가락을 맞추는데, 그러려면 왼손으로 괘목 위치를 조절하지 않습니까? 그러니까 이 거문고에서 빼내 간 것이라면 당연히 거기에 스즈꼬 양이나 가스꼬 양의 지문이 남아 있어야 합니다. 범인이 다른 사람의 지문을 깨끗이 닦고 자기 지문만을 남겨 두리라고는 생각할 수 없으니까요. 그러니까 그 거문고 괘목은 그날 밤 여기서 탄 거문고에 붙어 있던 것이 아닙니다. 그리고 나는 그 피에 물든 지문은 고의적으로 그곳에 남겨진 것이라고 생각했습니다."

긴조 씨는 마도로스 파이프를 문 채 조용히 끄덕거렸다. 류지 씨는 또다시 고개를 떨구고 말았다.

"겐조 씨가 어머니의 소매 속에 숨겨 둔 괘목은 내가 발견했습니다. 이것은 아마 사부로 군이 나중에 처리할 셈이었겠지만 의논이 불충분했는지, 아니면 혼잡통에 사부로 군이 잊었는지 오늘까지 거기에 있었습니다. 자, 이것으로 준비는 다 된 셈입니다. 그리고 다음은 마침내 비극의 순간인데……."

긴다이찌 군의 얼굴이 흐려졌다. 우리도 숨을 삼키고 말았다.

"무서운 일이군요. 더구나 그것이 계획에 계획을 짠 것이어서 더 무서운 생각이 드는군요. 겐조 씨는 그 물레방아가 회전하기 시작할 때까지 꼼짝 않고 잠자리에서 기다리고 있었던 것입니다. 그리고 그 소리가 들리기 시작한 순간, 벌떡 일어나 변소에 가는 척하고 반침 안에서 뽑은 칼을 들고 왔습니다. 그리고 가스꼬 양을 토막토막 잘라 죽인 다음, 거문고 깍지를 끼고 거문고를 뜯었습니다. 그리고 병풍에 거문고 깍지 자국을 남겼습니다. 이 거문고 깍지 자국을 남겼다는 것은, 겐조 씨 자신의 지문을 감추기 위해서라기보다 그의 깔끔한 성격을 보여주는 것이 아닌가 생각됩니다. 이미 거문고 줄과 굄목을 사용했는데, 또다시 거문고 깍지를 사용하지 않을 수 있겠느냐는 생각이 아니었을까요. 그리고 그 다음에 거문고 깍지를 손 씻는 장소에 버리고, 통풍창까지 끌어다 놓은 거문고 줄을 끌어와 거기서 지금 내가 실험해 보인 방법으로 자살했습니다. 이렇게 해서 기괴한 혼정 살인 사건이 멋지게 완성된 것입니다."

모두 말이 없었다. 추위가 갑자기 덮쳐 와 나는 몸을 떨었다. 그랬더니 다른 사람에게도 그것이 옮았는지, 모두 다 어깨를 움츠리고 몸을 떨었다. 그때 류지 씨가 문득 이런 말을 했다.

"한데 형은 왜 덧문을 열어 놓지 않았을까. 밖에서 범인이 들어온 것처럼 보이게 하려면 그러는 편이 자연스러웠을 텐데……."

류지 씨가 그런 말을 한 순간이었다. 긴다이찌 군이 아주 맹렬히 더부룩한 머리를 긁기 시작한 것은. ……그는 매우 더듬으며 이런 말을 했다.

"그, 그, 그겁니다. 내, 내, 내가 제일 이 사건에 흥미를 느끼는 것은……."

그리고 황급히 식어 버린 차를 마시더니 조금 침착해진 투로 말했다.

"겐조 씨도 물론 그럴 셈이었지요. 그런데 뜻밖의 사태가 일어나 겐조 씨의 계획이 엉망이 된 것입니다. 뜻밖의 사태란 다름 아닌 그 눈입니다. 아시겠습니까? 그 사람은 현관에 남긴 것과 같은 구두 자국을 서쪽 뜰에도 남겨 놓았습니다. 범인이 그쪽으로 도망친 것으로 보이게 하기 위해서 말입니다. 그런데 눈이 그 구두 자국을 완전히 메워 버렸지요. 그럼 다시 구두 자국을 남길까. 그러나 그것은 불가능합니다. 왜냐하면 그 넝마 구두는 이미 숯 굽는 가마 굴뚝 속에 쑤셔 넣어 버렸으니까요. 눈 위에 발자국이 없는데 덧문을 열어 놓아 보았자 그게 무슨 의미를 가질까. 에라, 차라리 밀실의 살인으로 만들어 버리자 하고 생각했는지 어떤지 모르지만 그것이 덧문을 열어 놓지 않은 원인이었으리라고 생각합니다. 즉 이것은 범인이 계획한 밀실의 살인이 아니고, 범인으로서는 실로 본의 아니게 밀실의 살인으로 만들지 않을 수 없었던 사건인 것입니다."

제18장 돌마늘

이상이 F의사의 수기이다. 메모지에는 이것 다음에 사부로의 이야기가 씌어 있었는데, 그 일에 관해서는 나도 달리 들은 말이 있으므로 그것을 참조해서 간단히 써 두겠다.

사부로는 파상풍에서 회복됐을 때, 경감의 엄한 추궁을 받고 모든 것을 고백했다. 그가 형의 계획에 가담한 것은 긴다이찌 고스께가 예측한 대로 역시 그 실험을 발견했기 때문이었다. 그에 대해 사부로는 다음과 같이 이야기했다고 한다.

"그때 형님의 무서운 얼굴을 저는 지금도 잊을 수가 없습니다. 그날 밤 저는 사랑채에 불이 켜진 것을 보고 몰래 숨어 들어갔습니다. 그것은 요 며칠 간 형님의 태도가 묘하게도 침착성을 잃고 있었기 때문입니다.

멍청히 생각에 잠긴다거나, 사소한 일에도 섬뜩 놀란다거나…… 특히 그날 오후 이발관에서 돌아온 제가 세 손가락의 사나이 이야기를 했을 때 형님의 안색은 말이 아니었습니다.

그래서 사랑채에 불이 켜진 것을 보고, 나는 갑자기 호기심이 생겨 살짝 상황을 엿보러 간 것입니다. 물론 그 사립문을 안에서 단단히 빗장이 채워져 있었습니다만, 전 울타리를 뛰어넘어 안에 들어갔습니다. 그리고 서쪽 덧문 틈으로 방안을 들여다보려고 했는데, 그 순간 통풍창에서 일본도가 튀어나와 저는 그만 소스라치게 놀랐습니다. 상상해 보십시오."

사부로는 다시 말을 이었다.

"저는 하마터면 소리를 지를 뻔했습니다. 그것을 겨우 참을 수 있었던 것은 스스로 참은 것이 아니라 너무 놀라서 소리가 나오지 않았던 것입니다. 저는 어안이 벙벙해서 공중에 매달린 칼을 보고 있었습니다.

그런데 붕붕붕 붕붕 하는 소리가 나는가 했더니, 칼이 석등 옆에 푹 박혔습니다. 그 순간 덧문이 열리고 형님이 얼굴을 내밀었습니다. 저는 너무나 놀라서 숨을 생각조차 못하고 있었습니다. 멍청히 서 있는 저를 본 형님도 무척 놀란 모양이었습니다.

그때의 형님의 무서운 얼굴, 전 지금도 잊을 수가 없습니다. 형님은 저의 멱살을 잡아 저를 사랑채 다다미 8조 방으로 끌고 갔는데, 그곳에는 그 세 손가락 사나이의 시체가 있었습니다. 더구나 가슴에는 무서운 상처를 입고……."

사부로는 그때의 무서운 광경을 생각하면 몸이 떨리는 것을 금치 못한다고 했다.

"저는 틀림없이 형님은 미친 것이다. 그리고 저도 그곳에 있는 사나이와 마찬가지로 살해당할 거라고 생각했습니다. 형님은 저의 팔을 비틀어 엎어놓고 한참을 흥분 때문에 말도 못했습니다.

잠시 후 흥분이 가라앉자, 마치 공기 빠진 풍선처럼 맥빠진 얼굴을 하더군요. 정말 형님이 그렇게 맥이 빠진 것을 저는 처음 보았습니다. 형님이라는 사람은 원래 소심하고 여자처럼 무슨 일에 잔

소리를 잘하고 걱정하는 성질인데, 평소에는 그걸 감추고 언제나 냉혹할 정도로 오만하게 굴었습니다. 그러던 사람이 체면도 뭣도 없이 풀이 죽어 있어서 저는 불쌍하기도 하고 통쾌하기도 했습니다.

 이윽고 형님은 정신을 차리더니 비로소 자기 계획의 일부를 털어놓고, 이 일을 누구에게도 말하지 말아 달라고 울 듯한 얼굴로 부탁했습니다. 여기서 계획의 일부라고 말씀드린 것은, 그때 형님은 가스꼬 양 이야기는 조금도 하지 않고 다만 자기는 자살할 작정인데, 누구에게도 자살로 보이게 하고 싶지 않다고 말했습니다. 저는 물론 싫다고 딱 거절했습니다. 그랬더니 형님은 왜 싫으냐고 물었습니다."

겐조의 이 질문에 대한 사부로의 대답은 그야말로 기발했다. 미스터리 소설광인 사부로의 면모를 여실히 드러낸 대답이었다. 사부로는 이렇게 대답을 했던 것이다.

"그래서 저는 이렇게 말했습니다.

 '살인 사건이 일어났을 경우, 우선 제일 먼저 의심을 받는 것은 피해자의 죽음으로 제일 이익을 얻는 사람입니다. 이 경우에는 류지 형님이 되겠는데, 류지 형님은 지금 이 집에 없으니까 혐의자 속에서 제외됩니다. 그렇게 되면 혐의는 나한테 걸려 올 것이 분명합니다……'

 저는 그렇게 말했습니다. 그랬더니 형님이 '왜, 왜 네가 의심을 받지? 내가 죽어도 넌 조금도 이익을 얻을 게 없지 않으냐. 이 재산은 모두 류지 것이야' 하고 말했습니다. 그래서 제가 말했지요, '그렇지 않습니다. 형님이 죽으면 5만 엔의 보험금을 탈 수 있어요' ……."

사부로가 이렇게 말했을 때 겐조의 얼굴은 정말 볼 만했을 것이다.

그는 마치 이상한 동물이라도 보는 듯한 눈으로 사부로를 응시하더니 크게 웃고 나서 이런 말을 했다고 한다.

'사부로, 너는 영리한 놈이다. 머리가 상당히 좋은데. 좋아, 그렇다면 네 멋대로 지껄여라. 형은 자살했다고 소문을 퍼뜨리란 말이다. 그 대신 사부로 넌 보험금은 못 타. 피보험자가 자살한 경우에는 보험금을 지불하지 않기로 돼 있으니까 말이다. 사부로, 그래도 좋으냐? 5만 엔을 날려도 사부로 넌 아깝다고 생각지 않니……?'

그 동생에 그 형이었다. 이찌야나기 집안 사람들은 모두 이상한 데가 있었는데, 그 중에서도 사부로가 제일 그랬던 모양이다. 그는 형의 그 한 마디로 완전히 딜레마에 빠진 것이다. 그래서 자기에게 혐의가 걸리지 않도록 알리바이를 만들 것을 형으로 하여금 약속하게 한 다음, 미스터리 소설적 지식을 총동원하여 이 계획에 가담한 것이다.

내가 생각컨대, 사부로가 그토록 열심히 형의 계획을 도운 것은 5만 엔의 문제도 있었겠지만, 또 한 가지로는 난생 처음으로 획득한 형에 대한 우월감이 재미있었기 때문이기도 했을 것이다. 긴다이찌 고스께도 지적하고 있듯이 사부로가 가담해서 미스터리 소설의 지식을 기울이기 시작한 뒤로는 형제의 위치가 완전히 바뀌어 버렸다고 한다. 겐조는 사부로의 명령에 그저 순종했다. 사부로가 생각해 내는 기묘한 트릭에 대해서도 쓴웃음을 지으며 따를 뿐이었다고 한다. 사부로는 그것이 자랑스럽고 재미있었을 것이다.

세 손가락 사나이의 사진으로 꾸민 그 앨범의 트릭이나, 나아가서 일기의 트릭을 착상한 것도 모두 사부로의 짓이었다. 또 죽은 자의 손목을 잘라 내어 그 지문을 이용하려고 생각한 것도 그였다. 단, 세 손가락의 사나이를 범인으로 꾸미려는 생각은 겐조도 가지고 있었다고 한다. 그러나 겐조로서는 그것을 어떻게 해야 할지 잘 몰랐다. 그는 다만 세 손가락의 사나이의 시체를 아무도 모르게 숨겨 버리면 그자에게 혐의가 걸릴 것이 아니냐…… 하는 지혜밖에 가지고 있지 않았다. 그것을 사부로가 그런 큰 연극으로 완성한 것이다.

세상에는 이러한 재주꾼——사부로도 분명히 일종의 재주꾼이다——이 가끔 있는 법이다. 스스로 주역이 되어 줄거리는 쓸 수 없어도 남이 쓴 줄거리를 수식하고 조언하고 보필해서 재미있는 것으로 완성하는 일에 이력이 난 인물이 있는데, 사부로도 그런 부류였던 모양이다.

그러나 이 사건에서의 사부로는 조연자만으로는 참을 수 없었다. 너무나 자신에 넘친 그는 자기도 주연을 하고 싶어 견딜 수가 없었던 모양이다. 그것은 그의 다음 말로도 알 수 있다.

"그 손목은 만약 누구 한 사람이라도 자살을 의심하는 사람이 생길 경우에 이용할 생각으로 고양이 시체와 함께 묻기로 했습니다. 저는 그것을 사건이 있은 다음 날 밤 몰래 파냈습니다. 그때 스즈꼬가 몽유병을 일으켜서 비틀비틀 걸어오기'에 세 손가락을 보여 놀라게 해 주었습니다.

그러나 그때에는 저도 그런 식으로 이용하려고는 꿈에도 생각지 않았습니다. 저로 하여금 그런 것을 생각해 내게 한 사람은 그 시건방진 긴다이찌 고스께라는 사나이였습니다. 그 자가 좀더 점잖은, 그리고 당당한 탐정이었다면 저도 그런 짓을 하지 않았을 것입니다.

그런데 그 녀석은 나이로 보아도 저와 별 차이가 없었습니다. 게다가 그 알량한 주제에 말까지 더듬으면서 자못 명탐정인 체하는 것이 전 아니꼬웠습니다. 또 그 녀석은 밀실의 살인이라도 기계적 트릭은 재미있다면서 저에게 도전해 왔거든요.

지금 생각하면 그것이 그 자의 수법이었는데 전 그것도 모르고 그 수에 말려든 것입니다. 좋아, 그렇다면 어디 한 번 이 트릭을 파헤쳐 봐라…… 그런 생각으로 전 다시 한 번 밀실의 살인을 해 보려고 했습니다. 그래서 전날 밤에 파낸 손목으로 병풍에 피의 지문을 남기고, 그 손목은 다시 고양이 묘 속에 감추어 둔 다음, 그런 연극을 해 보인 것입니다.

물론 이렇게 깊은 상처를 입을 거라고 생각하지 않았지요. 그저 약간의 찰과상을 입을 거라고 생각했습니다. 전 형이 한 대로 하고, 다음에는 일본도를 병풍에 푹 찔러 놓고 그곳에 저의 등을 댔는데, 어쩌다가 이렇게 깊은 상처를 입게 된 것이지요. 그 녹나무를 조사해 보면 낫 대신에 제가 박아 놓은 면도날이 발견될 것입니다."

요컨대 사부로라는 사나이는 성격 파탄자였음이 틀림없다. 죽음이라는 엄숙한 사실조차도 그에게 있어서는 일종의 유희였던 모양이다. 사부로는 끝까지 형이 가스꼬를 죽일 셈이었다는 것은 몰랐다고 주장했다. 이것은 그의 말대로일지도 모른다. 그러나 그것을 알고 있었다고 하더라도 그가 역시 같은 짓을 하지 않았다고 누가 말할 수 있을 것인가.

사부로는 물론 기소되었다. 그러나 판결이 내려지기 전에 중일전쟁이 악화되자 법정에서 직접 자원하여 중국 전선에 갔는데 항까오에서 전사했다고 한다. 가엾은 스즈꼬도 그 이듬해에 죽었다. 이 소녀는 죽는 편이 오히려 행복했을는지도 모른다. 료스께는 작년에 히로시마로 여행을 갔다가 거기서 원자 폭탄에 희생되었다. 아버지가 임종한 땅에서 그 아들이 같은 전쟁 때문에 목숨을 잃었다는 것은 무슨 인연일 것이라고 마을 노인들은 말한다.

류지는 전쟁 중에 최후까지 오사카에 버티고 있었으며, 큰집에는 아무도 이사해 오지 않았다. 전부터 시골 생활을 즐기지 않은 그는 그 사건 이후 더욱더 답답한 혼징의 생활에 진력이 난 모양이라고 했다. 그리고 그 넓은 이찌야나기 집안에는 지금 늙은 이또꼬 여사가, 최근 상해에서 돈을 다 없애고 빈 손으로 돌아온 장녀 다에꼬 가족과 새집 아끼꼬와 그 아이들과 함께 살고 있다고 한다. 그런데 걸핏하면 싸움이 일어나 집안에는 풍파가 가실 날이 없다고 마을 사람들이 말했다.

이로써 나는 혼징 살인 사건의 전말을 남김 없이 썼다. 나는 이 기록에서 고의적으로 독자를 기만하는 짓은 한 번도 하지 않았다. 물레방아가 그 위치에 있다는 것은 처음에 이야기해 주었다. 그리고 이 기록에서 나는 다음과 같은 것을 썼다. 그러고 보면 나는 그 무서운 방법으로 두 사람의 남녀를 난도질한 흉악 무도한 범인에게 지대한 감사를 드리지 않으면 안 될지도 모르겠다고. 이 때 말한 두 사람의 남녀란 물론 시미즈 교끼찌와 가스꼬를 말한다. 가스꼬는 살해당했지만 교끼찌는 살해당한 것이 아니니까.

나는 일부러 두 사람의 남녀를 죽였다고는 쓰지 않았다. 두 남녀를 겐조와 가스꼬로 생각하셨다면 그것은 독자의 지레짐작이다. 또 같은 장의 현장 상황을 쓴 곳에서 그곳에 남녀 두 사람이 피투성이가 되어 쓰러져 있는 광경을 운운한 대목이 있는데, 피투성이로 살해되었다고 쓰지는 않았다. 겐조는 살해된 것이 아니니까. 미스터리 작가란 이런 식으로 글을 쓴다는 것을, 나는 애거서 크리스티 여사의 《애크로이드 살인사건》에서 배웠다.

나는 이 글을 끝냄에 있어서 다시 한 번 그 이찌야나기 집을 보러 갔다.

내가 요전에 보러 갔을 때에는 아직 이른 봄이어서 논두렁에는 뱀밥 머리도 보이지 않았는데, 지금은 벌써 은통 황금 물결이 일렁이는 풍요한 가을이다. 나는 다시 부서진 물레방아 옆을 지나, 이찌야나기 집의 북쪽을 구획하는 벼랑으로 기어올라가 숲 속으로 들어갔다. 그리고 남쪽으로 면해 있는 이찌야나기 집을 보았다.

사람들 말에 따르면, 이번의 재산세와 농지 개혁으로 그토록 떵떵거리며 살던 이찌야나기 집안도 몰락의 운명을 피할 수 없을 것이라고 했다. 그래서 그런지 혼징의 면모를 그대로 옮겨 놨다고 하는 그 큰, 그리고 육중한 본채의 건물도 쇠락의 그림자가 길어진 것처럼 생각되었다.

나는 문득 눈길을 돌려 스즈꼬가 사랑하는 고양이를 묻었다는 저택 한구석을 바라보았는데, 그곳에는 돌마늘이라는 검붉은 꽃이 온 누리에 피어 있었다. 마치 가엾은 스즈꼬의 피를 칠한 것처럼…….

蝶々殺人事件
나비부인 살인사건

서곡

 어느 봄날 오후였다. 나는 구니다찌(國立)에 사는 유리(由利) 선생을 찾아갔다.
 유리 선생은 전에 고지마찌에 살았었는데 전쟁이 일어나자 이내 고지마찌의 집을 남에게 맡긴 다음 자신은 구니다찌로 옮겨간 것이다.
 그때 나는 선생의 너무도 세심한 처사를 비웃기까지 했으나 그후 거듭되는 공습에, 비웃었던 나는 오히려 세 번씩이나 피해를 입은 반면, 세심했던 유리 선생의 고지마찌 자택은 피해를 입지 않았다. 세상은 참으로 심술궂게 되어 있는 모양이다.
 세 번씩이나 피습을 당한 끝에 결국 알거지가 되어 버리자 나는 그 전에 비웃었던 일도 있고 해서 어쩐지 유리 선생을 만나는 것이 쑥스러웠다.
 그러나 선생은 부드러운 미소를 흘릴 뿐 오히려 나를 격려까지 해주는 것이었다.
 "뭐, 대단하게 생각 말게나. 자네 같은 젊은이는 곧 다시 만회하게 될 거야. 자네 스스로 그것을 의식하지 않더라도 그만한 자신은 있는 거야. 나 같은 늙은이에게는 그런 자신이 없으니까 자연 세심해지기 마련이지. 말하자면 세심하다는 것은 늙었다는 증거인지도 모르거든."

그리고 선생은 부인에게 일러서 내 몸에 맞는 옷가지들을 몇 벌 내주었다. 뿐만 아니라 종전 후에는 고지마찌의 자택 사람들과 의논해서 그곳 2층의 방 하나를 내게 제공하도록까지 친절을 베풀어 주었다. 내가 지금 이재민으로서는 대단한 혜택을 받고 있다는 것은 실은 그러한 사연 때문이다. 따라서 앞서 내가 선생의 세심한 점을 비웃었던 것이 더욱 부끄러워진 셈이 되었다.

그런데 그날 내가 구니다찌의 댁을 방문했을 때, 선생은 젊은 부인과 둘이서 감자 모종판을 열심히 손질하고 있었다. 그러다가 내가 나타나자 즉각 손을 씻고서는 서재로 들어섰다.

"오랜만일세. 그뒤로 어떻게 되었는가? 신문사 쪽은……."

눈부신 은발머리가 하늘거리는 선생은 약간 거무스름한 얼굴빛으로 언제나 변함없는 그 부드러운 미소를 띠며 나를 맞아 주었다.

"여전합니다."

"요즘은 지면이 모자라 범죄사건 따위는 등한시하게 될 터이므로 미즈끼 준스께 군은 파리를 날리고 있을 거라고 요전에도 아내와 얘길 한 일이 있었지."

선생은 그렇게 말하면서 부드러운 미소를 흘렸다.

"그렇진 않습니다. 신문사에 적을 두고 있으면 그런대로 꽤 분주해지기 마련이에요. 저보다도 선생님은 어떠세요?"

"나 말인가……?"

"선생님이야말로 고지마찌의 자택이 그리워지신 게 아닙니까? 설마 이대로 시골에서 감자 심는 일 따위로 여생을 마치시는 건 아니시겠죠?"

사실은 이 문제에 대해서는 항상 신경이 쓰이고 있었던 터라 이 기회에 타진을 해보니 선생은 눈부신 머리카락을 쓸어올리면서 껄껄대고 웃는 것이었다.

"여보게, 시골이라고 얕보지 말게. 이래봬도 훌륭한 문화도시인걸. 그건 그렇고, 자네가 지금 한 말은……" 하고 선생은 약간 진지해졌다. "그야 나로서도 색다른 사건이 있다면 생각이 없는 건 아니지만 당분간은 안 되겠어."

"안 되다니요?"

"요즘 같은 세상에서 살벌한 사건은 허다하지만 치밀하게 꾸며진 범죄란 없단 말일세. 모두가 들떠 있어서 범죄에 있어서도 치밀한 계획을 세울 만한 여유 따위는 없어져 버렸어. 살인사건이란 사회의 질서가 잡히고 인명을 존중해야 자극적인 것이 되지. 요즘처럼 인명이 값싸게 취급된대서야 어디……."

"그렇다면 계획적인 살인사건이 있었던 시대, 말하자면 선생님이 활약하실 수 있는 무대가 있었던 시대가 좋았던 것이 될까요, 아니면 나빴던 것이 될까요?"

내가 약간 농담 비슷하게 묻자, 선생은 더욱 진지해지면서 이렇게 대답을 했다.

"그야 좋았던 시대라는 건 빤한 일이지. 계획적인 범죄가 있었다는 것은 그만큼 사회의 질서가 유지되었다는 증거야. 뭔가 살인이란 것만 해도 얼마든지 죽여도 대수롭지 않게 되어버린다면 누가 무엇 때문에 애를 써가며 치밀하게 계획 따위를 세우느냐 말일세. 사회가 진보됨에 따라 인명을 존중하게 여기는 확률이 높아지는 법이네. 그리고 인명이 존중되면 될수록 살인에 대한 제재는 엄격해지거든. 그러한 제재를 피하려고 하기 때문에 범인들은 복잡하고 교묘한, 수사하기 힘든 계획을 세우는 게 아닐까?"

"그렇다면 교묘한 계획적 범죄가 발생할수록 사회는 진보하고 있다는 결론이 되겠군요."

"말하자면 그렇지. 적어도 범죄 같은 것이 절대로 없는 이상적인 시대가 올 때까지는 말이야."

"그러한 시대가 당분간은 올 가망이 없다고 보고 말이죠. 앞으로의 일본은 대체 어떻게 될까요? 지금 선생님이 말씀하신 뜻대로 진보적인 시대가 올까요?"

"그야 오겠지. 이렇게 언제까지나 인명이 값싸게 여겨지는 시대가 계속되었다가는 견딜 수가 없을 테니까 말이야. 아니 앞으로 한 사람 한 사람의 생명을 존중하는 시대가 올 거야."

"그와 동시에 음산하고 치밀한 계획적 살인범이 나타나게 된다고 한다면 우리들은 오히려 그러한 범인이 나타나는 시대가 오기를 빌고 있어도 좋겠군요."

"그렇지. 결국 말하자면 말일세. 하하하하하, 어쩐지 이상한 토론이 되어 버렸군."

그러면 이상과 같은 대화를 통해 여러분들도 이미 느꼈으리라고 생각되지만 이 유리 선생이라는 사람은 그 옛날 범죄수사에 있어서 탁월한 솜씨를 자랑했던 인물이다. 선생은 그러나, 직업적인 탐정은 아니었다. 고지마찌 3가 자택 정문에도 사립탐정 운운 따위의 너절한 간판은 걸려 있지 않았다.

그럼에도 불구하고 그 방면에서의 선생의 명성은 널리 세상에 알려져 있어서 자택에는 끊임없이 여러 가지 사건들을 청탁하려는 사람들로 줄을 이었다. 선생은 그러한 사건들을 상세하게 분석한 다음 그중에서 자기의 취향에 맞는 사건만을 골라서 의뢰를 맡았다.

때로는 내가 신문기자인 관계로 취재중에 얼핏 수소문했던 사건에 선생을 끌어들이는 경우도 간혹 있었다. 어떻든 선생이 의뢰를 맡고 나선 사건에 대해서는 내가 언제나 도와드리는 것만은 여전히 변함이 없었다. 말하자면 나는 셜록 홈즈의 왓슨과 같았다. 이런 관계를 여러분이 사전에 알고 있지 않으면 그날 내가 유리 선생을 방문한 용건을 이해할 수가 없을 것이다.

그래서 잠시 말을 끊은 다음 나는 그 용건이라는 것을 이렇게 끄집어냈다.

"실은 오늘 찾아뵌 것은 부탁드릴 일이 있어서……."

"무슨 부탁인데?"

"실은……." 하고 내가 꺼낸 용건이라는 것은 바로 이러한 사연이었다.

전에 유리 선생 밑에서 일한 경험이 있는 나를 아직도 기억하고 있는 사람이 있어서인지 최근에 어느 출판사로부터 지금까지 취급했던 사건 가운데서 소설이 될 수 있는 것을 하나 골라 집필해 주지 않겠느냐는 청탁을 받은 것이다.

솔직히 요즘 나의 생계는 약간 어려운 형편이다. 신문사의 월급만으로는 부족했다. 그러나 그때 내가 두말없이 출판사의 청탁을 받아들인데는 비단 금전적인 문제만이 아니라 또 하나의 다른 이유가 있었다. 출판사의 사장은 이렇게 말했던 것이다.

"아무래도 지금까지 일본 사람에게는 합리성이 결핍되었다고 생각되는데요. 매사에 이치를 따지고 논리적으로 생각하는 습관, 바로 그것이 부족하다고 보는데 어떨는지요? 가볍게 읽고 넘겨버리는 것을 좋아하는 점이 바로 그렇죠. 그래서 좀더 생각을 헤쳐나가는 소설이 있어도 무방하다고 생각했어요. 그러니까 이치를 따지는 소설이라고 하면 우선 추리소설, 그것도 본격적으로 다룬 것 말입니다. 그래서 우리 출판사에서는 앞으로 그러한 추리소설에 역점을 두고서 밀고 나가려고 생각을 하는데요. 어떻습니까? 선생에게 꼭 도움을 청하고 싶은데요."

그런 얘기를 듣고 있자니까 나로서도 왠지 수긍이 갔다. 추리소설을 쓴다는 일에 대해, 대중을 크게 계몽한다는 굉장한 의욕과 사명감까지도 생겼다.

그러나 쓴다는 것은 의욕과는 전연 딴 문제였다.

실제로 펜을 들자 이게 여간 어려운 게 아니었다. 좋은 소재나 근거가 있다고 해도 신문 기사를 쓰듯이 쓸 수는 없다. 그리고 또 하나, 나를 난처하게 만든 것은 공습 때문에 메모를 해 두었던 옛날 노트들이 모두 타버린 것이다.

그래서 그날 유리 선생을 찾아간 용건이라는 것이 바로 선생에게는 옛날 기록이나 서류들이 있을 것이라고 생각되었기 때문이며, 또 한 가지는 선생의 양해를 얻어 두자는 것이었다.

"과연 그렇군." 내 얘기를 듣고 나서 선생은 곧장 반응을 나타냈다. "그야 꼭 쓰도록 하게. 뭐 나는 괜찮아. 일부러 과장한다든가 쓸데 없는 얘기를 덧붙이지 않는다면야."

"그건 명심하겠습니다. 되도록 정확하게 쓰려고 합니다."

"그래, 시작한다면 우선 어떤 사건부터 손을 댈 작정인가?"

"나비부인 살인사건……을 써보려고 하는데 어떨까요?"

이렇게 말을 꺼낸 다음 선생의 안색을 살폈다. 그러자 선생은 한동안 말없이 생각에 잠겨 있는 듯하더니 불쑥 자리를 차고 일어났다. 이건 실패로구나, 하고 선생의 감정을 상하게 한 것이 아닌가 조바심에 떨고 있자니 선생은 이윽고 책장 속에서 손금고를 꺼내들고 자리로 돌아왔다.

"그러니까 생각나는데 미즈끼 군. 요전에 책상을 정리하다가 재미있는 것을 찾아냈었지. 자네, 기억이 날 거야, 바로 이거……."

이렇게 말하면서 선생이 손금고에서 꺼내 놓은 것은 잡지의 화보에서 오려 놓은 듯한 한 장의 사진이었다. 첫눈에 나는 그 사진을 보자 갑자기 가슴이 뛰기 시작했다.

그 사진은 넓고 기다란 옷자락이 달린 프록코트 같은 것을 입고 오페라 해트를 쓰고 스틱을 옆구리에 낀 맵시 있는 청년 신사의 사진이었는데, 얼굴 부분에 아이들이 장난을 했는지 파란 색연필로 안경과 머플러가 그려져 있었다.

물론 나는 그 사진을 기억하고 있었다.

아니, 기억하고 있는 정도가 아니라 잊을래야 잊을 수 없는 사람이 바로 이 사진의 인물이다. 이 늠름한 모습의 청년 신사야말로 내가 이제부터 쓰려고 하는 소설에서 무어라 할 수 없는 이상한 분위기를 던져줄 인물인 것이다.

"그녀석은 대단히 영리한 편이었지. 이봐, 미즈끼 군. 민첩한 녀석이었어. 그녀석 때문에 나도 자칫 잘못했더라면 넘어갈 뻔했지. 미즈끼 군, 무엇하면 이 사진을 가지고 가게나. 그리고 내가 막다른 골목에서 오도가도 못했던 위기일발의 사태를 상세하게 써 주게나."

그러면서 선생이 껄껄대며 웃었으므로 나는 겨우 마음을 놓았다.

"선생님, 그럼 써도 괜찮겠습니까?"

"암, 좋고말고. 계획적인 살인이라고 하면 이것이 가장 좋은 본보기일 거야. 내 입장으로는 다소 아픈 데도 있긴 하지만 그거야 참아두지."

"감사합니다. 그렇게 허락하신다면 저도 의욕이 생깁니다. 그런데 선생님, 한 가지 난처한 일이 있습니다."

"뭔데?"

"우리들이 이 사건을 다루기 시작한 것은 사건이 발생한 지 꽤 경과한 뒤였죠. 물론 그 대목에서부터 쓰기 시작해도 무방할 거예요.

그러나 그렇게 되면 그 이전의 상황을 설명하는데 약간 복잡하고 지루해지지 않을까 생각됩니다. 그런데 여기서 곤란한 일은 그 당시 메모해 두었던 것이 공습 때 모조리 타버렸지 뭐예요."

선생은 내 이야기가 미처 끝나기도 전에 손금고를 뒤지더니 이윽고 낡은 일기장을 꺼내 놓았다.

"미즈끼 군, 여기 좋은 것이 있어. 자네도 아마 기억할 거야. 사꾸라 여사의 매니저를 맡고 있었던 쓰찌야 교조의 일기야. 그때 빌려 보고 돌려준다는 것이 깜빡 잊었던 모양이야. 요전에 서류 뭉치를 정리하던 중에 우연히 발견했지. 이걸 보면 사건이 상세하게 나타나 있어. 무엇하면 첫 부분은 이 일기를 그대로 가져가면 어떨까? 뭐 쓰찌야에 대해서는 신경쓰지 않아도 괜찮을 거야."

이렇게 말을 하는 선생의 세심한 마음씨에 대해서 다시금 경의를 표하지 않을 수 없었다. 물론 나도 이 일기를 기억하고 있었다. 이 일기가 있었기 때문에 그 당시 우리들에게 얼마나 도움이 되었는지 모른다. 더욱이 쓰찌야가 별 목적도 없이 메모해 둔 상세한 여러 가지의 사실들은 나중에 사건의 수수께끼를 푸는 중대한 열쇠가 되었던 것이다.

그날 나는 선생과 부인이 저녁 식사를 하고 가라는 간곡한 권유를 사양하고 3시쯤 돼서 자리를 떴다.

"어머, 그래요? 오랜만이어서 식사 대접이나 하려고 마음먹고 있었는데, 어두워지면 위험하다면서요? 그렇다면 주무시고 가면 되잖아요?"

젊은 부인은 원망하듯이 푸념을 했다. 그러나 선생은 붙들려고 하지 않았다.

"괜찮아. 미즈끼 군은 오늘밤부터 착수해야 하니까……. 소설을 쓴다지 않아."

"소설……?" 부인은 아름다운 눈을 반짝였다. "어머, 근사해. 어떤 소설을 쓰시나요?"

"미즈끼 군이 쓰는 거니까. 그야 에로틱한 폭로소설이겠지 뭐."

"아니 왜 그렇게 미즈끼 씨를 깎아내리시는 거죠? 그보다는 좀더 지성적인…… 아, 그렇군요. 추리소설을 쓰세요."

그러자 선생과 나는 얼굴을 마주보며 서로 웃기만 했다.

그리하여 선생에게 빌려온 사진과 일기를 놓고 그날 밤부터 쓰기 시작했는데 그것이 바로 지금부터 얘기하는 추리소설이다. 원래 소설에 대해서는 익숙하지 못한지라 이것이 어떤 것이 될지 지금으로서는 나 자신도 알 수가 없다.

그러나 소재가 재미있기 때문에 충분히 자신을 가질 수가 있으며 그리고 나는 되도록이면 공명정대하게 끌어나가고 싶다. 이 사건의 해결자인 유리 선생에게 주어진 수수께끼를 푸는 열쇠는 하나도 남김없이 여러분 앞에 밝혀 주려고 한다. 그러므로 여러분에게 뛰어난 통찰력이 있다면 유리 선생과 더불어 범인을 발견할 기회가 주어질 것이다.

더욱 이야기 최초의 부분은 유리 선생의 의견을 존중하여 성악가인 하라 사꾸라 여사의 매니저였던 쓰찌야 교조의 일기를 빌리기로 했다. 따라서 앞으로 전개되는 서두 부분의 필자는 이 미즈끼 준스께가 아니라 쓰찌야 교조라는 것, 또 하나, 이 사건이 1936년 가을에 일어났다는 것을 첨가하면서 자, 이제부터 나비부인 살인사건의 제1막을 올리기로 한다.

제1장 콘트라베이스

10월 20일

오늘은 액일이다. 쓰찌야 교조로서는 50년 이래 최악의 날이었다.

오늘 오사카의 석간을 보니 어느 신문이나, 그것도 대대적으로 〈세계적 소프라노〉, 〈세계적 나비부인〉, 〈국보적 존재〉라는 큰 활자로 제목을 내걸고 하라 사꾸라 여사의 죽음을 보도하고 있었다.

그 여자를 젊은 시절부터 잘 알고 또 그 여자와는 너무도 밀접한 관계였던 나는, 신문사가 떠들썩하게 추켜세우는 정도로 하라 사꾸라 여사를 위대한 여자라고 생각하지 않았다. 또한 그 여자가 피살되었다고 해서 악단에 그 정도로 큰 손실이라고도 생각지 않았다.

그러나 이제 그 여자가 없어졌으니 나는 어떻게 될 것인가. 이제부터 나의 생활은 어떻게 되는 것일까.

나에게 그 여자는 당당한 주인이었다. 기븐과 후원자였다. 그리고 꽤 신경을 써야 하는 고용주였다. 그토록 변덕스런 여자였기에 크게 쓸모도 있었다. 언제나 눈치없이 실수만 거듭하는 나를 해고하지도 않고 언제까지나 매니저로 데리고 있었기 때문이다. 그 여자에게는 이상하게도 손위 누이 같은 허영심이 있었는데 그 약점을 거머쥐고 호소를 하면 대개의 실수는 관대히 봐 주었던 것이다. 닳고 닳은 사람들만 모인 악단에서 이 여자 아니고는 그 누가 이렇게 어린애 속임수와 같은 술수에 넘어갈 것인가.

그러한 보호자를 잃은 나는 앞으로 어떻게 생계를 이어나갈 것인지 그저 막막하기만 했다. 나이 쉰 살이 되어 젖비린내 나는 신출내기 가수의 매니저 노릇도 할 수 없는 일이었다. 설사 이쪽에서 온갖 굴욕을 참는다 해도 실수를 거듭하기로 정평이 난 서투른 매니저를 누가 고용해 줄 것인가. 생전에는 이러쿵저러쿵 등뒤에서 험담도 했지만 사실은 하라 사꾸라는 여자는 고마운 주인이었다.

액일이다, 액일이야. 이제부터 앞으로의 나는…….

그러나 이런 푸념만 늘어놓아야 끝이 없다. 여보게, 쓰찌야 교조군, 좀 침착하게나. 마음을 가다듬고 이번 사건의 전말을 잘 알아 두어야 한단 말일세.

그렇기는 하지만 나 역시 전연 영문을 알 수가 없다. 어떻게 해서 이렇게 되었는지, 도대체 하라 사꾸라 여사가 어디서 피살되었는지, 나로서는 뭐가 뭔지 전혀 알 수가 없었다. 다만 알고 있는 것은 이것이 세상에 흔히 있는 단순한 살인사건이 아니라는 것이다. 나처럼 평범한 두뇌를 가진 사람에게는 상상도 할 수 없는 심술 사납고 교묘한 계획이 범인에 의해서 꾸며졌다는 것은 틀림없는 사실이다.

그렇다, 그렇기 때문에 나는 이 사건을 상세하게 기록해 두지 않으면 안 되는 것이다. 내가 본 것, 들은 것, 또는 알고 있는 것, 그러한 사실들을 차근차근 적어 나간다면 혹시 거기서 범인이 계획한 사건의 실마리를 알 수 있을는지 모른다. 나처럼 머리가 평범한 인간이라도 어쩌면 범인의 꼬리를 잡을 수 있을는지도 모른다.

그렇게 생각하면서 나는 이 일기를 쓰기 시작한 것이다. 그러나 그것은 생각뿐이었고, 막상 쓰기 시작하자 머리가 뒤숭숭하여 무엇부터 써야 할지 잘 모르겠다.

애당초 사건의 발단은 가와다 군이 콘트라베이스가 도착되지 않았다고 투정을 부린 데서부터 시작되는데, 그렇다고 거기서부터 쓰기 시작하면 이야기가 헝클어져 버린다. 이것은 역시 이번 오사카 공연에서부터 쓰기 시작하는 것이 좋겠다. 하라 사꾸라 가극단이 3일간의 도쿄 공연을 마친 것은 10월 18일의 밤이었다. 레퍼토리는 〈나비부인〉이었다. 공연 결과는 예상보다 훨씬 좋았다. 이에 대해서 사꾸라 여사는 자기의 인기가 높으니까 그렇게 된 것이라고 우쭐대었으나 그렇지는 않았다.

지금에 와서 일본 대중에게 오페라라는 것이 겨우 이해되기 시작했는데 이번 흥행 성적이 좋았던 참된 원인은 따로 있었다. 그것은 지난해 가을 〈라 트라비아타〉를 레퍼토리로 내놓았을 때 이미 예상했던 제자인 젊고 아름다운 알토의 사가라 지에꼬가 훨씬 인기가 높았기 때문이었다. 그리고 이번에 핑퀴어튼 역에는 오노 다쓰히꼬가 배역을 맡았다. 오노 다쓰히꼬 또한 테크닉은 아직 멀었으나 천하일색의 미남이며 아울러 아름다운 목소리를 지니고 있었다. 인기는 이 두 젊은이에게 쏠려 있었다. 그러나 그런 것 따의는 아무래도 좋았다.

도쿄 공연을 마치자 극단 일행은 곧장 오사카로 가서 나까노시마 공회당에서 공연하기로 되어 있었다. 오사카 공연은 10월 20일과 22일의 이틀간이었다. 도쿄 공연과의 사이에는 불과 하루밖에 여유가 없었다. 그래서 매니저인 나는 숨돌릴 사이가 없었다. 도쿄 공연의 마지막 날은 제대로 보지도 못하고 10월 18일 밤차로 나는 도쿄를 떠났는데, 이때 나와 같이 기차로 내려간 사람은 야마도리 후작으로 분장하는 바리톤 시가였다.

이 사나이는 고베에 용무가 있다면서 일행보다 한걸음 앞서서 출발했던 것이다. 그리고 도쿄 공연을 마친 일행은 그 이튿날, 즉 19일 야간 열차로 도쿄를 출발하기로 되어 있었는데, 하라 사꾸라 여사만은 19일 상오 10시발 열차로 도쿄를 떠나기로 되어 있었다.

야간 열차에서는 잠을 잘 수가 없었고 잠을 자지 못하면 이튿날 공연에 지장이 있다는 것인데, 애당초 그것이 잘못될 원인이었던 모양이다. 만약 사꾸라 여사가 다른 일행과 함께 도쿄를 떠났다면 이런 일은 일어나지 않았을 것이다.

하긴 사꾸라 여사 혼자만은 아니었다. 남편인 하라 소이찌로 씨와 제자인 사가라 지에꼬가 동반하기로 되어 있었다. 하루 앞서서 떠났던 나는 세 사람이 함께 오사카에 올 것으로 생각하고 D빌 호텔에 객실을 예약해 두었다. 그런데…… 아니, 아니, 이 문제에 대해서는 좀더 나중에 쓰기로 하자.

어제, 즉 19일 아침 오사카 역에서 미쓰노끼아까지 직행하는 시가와 헤어진 나는 하루내내 눈코 뜰 사이 없이 바빴다. 우선 무엇보다도 D빌 호텔에 가서 하라 사꾸라 부부가 묵게 되는 객실을 보아 두었다. 뭐니뭐니해도 사꾸라 여사는 악단의 대표적 스타이므로 조금이라도 잘못이 있어서 그녀의 노여움을 사는 것은 두려웠다.

그러고 나서 나는 N호텔로 갔다.

이곳에는 이밖의 다른 일행들이 묵기로 되어 있었다. 두 호텔을 미리 전화로 예약해 두었기 때문에 별다른 차질은 없었다. 이리하여 악단 일행의 숙소가 정해지고 나머지는 회관과 신문사와 방송국 그리고 사꾸라 여사의 후원자를 만나는 일이었다. 그날 하루 종일 나는 오사카를 온통 뒤집고 다녔는데 어디를 가도 인기는 치솟아서 예매를 한 회원권은 이틀분이나 매진되어 있었다.

A회사, B상가 등에서 기증한 화환이 공회당을 메울 것이라는 평판이었다. 나는 완전히 들떠 있었다.

그것이 좋지 않았던 것이다.

언제나 그렇지만 나는 우쭐대며 행복에 도취되는 날에는 그 다음에 반드시 커다란 타격을 받는 것이었다. 들뜬 마음을 완전히 뭉개 버리는 커다란 재난이 반드시 찾아오는 것이었다. 화나 복은 꼬여진 새끼줄과도 같다고 하는데, 50 평생의 나의 인생을 두고 하는 말일 것이다. 더욱이 언제나 화를 입는 쪽이 지극히 큰데 비하여 복이라는 것은 빈약하기 이를 데 없으니 당해낼 수가 없었다.

그래서 요즘에는 명심해서 자신을 타이르며 좀처럼 들뜨는 일이라고는 없었는데 어제는 그만 무심결에 들떠버린 나머지 그 결과가 이렇게 된 것이다. 대체로 돌아다녀야 할 만한 곳엔 빠지지 않고 얼굴을 내민 나는 저녁때 신문사에 근무하는 옛친구인 S를 만났다. S와 나와는 그 옛날 같은 솥에서 밥을 먹던 사이인데, 그 녀석은 도중에 전향하여 오사카의 신문사로 뛰어들어가 그 덕택으로 지금에 와선 완전히 안정된 생활을 하고 있었다.

그 S가 오랜만에 만났으니 한잔 하자고 나를 끌고 간 곳이 북쪽의 신지였다. S는 이 근방에서는 알아주는 모양이었다. 순식간에 젊은 기생 대여섯 명이 몰려 들어왔다. 나이가 몇 살이 되어도 여자를 싫어하는 녀석은 없을 것이다. 그런 중에도 나는 여자에게 한눈을 팔지 않는 편이었다. 하지만 지금까지 이번을 합해서 몇 번이나 실수를 했는지 알 수가 없다.

어젯밤 나를 둘러싼 여자들은 요염하기 이를 데 없는 오사카의 기생들이었다. 이러쿵 저러쿵 추켜세우는 바람에 기분이 아주 좋아져 기세를 올리고 있는 사이에 그만 대단한 실수를 저지른 것이다. 사꾸라 여사를 마중하는 것을 깜빡 잊어버렸던 것이다.

사꾸라 여사는 8시 정각 오사카 역에 도착하게 되어 있었다. 매니저인 나는 무슨 일이 있더라도 황송한 마음으로 여사를 역에서 마중하여 이 지방의 정보 등을 자세히 보고해야 할 의무가 있었다. 그런데 문득 정신을 차렸을 때는 8시 30분이 지나 있었다. 나는 당황한 나머지 전화통을 붙들고 D빌 호텔을 불렀다. 그런데 하라 사꾸라 여사는 방금 도착했다는 것이었다. 그리고 지금 객실에서 휴식을 취하고 있다는 대답이었다.

자, 큰일났다! 내가 마중 나가지 않았기 때문에 사꾸라 여사는 노발대발하며 남편에게 신경질을 부리고 있을 거라고 생각하니, 발바닥이 저려 오는 듯한 낭패감을 떨쳐버릴 수가 없었다.

"S군, 나 실례하겠네."

단 한마디를 술자리에 던져 놓고 나는 붙들어 잡는 기생들을 뿌리치면서 그곳을 뛰쳐나왔다. 나의 안색이 창백해지자 S녀석은 이렇게 비꼬는 것이었다.

"마마님 모시기가 이만저만 아니로군."

그건 농담이 아니었다. 내가 받는 견딜 수 없는 고통은 마마를 모시는 정도가 아니다. 사꾸라 여사란 사람은 요즘 날씨보다도 기분이 자주 변하는 거친 망아지와 같았다.

그런데 D빌 호텔에 헐레벌떡 쫓아가보니 뜻밖에도 사꾸라 여사는 없었다. 방금 외출했다는 것이었다. 열쇠는 보관을 해놓고 행선지는 알리지 않았다는 것이다.

이렇게 친절히 말하는 카운터 지배인에게 그럼 방금 전에 나에게서 전화가 왔던 것을 말씀드리지 않았느냐고 따지자 지배인은 전화온 것도 여쭈었다는 것이었다. 그런데도 사꾸라 여사는 출타를 해버린 것이다. 노발대발하는 사꾸라 여사를 생각하니, 나는 아랫배가 아플 만큼 걱정이 되었다.

단지 여기서 한 가지 안심이 되는 것은 남편 하라 소이찌로 씨가 함께 있다는 사실이었다. 이 사람은 도락자인데 언제나 부드러운 인상을 주고 있으며 평소 나의 처지를 딱하게 여기고 동정하고 있었다. 그는 사꾸라 여사를 조종하는 방법도 잘 터득하고 있었다.

지배인의 말을 들으면 출타한 것은 사꾸라 여사 한 사람이니 남편은 호텔에 남아 있을 것이라는 생각으로 그 남편을 뵙자고 말하니 뜻밖에도 남편은 함께 오지 않았다는 것이었다.

"선생님 혼자 자동차로 오셨어요. 바깥양반께서는 갑자기 일이 생겨서 도쿄에 남아 계시는 모양입니다. 내일 아츰에 딴 분들하고 이곳에 함께 도착하실 예정인가 봅니다."

나는 망치로 쾅 하고 머리를 얻어맞은 듯한 느낌이었다. 남편과 함께가 아니라면 사꾸라 여사의 기분을 돌이키기가 어려울 것이다. 그러나 이상한 것은 사꾸라 여사 혼자서 자동차를 타고 왔다는 것이다. 남편이야 일이 있어서 도쿄에 남아 있다치더라도 제자인 사가라 지에꼬는 처음부터 같이 왔어야 했을 것이다.

하긴 사가라는 이 호텔에 묵게 되어 있지 않다. 그녀는 오사카 출신으로 자기 집이 있기 때문에 그곳으로 가게 되어 있었다. 그러나 아무리 그렇더라도 일단 이 호텔까지 사꾸라 여사와 같이 온 다음에 자기집으로 가는 것이 순서일 것이다.

더욱이 소이찌로 씨가 도쿄에 남아서 사꾸라 여사가 혼자 오게 되었다면 사가라는 더욱 그랬어야 했을 것이다. 사가라가 그것을 모를 리가 없다. 나는 왠지 이상한 생각이 들었다. 사가라에게 사꾸라 여사의 노발대발하는 모습을 물어보고 싶었으나 공교롭게도 나는 사가라의 오사카 집을 알지 못했다.

나는 호텔 로비에서 반 시간쯤 기다렸다. 그러나 사꾸라 여사는 들어오지 않았고 전화도 걸려 오지 않았다. 그동안 나는 문득 사꾸라 여사의 유력한 후원자인 기다하마가 있다는 것이 머리에 떠올랐다. 지배인의 말을 들으면 택시도 부르지 않고 나갔다고 하니까 그곳에라도 가 있지 않은가 싶어 호텔을 나오자, 나는 곧장 기다하마의 집으로 달려갔다. 그러나 사꾸라 여사는 오지 않았다는 것이었다.

나는 크게 낙담했다. 그러나 내친김에 사꾸라 여사의 후원자의 집을 하나하나 차례로 찾아갔다. 사실을 말하면 뭐 그렇게까지 걱정할 필요는 없었다. 사꾸라 여사가 어린아이도 아니고 길을 잃었을 리도 만무하다는 것을 알고도 남았다.

그러나 이것이 바로 여자의 매니저를 맡아하는데 있어서 가장 중요한 비결인 것이다. 이렇게 법석을 떨며 곳곳을 찾아돌아다녔다는 제스처를 보여줄 필요가 있으며, 그것이 그 여자의 기분을 푸는데 꼭 필요한 것이다.

나는 이렇게 말해 주겠다.

"선생님도 너무하십니다. 아무 말씀도 안 하시고 출타를 하셨기 때문에 제가 얼마나 걱정을 했는지 아십니까? 어제는 한밤중까지 온통 쫓아다녔습니다."

그러면 이렇게 대답할 것이 분명했다.

"바보같이, 난 어린애가 아니에요. 그토록 늦게까지 많은 사람들을 깨우게 하면 그분들에게 미안하잖아요? 당신이 그토록 걱정해 주었다니 정말 미안해요."

이로써 만사는 잘 되는 것이다.

그날 밤 내가 호텔로 돌아왔을 때는 새벽 1시쯤이었는데, 나는 손 쓸 데는 모조리 써놓은 셈이니까 이제는 신경을 더 이상 쓸 필요가 없었다. 잠자리를 편히 하고 자면 되는 것이다. 그래도 형식적으로 D빌 호텔로 전화는 걸어 두었다.

"하라 선생님은 아직 돌아오시지 않았습니다. 아무데서도 걸려온 전화도 없구요."

제기랄 망나니 같으니라구!

이제 날이 새면 20일, 즉 오늘이다. 나는 잠에서 깨어나자 D빌 호텔로 전화를 걸었다. 물론 그 여자의 목소리를 들을 수 있으리라는 기대는 조금도 갖고 있지 않았다.

사꾸라 여사는 오사카에 꽤 많은 친지들이 있기 때문이다. 그중에는 내가 전혀 알지 못하는 친구들도 있었다. 그러한 사람들 집에 가서 자버렸을는지도 모를 일이다.

그녀는 막이 열리는 빠듯한 시간까지 나를 초조하게 만들어 놓고 비로소 태연히 나타나는 그러한 위인이다. 나는 이번에도 그러리라고 짐작하고 있었다. 지금 와서 생각해보니 이런 나의 짐작은 반쯤은 맞았고 반쯤은 엉뚱한 것이었다.

아니나다를까 사꾸라 여사는 시간에 빠듯하게 나타났는데 그러나 그것은······.

아니, 그것을 쓰기에는 아직 이르다. 그전에 아침부터 일어난 일을 좀더 기록해 둘 필요가 있겠다.

오늘은 어제보다도 더 숨돌릴 사이가 없었다.

어젯밤 10시 15분 열차로 도쿄를 출발한 하드 사꾸라 악단 일행은 아침 8시 7분에 오사카 역에 도착하기로 되어 있었다. 어젯밤의 실수도 있었기 때문에 오늘은 무슨 일이 있더라도 마중을 나가지 않으면 안 된다. 더욱이 일행 가운데는 사꾸라 여사의 주인 양반인 소이찌로 씨도 끼어 있기 때문에 더 말할 나위가 없다.

무슨 일이 있더라도 나는 먼저 소이찌로 씨를 만나지 않으면 안 되었다. 그리하여 사꾸라 여사에 대한 나의 실수를 무마시키도록 부탁해야 하는 것이다.

오사카 역에 달려가기 전에 나는 다시 D빌 호텔에 들러 보았다. 그러나 짐작했던 대로 사꾸라 여사에게선 아무런 소식도 없었다. 제기랄, 될 대로 되라는 심정이었다.

오사카 역의 환영은 꽤 화려한 편이었다. 신문사를 비롯하여 공회당 측의 대표자와 오사카에 있는 후원회 회원들이 잇달아 몰려왔다.

다까라쓰까 가극단의 소녀 비슷한 아가씨들도 떼를 지어 플랫폼에 몰려 있었다. 신문을 보고 왔는지 계속 팬들이 몰려 오기 시작했다.

그러나 이러한 여자들에게는 사꾸라 여사나 사가라는 아무래도 좋은 것이다. 그보다는 테너인 오노 다쓰히꼬가 2등 침대차에서 내리자 별안간에 우르르 몰려들어 법석을 피우는 것이었다.

지금 일본에서 예술계 방면을 통틀어 인기 투표를 해도 오노 다쓰히꼬는 반드시 베스트 5에 들어갈 것이 틀림없다. 천하 제일의 미남이라는 마크가 붙어 있다 해도 조금도 지나친 말은 아니었다. 더욱이 오늘 아침, 침대차에서 피로해진 나머지 어딘가 우울하게 보였는데, 그것이 소녀들에게는 한결 더 매력적으로 보였던 모양이다.

'오노 씨, 오노 선생님' 하며 열광하였다. 나 역시 악단의 가수 따위는 어느 누구도 마음에 들지 않지만 이 오노 다쓰히꼬에게만은 호의를 가지고 있었다. 굉장한 미남이지만 조금도 척하지 않는 태도가 귀여울 정도였다. 1미터 75센티의 체격도 당당하고 풋내기처럼 구는 품이 마치 5, 6세의 소년과도 같았다.

이 악단에 들어와서 얼마 되지 않은 탓도 있겠지만 그보다는 교육의 결과이기도 했다. 이 사나이는 니혼바시에서 대대로 이어온 베니야라는 큰 포목점의 둘째아들로, 말하자면 태어날 때부터 귀동자였다. 하라 사꾸라 여사가 최근에 사귀는 남자…… 아차 이건 비밀, 비밀.

그건 그렇고 소이찌로 씨는 대체 어디에 있는 것일까 하고 둘러 보는데 반대로 그 소이찌로 씨가 오히려 나의 어깨를 두드리는 것이었다.

"아, 수고했네. 무척 바빴지?"

이 사람은 언제 보아도 얼굴에서 웃음이 사라질 때가 없다. 아마 싫다거나 언짢다는 것을 전혀 모르고 사는 사람 같았다. 언제 보아도 침착하고 태연하게 벙글벙글 웃고만 있다. 하긴 곁체계 거두의 맏아들로 태어나 머리가 좋은 수재로 통하고 있다면 그렇게도 될 법한 일이다. 나와 비교하면 음지와 양지 같은 처지이지만 이상하게도 이 사람에게만은 반감을 가질 수가 없다.

사꾸라 여사도 이 남편에게만은 완전히 매달려 언제나 파파 하고 어리광을 부리는 것이다. 남편 쪽에서도 사꾸라 여사를 사랑하고 있다는 것은 누가 보아도 알 수 있었다. 그런데도 두 사람이 다 같이 저마다 바람을 피우면서 그저 흔연스럽게 지내고 있으니, 이 부부의 사이는 참으로 알고도 모를 일이었다.

"어떤가, 아내는? 상태가 말이야."

그래서 나는 간단히 어젯밤부터 일어난 일을 말해 주었다. 소이찌로 씨는 시종 벙글벙글 웃으며 듣고 있다가 아무렇지도 않은 듯이 껄껄댔다.

"하하하, 또 벨이 틀린 거야. 뭐 걱정할 건 없어. 막이 오를 시간까지는 반드시 나타날 거야. 자네는 항상 소심하기 때문에 오히려 빠져들기 마련이거든."

그러고서는 '아, 졸려 졸려' 하고 뇌까리더니 혼자서 재빨리 플랫폼을 나가 버렸다.

자, 이렇게 해서 이쪽 일은 끝난 셈이다. 그래봬도 대단히 세심한 데까지 신경을 쓰는 사람이니까 그쯤 말해 두면 사꾸라 여사에 대해서는 잘 마무리지어 줄 것이 틀림없다. 이래서 겨우 안심할 수 있다는 생각이 들었기 때문에 나는 도착한 악단 일행을 점검한 다음 택시에 분승시켜 N호텔로 보냈다.

하긴 악단 일행이라고 해야 그렇게 많은 편은 아니었다. 원래 가극이라는 것은 인원이 꽤 많이 동원되어야 하기 때문에, 도쿄 공연 때 출연한 스탭과 게스트들을 모조리 오사카로 데리고 온다면 그 경비를 감당할 수가 없다. 그래서 오케스트라 멤버하고 합창단은 오사카 교향악단과 오사카에 있는 합창단원들에게 부탁하여 현지 조달하기로 했던 것이다.

그러나 지휘자는 도쿄 공연을 맡았던 마끼노 겐조만을 그대로 데리고 왔다. 마끼노와 사꾸라 여사는 싸움이 잦았다. 어느 편이나 기고만장하는 성격이어서 한 번 의견이 충돌하면 좀처럼 굽히지 않았다. 공연을 일단 마치면 마끼노는 으레 두 번 다시 하라 여사의 가극단에서는 지휘봉을 잡지 않겠다고 선언을 한다.

그러면서도 다음 공연을 앞두고 사꾸라 여사로부터 아양을 떠는 간청을 받으면 승낙하는 것은 두말할 나위가 없다. 그러나 표면으로는 마지못해 승낙하는 체한다. 하기야 일본에 가극단다운 가극단은 하라 사꾸라 가극단 이외에는 없었으며, 또 지휘자다운 지휘자도 마끼노 밖에는 없었기 때문에 서로 으르렁거리면서도 두 사람은 완전히 등을 돌려 버릴 수는 없었다.

마끼노는 두 사람의 제자를 함께 데려왔다. 트롬본과 콘트라베이스였다(그런데 그 콘트라베이스가 나중에 문제가 된 것이다). 일행을 자동차로 보낸 다음 이 열차로 일행과 함께 내려 온 나의 조수인 아마미야 군과 둘이서 화물을 찾으러 갔다. 이 아마미야라는 친구는 소이찌로 씨의 먼 친척뻘이 되는 청년인데 최근에 나의 조수가 되었다.

그런데 믿음직스럽지 못한 점이 한두 가지가 아니었다. 나 역시 매니저로서는 서투른 편이지만 이 아마미야라는 친구는 나보다 한술 더 뜨는 편이었다. 무슨 일을 시키든지 실수를 하지 않는 일이 없었다. 그저 사람만 좋을 뿐 침착스럽지가 못했다. 그저 좋은 점이란 나에게 꾸중을 들어도 화를 내지 않는 점뿐이다.

이렇게 믿음직스럽지 못한 조수에게 도쿄 공연의 뒤치다꺼리를 맡겨 놓았으니 나는 초조하기 이를 데 없었다. 그렇지만 뜻밖에도 지금까지는 별로 실수가 없는 성싶었다. 의상도 그런대로 챙겨져 있었으며 나머지 도구도 어젯밤 출발하기 전에 탁송을 한 모양이다. 그런데 화물을 찾으러 갔으나 아직 도착되지 않았다. 아마 화물이 지체된 것이겠지, 하고 나는 생각했다. 다음 열차는 10시 30분 도착이니까 그때까지 역에서 기다릴 수는 없었다.

"하여튼 일단 호텔로 돌아가세. 그리고 점심 후에 자네 혼자서 화물을 찾으러 오게나. 2시부터 공회당에서 연습이 있을 테니까 화물은 직접 그쪽으로 가지고 오는 편이 좋겠지."

우리는 일단 N호텔로 와서 나는 또 다시 D빌 호텔로 전화를 걸어 보았다. 그러나 사꾸라 여사의 소식은 여전히 없었다. 그래 남편인 소이찌로 씨에 대해서 묻자 방금 전에 도착을 했는데, 아마 잠을 자는 모양인지 문을 잠그고 있다는 것이었다. 전화로 불러내도 받지 않는다는 것이었다. 나는 별로 소이찌로 씨에게 볼일이 있는 것도 아니어서 잠을 깨우지 말도록 당부한 다음 전화를 끊었다.

그리고 나는 2시 조금 전까지 별로 할일이 없었다. 내가 아마미야에게 뒷일을 부탁하고 호텔을 나서 신문사와 방송국을 돌아다닌 다음 공회당으로 온 것이 1시 반쯤이었다.

나와 거의 때를 같이 하여 N호텔로부터 가수들도 모여들었다. 오사카 교향악단이나 합창단원들도 이미 와 있어서 공회당의 내부는 한창 웅성거리고 있었다. 아마미야도 나보다 먼저 와 있었는데 화물에 대해 물어보자 빠짐없이 인수하여 갖다 놓았다고 하므로 우선 그편은 안심이 되었다. 그건 그렇고 사꾸라 여사는 도대체 어떻게 된 영문인지 몰랐다. 이제는 슬슬 나타나도 될 시간이 아닌가. 그런데 사꾸라 여사만이 아니라 오노도, 사가라도, 그리고 바리톤의 시가마저도 모습이 보이지 않았다.
　1시 50분.
　정각 2시부터 연습을 시작하기로 정해 있었기 때문에 교향악단 사람은 벌써 오케스트라 박스에 자리잡고 있었다. 지휘자인 마끼노는 지휘봉을 들고서 안절부절못하고 있었다.
　이때였다. 콘트라베이스 주자인 가와다가 큰소리로 외치기 시작했다.
　"이봐, 아마미야. 내 콘트라베이스는 어떻게 된 거야?"
　순간 아마미야는 멍청히 서 있다가 점점 안색이 변하더니 횡설수설하는 것이었다.
　"콘트라베이스⋯⋯콘트라베이스⋯⋯ 그러나 나는 분명히 탁송한 수효만큼 화물을 찾아왔어요. 그 속에 콘트라베이스는 없었어요."
　"바보 같은 녀석, 그럴 리가 없어. 어젯밤 도쿄 역에서 내가 콘트라베이스를 탁송한 것을 자네도 알고 있었잖아? 그때 자네는 다른 화물과 함께 찾아 주겠다고 내 물표를 맡지 않았는가? 자네는 그 물표를 잊어버린 게 아니야?"
　"그럴 리가 없어요. 절대로 그럴 리가 없어요. 다른 물표와 함께 두었으니까 역에서 화물을 인수할 때 수효를 확실히 대조해 보았거든요⋯⋯. 콘트라베이스에 대해서는 그만 깜박 잊어버린 것이 실수였지만."
　"실수라는 건 알고 있군. 도대체 어떻게 할 셈이야? 악기 없이 연주를 하라는 말인가? 만약 이대로 콘트라베이스를 분실해 버린다면 어떡할 작정이야?"
　"미안합니다, 제가 다시 한 번 오사카 역에 가보겠어요."
　아마미야가 새파랗게 질린 채 울상이 되어 허둥지둥 쫓아나가려고 하는데 오노와 사가라, 그리고 시가 세 사람이 거의 동시에 들어왔다.

"가와다 씨, 뭐가 그렇게 심각해요? 콘트라베이스는 분장실 입구에 팽개쳐져 있던데 그게 당신의 콘트라베이스가 아닌가요?"

"사가라 양, 코, 코, 콘트라베이스가 분장실 입구에 있었습니까?"

아마미야는 게거품을 물고 더듬거리고 있었다.

"네, 있었어요. 분장실 밖에 세워 두었더군요. 빨리 가서 가져다 주세요."

아마미야가 허겁지겁 쫓아나간 다음에 전화 벨이 울렸기 때문에 받아 보니 D빌 호텔에 묵은 소이찌로 씨로부터였다.

"쓰찌야 군이군. 아내는 왔는가?"

"그런데…… 아직…… 오시지 않았어요."

"아직 안 왔다고? 연습이 시작될 시간 아냐? 이상하군, 하여튼 나도 그쪽으로 가보겠네."

전화를 끊자 아마미야가 커다란 콘트라베이스의 케이스를 둘러메고 왔다. 그런데 그 둘러멘 모습이 여간 우스꽝스럽지가 않았다. 그렇지 않아도 몸집이 작은 아마미야가 마치 케이스에 눌려서 짜부라지는 듯했으며 얼굴은 벌겋게 충혈이 되어 끙끙대고 있었다. 그의 몰골을 보자 사가라 지에꼬가 웃음을 터트렸다.

"아마미야 씨, 그게 무슨 꼴이에요? 콘트라베이스가 그렇게 무거운 건 아니잖아요?"

"하지만 사가라 양, 당신은 그렇게 얘기를 하지만 이건 여간 무거운 게 아니야. 가와다 씨, 대체 뭘 집어 넣은 겁니까?"

"콘트라베이스가 들어 있지, 뭐겠어? 자, 이리 줘요."

아마미야의 등에서 아무렇지도 않게 커다란 케이스를 받아 들려던 순간 가와다는 뜻밖의 무거운 중량에 그만 몸이 휘청거렸다. 그러자 케이스가 아마미야의 등에서 미끄러져 내리더니 '쾅' 하고 커다란 소리를 내며 바닥에 굴러 떨어졌다.

그런데 고리가 풀어지고 뚜껑이 약간 느슨해져 있었다. 가와다의 안색이 새파랗게 질렸다. 호주머니를 뒤지며 열쇠를 찾고 있었는데 그것을 쓸 필요도 없이 자물쇠가 부서져 있는 것을 발견하자 케이스에 달려들어 뚜껑을 열었다.

도대체 하라 사꾸라라는 여자는 일상생활의 모든 것이 연극적이었다. 어떠한 경우에도 무대에 등장하는 계기가 극적이어야 한다는 것을 잊어버리지 않았다. 그러나 아무리 그러한 여자라도 이번만큼 극적이고 이번만큼 효과적으로 나타난 일은 이제껏 없었다.

케이스 속에 들어 있었던 것은 콘트라베이스가 아니었다. 그 대신에 하라 사꾸라 여사의 시체가…… 장미꽃으로 가득 덮여 있었다. 세계적인 소프라노 가수의 시체가 마치 이집트 고분에서 발굴된 투탕카멘의 미라처럼 입관되어 있었다.

제2장 수학 문제

10월 21일

어젯밤은 피곤해서 메모하는 도중에 잠이 들어 버렸다. 생각해 보니 무리는 아니었다. 그렇게 큰 충격적인 사건이 일어나자 경찰관이다, 신문 기자다 몰려드는 패거리들에게 일일이 응대하지 않으면 안 되는 역할이 모두 나의 두 어깨에 몰려 있었기 때문에 견딜 수가 없었다.

어제 일을 생각하니 인간의 매니저는 결코 할 일이 아니었다. 하여튼 어제는 대단히 흥분했던 모양으로 어젯밤에 써 두었던 것을 오늘 아침에 다시 읽어 보니 문장이 지리멸렬이었다. 그리고 나의 감정이 너무도 노골적으로 표현되어 있었다. 약간 과장된 대목도 있었으나 그래도 상관은 없겠지. 이것은 남에게 보이기 위하여 쓰는 것은 아니니까. 다만 내 자신을 위해 메모해 둘 따름이다. 그러니 신경쓸 필요가 어디 있겠는가. 그러나 오늘은 좀더 차분히 써 두어야겠다.

지금 생각해 보면 애석하기 짝이 없는 일이었다. 그때 왜 좀더 침착하지 못했을까. 왜 좀더 얼굴빛을 관찰할 관한 여유를 갖지 못했을까. 나에게 그만한 여유가 있어서 처음부터 관련자들의 눈치를 주의 깊게 살폈더라면 거기서 뭔가 단서를 잡을 수 있었을 것이다. 가장된 놀라움과 참된 놀라움과를 분별할 수 있었을지 모르는 일이었다.

그러나 한편으로 생각해 보면 역시 그것은 무리였다. 사건이 이처럼 느닷없이 발생되리라고는 그때 누구나 꿈에도 생각 못했던 것이다. 하여튼 내가 겨우 놀라움에서 회복되어 콘트라베이스 상자로부터 이를 에워싸고 있는 사람들에게 눈을 돌렸을 때는 모두가 완전한 포즈를 취하고 있었다. 커다란 충격이라고 할 수 있는 포즈였다. 모두가 의식적으로 각양각색, 자기에게 알맞는 기교적인 포즈를 취하고 있었기 때문에 그 속에서 진실한 감정과 위장된 감정을 분별하기란 지극히 어려운 일이었다.

알토의 사가라 지에꼬는 오른손을 입 가장자리에 대고 상체를 뒤로 젖히면서 눈이 휘둥그레진 채 깜박거리지도 않고, 콘트라베이스 상자 속에 들어 있는 사꾸라 여사의 시체를 바라보고 있었다. 그건 분명히 로미오의 시체를 보았을 때 줄리엣의 포즈였다.

테너의 오노 다쓰히꼬는 핑퀴어튼이었다. 자살한 마담 버터플라이를 발견했을 때의 핑퀴어튼의 포즈였다. 그건 분명히 사꾸라 여사가 손수 가르쳐준 것인데 설마 사꾸라 여사도 이런 데서 연출 효과를 내리라고는 상상도 못했을 것이다.

바리톤의 시가 후에비도는 리골레토였다. 리골레토는 아사꾸사 오페라가 전성기 때 시가의 가장 호평받은 배역이었는데, 그 리골레토의 제3막 인치오 호반의 장면에서 지르다의 시체를 삼베 부대에서 발견했을 때의 미친 듯이 놀라며 슬퍼하는 리골레토의 연기를 완전무결하게 나타내고 있었다. 그 어설픈 피에로 같은 녀석이 그렇게 해치운 것이다.

지휘자인 마끼노 겐조는 어떠했을까. 그는 오케스트라 박스 속에서 뛰쳐나와 두 손을 앞으로 뻗은 채 멍청히 서 있는가 했더니 〈오케스트라의 소녀〉라는 영화에 나온 스토코프스키 그대로였다. 녀석은 묘한 데서 스토코프스키의 흉내를 낸 것이다.

하여튼 이렇게 어느 누구나 이빨이 안 들어갈 친구들이었다. 그런데 이 치들이 시치미를 딱 뗀 채 서로 놀라는 연기를 경쟁하고 있으니, 아무리 내 자신이 셜록 홈즈만한 명석한 추리력이 있다 해도 이 치들 중에서 즉각 수상한 인물을 발견한다는 것은 대단히 어려운 일이었다.

그런데 이러한 과장된 놀라기 콩쿠르대회, 아니, 공포 군상들의 판토마임은 불과 5분 정도 계속되었을까. 그것이 흐트러지기 시작한 것은 이러한 분위기 속에 새로운 인물이 등장했기 때문이었다. 그는 다름이 아니라 사꾸라 여사의 주인 양반인 하라 소이찌로 씨였다. 나는 이 사람이 무대 뒤로부터 나올 때 이미 알고 있었다. 그러나 일부러 모르는 체했다.

아내의 시체를 보았을 때 이 사람이 어떤 표정을 할 것인가 한번 보고 싶었기 때문이었다. 하라 소이찌로 씨는 이상야릇한 얼굴을 하고 어두운 무대 뒤로부터 이쪽으로 걸어오고 있었다. 그도 그럴 것이, 화려한 〈마담 버터플라이〉의 제1막, 핑커어튼의 나가사끼 저택의 장면이라도 연습 중에 있을 것이라고 생각하고 있었는데, 뜻밖에도 놀라기 콩쿠르와 공포 군상의 팬터마임이 벌어졌으니 무리도 아니었다.

그는 내 곁으로 다가와서 이렇게 말했다.

"웬일이야, 연습은 안 하는 거야? 모두들 왜 이런 얼굴을 하고 있지? 사꾸라는 아직 안 왔는가?"

그때 갑자기 사가라가 손수건을 꺼내서 눈시울을 닦았다. 그러더니 마침내는 어깨를 흔들며 울기 시작했다. 이로써 팬터마임에 묶여 있던 단원들의 슬픔은 일시에 풀어졌다. 갑자기 우왕좌왕, 수군수군, 와글거리기 시작했는데 그는 아직 눈치를 채지 못하였다.

"이봐, 쓰찌야. 도대체 어떻게 된 거야? 사가라 양은 왜 울고 있는 거지? 그리고 모두들 내 얼굴을 힐끔힐끔 보고 있지 않는가? 대체 사꾸라는……."

이때야 비로소 그는 발 밑에 있는 콘트라베이스의 케이스 속을 내려다보았다. 나는 이때 시선을 집중시켜 전심전력을 다하여 세밀하게 관찰했으나 역시 알 수가 없었다. 그때 소이찌로 씨의 놀란 표정이 과연 진실한 것이었는가, 아니면 위장된 것이었는가……. 아무래도 셜록 홈즈는 나의 적격이 아닌 모양이다.

그의 눈은 콘트라베이스 케이스 속에 고정되어 있는 채로 뜨끔할 만큼 억세게 나의 팔을 잡았다. 무서운 괴력이었다. 나중에 팔을 살펴보니 양팔에 푸른 멍이 들어 있을 정도였다.

"쓰찌야, 쓰찌야." 그는 재빠른 소리로 마치 어떤 음모를 꾸미는 사람들이 속삭이는 듯한 낮은 소리로 이렇게 말했다.

"사꾸라……사꾸라……죽었단 말인가?"

그런데 그때까지만 해도 나는 사꾸라 여사가 정말 죽었는지 어땠는지 모르고 있었다. 그러나 아무리 사꾸라 여사의 연기가 능란하다 해도 설마 콘트라베이스 케이스 속에 들어갈 리는 만무할 것이다. 상식적으로 말한다 해도 이것은 죽었다고 보는 게 옳을 것 같아 나는 말없이 고개를 끄덕였다.

그러자 그는 나의 잡았던 팔을 밀어붙이면서 콘트라베이스 케이스 곁으로 다가가 무릎을 꿇었다. 그러더니 불쑥 사꾸라 여사의 몸을 안아 일으켰다. 사꾸라 여사의 시체를 덮고 있던 장미꽃잎이 팔랑팔랑 케이스 밖으로 흘러내렸다.

아까부터 먼곳에서 공포에 싸인 채 지켜보고 있던 합창단 소녀들이 이 광경을 보자 일제히 소리를 내며 뒷걸음질을 쳤다. 사꾸라 여사는 올해 47살이다. 대개 이 무렵의 나이가 되면 보통 여자라도 살이 찌기 마련인데 성악가들은 미식을 하기 때문에 비만증이 심하다. 노래 소리를 들으면 기가 막히지만 모습을 보면 그냥 보아줄 수가 없다. 그런데 그러한 성악가들 가운데서 사꾸라 여사만은 이상하게도 언제나 날씬했다.

또한 부드러운 용모를 언제나 자랑하고 있었다. 팔이나 다리도 늘씬한 품이 마치 남자와 같았다. 그래서 작년에 〈라 트라비아타〉의 비올레타로 분장했을 때도 아주 적격이었다. 오페라가 아무리 비현실적인 예술이라 해도 뚱뚱하게 살찐 춘희는 너무도 끔찍한 것이다.

아차, 얘기가 옆으로 흘렀군.

그러한 사꾸라 여사가 나들이복을 입고 검정 코피 코트에 싸여 있다. 이 코트는 분명히 이번 봄 사가라와 같이 맞춘 것이다. 지금 곁에서 공포에 떠는 듯한 눈동자로 지켜보고 있는 사가라도 같은 모피 코트를 걸치고 있다. 그런데 사꾸라 여사는 가슴에는 백을 걸치고 발에는 구두까지 신고 있는 것으로 보아 기차 여행을 하는 차림으로 콘트라베이스 케이스 속에 집어넣어진 것이다. 그건 그렇다 치고 소이찌로 씨는 대담했다. 처음에 그토록 놀란 듯한 감정을 가라앉자 이제는 얼굴빛을 가다듬고 당황한 빛이 없이 안아 일으켰던 아내의 시체를 꼼꼼하게 살펴보는 것이었다.

"목을 졸렸군." 이렇게 중얼거리자 그전대로 아내의 시체를 조용히 케이스 속에 눕혀 놓은 다음 무릎을 일으켜 일어나면서 나를 돌아보았다. "쓰찌야. 이 사실을 경찰에 보고했는가? 아직 안 했다면 곧 전화를 걸도록 하게. 그리고 여러분,"

소이찌로 씨는 오케스트라 박스 속의 악사들과 무대 위에 늘어선 합창 단원들을 둘러보았다.

"보시는 바와 같이 이번 공연은 중지하지 않을 수 없다고 생각되지만 경찰에서 현장 검증을 마칠 때까지는 자리에서 무단히 이탈하지 않도록……."

나는 좀처럼 남의 하는 일에 감동을 하지 않는 편이지만 이번 소이찌로 씨의 민첩한 처리에 대해서는 저절로 머리가 수그러졌다. 나 같은 사람은 그의 곁에도 따라갈 수가 없다. 역시 태생이 다르니까. 아니꼽지만 이것만은 도리가 없다.

이렇게 해서 상황은 돌변해 버렸다. 말하자면 이제껏 마비 상태에 있던 심장이 하라 소이찌로라는 자극제의 주사로 갑자기 활동이 시작된 것 같았다.

나는 우물거리면서 여전히 서툰 일만 하고 있는 조수인 아마미야에게 호통치면서 경찰을 비롯해 몇 군데에 전화를 걸었다.

이렇게 되면 매니저인 나의 책임이 가장 큰 것이다. 공연은 불과 몇 시간 뒤로 촉박해 있으므로 급히 취소 통지를 하지 않으면 안 되었다. 더욱이 공연 중지의 이유를 사실대로 말해도 좋을지 어떨지 알 수가 없었으므로 그 변명에 나설 나의 고통스러운 처지는 이루 말할 수가 없었다.

어쨌든 상대방이 신문사니 방송국이니 해서 손쉽게 넘길 수 없는 상대인만큼 10년은 감수할 정도였다. 이렇게 경찰이 현장에 올 때까지 나는 줄곧 전화통에 매달려 있었기 때문에 단원들이 어떻게 하고 있었는지 조금도 알 수가 없었다.

전화를 마치고 돌아오자 사가라는 의자에 걸터앉아 손수건으로 눈물을 훔치고 있었다.

오노는 뒷켠에 멍하니 서서 마룻바닥을 물끄러미 내려다보고 있었다.

지휘자인 마끼노 겐조는 두 사람에게서 약간 떨어진 곳에 앉아 줄

곧 손톱을 물어뜯고 있었다. 이것은 아무래도 신사답지 않은 소행이었다.

바리톤인 시가는 뒷짐을 지고 5척 8치(176cm)나 되는 큰 몸집을 앞으로 구부린 채 쉬지 않고 어정어정 오케스트라 박스 곁을 서성거리고 있었다. 이 치는 여전히 리골레토 역을 하고 있는 것이다.

거기에 하라 소이찌로 씨의 안내로 경찰 일행이 들이닥치고 있었다.

그런데 이제부터 앞으로 일어나는 일들을 순서에 따라 잘 써나가는 것이 여간 어렵지가 않다. 만약 내가 미스터리 소설의 독자라고 한다면 이러한 경우 현장에 나타나는 경찰관의 역할쯤은 미리 알 수 있었으련만 안타깝게도 나에게는 경감과 형사의 구별도 힘들 정도였다. 지위가 낮은 형사라고 아무렇게나 대거리를 해버리고 나면 그것이 검사이어서 당황하는 결과를 만들기도 했다.

그런데다 수사관들이 공연히 흥분을 하여——하긴 피해자가 피해자이고 상황이 상황인만큼 과연 익숙했던 수사관들도 모두 흥분하고 있었다——주마등처럼 밀려 왔다가 밀려 나가곤 했기 때문에 나도 약간은 상기되어 있었다.

따라서 여기에는 그 무렵 수사관들의 취조 결과 알게 된 사실과 가끔 내 귀에 들려온 사실을 순서 따위는 아랑곳없이 닥치는 대로 적어 두기로 한다.

먼저 의사인데, 이 사람은 내 눈에도 곧장 분별이 되었다. 어쨌든 가방을 들고 있었으며 그 속에서 청진기를 꺼내어 검진을 했기 때문에 누가 보아도 곧장 알 수가 있었다. 그런데 그 의사의 검시 결과는 이러한 것이었다.

1. 사인 : 교살——손으로 목을 졸라 죽인 모양이다.
2. 사후의 추정 시간 : 16시간 내지 18시간.

그런데 의사가 검시한 시간은 20일 오후 3시경이었으니까, 그로부터 역산을 하여 16시간 내지 18시간이라 한다면 19일 밤 9시부터 11시 사이에 죽었다는 계산이 된다. 사꾸라 여사가 D빌 호텔을 나온 것은 19일 밤 8시 반 전후인 모양으로 그후로부터는 행방불명이 되어 있으니까, 이 사건의 범행 시간은 딱 들어맞는다. '과연 의사라는 사람은 생각했던 이상으로 정확한 말을 하는구나' 하고 나는 그때 감탄을 했는데 금방 나는 뜻밖의 생각으로 움찔해졌다. 그것은 내가 이렇게 들떠서 감탄하고 있을 처지가 아니라는 것을 알았기 때문이다. 왜냐하면 하라 사꾸라 오페라단의 관계자로서 그 시간에 오사카에 있었던 사람은 나와 사가라 지에꼬 둘밖에 없었던 것이다.

만약 혐의를 받는다고 하면 막다른 골목에선 이 두 사람이 걸리게 되는데, 사가라는 여자이기 때문에 살인을 한다든가 더욱이 목을 졸라 죽이는 거친 방법은 쓰지 못할 것이다. 그렇다고 하면 혐의는 나 혼자 둘러쓰게 된다. 거기에 생각이 미치자 나는 겨드랑이 사이에서 식은땀이 줄줄 흘러내리는 느낌이었는데 그때 나는 문득 또 하나의 사실을 떠올렸다. 과연 그 시간에 오사카에 있었던 사람은 나와 사가라 둘뿐이었을까. 아니 아니, 그렇지가 않다. 또 한 사람이 있었을 것이다.

바리톤의 시가가 나와 같은 기차로 내려오지 않았던가. 그 친구는 고베에 볼일이 있다고 미쓰노끼아까지 직행했으나 고베와 오사카는 가까운 곳이니까 오사카에 있었다고 해도 무방하다. 그렇다, 그 친구에게도 혐의가 씌워져야 할 것이다.

그런 생각이 들자 나는 어느 정도 마음이 놓였다. 한 사람이라도 혐의자가 많아지면 그만큼 마음이 든든해진다. 그러나 그것은 생각뿐이고 수사관들이 19일 밤의 나의 알리바이를 뿌리까지 캐들어 오는 데는 나는 그만 지쳐버린 나머지 나중에는 갈피를 잡을 수가 없었다.

도대체 나는 소심한데다가 어릴 때부터 순경이라고 하면 무서운 사람이라는 인상이 뿌리박혀 있었기 때문에 이런 경우에 침착할 수가 없었다. 쓸데 없는 말을 지껄이지 않았나 나중에 생각하니 겨드랑 밑에서 더욱더 식은땀이 흘러내려 으스스 떨렸다.

겁쟁이 같은 얘기지만 도리가 없다. 수사관도 역시 나와 똑같은 생각을 했는지 나를 심문한 다음 사가라와 시가를 집요하게 다그쳤지만 이에 대하여 두 사람이 어떻게 진술을 했는지 그것은 내가 알 바가 아니다.

그러나 두 사람 다 심문이 끝난 다음 단원들이 있는 곳에 돌아온 것을 보니 온통 창백해진 얼굴로 이마에는 땀방울이 배어 있어 꽤 엄한 심문을 받은 모양이었다. 이렇게 세 사람의 심문이 끝나자 이제부터 다음은 문제의 콘트라베이스였다.

이에 대해서는 콘트라베이스의 가와다가 맨 처음 심문을 받는데 이번엔 단원들 앞에서 했기 때문에 나도 곁에서 들을 수가 있었다. 가와다는 미리 진술의 요령을 생각하고 있었던 모양으로 차근차근 진술했다. 그때 그가 진술한 내용을 종합해 보면 다음과 같다.

"이번 오사카 공연에서는 반주를 오사카 교향악단에 계신 분들이 해 주기로 되어 있었으나, 지휘자가 마끼노 선생님이었기 때문에 선생님의 제자인 나와 트롬본의 하즈미, 이 두 사람만은 도쿄 공연부터 참가하게 되어 있었습니다. 그래서 저는 다른 단원들과 함께 어젯밤, 즉 19일 오후 10시 15분 도쿄 발 열차에 탔는데, 아시는 바와 같이 콘트라베이스라는 것은 덩치가 크기 때문에 간단히 객차 속에 들고 들어갈 수가 없습니다. 그래서 나는 열차에 타기 전에 도쿄 역에서 수하물 탁송으로 보낸 것입니다. 그러니까 만약 의심이 나신다면 도쿄 역의 수하물 담당 계원에게 조회를 해보시기 바랍니다. 콘트라베이스라는 것은 겉으로는 크게 보이지만 의외로 가볍기 때문에 케이스에 넣고 한 손으로 들고 갈 수도 있습니다. 도쿄 역의 수하물 담당 계원에게 물어 보시면 그때 맡긴 케이스가 어느 정도의 무게였다는 것을 아실 수가 있을 것입니다. 그런데 콘트라베이스를 탁송한 다음 나는 보관증을 아마미야에게 맡겼습니다. 아마미야는 쓰찌야 매니저의 조수인데 매니저가 오사카로 먼저 떠났기 때문에 도쿄 쪽 뒤처리를 일체 맡고 있었던 것입니다. 그래서 나는 도쿄 역에서 이 케이스를 탁송한 다음 방금 전에 여기서 케이스를 열기까지는 절대로 이 케이스는 보지도 못했거니와 손을 대지도 않았습니다. 그리고 도쿄 역에서 탁송할 때는 케이스 속에 콘트라베이스가 분명히 들어 있었다는 것을 천지신명에게 맹세합니다."

다음은 아마미야의 차례로 이 사람은 벌써 가련하리만큼 흥분돼 있어서 이야기의 갈피를 못 잡는 것은 나보다 더했다. 그의 진술을 요약하면 대체로 다음과 같았다.

"가와다의 탁송 보관증을 맡은 것은 사실이다. 나는 다른 보관증과 함께 클립에 끼운 다음 그것을 윗옷의 호주머니에 넣어 두었다. 아침에 오사카 역에 도착하자 쓰찌야 매니저와 둘이서 곧장 탁송한 물품을 찾으러 갔으나 그때는 아직 도착하지 않았었다. 그래서 일단 호텔로 돌아와 점심 식사를 한 다음 다시 물품을 찾으러 갔다.

탁송한 물품들은 그밖에도 여러 가지가 있었는데 자기는 그것을 보관증과 일일이 대조한 다음 인수했다. 화물은 보관증의 수효와 맞았기 때문에 나는 그것이 전부라고 생각하며 안심하고 이곳으로 돌아왔다.

그런데 그때 나는 깜빡 가와다의 콘트라베이스에 대해서는 잊어버리고 있었다. 지금 생각해 보니 두 번째로 오사카 역에 갔을 때는 가와다의 보관증은 없었다."

"그렇다면 자네가 어젯밤 가와다로부터 보관증을 맡은 다음, 오늘 오후 오사카 역으로 화물을 인수하러 갈 때까지의 사이에 누군가가 그 보관증을 훔쳐냈다는 이야기가 되는군그래."

"그, 그렇게밖에는 생각이 되지 않습니다. 아니 분명히 그럴 겁니다."

"어디서 빼 갔는지 기억이 나지 않는가?"

"그게, 그게 전혀 생각나지 않습니다."

"가와다로부터 보관증을 맡은 것은 언제였지?"

"어젯밤…… 열차 속에서…… 분명히 시나가와를 출발할 무렵이라고 생각됩니다."

"그것을 클립에 끼운 다음 윗옷의 호주머니에 넣어 두었겠지. 그런데 열차 속에서 그 누군가가 빼냈으리라는 가능성은 없을까?"

"그것은…… 그것은 얼마든지 그럴 기회는 있었으리라고 생각합니다. 열차 안은 매우 무더웠기 때문에 나는 윗옷을 벗어서 선반 위에 걸쳐 놓았습니다. 그리고 요코하마를 지날 무렵부터 오늘 아침 교토 근방에 다다를 때까지 줄곧 자고 있었으니까요."

"과연…… 그런데 이곳에 도착한 다음부터는 어떻게 되었지? N호텔에서 빼냈을 가능성은 없을까……."

"네 네, 그거 역시 충분한 기회가 있었을 것입니다. 아시는지 모르겠으나 저희들 일행은 N호텔의 한구석을 사무실 대신으로 빌렸기 때문에 나는 그곳에 윗옷을 벗어던진 채 분주히 왔다갔다했으니까요. 오늘 아침에는 너무도 분주해서…… 여러 방면으로부터 전화가 걸려왔어요. 전화는 그 사무실에는 없으니까요."

"과연 그렇군. 그 사무실에는 누구나 쉽사리 드나들 수 있었으니까."

"그, 그렇습니다. 손쉽게 드나들 수 있는 정도가 아닙니다. 실제로 모두들 여러 가지 일로 출입하고 있었으니까요."

"물론 쓰찌야, 시가, 그리고 사가라도 그렇겠지?"

"글쎄…… 쓰찌야 씨는 매니저였으니까 신문사를 돌아다니기까지는 물론 거기에 있었지만, 시가나 사가라는 오늘 아침에 한번도 호텔에 모습을 보이지 않은 것 같아요."

사정에 어두운 나는 이들의 문답을 아무렇지 않게 흘러 넘겨 버렸지만, 아마미야의 마지막 한마디를 들었을 때 경감이 이상한 눈초리로 나를 보았기 때문에 묘하게 불안한 기분이 되었다. 왜 그랬을까, 왜 경감이 무엇 때문에 나를 그런 눈초리로 봤을까. 왜…… 왜…… 하고 중얼거리고 있는 순간 나는 갑자기 충격을 받고 뒷걸음질을 쳤다. 이건 도대체 어떻게 된 것인가. 이것은 초등수학의 문제와 똑같지 않은가.

1. 범인 X는 19일 밤 9시부터 11시까지 사이에 오사카에 있었던 자임이 분명하다. 이 조건에 해당되는 자는 사가라, 그리고 쓰찌야.
2. 범인 X는 아마미야 조수의 호주머니에서 물표의 교환권을 빼낼 기회를 가진 자가 아니면 안 된다. 이 조건에 해당되는 자는 아마미야를 비롯하여 도쿄로부터 함께 온 단원들과 그리고 쓰찌야 교조.
3. 위 두 가지에 공통되는 인물은 쓰찌야 교조이다.
4. 따라서 범인 X는 쓰찌야 교조이다.

제3장 알토의 전율

경감이 곧장 덤벼들 줄로 알았으나 의외로 그러지 않고, 아마미야에 대한 심문이 끝나자 이번에는 합창단에 참가한 여자들을 불러냈다. 나는 왜 그러한 여자들이 심문을 받는지 납득이 가지 않았으나 경감의 심문을 듣고 있는 사이에 곧장 그 이유를 알게 되었다.

여기에 경감이 두 여자를 심문한 것을 기록해 둔다.

문 : 두 아가씨가 이 나까노시마 공회당 분장실에 자동차로 내린 것은 언제였죠?

답 : 네, 2시 10분 전입니다.

문 : 그때 두 분은 이 사건에 관계가 있다고 생각되는 무슨 이상한 것을 본 일이 있소?

답 : 네, 보았다고 생각됩니다.

문 : 그럼 그것에 대해서 말해 보시오.

답 : 그건 이렇습니다. 저희들이 타고 온 자동차가 떠나자 동시에 한 대의 자동차가 와서 정거했습니다. 저희들은 필경 가극단에 계신 분이라고 생각했기 때문에 그저 분장실 입구에 서서 바라

보았습니다. 그런데 자동차 안에서 나온 사람은 운전 기사와 조수뿐으로, 그 두 사람이 뒷좌석에서 콘트라베이스 케이스를 끄집어내어 그것을 분장실 입구에 세워둔 채 그대로 자동차를 타고 사라져 버렸습니다. 저희들이 본 것은 그것뿐입니다.

문 : 그 자동차에는 운전 기사와 조수, 그리고 콘트라베이스 케이스 이외에는 아무도 타고 있지 않았소?

답 : 네, 아무도 타고 있지 않았습니다. 우리들은 콘트라베이스 다음에 어느 누군가 내릴 줄 알고 자세히 보았으나 뒤이어 내리는 사람은 없었어요.

문 : 콘트라베이스 케이스를 내릴 때 운전 기사와 조수의 모습은 어땠습니까? 무거운 듯했어요? 가벼운 듯했어요?

답 : 네, 아주 무거운 것같이 보였습니다. 저희들은 콘트라베이스가 그렇게 무거운 것이 아니라는 것을 잘 알고 있었으니까 그때 이상하다고 생각했어야 할 터인데 그만 깜빡…… 지금 생각해 보니 그 운전 기사와 조수는 대단히 당황하고 있었는데, 그것도 그만 깜빡한 나머지 별로 의심을 하지 않았어요.

문 : 그때 두 사람이 내려 놓은 콘트라베이스 케이스가 여기 있는 것과 틀림이 없소?

답 : 네, 그렇다고 생각합니다. 아니 틀림없어요. 왜냐하면 두 사람이 자동차에서 이것을 내릴 때 한 번 땅바닥에 떨어뜨릴 뻔한 일이 있었어요. 그때 자동차의 발판에서 케이스의 가장자리가 찌그러졌는데 바로 그 자국이 이거예요.

문 : 그건 어떤 자동차였죠?

답 : 포드 세단이었어요. 차체의 번호까지는 보이지 않았어요.

문 : 만약 운전 기사와 조수를 만난다면 당신들은 그 얼굴을 알아낼 수 있겠소?

답 : 글쎄요.

대강 이러한 것이었다. 나는 이 심문을 듣고 있으면서 과연 경찰이란 참으로 훌륭한 솜씨를 가졌구나 하고 생각했다. 우리들이 크게 놀란 나머지 공포에 싸여 있을 때 그치들은 벌써 이런 데까지 수사의 손을 뻗치고 있었다. 수사관이란, 생각과는 달리 공짜 밥을 먹고 있지는 않았다.

그러나 사실을 말한다면 나는 그러한 것에 감동하고 있을 여유는 없었다. 두 여자의 심문이 끝나자 불쑥 경감이 나를 향해서 소나기 같은 심문을 퍼붓는 것이었다. 나는 또다시 두서없이 더듬거리기 시작했다.

그런데 이건 너무나 무리한 심문이었다. 경감은 나에게 그날 아침, 즉 20일 오전부터 오후 2시까지의 알리바이를 상세하게 말하라고 했는데, 내가 시계와 일일이 의논을 하고 행동했던 것도 아니고, 몇 시부터 몇 시까지 어디에 있었으며, 몇 시부터 몇 시까지 어디로 돌아다니고 있었는지 일일이 정확하게 얘기할 수 없잖는가. 나는 세 군데의 신문사와 세 군데의 방송국, 백화점, 그리고 공회당 사이를 두루 생쥐처럼 돌아다니고 있었던 것이다.

그러나 기억을 더듬어 그동안의 알리바이를 상세하게 얘기해 주자 경감 나리가 그것으로 만족을 했는지 안 했는지는 몰라도 하여튼 그것으로 됐다고 하는 것이었다. 그래서 나에 관한 한 오늘은 이것으로 심문이 끝난 것이다.

어젯밤에 나는 극도로 흥분한 상태에서 이런 메모를 쓰기 시작했다. 따라서 잠이 오지 않았으며 더욱이 경감에게 의심을 받고 있다는 생각도 있는데다가 공포까지 겹쳐서 결국 잠시도 눈을 붙이지 못했다. 이래서는 안되겠다고 생각했으나 타고난 소심증으로 어찌할 수가 없었다.

오늘 아침 일어나서 거울을 보니 초췌해지고 눈 언저리가 움푹 들어가 내가 생각해도 가련하기 이를 데 없었다. 그런데 오늘, 즉 21일이다. 오늘은 또 어제보다 더욱 심하게 경감에게 추궁을 당하리라는 생각 때문에 마음이 조마조마했는데 뜻밖에도 갑자기 사정이 달라지게 되었다.

경감의 예리한 추궁은 방향을 바꾸어 다른 사람에게 돌려졌다. 그래서 나는 두근거리던 가슴을 가라앉히면서 오늘 밤에는 침착한 마음으로 이 메모를 계속 쓸 수가 있었다. 그런데 메모를 계속하기 전에 우리들이 처하고 있는 현재의 실정을 먼저 적어두고 넘어가야겠다. 일에는 매사에 순서가 있는 법이니까.

하여튼 수사 당국이 우리들의 사회적 지위를 고려한 탓인지 경찰에서는 무턱대고 우리들을 구속하지는 않았다. 그대신 우리들 전부는 당분간 오사카에 묶여 있게 되었다. 오사카라기보다는 N호텔에 발이 묶였다고 하는 편이 옳을지도 모른다.

D빌 호텔에 유숙하던 하라 소이찌로 씨도, 그리고 일류 요정의 친척집에 묵고 있던 사가라 지에꼬도 자발적으로 N호텔로 옮길 것을 요청받았다. 시가는 일행이 도착하면 동시에 N호텔에 합류하기로 되어 있었으니까 그것은 문제가 아니었다.

그건 그렇다 치고 수사가 언제까지 계속될지 모르나 그동안 20여 명 가까운 대식구를 N호텔에 그대로 놀려 둔다는 것은 하라 가극단으로서도 커다란 타격이었다.

가장 중요한 사꾸라 여사가 죽었기 때문에 해산이 불가피한 가극단으로서는 도저히 짊어질 수 없는 부담이지만, 그 부담은 하라 소이찌로 씨가 떠맡기로 했다. 앞에서 말한 바와 같이 소이찌로 씨는 거대한 재벌의 아들이기 때문에 이 정도쯤은 떠맡아도 좋을 것이다.

그건 그렇고 오늘 아침 일어나 신문을 보니 어제의 석간과 같이 어느 신문이나 이번 사건을 크게 떠들어대고 있었다. 〈오페라의 여왕〉이니 〈세계적인 나비부인〉이니 〈국보적 존재〉라는 둥 값싼 형용사를 동원하여 써내려 가고 있었다. 그중에는 어제 내가 말해 주었던 하라 사꾸라 여사의 일대기를 그대로 실은 기사도 있었다.

나는 그러한 기사들에 대하여 조금도 흥미를 느끼지 않았으나 신경이 쓰이는 것은 그 콘트라베이스를 공회당에 운반해 온 자동차에 대해서이다. 누가 봐도 그 자동차 운전 기사나 조수가 범인이라고는 생각되지 않기 때문에 그 사람들은 필경 범인에게 청탁받아 그것을 운반해 온 것이 틀림없을 것이다.

그러므로 그 자동차만 발견되면 범인은 곧 알 수 있을 거라고 눈을 크게 뜨고 신문을 읽으니 자동차에 대한 언급은 있었으나 아직 운전기사나 조수를 찾았다는 소식은 없었다. 아마 조간 마감 시간까지는 찾아내지 못했을 것이다.

그건 그렇고, 범인이 하필이면 그런 케이스 속에 시체를 넣어서 돌려 보내다니 참으로 바보 같은 짓을 했다. 생각해 보면 그렇게 위험한 일이 어디 있겠는가.

하라 사꾸라 여사는 그저께 밤 8시경에 호텔을 나섰다. 그리고 어디선가 범인을 만나 9시부터 11시 사이에 피살되었다. 범인은 그 시체를 어디에 놓아 두었는지 몰라도 어제 아침이 되어서야 아마미야의 호주머니에서 빼낸 물표로 가와다의 콘트라베이스 케이스를 찾았고, 그리고 안에 든 콘트라베이스와 시체를 바꾸어 넣어 나까노시마 공회당에 보낸 것이다.

그러기 위해서는 대단히 많은 위험을 무릅써야 했을 터인데, 그러한 위험을 무릅쓰고까지 그런 짓을 해야만 할 이유가 어디 있었을까. 그런 짓을 하기보다는 시체를 오히려 그대로 숨겨 놓는 편이 한결 안전하지 않은가. 그렇게 되면 '사꾸라 여사 의문의 실종' 정도로 당분간 쉽게 넘길 수 있었을 것이다. 아니면 범인은 이러한 잔재주로 살인이 도쿄에서 이루어진 것처럼 보이려고 했을지도 모른다.

그러나 그것은 도쿄와 오사카의 물품 탁송계를 조회해 보면 곧장 알 것이 아닌가. 콘트라베이스란 화물은 도쿄와 오사카 두 역이 아무리 큰 곳이라 한들 소홀하게 취급할 리가 없으므로 담당자는 필경 잘 기억하고 있을 것이 틀림없다.

만약 기억하고 있다면 그 무게도 기억할 것이 틀림없다. 콘트라베이스와 시체와는 그 무게가 너무도 큰 차이가 있을 것이다. 아니, 그러한 것보다도 범행이 있었던 19일 밤 9시부터 11시까지 사꾸라 여사가 오사카에 있었다는 것은 너무도 분명하지 않은가. 사가라가 함께 와 있었으며 D빌 호텔의 지배인도 그것을 증명할 수가 있기 때문에 그러한 잔재주로서는 아무런 쓸모가 없을 것이다.

아무래도 알 수가 없다. 그런 만큼 더욱 신경이 쓰인다. 대체 범인은 어떠한 생각을 했을까.

호텔 로비의 구석에서 내가 그런 생각을 곰곰이 하고 있을 때 소이찌로 씨가 내려왔다.

"여보게."

"안녕히 주무셨어요?"

"아니야, 조금도 못 잤어. 그런데 자네는 굉장히 초췌해졌군."

"너무 막막해서……."

"막막해?"

"예, 사꾸라 여사가 갑자기 변을 당했으니 앞으로 어떻게 해야 할지 참 막막합니다. 이런 판국에 그따위 생각을 하는 건 염치없는 일이지만요."

"괜찮아. 그거야 누구나 마찬가지야. 인간이란 우선 자기를 걱정하는 것이 인지상정 아닌가. 하지만 뭐 어떻게 되겠지."

"부디, 잘 부탁드립니다."

"음, 그런데 자네 미안하지만 이 전보 좀 쳐줄 수 있겠나?"

"네, 잘 알겠습니다."

"그럼 부탁하네. 아, 졸려. 한숨도 자지 못했으니 이제부터 눈을 좀 붙여야겠어. 일이 있으면 깨워 주게나."

소이찌로 씨가 2층으로 올라간 다음 전신 용지에 눈을 돌리니 이런 전문이었다.

'사꾸라 피살되다. 출발하시압.'

수신처는 도쿄 고지마찌 3가의 유리 린따로였다.

유리 린따로……? 어디서 들은 듯한 이름이라고 생각이 되었으나 아무래도 떠오르지 않았다. 허나 그런 것은 아무래도 좋았다.

전보를 치고 난 다음 슬슬 단원들이 일어나기 시작했다. 누구도 잠을 제대로 자지 못한 듯 창백한 모습에 눈이 움푹 패어 있었다. 그중에서도 사가라와 오노의 안색은 말이 아니었다.

사가라는 여자이니까 그럴 수도 있겠으나, 오노는 남자인 주제에 왜 겁을 잔뜩 먹고 있는 것인가. 하긴 오노가 사꾸라 여사에 대해서 상당한 마음을 품고 있었던 것은 악단에서도 화젯거리로 되어 있었다. 그러나 어제부터 오늘까지 오노의 태도는 약간 이상하다. 슬픔에 잠겨 있다기보다는 겁을 먹고 있다. 뭔가 대단히 마음에 걸리는 것이 있나 보다. 아무래도 이번 사건에 대해서 필경 무언가를 알고 있음에 틀림없다.

그런데 악단 일행이 아침식사를 마치자 경감이 형사 두세 명을 데리고 들이닥쳤다. 나중에 안 일이지만 이 경감의 성은 아사하라라고 하며 이 사람이 이번 사건을 담당한 주임인 모양이다. 경감은 우리들의 얼굴을 보자,

"대단히 미안하지만 잠깐 심문할 일이 있으니 여러분, 이쪽으로 모

여 주십시오."
라고 말하면서 우리를 데려간 곳은 N호텔의 지배인실이었다. 명색은 호텔이지만 당분간 이곳이 수사 본부가 될 모양이다. 아사하라 경감은 지배인의 커다란 책상을 향해 의자에 앉더니 그 앞에 나란히 우리들을 세워놓은 다음, 마치 면접하는 사람처럼 일동의 얼굴을 훑어보다가 이윽고 나를 바라보는 것이었다.

"쓰찌야 씨, 한번 점검해 보시오. 모두들 빠짐이 없는가……" 하고 묻는 것이었다.

그래서 내가 점검을 해보니 소이찌로 씨만 보이질 않았다. 그래서 경감은 곧장 형사를 보내어 아직도 잠이 덜 깬 듯한 소이찌로 씨를 끌고 오게 했다.

"주무시는데 깨워서 미안합니다. 그럼 모두 모인 모양이니까 몇 가지 묻기로 하겠습니다. 실은 이러한 종이 쪽지가 발견되었는데 여러분들 중에서 누군가 혹시 기억하는 사람이 없소? 사가라 씨, 잠깐……."

경감이 그렇게 말하면서 가방 속에서 꺼낸 것은 달걀 껍질처럼 매끄러운 흰 종이였다.

사가라는 그 종이를 경감에게서 받고 미간을 찌푸리며 잠시 들여다보았다.

"글쎄요, 저는 알 수가 없군요. 누군가가 이것에……?"

내가 손을 내밀려고 하자 경감은 재빨리 그 종이를 가로채었다. 그리고 모두가 볼 수 있게 종이를 펄렁거리면서 말했다.

"아무도 본 일이 없소? 이건 중대한 일이니까 제발 알면 숨김없이 말해야 해요. 이건 아무래도 안 되겠군. 그럼 아무도 본 사람이 없다는 거요? 여보게, 기무라. 아무도 아는 사람이 없는 모양이야. 서장에게 그렇게 말하고 돌려보내 주게."

형사는 그것을 받아들자 곧장 밖으로 나갔다.

 그러자 옆에 있던 소이찌로 씨가 팔굽으로 내 옆구리를 찔렀기 때문에 무심코 뒤돌아 보니 소이찌로 씨가 싱글싱글 웃으면서 말했다.

 "지문이야…… 그러나…… 사가라의 지문이 왜 필요할까?"

 소이찌로 씨의 속삭임에 나는 정신이 번쩍했다. 그렇다면 지금 하는 짓은 사가라의 지문을 채취하기 위한 술책이었단 말인가. 그러나 사가라의 지문이 왜 필요한지 그것은 소이찌로 씨처럼 나도 납득이 가질 않았다.

 그런데 형사가 나가자 경감은 또 가방을 열고 뭔가 끄집어냈다.

 "실은 여기에 여러분을 모이게 한 것은 또 한 가지 확인해 주어야 하기 때문인데……" 하며 경감이 꺼낸 것은 사꾸라 여사의 핸드백이었다.

 "실은 어제 여러분에게 확인을 해 달라고 할 예정이었으나 모두들 대단히 흥분하고 있었기 때문에 오늘까지 기다린 셈인데, 보는 바와 같이 이것은 사꾸라 여사의 핸드백이오. 그런데 이 안에서 무언가 없어진 것이 없는가 하고…… 사가라 씨, 당신은 맨 나중까지 사꾸라 여사와 함께 있었으니까 무언가 짚이는 게 없소? 여사가 가지고 있던 이 핸드백 속에서 없어진 것 말이오."

 그렇게 말하면서 경감이 마치 마술사와 같은 손놀림으로 핸드백 속에서 여러 가지 것을 꺼내 책상 위에 늘어놓았다. 여자용 지갑, 콤팩트, 손거울, 손수건, 여행용 화장 박스, 손톱깎기, 은단, 악보 등이었다. 이를 본 사가라는 경감의 손끝을 바라보면서 갑자기 심호흡을 하며,

 "저…… 그것 뿐입니까? 핸드백 속에는……."
하면서 책상 쪽으로 다가갔다.

 "이것이 전부요. 무언가 이밖에 더 있어야 합니까?"

"네…… 저…… 선생님의 목걸이가……."
그 말을 듣자 이번에는 소이찌로 씨도 갑자기 몸을 내밀며 말했다.
"음, 그렇군. 목걸이가 보이지 않는 것 같군."
"그 목걸이가 분명히 이 핸드백 속에 들어 있었소?"
"네, 분명히…… 저 시나가와까지…… 아니, 저 시나가와 근처에서 선생님이 핸드백을 열었을 때 분명히 그 속에 초록빛 비로드 케이스가 들어 있는 것을 보았습니다. 그것은 목걸이 케이스인데요……. 선생님도 이쪽에서 파티가 있기 때문에 그때 걸어야겠다고 말씀하시면서……."
"그 목걸이라는 것은 어떤 물건이죠?"
"그것은 내가 대답해 드리죠. 작년 집사람이 여행 할 때 이탈리아의 나폴리에서 산 것인데 아주 질이 좋은 진주 목걸이죠. 시가 5만 엔은 한다고 봅니다."
시가 5만 엔——실내의 분위기가 갑자기 침묵 속으로 빠졌다. 경감도 다분히 흥분이 되었는지 회전 의자가 갑자기 뒤뚱뒤뚱 움직였다.
"그러면 당신도 부인이 그 목걸이를 가지고 있었다는 것을 인정하시는군요."
"아니, 저는 집사람이 가지고 나오는 것을 보지는 못했습니다. 그러나 지금 사가라 양의 말대로 이쪽에서 집사람을 위한 파티가 마련되어 있었기 때문에 그곳에 참석하기 위해서는 반드시 가져왔으리라고 생각됩니다."
"그럼 말하자면 범인이 그걸 훔친 것이 되는군요."
"그렇겠죠. 저 콘트라베이스 속에 없었다면……."
이때 아까 기무라라는 형사가 부리나케 들어오더니 뭔가 경감에게 속삭이는 것이었다. 그러자 경감은 능글맞고 마냥 기쁜 듯한 웃음을 터뜨렸다.

"아, 그래? 그러면 내가 신호하면 그 사람을 이리로 데려 오도록 하게."

기무라 형사가 사라지자 경감은 또다시 우리들을 향했다.

"이 목걸이는 대단히 흥미가 있소. 자칫하면 그것으로 단서가 잡힐지도 모르오. 그런데 사가라 씨, 당신에게 약간 묻겠는데……."

"네."

"19일 밤의 일인데 당신은 사꾸라 여사와 함께 오사카 역 8시 도착의 열차로 왔죠? 그리고…… 그리고 어떻게 했다고 그랬죠? 그걸 한번 되풀이해 주지 않겠소?"

"네…… 저어……."

사가라의 안색은 눈에 띄게 창백해졌다. 나는 지금이라도 사가라가 쓰러지는 것이 아닌가 하고 생각했으나 그래도 겨우 정신을 차린 모양으로 토막토막 끊어지는 낮은 소리로 이렇게 말하는 것이었다.

"네…… 그것은 어제도 말씀드린 대로 오사카 역전에서 선생님과 헤어진 다음 저는 전차로 요정을 하는 친척을 찾아가 그곳에서 신세를 지고……."

"아, 잠깐만. 당신은 혹시 사꾸라 여사를 D빌 호텔까지 바래다 주지 않았소? 그리고 여사와 함께 호텔방에 들어가지는 않았는지……."

"아니에요, 아니에요. 그런 일은 결코……."

"그래요? 그렇다면 이상하지 않나. 여사의 방문 손잡이에 당신의 지문이 분명히 남아 있는데 말이야."

나는 거기서 비로소 아까 경감이 사가라의 지문을 채취한 까닭을 알 것 같았다. 그래서 나는 살며시 소이찌로 씨를 살펴보았다. 그런데 그는 그저 이상하다는 표정으로 사가라와 경감의 얼굴을 번갈아

보고 있었다.

　사가라는 말없이 입을 다문 채 안색이 달라졌으나 이어서 차차 침착해졌다.

　"사가라 씨, 이에 대해서 설명할 수 없겠소?"

　사가라가 그래도 대답을 하지 않자 경감은 손바닥으로 책상을 두들기며 신호를 했다. 그러자 기무라 형사가 한 사나이를 데리고 들어왔다. 그를 보자 나는 문득 마음 속으로 짚이는 데가 있었다. 어디서 본 눈에 익은 얼굴이었다.

　"사가라 씨, 어젯밤 D빌 호텔에 나타난 사꾸라 여사는 두터운 베일을 쓰고 호텔 사람에게 한 번도 얼굴을 비쳐주지 않았다는 거요. 그런데 당신은 사꾸라 여사와 똑같은 모피 코트를 맞추셨죠? 미안하지만 그 코트를 입고, 얼굴에 베일을 쓴 다음 여기에 있는 이 사람에게 보여 주지 않겠소? 이 사람은 D빌 호텔의 지배인인데 사꾸라 여사를 접대한……."

　"아니에요. 그럴 필요까지는 없어요." 갑자기 사가라가 불쑥 일어서더니 책상 저쪽에 앉아 있는 경감을 향해 몸을 내밀며 한마디 한마디 힘을 주어서 말했다.

　"그저께 밤 선생님의 이름을 내세우고 D빌 호텔에 찾아간 것은 분명히 저예요. 그러나 저는 결코 나쁜 일을 한 것은 아니에요. 그것은 선생님에게서 부탁을 받은 거예요. 선생님은…… 하라 사꾸라 선생님은 무언가 부득이한 일로 시나가와에서 열차를 내리자 도쿄로 되돌아가셨어요."

　알토의 상쾌한 소리가 실내에 울려 퍼졌다.

제4장 노래 부를 수 없는 악보

 경찰이란 역시 대단하다. 우리들이 어리벙벙하고 있는 사이에 그만큼 핵심을 찌르고 있으니 말이다. 그건 그렇다 치고, 그저께 밤 D빌 호텔에 온 사람이 하라 사꾸라가 아니라 지에꼬가 대역을 했다니 이건 또 무슨 뜻밖의 일인가. 청천벽력이란 이를 두고 하는 말이다. 그러고 보니 그날 밤 내가 그토록 찾아 헤매었던 것은 사꾸라가 아니라 사가라였으니 이것은 또 무슨 일인가.
 "사가라 씨, 이 일이 이번 사건에 얼마나 중대한 요소가 되는지 당신은 잘 알고 있겠죠?"
 아사하라 경감은 의자에서 일어서면서 몸을 내밀어 뚫어지게 사가라의 얼굴을 노려보았다. 사가라는 겨우 정신을 차렸지만 신경질로 온몸을 뒤틀면서 손에 든 수건을 비틀고 있었다. 일동의 시선은 그러한 사가라에게 못박힌 채 움직이지 않았다. 숨각히는 듯한 긴장 속에서 경감과 사가라 사이에 일문일답이 계속되었는데 그것은 다음과 같다.
 "당신의 지금 말에 따르면 하라 사꾸라 여사는 도중에서 도꾜로 되돌아갔는데, 그날 밤 사꾸라 여사가 오사카에 오지 않았다고 한다면 사건은 완전히 뒤집혀지는 거요. 당신은 설마 그것을……."

"아니에요, 그렇지 않아요."

"그렇지 않다니?"

"그날 밤 선생님은 역시 오사카에 오셨을 거예요. 그렇게 미리 의논이 되어 있었으니까요."

"사가라 씨, 그건 또 무슨 일이죠? 그 사이의 사정을 상세하게 말해 주지 않겠소? 하라 여사가 왜 도중에서 도쿄로 되돌아갔는지, 왜 당신이 그 대역을 맡게 되었는지, 사정에 따라서는 수사의 방침을 바꾸지 않으면 안 돼요. 그러니 당신이 알고 있는 사실을 모조리 털어놓아 줘야겠소."

"네……."

사가라는 줄곧 손수건을 주무르고 있다가 한마디 한마디 고르듯이 다음과 같은 내막을 털어놓았다.

"이 일은 아무래도 조만간 알게 될 일이니까 좀더 일찍 말씀드렸다면 좋았을 거예요. 도대체 너무도 뜻밖의 일이니까 어제는 너무 흥분이 되어 있어서 말할 기회를 놓쳐 버린 거예요. 제가 선생님의 대역으로 D빌 호텔에 가게 된 것은 이러한 사정에서였어요. 저희들, 선생님과 제가 오사카로 내려가기 위해 고베행 열차를 탄 것은 19일 오전 10시였어요. 이것은 미리 예정된 것이어서 도쿄 역에는 주인 양반인 하라 소이찌로 씨와 테너인 오노 씨, 그리고 매니저인 아마미야 씨가 전송을 했지요. 그때 오노 씨가 선생님에게 장미 꽃다발을 드렸어요. 그때까지는 별로 이렇다 할 일도 없었는데 열차가 움직이자 선생님이 갑자기 조마조마해하시면서 저에게 이렇게 말씀하셨어요. 어쩔 수 없는 일이 생겨서 자기는 시나가와에서 내리지 않으면 안 되니까 나만 먼저 오사카에 가달라……고 말씀하셨어요. 제가 깜짝 놀라자 선생님은 빠른 말로 당신의 용건이라는 것은 곧장 끝낼 수 있으니 바로 뒤차를 타고 오늘밤 안에 오사카에 도착하겠다는 것이었어요. 잘 아시겠지만 10시 열차 다음에는 2시 15분발 열차가 있으니까 이것을 타면 그날 밤 9시 8분에는 오사카에 도착하게 됩니다. 선생님은 이 열차편으로 뒤따라 갈 테니……라고 말씀하셨어요. 그리고 또 선생님은 갑자기 생각난 듯이, 당신이 이 열차로 오사카에 간다는 것은 모두 알고 있는 일이고, 또 매니저인 쓰찌야 씨도 기다리고 있을 터인데 한 시간이라도 늦게 된다면 이상하게 생각할 것에 틀림없으니 대단히 미안하지만 저에게 일시 대역을 해주지 않겠느냐고, 그렇게 말씀하시는 것이었어요."
모두들 마른 침을 삼키고 조용히 사가라의 한마디 한마디에 귀를 기울이고 있었다. 바늘이 떨어져도 그 소리가 들린다는 말은 이를 두고 한 말이 틀림없었다. 그런 사이에 사가라의 얘기는 계속되었다.
"그때 선생님께서 말씀하시기를 당신과 나와는 몸매도 아주 비슷하다. 그리고 이렇게 코트도 같은 것을 입고 있으니까 여기다 베일로 얼굴만 감싸면 일시 눈가림하는 것쯤 아무렇지도 않을 것이다. 그러니 당신의 대역이 되어서 D빌 호텔로 가다오. 문제는 8시 열차로 오사카에 도착했다는 것만 알면 되니까 호텔에 길게 눌러 있을 필요는 없다. 무언가 구실을 만들어 곧장 외출하면 한 시간 뒤에는 당신이 외출에서 돌아온 듯이 호텔로 갈 테니……라고 말씀하셨습니다. 더욱이 그런 말씀 하실 때의 얼굴이 너무나도 진지해서……뭐랄까, 눈물을 머금은 것처럼 보였기 때문에 저도 거절할 수가 없어서 승낙한 거예요. 단지 여기서 문제가 되는 것은 호텔 숙박계의 서명과 쓰찌야 씨에 대한 것이었습니다. 그러나 숙박계는 손가락이 다쳤다든가 해서 미뤄두면 나중에 자기가 가서 기입하면 되고, 또 쓰찌야 씨는 반드시 오사카 역으로 마중을 나올 테니까 잘 얼버무려서 한 발짝 앞서 호텔에 가 있으면 그 뒤로 쓰찌야 씨가 오는 사이에 외출해 버린다면 문제가 없으니 그 점은 임기응변으로 잘 부탁한다, 요컨대 당신이 여기서 되돌아갔다는 사실을 당분간 아무에게도 알리지만 않는다면 그것으로 좋으니까 부디 잘해 달라. 이 일은 자신으로서는 사느냐 죽느냐의 중대한 문제라고 하시면서……."

"사느냐 죽느냐의 문제……? 하라 여사가 그렇게 말을 했다는 거요?"

"네, 분명히 그렇게 말씀하셨어요. 아니 입으로만 그러신 게 아니라 그때 선생님의 얼굴빛과 어투가…… 그게 대단히 무언가에 의해서 겁을 먹고 계신 듯……."

"잠깐 기다려 주시오," 아사하라 경감도 거기서 사가라의 얘기를 중도에 끊고는 소이찌로 씨를 향해서, "하라 씨, 당신에게 묻겠는데요, 부인에게 최근 무언가 그러한 사정이 있었습니까? 무언가 위협을 느껴 겁을 먹을 만한……."

"글쎄, 짚이는 데가 없군요," 소이찌로 씨는 이맛살을 찌푸리면서 왠지 분노하는 듯한 투로 얘기를 했다. "원래가 우리들의 생활이라는 것이 전연 별개의 것이어서…… 그 사람은 그 사람, 나는 나…… 이렇게 평소에는 전혀 다른 생활을 하고 있었기 때문에…… 그러나 그런 중대한 문제가 일어난다면 나에게 털어놓고 얘기를 하지 않더라도, 태도라든가 안색을 보아도 알 수 있었을 텐데 아무리 생각을 해도 짚이는 데가 없군요,"

"누구라도 이 일에 대해서 생각나는 일이 없소?"

일동은 서로들 얼굴을 마주 보고 있었으나 누구 하나 마음 짚이는 데가 있다고 나서는 사람은 없었다.

그러나 경감은 별로 기대하지도 않은 것처럼 보였다. 실망의 기색도 없이 또다시 사가라를 향해 말을 걸었다.
"저, 아까 얘기를 중도에 끊어서 미안했소. 더 계속하시죠."
"네, 얘기를 계속해도 별로 대단한 것은 없어요. 지금 말씀드린 대로 부랴부랴 사정을 털어놓으시고 선생님은 시나가와에서 내리셨어요. 그래서 저는 선생님께서 맡겨 두었던 슈트 케이스를 가지고 …… 네, 꽃다발은 선생님이 가지고 가셨어요. 그런데 오사카에 도착하자 다행히도 역에는 쓰찌야 씨가 나오지 않았어요. 그래 택시를 타고 D빌 호텔에 도착하자 곧 쓰찌야 씨의 주선으로 예약해 두었던 방으로 들어가 5분 정도 쉬었어요. 그리고 만약 쓰찌야 씨가 나타나 대역한 것이 탄로나면 큰일이 날까봐 부랴부랴 그곳을 빠져나와 그대로 친척집으로 간 거예요. 제가 알고 있는 것은 그것뿐이에요. 어제 말씀드렸더라면 좋았을 테지만 그럴 경황이 없었어요. 그리고 선생님이 바로 뒤에 오사카에 오신다면 한 열차 간격으로 그렇게 큰 문제는 없을 것으로 생각했기 때문에……."
사가라의 얘기란 것은 대개 이런 것이었다.
사가라는 얘기를 털어놓자 겨우 무거운 짐을 내려놓은 듯이 크게 한숨을 쉬었으나 그래도 걱정이 되는 듯 경감의 얼굴을 바라보았다.
경감이 또 이런 것을 묻는 것이었다. "당신의 지금 얘기를 들으면 열차를 타기까지는 하라 여사의 상태가 별로 달라진 것이 없었다, 이 말인가요?"
"네……."
"그런데 열차를 탄 다음 갑자기 안절부절하기 시작했다, 이 말이죠?"
"네…… 그게…… 저……."
"아니 딴 일이라도 있었단 말이오? 그렇지 않다는 말이오?"
"네…… 저 지금 생각해 보니 선생님의 상태가 달라진 것은 그보다 조금 전 플랫폼에서 약간 이상한 일이 있었는데 그때부터가 아닌가 생각합니다."

"이상한 일이라니?"

"네, 저 그것이……"

사가라는 또다시 아까와 같은 초조감에 휩싸이게 되었다.

경감은 그녀의 얼굴을 지긋이 바라보며 말했다.

"사가라 씨, 이 사건이 어떤 성질의 것인지 당신도 잘 알고 계시겠죠. 어떤 사소한 일이라도 있었다면 모두 털어놓아 주시오. 이 사건에 직접 관계가 없다고 그렇게 생각되는 것이라도 좋아요. 사건에 관계가 있는지 없는지 취사선택하는 것은 우리들의 일이니까."

"네……실은…… 그것은 이러한 사연이었어요. 도쿄 역에 전송나온 오노 씨가 선생님에게 장미 꽃다발을 드렸다는 얘기는 아까 드렸고요. 선생님도 대단히 기뻐하셨는데 그때 꽃다발 사이에서…… 아니 그때는 저도 꽃다발 사이에서 떨어뜨린 것이라고 생각했었는데 나중에 선생님이 그렇지 않다고 말씀하셨어요. 하여튼 그때 플랫폼에 한 장의 종이가 떨어진 거예요. 마침 그때 제가 곁에 있었으니까 무심코 주워서 선생님에게 드렸는데 그게 바로 악보였어요. 선생님은 이상하다는 듯이 그 악보를 읽으셨어요. 그러자 놀란 듯이 그것을 핸드백 속으로 집어넣으셨어요. 선생님의 상태가 달라진 것은 그때부터가 아닌가 해요. 그 악보는 열차가 출발을 하자 선생님이 곧장 꺼내서 또 열심히 보셨어요."

경감은 미간을 찌푸리며,

"그 악보라는 것이 이거요?"

하고 책상 위에 널어놓았던 핸드백 속에서 한 장의 악보를 집어들고 사가라에게 건네주었다.

"네, 이게 틀림이 없어요. 여기에 구름처럼 생긴 모양의 얼룩이 져 있는데 이건 기억이 뚜렷해요."

"그럼 이 악보를 본 다음부터 하라 여사의 상태가 달라졌다, 이 말이군요."

"네."

"그런데 웬일일까, 이 악보에 무슨 뜻이라도……?"

"잠깐 보실까요?"

이때 옆에서 손을 내민 사람은 지휘자인 마끼노 겐조였다. 문제의 악보를 손에 쥐고 들여다보고 있다가 이윽고 경감을 향해 말했다.

"경감님, 참고로 말씀드리겠는데 이건 악보가 아닙니다."

"악보가 아니라고……?"

"그렇습니다. 보기에는 오선지 위에 콩나물 대가리가 늘어 서 있으니까 얼핏 악보처럼 보이지만, 다소의 음악적 소양이 있는 사람이 본다면 이런 엉터리 같은 악보가 있을 리 없다는 것은 곧 알게 됩니다. 여기에는 성악가들도 있으니까 물어보시면 아시겠지만 이건 전연 노래할 수가 없어요. 말하자면 악보의 법칙에 전연 어긋나 있어요."

"만약 그렇다고 하면 이건 혹시 어떤 암호가 아닐까요?"

"암호인지 아닌지는 저는 알 수가 없습니다. 단지 제가 말씀드린 것은 이것이 악보가 아니라는 것, 그저 그것뿐입니다."

마끼노의 투박한 답변이 끝나자 또다시 실내는 침묵 속으로 빨려 들어갔다. 더욱이 지금의 침묵은 아까보다 극하여 심각한 불안과 공포가 얽혀 있는 것을 누구나 알고 있었다. 아니, 그렇게 말하는 내 자신도 뭐라고 말할 수 없는 의구심과 의혹으로 숨이 막히는 듯했다.

마끼노는 그것이 암호인지 뭔지 모른다고 했다. 그러나 그것은 만일의 경우를 생각해서 조심하는 말일 테고 지금까지의 사가라 얘기를 들으면 누구나 그 악보가 암호라는 것을 알 수 있었다. 그런데 이 악보가 암호라고 한다면…… 거기에 일동의 불안과 의혹이 쌓여 있었다. 그렇다. 그것은 정말 암호로서 악보를 이용한 것은 틀림없는 일이 아닌가. 그런데, 그런데…….

경감은 이상하다는 듯이 모두의 얼굴을 훑어보았다. 그의 눈에 점차 의심의 기색이 짙어져 갔다. 참다못해 경감이 무언가 터뜨리려고 했다. 그와 거의 동시에 입을 연 것은 마끼노 겐조였다.

그 친구가 목에서 가래 끓는 딱딱한 기침을 하자 마침내 우리들의 마음속에 개운치 않은 불안의 씨앗을 풀어주듯이 털어놓았다.

"경감님, 경감님이 이상히 생각하는 것은 당연한 일입니다. 여기 있는 일행들은 모두 가슴에 무언가 숨기고 있는 표정을 하고 있습니다. 무언가 음모를 품고 있는 듯한 표정입니다. 그러나 우리들은 결코 이번 살인사건의 공범자는 아니에요. 그런데 왜 이 가극단 일행들이 이상한 표정을 짓고 있느냐 하면 거기에는 이유가 있습니다. 만약 경감님이 도쿄의 수사관이었다면 곧장 저희들과 똑같은 의문을 가졌을 터인데……."

마끼노는 거기서 딱딱하게 헛기침을 한 다음, "후지모도 쇼지. ……아시겠죠. 〈거리에 비가 내리듯〉으로 인기를 날린 유명한 유행가 가수죠. 그 친구가 금년 5월에 피살되었죠. 범인은 아직 체포되지 않았어요. 사건은 미궁 속에 빠진 채 지금껏 오리무중이에요. 이 사건으로 우리들이 굉장히 곤욕을 치렀어요. 그 후 잇달아 뜻밖에 악단사람들의 스캔들이 드러났죠. 그래서 우리들에게는 대단히 인상깊은 사건이었는데 이 후지모도 쇼지가 피살되었을 때도 역시 악보를 쥐고 있었어요. 그것도 노래할 수 없는 악보로 이것과 똑같은 암호가 아니었나 싶어요."

침묵. ──마끼노의 딱딱한 헛기침. 그는 다시 말을 이었다. "그래서 경감님이 지금 그 악보를 암호가 아닌가 하고 말씀하셨을 때 일동의 뇌리에 약속이나 한듯이 떠오른 것이 그 후'모도 쇼지 사건이며, 말하자면 막연한 의구심이 모두의 가슴속에서 솟구쳐나온 겁니다. 그래서 저희들이 이상하게 보일 만큼 조마조마해하고 있는 것입니다."

경감의 미간이 무섭도록 치켜올랐다.

"후지모도 쇼지의 살인사건…… 네, 알고 있소. 그렇다면 당신들은 이번 살인사건과 후지모도 쇼지의 사건 사이에 무언가 관계가 있다는 거요?"

"아니 그건 누구도…… 적어도 나는 그렇게 생각하지 않습니다. 한마디로 말하자면 악단 사람이라고 하지만 유행가의 가수와 여기 있는 본격적인 성악가와는 전혀 바탕이 다릅니다. 더욱이 하라 사꾸라 여사와 같은 대가와 후지모도 따위와는 어떤 의미에서도 관계가 있다고는 생각할 수 없습니다. 단지 악보의 암호…… 두 사건에 공통점이 있다면 오직 그것뿐인데, 음악가가 암호를 만들려고 하면 마땅히 악보로……."

"그러면 이중에는 후지모도 쇼지와 아는 사람이 한 사람도 없소?"

마끼노의 말을 가로막으며 홱 휘둘러보는 경감의 눈초리에 일동은 섬찟했다. 나도 가슴이 답답해졌다. 여기에 한 사람, 후지모도 쇼지와 친했던 인물, 즉 친했다기보다도 끊을래야 끊을 수 없었던 인물이 있는 것을 모두가 알고 있었기 때문이다.

"후지모도 같으면 제가 잘 알고 있습니다. 그 사람은 제 제자였죠."

시가의 바리톤 음성이 일동의 뒤쪽에서 천천히 울려퍼졌다. 아아, 마침내 털어놓았다. 잠자코 있으면 좋을 텐데…….

"당신이……?"

"그렇습니다."

"그럼 당신은 후지모도 쇼지의 사생활에 대해서 잘 알고 있겠군요?"

"그 얘기 같으면 후지모도 사건이 일어났을 때 도쿄의 경찰에서 지긋지긋하게 신문을 받았어요." 시가는 슬픔과 근심에 잠긴 얼굴에 지친 듯한 엷은 미소를 지었다. "그런데 저는 무엇 하나 알지 못합니다. 후지모도는 나의 제자이지만 그후 유행가 가수로 전향하여 인기가 높아지자 근래에 와서 아주 소원해졌습니다. 그러니까 경감께서 이중에 나 이외에 후지모도와 어떤 의미에서건 관계가 있었던 인물이 있지 않는가 하고 물으셔도 저는 대답할 수가 없습니다. 그리고 또 한 가지 미리 말씀드릴 것은 후지모도가 도쿄에서 피살되었을 때에 저는 오사카에 있었습니다."

"과연 그렇군요." 경감은 지금 시가의 말을 신중하게 음미하다가 이윽고 미간을 풀며 말을 했다.

"그리고 이번 사건에서 암호의 악보가 도쿄 역에서 하라 사꾸라 여사에게 건네졌을 때도 당신은 역시 이곳에 있었군요."

테너의 오노 다쓰히꼬가 목이 죄는 듯이 울부짓는 소리를 낸 것은 바로 그때였다. 나는 아까부터 눈치를 채고 있었지만 오노는 묘하게 조마조마하여 자꾸만 손을 쥐었다폈다 하며 입술을 와들와들 떨고 있었는데 여기에 이르자 드디어 폭발한 모양이다.

"틀립니다, 틀려요."

"네? 뭐가……."

경감은 뒤듯이 오노의 얼굴을 되돌아봤다. 그는 상대의 안색을 살피자 미간을 찡그리며 말했다.

"오노 씨, 뭐가 틀린다는 겁니까?"

"그 악보는…… 그 암호의 악보는 꽃다발 속에서 떨어뜨린 것이 아닙니다. 나는 꽃다발에 그런 것을 끼우지 않았어요……."

"바로 그거요. 그래, 그래. 그 악보가 누구의 손에서 나왔는지 바로 그게 문제야. 당신이 준 꽃다발 속에서 나오지 않았다면 그럼 어디서 나온 거죠?"

"그것은 저도 알 수 없어요. 그때의 일은 저도 잘 알고 있는데 이렇게 막중한 의미를 지니고 있는지는 미처 생각지 못했기 때문에 저는 별로 신경을 쓰지 않았어요. 그러나 꽃다발 속에서 떨어지지 않았다는 것만은 맹세코 단언할 수가 있습니다."

그런데 이 정도의 일로 오노는 왜 그토록 분노한 것일까. 왜 그토록 이마에 식은땀을 흘리고 눈초리를 날카롭게 하며 숨을 가쁘게 쉬었을까. 경감도 똑같은 의심을 품었으나 일부러 눈치채지 못한 체했다.

"과연 그렇군. 그러나…… 아니 그렇다면 그때 하라 여사의 곁에는 누가 있었습니까? 당신과 사가라 씨가 있었다는 것은 알고 있는데 이밖에 하라 여사의 바로 곁에 있었던 사람은……."

"그것은 저였겠죠."

천천히 말을 꺼낸 사람은 다름아닌 하라 소이찌로 씨었다.

간주곡

미즈끼 준스께왈――쓰찌야 교조의 수기는 이 정도로 해두자. 이 수기는 아직도 길며 또한 대단히 흥미있게 기록이 되어 있으나 이것을 그대로 계속한다면 유리 선생이나 나는 등장할 수가 없으니까. 그래서 애석하지만 쓰찌야의 메모는 이 정도로 끊고 이제부터 유리 선생과 나의 각도에서 이 사건을 살펴보려고 생각한다. 물론 필요에 따라 앞으로도 쓰찌야의 수기를 참고로 하게 될 것이다. 바로 앞의 장에서 문제가 된 악보는 암호로서는 대단히 유치하며 초보적인 것이나 그래도 여러분들이 약간만 머리를 쓰면 쉽게 풀릴 것으로 생각되어 이 도면을 삽입해 둔다.

제5장 모래 주머니

"미즈끼 군, 오늘밤 야간 열차로 오사카에 다녀왔으면 하네. 임무는 말하지 않아도 잘 알겠지. 나비부인 살인사건이야. 이 사건은 근래에 드문 사건일 뿐 아니라 앞으로 어떻게 진전이 될지 알 수가 없어. 오사카 지사에도 민완 기자들이 많이 있지만 관련자들이 모두 도쿄에서 사는 사람들이고 후지모도 사건이 얽히기 시작했기 때문에 이쪽에서 한 사람 응원차 가보는 것이 좋다고 생각되네."

내가 편집국장인 다나베 씨로부터 이러한 명령을 받은 것은 10월 3일의 저녁때였다. 다나베 국장의 말을 빌릴 것도 없이 그날의 도쿄에서 발행된 석간이란 석간은 새롭게 얽혀지기 시작한 후지모도 쇼지의 살인사건으로 온통 뒤숭숭했기 때문에 나는 기다렸다는 듯이 뛰쳐나가려고 하자 다나베 국장이 나를 불러 세웠다.

"너무 성급하군. 자네는……내 얘기는 아직 안 끝났어."

"무슨 얘기가 또 있습니까?"

"아니야, 별다른 얘기는 아니지만 자네, 그 유리 선생 계시지 않나. 선생께서 지금 짬이 있을는지 모르겠어. 혹시 가능하다면 선생을 모시고 함께 가 주었으면 하는데…… 비용은 일체 회사에서 부담하기로 하겠네만……."

그때 탁상 전화의 벨이 울리기 시작했다.

다나베 국장이 이맛살을 찌푸리며 귀찮은 듯이 수화기를 집어들더니, 두세 마디 주고받은 다음 곧장 얼굴이 밝아지며 나를 바라보았다.

"호랑이도 제말하면 나타난다더니 유리 선생님으로부터 온 자네 전화야. 한번 단단히 부탁하게나."

그러나 사실 부탁이고 뭐고 없었다. 나는 수화기를 받아들자 이를 허옇게 드러내놓고 웃었다.

"유리 선생님도 오늘 밤차로 오사카로 가실 모양입니다. 물론 나비부인 사건으로 사꾸라 여사의 주인 양반인 하라 소이찌로 씨로부터 와달라는 전보를 받은 모양이에요. 오히려 저쪽에서 함께 가지 않겠느냐고…… 10시에 도쿄역에서 만나기로 했습니다. 국장님, 다른 얘기가 있습니까?"

그런데 나의 마지막 말이 다나베 국장의 귀에 들어갔는지 잘 모르겠다. 나는 국장실을 뛰쳐나오자 조사부로 달려가 관련자 일동에 대해서 메모를 했다.

"미즈끼 씨, 오사카에 출장입니까?"

"그래, 나비부인 사건이야."

"이번엔 유리 선생님은 안 가세요?"

"유리 선생님도 가실 모양이야. 또 함께 활동하게 되었어."

"그거 근사하군요. 그럼 굉장한 뉴스를 들을 수 있겠네."

"기대하시라. 그럼 다녀오겠소."

유리 선생도 나도 시간에 대해서는 꽤 정확한 편이다. 정각 10시에 내가 도쿄 역의 주차장에서 택시를 내리자 뒤쫓아 온 택시에서 내린 사람이 바로 유리 선생이어서 나는 피식 웃어버렸다.
"여전히 정확하군. 자네는……."
"그러한 선생님도…… 몬테 크리스트 같군요."
우리들은 얼굴을 마주 보며 웃었다.

10시 15분발 고베행 열차. 나중에 생각해 보니 이 열차는 그저께 밤 바로 하라 사꾸라 오페라단의 일행이 탔던 열차였다. 열차 속에서 우리들은 사건에 대해서 별로 이야기하지 않았다. 사건의 핵심 속에 뛰어들기 전까지는 선생은 되도록 여기에 상상을 가하는 것을 좋아하지 않았다.

그래도 내가 조사부에서 메모한 것을 얘기했는데 선생은 그저 간단하게 고개만 끄덕일 뿐이었다. 아무래도 선생은 선생대로 대체적인 조사를 한 모양이었다. 이윽고 얼마 안 있어 우리들은 잠이 들어버렸다.

22일 오전 8시 7분 오사카 역 도착. 요즘의 열차는 시간이 정확했다. 역 구내 식당에서 간단한 아침식사를 마치자 유리 선생은 기다하마의 N호텔로, 나는 사꾸라바시 지사로 갔다.

정오 정각에 내가 N호텔로 찾아가기로 약속이 되었다. 오사카로 오기 전에 장거리 전화를 걸어두었기 때문에 지사에서는 이 사건을 담당한 시마즈 기자가 기다리고 있었다. 시마즈와는 몇 년 전에 도쿄에서 함께 일을 했기 때문에 호흡이 맞았다.

"야아!"
"야아! 수고가 많군."
"귀찮은 놈이 끼어들어 미안하지만 잘 부탁하네."
"천만의 말씀. 당신이 와줘서 든든해." 시마즈 기자는 묘한 악센트의 오사카 사투리를 썼다.

"그런데 오늘 아침은 특종이더군. 운반 사건 말야. 그 기사를 낸 것은 우리 신문사뿐이었어. 오사카 역에서 읽고 대단히 기뻤어. 시마즈 기자가 한번 했구나 하는 생각을 했지."

"그야 뭐, 덕택으로 겨우 시내판 마감에 맞아 들어갔어. 그런데 아침은? 그럼 차라도 마시면서 천천히 얘기하지."

거기서 우리들은 지하실에 있는 식당으로 내려갔다. 그런데 내가 지금 말한 시마즈 기자의 특종이라는 것은 이러한 것이었다. 나비부인의 시체가 든 콘트라베이스 케이스를 나까노시마 공회당까지 운반한 자동차의 운전 기사와 조수가 체포된 것이다. 이 보도는 어느 신문에도 나와 있지 않았다. 우리 신문에서도 교토 역에서 산 것 중에는 나와 있지 않았는데 오사카 역에서 산 시내판에서는 가까스로 몇 줄이 나와 있었다.

"그런데 우선 그 운전 기사의 일인데 말이야. 그 얘기를 자세히 해 주게."

"응, 그런데 이게 굉장히 묘한 데가 많아" 하고 차를 마시며 시마즈 기자는 얘기를 했다.

하시바 가메끼찌와 사까모도 긴조——이것이 운전 기사와 조수의 이름인데 이 두 사람이 20일 밤부터 도비다 유곽에서 노닥거리고 있다가 체포된 것은 어젯밤 늦게의 일이었다.

붙들린 두 사람이 이 사건의 수사 본부가 되어 있는 소네사끼 서로 연행되자, 두 사람은 곧장 콘트라베이스를 운반했다고 자백했는데 그들의 진술에 따르면 거기에는 다음과 같은 사연이 있었다.

20일 정오 조금 지나 노다에서 사꾸라바시 쪽으로 빈차를 달리고 있던 두 사람은 후꾸시마의 어떤 아파트 앞에서 한 남자에게 불려 세워졌다. 그 남자는 검은 양복에 검은 코트를 걸치고 검은 모자를 쓰고 있었으며, 외투의 깃은 세우고 모자를 깊숙이 쓰고 있었다. 게다가 큰 검정 안경에 마스크까지 끼고 있는 분장이어서 그 남자의 인상이나 나이는 전연 알 수 없었다. 그 남자는 커다란 콘트라베이스를 땅 위에 세우고서 자기의 몸에 기대듯이 안고 있었다.

자동차가 멎자 그 남자는 '나까노시마 공회당까지' 하고 이른 다음 콘트라베이스와 함께 탔다. 그런데 그 목소리는 마스크 때문에 잘 들리지 않았다.

자동차가 사꾸라바시까지 왔을 때의 일이었다. 그 남자가 갑자기 차를 세우더니 무슨 일을 깜빡 잊어 먹었다고 하면서, 자기는 여기서 내려야 하니 미안하지만 이 콘트라베이스 케이스를 공회당 분장실까지 운반해 달라고, 여전히 낮게 거의 들리지 않을 정도의 가는 목소리로 더듬더듬 말하고 많은 팁을 덥썩 쥐어 준 다음 부랴부랴 차에서 내렸다.

그 모습이 묘하여 어딘지 수상했기 때문에 하시바와 사까모도의 가슴에는 문득 의심이 들기 시작했다. 조수인 사까모도는 뒷자리의 콘트라베이스 케이스를 뒤돌아보면서 이런 말을 했다. 자기는 전에 커다란 바이올린은 보았지만 그렇게 무거운 것은 아니었다. 악사가 한 손으로 들고 다닐 정도였다. 그런데 지금 저것을 그 남자가 차로 들여놓을 때는 대단히 무거웠지 않은가. 아무래도 이상하다. 무언가 내막이 있는 것이 틀림없다고, 거기서 두 사람은 나까노시마를 빠져 나가자 아마미쓰에서 덴신바시를 건너, 계속 요도가와를 따라 멀리 오사카의 교외를 빠져 나가고, 인기척이 없는 노변에 차를 세우고 콘트라베이스 케이스를 열어 보았다. 케이스에는 자물쇠가 채워져 있지 않았다.

"거기서 나비부인의 시체를 발견하고 기절초풍을 했는데 여기서 묘한 것은 나비부인의 시체가 장미 꽃다발로 덮여 있었다는 점이지. 이것은 신문에도 이미 나왔기 때문에 자네도 잘 알고 있겠지만 그 장미 꽃송이 속에, 즉 나비부인의 가슴 위에 1백 엔짜리 지폐가 한

장 놓여 있었어."

"1백 엔……?"

"응, 그것이 즉 두 사람을 유혹한 거야. 거기서 두 사람은 오랫동안 의논을 한 모양이야. 이대로 경찰에 신고하면 1백 엔도 내놓아야 한다고 생각하니 그건 얼마나 바보 같은 짓인가 하는 생각이 들었지. 1백 엔 때문에 결국 돈은 호주머니에 집어넣고 시체는 공회당 분장실 입구에 팽개쳐 버린 채 달아났는데, 이렇게 하는 동안에 운반이 늦어진 거지."

"과연 그렇군. 그렇다면 결국 그 1백 엔짜리 지폐는 두 사람을 유혹하고 나아가서는 시체 운반을 지연시키기 위한 수작이었다는 말이군."

"그래, 그래. 그뿐이 아니야. 택시의 수사를 지연시키고 한결음 더 나아가 범죄 현장 수색을 지연시킨 결과가 되었지. 그런데 미즈끼, 자네말이야, 그런 걸 생각하면 이번 범인은 아주 주도면밀하다고 생각지 않는가? 계획적인 두뇌가 있어. 이건 보통 사건이 아니야."

나는 그 말을 듣고 마음이 흡족하여 나도 모르게 두 손을 번갈아 문질렀다. 계획적인 범행, 그야말로 바라던 바이다. 오랜만에 큰 놈과 부딪치게 되었다.

"그런데 이 두 사람, 하시바와 사까모도에게 관련자와 대면은 시켰겠지?"

"응, 그걸 어젯밤 늦게 했는데 오리무중이야. 지금 얘기한 대로 인상은 전혀 분간이 안돼. 범인은 키가 큰 편이고 몸집이 꽤좋은 모양인데 단원들이 거의 이와 비슷해서 말이야. 남편인 소이찌로 씨와 테너인 오노, 바리톤인 시가, 그리고 지휘자인 마끼노, 그리고 매니저인 쓰찌야도…… 모두가 당당한 풍채여서 결국 모른다고 할 수밖에……."

나는 더욱 흥미가 났다.

"경찰에서도 범인은 오페라 단원들 가운데 있다고 보는군."

"그래, 그래. 그 콘트라베이스의 케이스가 오사카에 왔다는 것을 아는 것은 오페라 단원밖에 없으니까. 그것을 이용한 것을 보면 범인은 오페라 단원들 안에 있다는 얘기가 되지. 그런데 하시바와 사까모도가 말하는 큰 사나이란 것이 이 다섯 사람밖에 없어. 그리고 사꾸라와 평소의 관계를 보더라도 우선 이 다섯 사람에게 의혹이 갈 수밖에 없지. 설마 강도의 짓이라고는 볼 수 없으니 말이야."

"아니, 강도의 소행이라고 한다면 5만 엔짜리 목걸이가 분실됐을 게 아닌가. 그러니 하시바와 사까모도의 짓은 아닐지 몰라."

"아냐, 그건 그렇지 않을걸. 경찰에서도 그런 혐의를 두고 닦달을 한 모양인데, 그들은 1백 엔은 가로챘으나 시체에는 손가락 하나 대지 않았다는 거야. 뭐 담이 큰놈들은 아니니까 그 점은 사실인 것 같아. 더욱이 목걸이가 들어 있어야 할 핸드백이 시체의 밑에 깔려 있었기 때문에 이것은 보지 못했을 거야."

"그럼 목걸이를 훔친 자가 범인이라고 볼 수 있겠는데……." 나는 그에게 바짝 다가섰다. "그런데 문제는 범행 현장인데 그건 알아봤을 테지?"

"응, 물론이지. 그건 오늘 조간에도 잠깐 언급을 했지. 범인이 자동차를 세웠던 후꾸시마의 아께보노 아파트야. 이 아파트는 도쿄 에도가와에 있는 아파트처럼 고급인데 아파트라기보다는 공동 주택이란 느낌이야. 일일이 관리 사무실이나 수위실을 통과하지 않아도 구두를 신은 채로 곧장 2층이나 3층을 올라가도록 돼 있어. 그곳의 2층에 있는 한 방을 지난 달부터 세를 주었는데 입주자가 나타나지를 않았어. 방세는 3개월 전에 선불을 해 놓고서 짐도 옮겨

오지 않고 빈방인 채로였어. 그곳이 수상하다고 수색을 했는데 아니나 다를까 콘트라베이스가 그대로 놓여져 있었어. 그뿐만이 아니지. 찢어진 모래 주머니가 던져져 있고 모래가 온통 방 안에 흩어져 있었어."

"모래 주머니?…… 모래 주머니가 웬일인가?" 내가 미간을 찌푸리자 시마즈는 생각난 듯이 손뼉을 치며 말했다.

"아, 그건 보도 관제로 아직 기사도 쓰지 못했는데 사꾸라는 교살된 것이 분명해. 그전에 무언가 둔기로 뒷머리를 강타당하여 혼수상태가 된 모양이야. 그런데 사꾸라의 머리나 코트에 모래가 잔뜩 묻어 있었어. 그게 뭔지 전연 알 수가 없었는데 말야. 현장을 보고서 비로소 알게 되었어. 사꾸라는 방공 연습에 쓰는 모래 주머니로 머리를 얻어맞은 거야. 얻어맞는 순간에 모래 주머니가 찢어져 흩어졌는데 그 모래 주머니는 아께보노 아파트에 상비해 둔 거였어."

"그러면 그 아파트가 살인 현장이라는 건 틀림이 없겠군."

"그래, 맞았어. 사가라의 말대로 사꾸라는 바로 다음 차편으로 오사카에 도착한 게 틀림없어. 그리고 어떤 구실을 대면서 범인이 아께보노 아파트로 끌어왔는데, 아까도 얘기한 대로 이 아파트는 누구나 마음대로 구두를 신은 채 무상출입을 하도록 돼 있으니 남의 눈에 걸릴 게 없이 들어갈 수가 있었을 거야. 더욱이 그 방이 구석진 모퉁이인데다가, 이웃에서는 무슨 일로 친구들을 많이 초청하여 전축을 틀어놓고 진창 떠들어대고 있었기 때문에 어지간한 소리는 들릴 리가 없었어. 그래서 모래 주머니로 후려쳐 기절을 시킨 다음 살해하고, 시체는 하룻밤 그 방에 숨겨 놓고, 이튿날 매니저의 조수 호주머니에서 콘트라베이스 케이스의 물표 교환권을 훔쳐내어 역에서 찾아 아께보노 아파트에 옮겨다 놓았겠지. 그리고 시체를 그 속에 넣어 운반을…… 대체로 이런 순서가 되지 않을까?"

"과연…… 그렇다면 19일 밤에 오사카에 있었던 남자, 즉 매니저인 쓰찌야 교조가 범인인 셈이군."
"또 한 사람이 있어. 시가라는 바리톤…… 범인은 이 두 사람 중 한 사람인데……."

그 다음 우리들은 5개월 전에 도쿄에서 일어난 후지모도 쇼지의 피살 사건에 대해서 얘기를 나누었는데, 도중에 유리 선생으로부터 전화가 걸려와 이제부터 후꾸시마의 아께보노 아파트로 갈 터이니 나도 그쪽으로 가도록 하라는 얘기였다. 그런데 그때 선생은 평소와는 달리 흥분된 소리로 이 말을 덧붙였다.

"아께보노 아파트…… 자네도 알고 있지?"
"네 지금 얘기를 하던 참입니다. 사꾸라가 피살된 현장이죠?"
"현장……? 음, 지금까지 그렇게 생각했는데 또 새로운 사실이 발견됐어."
"새로운 사실?"
"그래, 그래서 모두가 뒤집혀질 모양이야. 이봐, 자네 이건 굉장한 사건이야. 범인이 궁리하고 궁리한 계획적인 살인이란 말일세. 참으로, 참으로……."

제6장 유행가 가수의 죽음

 나는 꽤 오랫동안 유리 선생과 교제를 해온 셈이지만 이처럼 흥분한 선생의 목소리를 들은 적은 없었다. 수화기가 떨릴 정도로 들려오는 선생의 말 한마디 한마디가 어쩐지 이상하게 전율하면서 나의 심장을 찌르는 것이었다.
 "여보게 시마즈, 선생님이 곧장 아께보노 아파트로 오라시는 거야."
 "그래 다녀오게나."
 나의 긴장된 상태에 감염되었는지 시마즈도 그 순간 오사카의 사투리를 쓰는 것을 잊어버리고 있었다.
 "자네는?"
 "아냐, 이제 모든 걸 자네에게 맡기겠어. 나는 딴 볼일이 있어. 자칫하면 가봐야 할지도 몰라. 여기에 전화를 주면 언제든지 연락이 되도록 해 놓겠어. 택시를 부를까?"
 시마즈 기자가 불러준 택시로 사꾸라바시 지사를 나선 나의 심장은 기대와 긴장으로 부글거리고 있었다. 그리고 흥분은 그날 하루 종일 계속되었다.

나중에 생각해 보니 이 하루야말로 나비부인 살인사건의 수사 과정에서 맨 먼저 나타난 소위 제1기의 클라이맥스였다. 잇달아 그날 중에 폭로된 일련의 새 사실들은 수사에 관련을 맺고 있는 우리들 모두를 흥분의 도가니 속으로 몰아 넣었다.

"미즈끼, 이건 보통 살인사건이 아닐세. 범인으로 말하면 참으로 주도면밀하게 계획된 범죄야. 참으로, 참으로……."

수화기를 통해 떨리며 들려 왔던 저 유리 선생 얘기는 결코 엉터리도 아니거니와 과장도 아니었다. 나의 오랜 기자 생활에서도 이만큼 조마조마하게 흥분해 본 경험은 그렇게 많지 않았다. 그런데 나는 지금 얘기를 진전시키기 전에 여기서 일단, 지금 문제가 되고 있는 후지모도 쇼지 피살사건에 대해서 극히 간단하게 언급을 하려고 한다. 몇달 전에 일어난 그 유행가 가수 피살사건이야말로 이번 나비부인 피살사건을 위해서 참으로 기묘한 전주곡의 역할을 하고 있었다.

어제 내가 본사의 조사부에서 메모한 것을 보면 후지모도 쇼지가 피살된 것은 그해 5월 27일 밤이었다. 이 사건은 그 당시 세상을 들끓게 했는데 불행히도 나는 이 사건에 깊이 관련을 가지지 않았다.

이 사건과 거의 동시에 일어난 어느 고관의 암살 미수사건을 담당하고 있었기 때문이었는데, 이 사건이 마무리지어질 무렵에는 후지모도의 사건도 흥분의 빛이 바래져서 특별히 우리들의 의욕을 자극할 만한 요소를 찾을 수가 없었다.

그리하여 이 사건은 오후 4시가 지난 뒤의 비처럼 맥없이 미해결인 채 그때까지 밀려지고 있었다. 그러나 후지모도 쇼지가 피살된 그 무렵의 화젯거리란 대단한 것이었다. 도대체 그 사나이는 세상의 화젯거리가 될 만한 요소를 너무도 많이 지니고 있었다.

그가 가요계에 데뷔한 것은 그로부터 2년 전의 일인데 첫번째 히트

곡은 〈거리에 비가 내리듯〉이었다. 이 곡이 그의 인기를 결정한 것이다. 유명한 베를렌의 시를 일본식으로 달콤하게 다듬은 그 노래는, 후지모도의 부드러운 음성과 속삭이는 듯한 음색으로 음반에 취입되어 일본 여자들의 마음을 두근거리게 했던 것이다.

가사도 좋았고 작곡도 훌륭한 것이 사실이었다. 그러나 이 노래가 그만큼 큰 인기를 얻게 된 것은 역시 후지모도의 창법 때문일 것이다. 증거로는 종전 후에 때때로 이 노래가 다른 가수에 의해서 방송될 때가 있는데 아무래도 최초의 후지모도가 노래한 만큼의 효과는 못 가졌다.

그건 그렇다 치고 이 한 곡으로 후지모도는 일약 가요계의 톱스타가 되었다. 일본의 티노 로시라는 닉네임이 그에게 주어진 정평이었다. 그때 나이 26살이었다. 그 후 그는 잇달아 음반을 내놓았는데 그 어느 것도 그의 달콤하고 부드러운 음색과 속삭이는 듯한 창법으로 대단한 효과를 거둔 것은 두말할 나위가 없었다. 그리고 그 어느 것이나 상당한 히트를 쳤다.

남성인 우리들은 잘 몰라도 여자들에게 그의 노래는 일종의 불가사의한 매력을 가지고 있는 모양이었다. 그 당시 어떤 여류 작가의 대담한 고백을 보면 후지모도의 노래를 듣고 있으면 성적인 흥분을 느낀다는 것이었다.

어떤 평론가는 그를 안방의 가수라고 꼬집었다. 그의 그 속삭이듯 달콤한 창법은 치정 속을 헤매는 안방의 근성에 지나지 않는다는 것이었다. 그러나 이러한 혹평이 오히려 후지모도의 인기를 올려주면 올려주었지 결코 떨어뜨리지는 못했다.

후지모도의 마지막 히트곡은 아마 참사의 직전에 취입한 〈어머니의 환상〉이었을 것이다. 원래 이 노래가 히트하게 된 것은 노래 그 자체가 좋았던 것도 사실이었으나 그 이상으로, 당시에 널리 알려진 후지모도 자신의 성장 과정에 대한 호기심이 뒷받침해 주었다는 것을 무시할 수가 없을 것이다.

그 무렵 부인 잡지나 대중 잡지에 나오는 후지모도 자신의 신상에 대한 얘기에 따르면, 그는 자기의 양친이 어떠한 인간인가 그것조차 모르는 천애의 고아였다는 것이다.

철이 들 아홉 살 때까지 그는 요코하마 변두리에 있는 어느 작은 목장의 관리인 부부 밑에서 자랐다. 처음에 그는 이 부부를 자기의 친부모로 생각하고 있었는데 얼마 안 가서 사실이 아닌 것을 알게 되었다.

그는 태어난 지 1개월도 채 못 되어 그 양부모에게 맡겨진, 버려진 자식이었다. 그런데 이 관리인 부부마저도 그가 아홉 살 때 불행한 일이 생겨 함께 세상을 뜨고 말았다. 그 죽음이 너무도 돌연한 일이었기 때문에 그 부부는 후지모도에게 친 자식이 아니라는 것을 미처 알려주지 못했었다. 더욱이 그 부부가 죽고 난 다음에는 아무런 서류도 남아 있지 않아서, 관리인 부부의 친척들도 누구 하나 그의 친부모를 모르고 있었다. 그리고 그가 장성하여 어느 유명한 작곡가에게 발탁되어 음반 회사에 들어가 일약 가요계의 스타 덤에 오르기까지 그의 길고 사연 많은 방랑 생활이 시작된 것이다.

"그런 까닭으로 나는 양친이 어떤 분인지를 모릅니다. 그러나 아슴프레한 기억은 있습니다. 내가 여섯인가 일곱 살 때까지 한 해에 한 번 내지 두 번 저를 만나러 온 부인이 있었습니다. 그 부인은 언제나 아이가 좋아하는 과자와 노리개, 그리고 어떤 때는 옷도 갖다 주었습니다. 그리고 목장의 구석진 곳에서 한 시간이나 두 시간씩 어린 나를 상대로 아무런 지루한 생각도 없이 얘기를 해 주었습니다. 그 무렵의 나에게는 그 부인이 찾아 주는 것이 얼마나 즐거운 일이었는지 몰랐습니다. 지금도 눈을 감으면 눈앞에 역력히 부인의 환상이 떠오르곤 합니다. 물론 오랜 세월이 흘렀기 때문에 그 모습은 내마음대로 고쳐지고 보태지고 하여 부인의 참모습과는 많이 달라져 있을지도 모릅니다. 그러나 그래도 좋습니다. 눈에 떠오르는 이 환상을 어머니라고 생각하며 나는 언제까지나 간직하려고 합니다."

이 음반이 팔리고 또 팔려서 거리란 거리에는 그의 노래가 흘러넘치는 그러한 사이에 후지모도 쇼지가 피살된 것이다. 앞서도 말한 바와 같이 그건 5월 27일 밤이었다. 그 무렵 그는 약간 귀가 먼 듯한 늙은 식모와 둘이서 시부야의 다이간산에서 살고 있었다. 그날 밤 식모는 하룻밤 나가 쉬도록 하여 그녀는 친척집에 묵으러 갔었다.

이러한 외박은 그전에도 있었던 모양으로, 말하자면 식모에게 보이기 싫은 손님이 있다는 것을 알 수가 있었다. 그런데 이튿날 아침 일찍이 식모가 돌아오자 후지모도가 파자마 바람으로 응접실 피아노에 기댄 채 죽어 있었다. 무언가 날카로운 칼로 심장을 찔린 모양으로 거기서 흐르는 선혈이 피아노의 하얀 건반을 빨갛게 물들였다고 한다.

쓰찌야 교조의 메모에도 있다시피 이 사건 때문에 오페라 단원 전체가 얼마만한 곤욕을 치렀는지 이루 헤아릴 수가 없었다. 피해자를 에워싼 스캔들은 말할 나위도 없고 가요계나 연예계 내부에 도사린 불쾌하고 어두운 분위기가 잇달아 밝혀져 세상의 빈축을 샀다.

그리고 연예계 내부에서도 서로 헐뜯고 뜯기는 등 세상 사람들의 놀림감이 되었다. 이렇게 연예계 전체에 커다란 파문을 던지면서까지 소란을 피워놓고 가장 중요한 사건 그 자체는 마침내 미해결로 용두사미가 되어 버렸다.

흉기도 발견되지 않았으며 범인의 흔적도 알 수 없었다. 그날 밤 후지모도의 집에 들어가는 여자의 뒷모습을 보았다고 나서는 사람은 있었으나 그것도 어디서 어디까지가 사실인지 알 수가 없었다.

이렇게 해서 모든 것이 오리무중으로 가라앉아 버렸다. 단 한 가지 물적 증거로 볼 수 있는 것이란 후지모도의 오른손에 꼭 쥐어져 있는 악보의 조각이었다. 무리하게 찢겨진 모양으로 구겨진데다가 극히 희미한 소절밖에 남아 있지 않았다.

그럼에도 불구하고 악보 쪼가리가 수사관들의 시선을 강하게 끌게 된 것은, 그 악보가 노래할 수 없는 것이었으며 그래서 그것이 암호가 아닌가 하고 추리되었기 때문이었다. 후지모드처럼 그늘진 생활을 해온 인간이 남에게 알려지지 않은 암호를 사용한다는 것쯤 납득이 안 가는 것도 아니고, 그 암호로 악보를 선택한다는 것 역시 자연스러운 것이었다.

거기서 문제는 암호의 해독과 암호 통신의 상대를 찾아내는 일이지만 애석하게도 두 가지 다 성공을 못한 모양이었다. 남은 조각이 너무나도 짧고 희미한 소절이었기 때문에 그것만으론 어떤 해독의 명수라도 거기서 열쇠를 찾아내는 건 불가능했다.

그러므로 이 사실로부터 얻어진 유일한 소득은 그 악보가 암호일 것이라는 그것뿐으로, 이 점이 바로 후지모도 사건과 이번의 나비부인 사건을 결부시켜 주는 사슬이 된 것이다.

그럼 후지모도 사건은 이쯤 해두고 또다시 얘기는 그날로 되돌아가겠다.

제6장 유행가 가수의 죽음

제7장 무거운 트렁크

　사꾸라바시와 후꾸시마와는 엎어지면 코닿을 곳이니까 택시로 5분도 걸리지 않는다. 내가 탄 택시가 커다란 아께보노 아파트 모퉁이를 돌려고 할 때 아파트의 정면에 세워둔 두 대의 자동차에서 경찰들이 몰려 내리는 것이 보였다.
　유리 선생도 그 속에 끼어 있었다. 그 사람들은 일단 아파트의 정문을 들어섰다가 곧장 되돌아 나와서 이쪽으로 나오고 있었다. 나도 즉각 차를 세우고 내렸다.
　"웬일이죠? 여기가 아닌가요?"
　가까이 오는 유리 선생에게 물었다.
　"아냐, 여긴 여긴데 문제의 방은 뒤쪽으로 가는 것이 편리한 모양이야."
　우리들은 경찰의 뒤를 따라 걸어갔다. 여기서 일단 아파트 구조에 대해서 간단히 설명하겠다. 시마즈 기자가 얘기한 대로 이 아파트는 흔히 있는 값싼 목조 건물이 아니라 5층이나 되는 철근 콘크리트의 당당한 건물이었다.

규모도 대단한 것이어서 아파트 하나가 한 동네를 차지하고 있었다. 건물 전체는 ㄷ자형으로 되어 있었다. 우리들의 목표는 오른쪽 부분의 2층이었다. ㄷ자의 양쪽에 사는 사람들은 평소에 정문 출입을 하지 않고 양쪽의 각기 끝에 있는 철문을 사용한다. 물론 ㄷ자형 열려진 부분은 철문이 달려 있었으나 그것은 형식적인 것으로 항상 열려진 채로였다.

 그래서 ㄷ자의 양쪽에 사는 사람들은 언제나 어느 때라도 자유롭게 드나들 수 있었으며, 또 남의 눈에 뜨이지 않게 드나들기도 그리 어려운 일은 아니었다. 즉 시마즈 기자가 얘기한 대로 이 집은 아파트라기보다는 집단 주택과 같았으며, 하나 하나의 방은 엄중한 문단속을 할 수 있게 되어 있었으므로 건물 전체로서도 물론 개방적으로 되어 있다. 우리들은 뒷층계로 들어갔다.

 그런데 문제의 방은 우측 맨 처음에 있었다. 층계를 올라서자 그 층의 꺾이는 곳에 평평한 공간이 있고 거기에 문이 붙어 있었다. 그 문 앞에 일본 옷차림의 형사가 한 사람 서 있었다.

 "나니와 서에서는 아직 아무도 안 왔는가?"

 형사를 보자 곧 우리들의 선두에 서 있던 사람이 그렇게 물었다. 나중에 안 일이지만 이 사람이 아사하라 경감이었다.

 "아무도 오지 않았습니다. 누가 오기로 되어 있습니까?"

 "음, 증인 한 사람을 데리고 오도록 되어 있는데…… 그럼 우리들이 빨랐군 그래."

 형사가 문을 따주어서 우리들은 실내로 들어갔다.

 여기서 잠깐 우리들——이라기보다 유리 선생의 처지를 설명해 두기로 한다. 선생은 물론 경찰에 있어서는 문외한이다. 그럼에도 불구하고 경찰관처럼 현장 수사에 입회할 수 있는 것엔 옛날 경시청 수사 과장을 했다는 과거의 경력도 있지만, 그보다도 선생의 인품이 누구에게나 존경을 받고 있으므로 그러한 선생의 인격 때문이기도 하다. 선생은 결코 경찰 수사에 방해되거나 입바른 소리를 하지 않았다. 외국의 추리소설에 나오는 명예탐정처럼 자기가 알고 있는 사실을 고의로 숨긴다든가 경찰관보다 앞질러서 이들을 비웃고 있는 따위는 하지 않았다. 선생은 알고 있는 것이다. 현대 사회와 같은 복잡한 사회 구조에서 일어나는 범죄수사에서는, 그 최후의 단안은 개인의 지혜로 결정할 수 있다 하더라도, 대안의 기초가 되는 여러 자료의 수집에는 경찰망의 광범하고 거대한 조직의 함을 빌리지 않으면 안 된다는 것을…… 그래서 선생은 언제나 경찰의 협력자이자 조언자이기도 했다.

그런데다 허영심이나 명예욕이 조금도 없는 사람이어서 사건의 해결과 동시에 선생은 언제나 한걸음 뒤로 물러나 모든 영예나 찬사는 자기와 협력한 경찰관에게 양보하여 마지않았다. 그래서 경찰에게도 유리 선생이 방해가 되는 정도가 아니라 오히려 반대로 참으로 귀중한 존재로 되어 있는 것이다.

그것은 그렇다 치고, 지금 우리들이 들어선 실내에는 다다미 8장과 3장짜리 2칸 방이 잇대어 있고, 그밖에 작은 현관과 부엌, 그리고 목욕탕이 있다. 방에는 일본식 다락과 객실 윗목이 있는데 바닥은 시멘트를 바르고 창도 서양식이었다.

즉 사는 사람에 따라 다다미를 깔고 일본식으로 살 수도 있고, 또 융단이나 침대 등 양식으로 살고 싶으면 이에 대해서 조금도 부자유스럽지 않도록 전체가 잘 설계되어 있었다. 지금 우리들이 들어간 방에는 물론 다다미나 융단이 깔려 있지 않았다.

아니 그 정도가 아니라 가구조차 없는 것을 보면 일본식으로 설계했다고 하지만 역시 철근 콘크리트의 딱딱한 감각은 면할 수 없었다. 그렇게 텅빈 앞쪽 다다미 8장짜리 방에는 케이스에서 꺼낸 콘트라베이스가 내던져져 초콜릿 빛깔을 그대로 드러내고 있었다.

그리고 온 마룻바닥에 모래가 흩어져 있었으며, 방 한구석에 찢어진 무명 모래 주머니가 속을 드러내놓은 만두처럼 내던져져 있었다. 아사하라 경감은 이 방을 경비하고 있던 형사를 돌아보며 입을 열었다.

"그래, 방 안은 잘 조사를 했겠지. 지문이나 발자국이나 떨어뜨린 물건들은 없었나?"

"아무것도 없었습니다. 이렇게 단단한 마룻바닥이니까 발자국 하나도 남아 있지 않았습니다. 그리고 보시는 바와 같이 두터운 벽이니까 여기서 무슨 일을 한들 이웃집에 들릴 까닭이 없습니다."

형사는 주먹을 쥐고 벽을 두들겨 보았으나 이에 대하여 아사하라 경감이나 유리 선생도 거의 아무런 반응도 보이지 않았다. 둘이 다 지극히 냉담한 표정들이었다. 이때 나는 두 사람의 이러한 표정의 의미를 아무래도 납득할 수가 없었다.

살인은 분명히 여기서 일어났을 것이다. 그럼에도 불구하고 두 사람의 표정에는 범죄 현장을 볼 때의 그런 긴장된 상태가 전연 보이지 않았다. 내가 이상하게 생각을 하자 유리 선생이 경감에게 다가서서 바닥의 모래 주머니를 가리키며 무언가 속삭였다. 그러자 경감도 곧장 머리를 끄덕이면서 곁에 있는 형사에게 두언가 지시를 했다. 형사가 방을 나가더니 곧 홈 드레스를 입은 젊은 부인을 데려왔다.

"이거 오시라고 해서 미안합니다. 댁이 옆에 사시는 미야하라 씨의 부인이십니까?"

"네, 그렇습니다."

미야하라 부인은 에이프런을 매만지면서 매우 겁먹은 듯한 표정을 했으나, 한편으로는 굉장히 호기심을 가지고 있는 기색도 엿보였다.

"실은 잠깐 묻고 싶은 말씀이 있는데요. 다름이 아니라 이 모래 주머니인데……."

경감이 가리킨 찢어진 모래 주머니를 본 순간 미야하라 부인은 놀란 듯이 눈을 크게 떴다.

"이 모래 주머니를 아십니까?"

"네, 저…… 아는 정도가 아니라 그건 저희집 거예요."

"댁의……틀림이 없겠죠?"

"네, 맞아요. 그건 저희집 주인 양반이 낡은 천을 이용해서 만들었으니까요. 뭣하시다면 복도에 나가 보시면 아실 거에요. 저희들 방 앞에도 그것과 함께 만든 것이 있으니까요."

"그래요? 틀림이 없군요. 그런데 문제는 이 모래 주머니가 언제 댁에서 없어졌는가 하는 것인데요. 그것에 대해서 아시는 게 있습니까?"

"네……저……그건 아마 어제나 그저께라고 생각합니다."

"어제 아니면 그저께라면 20일이나 21일이 되겠군요. 그보다 좀더 앞서지 않습니까?"

"아녜요. 그럴 리가 없어요. 20일 아침에는 분명히 이게 저희 방 앞에 있었으니까요."

경감은 그 말을 듣자 짚이는 데가 있는 듯이 유리 선생을 바라보았다. 나도 약간 놀라서 미야하라 부인을 바라보았다.

"부인, 어째서 부인은 그것을 뚜렷이 기억하고 있죠? 부인은 매일같이 모래 주머니를 점검하고 있습니까?"

"아녜요. 그렇다고는 할 수 없지만 이 아파트의 관리인은 방공에 대해서 대단히 열성적이에요. 게다가 반장이 또 대단히 열심이어서 가끔 아무런 사전 통고도 없이 방공 기물을 점검한답니다. 20일 아침에도 회람이 돌아서 근간에 예고없이 점검을 할 터이니 잘 정비해 두라고 했기 때문에 저는 일단 기물을 조사해 보았어요. 모래 주머니는 이웃과 공동으로 사용하는 것 이외에 각호에서 언제나 사용할 수 있는 분량을 10개씩 준비해 두도록 전갈이 있었기 때문에 저는 20일에도 세어 보았어요. 그때 분명히 10개가 있었어요."

미야하라 부인은 이 증언이 얼마만큼 중대한 의미를 지니고 있는지 처음부터 알 리가 없어 지극히 아무렇지도 않게 대답했으나, 나는 그 말을 듣자 놀라서 아사하라 경감이나 유리 선생의 안색을 살펴보았다.

살인은 19일 밤에 있었다. 그것에 대해서는 이제 더 의심을 둘 여지가 없을 것이다. 그리고 그 모래 주머니는 살인할 때 사용했던 것으로 지금까지 믿어 왔었다. 그럼에도 불구하고 20일 아침에 아직도 이 모래 주머니가 이웃집 문 앞에 있었다고 한다면 이건 도대체 어떻게 되는 것일까.

이 묘한 시간적 모순과 아울러 나의 마음을 한결 불안하게 한 것은 그때의 유리 선생과 아사하라 경감의 안색이었다. 두 사람은 또 의미심중한 시선을 마주쳤으나 사실 거기에는 내가 예기했던 것만큼의 동요는 나타나 있지 않았다.

경감은 딱딱한 헛기침을 하자 이윽고 미야하라 부인 쪽을 바라보았다.

"그렇다면 한마디 더 묻겠는데요. 19일 밤의 일인데 말이죠. 부인 ······아니 부인이 아니라 아무라도 좋아요. 누군가가 이 방에 출입하는 것을 본 사람은 없습니까?"

"네······ 저 그 말씀은 어제 저녁때 형사들도 물었는데요. 그런 얘긴 아무한테도 듣지 못했어요. 이 방은 지금 아무도 살고 있지 않으니까 여기에 누군가가 출입했다고 하면······ 그걸 누가 보았다면 이상하게 생각될 터이므로 반드시 내 귀에 들어왔을 겁니다."

"20일 아침은 어땠나요? 부인이 모래 주머니를 점검한 것은 몇 시쯤입니까?"
"네, 확실히는 알 수 없어도 아마 10시 전이었다고 생각합니다."
"그 뒤로 누군가가 이 방에 들어가는 것을 본 일은……?"
"아네요, 저는 모르겠어요. 20일 아침은 시장엘 갔었으니까……. 방공 기물을 점검한 다음 곧장 갔었어요. 아마 10시가 좀 지났을 거예요. 돌아온 시간이 1시 조금 전이었으니까 그 사이에 일어난 일은 모르겠어요."
"그렇습니까? 이거 대단히 감사합니다."
"네, 아니 저…… 그런데 여기서 무언가 일이 생겼나요? 저희 모래 주머니는……?"
"그건 좀더 그대로 놓아두세요. 그리고 여기서 어떤 일이 있었던가는 조만간 알게 될 것입니다. 만약 부인께서도 이 방에 대해서 이건 이상하구나 하고 생각되는 일이 있으시면 곧장 경찰로 알려 주시기 바랍니다."

이때 마침 문 쪽에서 발소리가 들려왔기 때문에 아사하라 경감은 형사에게 지시하여 아직도 미련이 많은 미야하라 부인을 서둘러 내보냈다. 그리고 자기도 그 두 사람을 뒤따라 부랴부랴 현관 쪽으로 나갔다. 그래서 나는 유리 선생과 단둘이 될 수 있었다.

"선생님, 그 일은 알고 계셨습니까?"
"그 일이라니?"
"모래 주머니에 대한 시간적 모순말이에요."
"아, 그거…… 아냐, 나도 알고 있었던 것은 아닌데, 하지만 그러한 시간적인 모순이 있어도 조금도 이상한 건 아냐."
"그건 또?"
"왜냐하면 사꾸라 여사는 저 모래 주머니로 얻어맞은 게 아닐지도 모른다고 생각했기 때문일세. 그건 자네도 곧 알 수 있을 거야. 이

제 증인이 올 테니까."

"증인이란 누구를?"

"택시 운전 기사야. 전에 콘트라베이스 케이스를 운반한 운전 기사는 아니야. 다른 택시 운전 기사인데 이 사람이 오늘 아침에, 그래, 자네의 신문에 나왔었지. 사꾸라의 시체를 넣은 콘트라베이스 케이스가 후꾸시마의 아께보노 아파트 앞에서 운반되었다는 기사 말이야. 그걸 읽고서 자기도 무언가 짚이는 데가 있어서 부랴부랴 나니와 서에 달려온 거지. 그 보고가 아까 전화로 수사 본부에 연락이 되었기 때문에 그 증인을 이곳에 오도록 한 거야. 뭐 잠자코 보고만 있게나. 미즈끼, 이건 참으로 재미있는 사건이야."

현관 앞의 복도에서 무언가 큰소리로 얘기를 하고 있던 아사하라 경감이 이윽고 젊은 남자를 데리고 들어왔다. 그 남자는 얼핏 보아 운전 기사 타입의 풍채로 그 남자도, 그리고 경감도 함께 대단히 흥분하여 두 눈동자를 별처럼 빛내고 있었다.

"선생님, 역시 이 방이 틀림없는 모양입니다."

그렇게 말한 아사하라 경감은 일부러 흥분을 누르는 듯 말소리가 대단히 긴장돼 있었다.

"아, 그래요?" 유리 선생은 고개를 끄덕이면서——"이쪽 성명은?"

"네, 저는 가와베 야스오라고 합니다."

"가와베 씨는 그때 이 방 안에 들어왔습니까?"

"아니, 방 안에까지는 들어오지 않았습니다. 허나 저 문 앞에까지 함께 거들면서 가지고 왔습니다. 다음은 그 사람 혼자 끌고서 방 안으로 들어갔는데 이 방이 틀림없습니다."

"아, 그래요? 그럼 가와베 씨, 다시 한번 그 일에 대하여 여기서 되풀이해 줄 수 없겠소? 당신이 처음 그 남자를 만났을 때부터…

…."

"네."

가와베 야스오는 여기서 잠깐 입술을 깨물더니 이윽고 이런 얘기를 늘어놓았다.

"20일 아침 2시경의 일입니다. 확실한 시각은 말씀드릴 수 없습니다만 2시부터 2시 반까지 사이의 일일 겁니다. 미쓰고시 옆을 빈차로 굴리고 있을 때 그 남자가 불러 세웠습니다. 굉장히 키가 큰 사나이였지요. 모자를 깊숙이 눌러쓰고, 코트 깃을 세우고 거기에다 검정 안경에 마스크까지 끼고 있어서 얼굴은 조금도 분간할 수가 없었습니다. 그런데 행선지를 묻자 후꾸시마까지라고만 하더군요. 그래서 태워 주기로 했지요. 그러자 그 남자는 발밑에 두었던 커다란 트렁크를 가리키며 도와달라는 것이었습니다. 그래서 내가 차에서 내려 그 남자와 둘이서 트렁크를 차에 실었죠. 그런데 그게 굉장히 무거웠어요. 트렁크를 싣자 그 남자도 뒤따라 올라와 곧장 이 아파트까지 왔습니다. 그런데 그 남자는 또 2층까지 나르는데 도와달라는 것이었어요. 그래서 저기 문 있는 데까지 둘이서 트렁크를 겨우 들어 날랐죠. 그 뒤로는 아까 얘기한 대로 그 남자가 혼자서 끙끙거리며 방 안으로 끌고 들어갔습니다……. 제가 알고 있는 것은 그저 그것뿐입죠."

"음, 과연 그렇군. 그래 당신은 그것과 이번 사건과 어떤 관계가 있다고 생각하죠?"

"그건……그건…… 저도 잘 모르겠습니다. 하지만…… 오늘 아침 신문을 보니까 하라 사꾸라는 여자의 시체가 이 아파트 앞에서 운반되었다고 되어 있는 데다가 그 남자의 소행이 아무래도 수상했습죠. 저도 도대체 트렁크 속에 무엇이 들어 있을까 하고 생각했었기에 층계를 오를 때 일부러 슬쩍 떨어뜨려 보았죠. 그러자 그때 그 남자가 당황해 하는 꼴이란…… 그건 뭐 아주 굉장한 소리로 울부짖는 것 같았어요. 그리고…… 그리고 트렁크 말인데요, 크기라든가 무게라든가……."
"말하자면 그 트렁크 속에 하라 사꾸라의 시체가 들어 있지 않았느냐는 것이겠군요."
"네……."
아까부터 이상하게 불안하던 나는 그 순간 전선에 손이 닿은 것처럼 화끈한 충격을 받았다. 아아, 그럼, 사꾸라 여사는 이 방에서 피살된 것이 아니었단 말인가.

제8장 매니저와 조수

그날 신일보사의 석간은 또한 온통 오사카를 흥분의 도가니로 몰아넣었다.

사회면 톱에서는 20일 오전 2시경 아께보노 아파트에 운반되어진 이상하고 무거운 트렁크에 대하여 선정적인 타이틀을 내걸고 대대적인 보도를 했다. 그러나 다소라도 주의 깊은 독자라면 곧바로 그거라는 것을 알 수 있도록 기사가 씌어 있었다. 그리고 거기에는 또한 트렁크의 모양이나 크기나 특징 등이 되도록 상세하게 기술되어 있었다.

또 그 트렁크 임자인 그 남자의 얼굴을 가린 모습에 대해서도 상세히 나타나 있었다. 실은 이 기사를 쓴 사람은 바로 나였다. 그리고 그것은 아사하라 경감과 유리 선생의 부탁에 따른 것이었다.

"이 트렁크가 어디서 왔는가. 가와베 운전 기사가 미쓰고시의 옆 출입문에서 싣기 전에 어디서 어떠한 경로를 거쳐 거기까지 다다랐는가. 우리들은 물론 전력을 다해서 수사를 하고 있습니다만 여기서 한번 신문사의 힘을 빌리고 싶습니다. 오늘 석간에 되도록이면 독자의 주의를 끌 수 있도록 이 일을 대대적으로 보도해 주시지 않 겠습니까?"

이것은 아사하라 경감의 주문이었다.

"그리고 이 트렁크가 여기서 어디로 갔는지 미즈끼, 그 점을 잊지 말고 꼭 첨가해 두게나."

유리 선생도 옆에서 그렇게 주의를 했다.

그래서 나는 지사에 돌아오자 시마즈 기자와 의논하여 주의 깊게 이 기사를 송고했다. 그때 시마즈 기자의 흥분하는 모습이란 이만저만 대단한 것이 아니었다.

"뭐야, 그럼 그 아께보노 아파트의 그 방이 범죄 현장이 아니었단 말인가?"

"아무래도 그런 모양이야. 그곳은 그저 시체를 바꾸어 넣은 중간 장소로 사용한, 말하자면 분장실에 지나지 않은 것 같아."

"거기가 범죄 현장이 아니라면 그럼 사꾸라는 어디서 피살된 것일까?"

"그래, 바로 그거야. 그것을 결정하기 위해서 트렁크의 출처를 추궁할 필요가 있어."

시마즈 기자는 내가 쓴 기사를 읽으면서 이렇게 말했다.

"이렇게 큰 트렁크를 짊어지고 거리를 돌아다닐 수는 없을 테니 미쓰고시의 옆 출입문까지 그걸 운반해 온 차가 반드시 있을 거야."

"맞았어. 그래서 택시 운전 기사의 주의를 이 기사를 통해 환기시켜 보자는 얘길세. 유리 선생님 말씀에 따르면 여기서 적어도 3대의 차를 더 발견하지 않으면 안 된다는 거야. 한 대는 자네가 말한 미쓰고시 옆까지 트렁크를 운반해 준 차, 한 대는 비어 있는 트렁크를 아께보노 아파트에서 운반해 간 차, 그리고 또 하나 마지막 차는 오사카 역에서 콘트라베이스를 아께보노 아파트까지 운반한 차야. 그러나 사실 그 사이에 자취를 감추기 위해서는 몇 번인가 차를 바꿔타야 할 테니까 좀더 많은 차를 찾아내지 않으면 안 된다는 걸세."

"아니, 뭐라구? 하지만 범인이 뭣 때문에 그렇게 까다로운 짓을 하게 되었을까? 그렇게까지 해서 사꾸라의 시체를 꼭 콘트라베이스 케이스에 집어넣어 보내야만 할 필요가 있었을까?"

"그래, 바로 그거야. 거기에 이 사건의 심상치 않은 깊이가 있어. 유리 선생도 말씀하셨는데 이건 참으로 계획적인 사건이란 말이야. 그럼 시미즈, 뒷일은 자네에게 부탁하네. 나는 이제부터 N호텔에 다녀와야 하겠네."

"좋아. 새로운 사실이 있으면 또 알려주게."

N호텔에 도착한 때가 3시경이었다. 그때는 호텔 뒤에 트럭이 세워지고 하라 사꾸라 오페라단의 마크가 붙은 트렁크나 슈트 케이스를 내리고 있는 참이었다. 아마 그때까지 공회당에 있었던 것을 이제야 호텔로 가져오는 모양이었다.

현관에 서서 일일이 감독을 하는 오십 전후의 거무스름하고 키가 후리후리한 사람, 이 사람이야말로 매니저 쓰찌야 교조였다. 분장하지 않은 쓰찌야 교조를 보는 것은 이것이 처음인데 오래 전 중학 시절에 두세 번 이 사람을 무대에서 본 일이 있었다.

그것은 벌써 아사쿠사 오페라가 구제할 길이 없는 나락의 진흙 속에 가라앉을 무렵이었다. 그때의 쓰찌야의 무대가 마치 그 슬픈 운명을 상징하고 있는 듯이 생각되었다. 제국극장 오페라부의 제1기생으로 나와, 한때는 일본 사람에게는 드문 성량으로서 높이 평가되었던 쓰찌야의 베이스도, 이젠 전성기의 발랄한 생기는 찾아볼 길이 없이 바래져 버리고 노래하는 도중에 목이 쉬어 버리는가 하면 숨이 차기도 했다. 그리고 그러한 약점을 보충하기 위해 나쁜 속임수나 야비한 대사를 쓰곤 했다. 그러한 것이 마음을 한결 어둡게 했으나 그래도 나는 아직껏 이 사람의 메피스토펠레스적인 모습을 잊을 수가 없다.

지금 보는 쓰찌야 교조는 나이 탓인지 더욱더 그날의 자취를 찾을 길이 없으나 코나 눈의 독특한 매력은 역시 그대로였다. 이 사람이 사꾸라 여사의 매니저를 하고 있다는 것은 이번 사건에서 처음으로 알게 되었다. 노래를 잃어버린 카나리아의 슬픈 운명이 바로 이 사람을 두고 하는 말이 아닌가 싶었다.

나는 이 쓰찌야의 옆을 지나서 현관으로 들어갔다. 그때 무거운 트렁크를 내리누르는 듯한 모양으로 비틀비틀 홀을 가로질러 가는 청년의 모습이 눈에 띄었다. 그 청년은 허리를 구부린 채 얼굴이 온통 충혈되어 트렁크를 운반하고 있었다.

와이셔츠 바람인데도 청년은 이마로부터 목덜미에 이르기까지 구슬 같은 땀을 뻘뻘 흘리고 있었다. 내가 홀에 발을 내디딘 순간 그 청년은 꽝 하는 굉음을 일으키며 그 트렁크를 떨어뜨렸다. 그 찰나에 내 바로 뒤에서 굉장한 노성이 터져 나왔다.

"바보 녀석, 주의해야 하잖아!"

그것은 쓰찌야 교조였다. 그 목소리를 들었을 때 나는 내가 꾸중을 듣는 것처럼 가슴이 철렁했다.

"글쎄 쓰찌야 씨, 이 트렁크가 굉장히 무거워요."

꾸중을 들은 청년은 트렁크를 옆에 둔 채 푸우푸우 하면서 손수건으로 목덜미의 땀을 씻고 있었다.

"뭐야? 그 정도 가지고, 이봐 아마미야, 무엇을 꾸물거리고 있어? 빨리 하지 않으면 현관의 짐은 정리할 수 없지 않겠나."

나는 이제까지 그 청년을 호텔의 고용인인 줄로만 생각했으나, 지금 비로소 쓰찌야의 조수 아마미야 준뻬이라는 것을 알았다. 매니저인 쓰찌야에 비해서 이 아마미야 조수는 참으로 기묘한 대조를 이루고 있었다.
 신장은 불과 5자 2치(157cm)쯤 될까 말까 할 것이다. 나이는 26, 7살쯤, 얼굴 생김새나 태도에도 어른과 아이가 혼합되어 있어 애어른 같은 느낌이었다. 쓰찌야가 아무리 초조해하며 호통을 친다 해도 이 젊은이는 안색 하나 변하지 않는다. 그렇다고 해서 별로 반항한다고도 볼 수 없으며 교활한 데는 조금도 찾아볼 수가 없었다. 도대체가 둔감한 모양이었다.
 아마미야가 크게 숨을 들이킨 다음 또다시 큰 트렁크를 등에 지고 비틀비틀 걷기 시작했다. 그 몰골이 어찌나 우습던지 나는 겨우 웃음을 참으면서 로비로 들어갔다. 그러자 로비의 한구석에서 유리 선생이 어떤 신사와 마주 앉아 얘기를 나누고 있었다. 이 신사란 사람은 50세 전후의 연배로 희끗희끗한 스코치의 복장에 색깔이 화려한 넥타이를 매고 있었다. 머리는 벌써 새하얀 정도이며 반들반들 윤기가 흐르는, 혈색이 좋은 살결은 처녀처럼 고왔다. 신사는 천천히 여송연을 피우면서 유리 선생과 무언가 얘기를 나누고 있었다.
 나는 그 사람의 얼굴을 처음 볼 때 곧장 그가 하라 소이찌로라고 보았는데 과연 그러했다. 내가 가까이 가자 유리 선생이 눈으로 인사를 하며 그 자리에서 소이찌로 씨에게 나를 소개해 주었다.
 "아, 그래요? 당신의 얘기는 전부터 듣고 있었지요. 이번에도 또 수고가 많으시겠군."
 소이찌로 씨는 내 얼굴을 정면으로 바라보면서 상냥스럽게 말했다. 그의 말씨는 특별히 열을 올리는 것도 아니며 그렇다고 해서 경박한 점도 없었다. 그저 공업계의 클럽이나 경제계의 인사들과 교제하고 있을 때의 그러한 평소의 말씨였다.
 나는 두 사람의 대화에 방해가 되지 않도록 잠자코 한쪽에 앉아 있었다. 그러나 두 사람 사이에는 별로 뚜렷한 용건이 있었던 것이 아닌 모양으로 소이찌로 씨는 오사카의 음식 얘기를 하고 있었다. 그런 모양을 옆에서 보고 있자니 자기의 아내를 그 무서운 살인사건으로 갑자기 잃게 된 남편이라고는 도저히 생각되지 않았다. 그 점이 나에게는 대단한 주의를 끌었다.

그때 또 저쪽에서는 아마미야를 호통치는 쓰찌야의 욕지거리가 들렸다. 그러자 지금껏 명랑한 얼굴을 하며 얘기를 계속하던 소이찌로 씨가 문득 이맛살을 찌푸렸다. 그리고 그것이 신경에 걸리는 듯 현관 쪽으로 시선을 옮겼는데, 더욱이 쓰찌야의 호통소리가 좀처럼 가라앉지 않게 되자 그는 점점 침착성을 잃어갔다.

그리하여 끝내는 더 이상 참을 수가 없다는 듯이 불쑥 자리에서 일어섰다.

"좀 실례하겠소. 용건이 있으면 언제든지 알려 주시오."

그렇게 내뱉으면서 뚜벅뚜벅 큰 걸음으로 로비를 빠져 나갔다. 그것이 너무나 갑작스런 일이어서 나는 약간 멈칫한 기분으로 그의 뒷모습을 바라보았다. 나는 필경 쓰찌야가 장소와 때를 분간하지 않고 조수를 너무 들볶기 때문에 참다못해 타이르러 갔을 것으로 생각했으나, 막상 인사도 없이 그대로 뚜벅뚜벅 층계 위로 올라가 버렸다.

나는 어안이 벙벙해서 유리 선생을 바라보았다. 선생 역시 이상하고 떨떠름한 미소를 띠고 있었다. 선생은 천천히 입을 열었다.

"저렇게 훌륭한 사람도 역시 마음속에 도사린 심중은 감출 수가 없는 모양이군."

나는 그때의 이야기를 아무렇지도 않게 흘려버렸으나 나중에야 문득 생각이 났던 것이다. 선생의 말씀 속에는 이번 사건의 진상을 꿰뚫는, 중대한 의미가 감추어져 있었던 것이다. 그러나 선생은 지금 말씀하신 것을 얼버무리듯이 곧장 딴말을 꺼냈다.

"그런데 자네, 부탁했던 기사는 써 보냈겠지?"

"네, 한 세 시간 뒤면 석간에 나올 거예요. 그것으로 문제의 자동차가 잘 해결이 된다면 좋겠는데요."

"음······."

"그런데 이쪽 오페라단의 일행들은 어떻게 됐나요? 아무도 보이지 않으니."

"아까까지 오노와 사가라가 이 부근에 있었는데······."

유리 선생이 로비를 한번 둘러보고 있을 때 현관문에서는 아직도 쓰찌야가 아마미야에게 호통치는 욕지거리가 들려왔다. 내가 미간을 찌푸리자 유리 선생이 하얀 이를 드러내며 웃었다.

"매니저가 약간 흥분되어 있는 거야. 의심받고 있다는 것을 의식하고 있기 때문에 마음이 편할 리가 없지."

"경찰에서는 역시 저 사람을 지목하고 있습니까?"

"그런 모양이야. 범행 시각에 오사카에 있었던 유일한 인물이니까 뭐니뭐니 해도 의심받기 십상이지."

"그런데 선생님은 어떻게 생각하시죠?"

"나······? 하하하, 나는 아직 백지야. 아무리 얼굴만 보고서 범인을 찾아낼 수야 있겠는가? 천리안도 아닌데. 그런데 미즈끼군, 범인이 누구든 간에 그 친구는 적어도 한 가지만은 커다란 실책을 범하고 있네."

"커다란 실책이라니요?"

"목걸이를 훔친 거······ 바로 그거야. 이 사건이 대단히 계획적인 것은 자네도 알고 있겠지. 말할 나위 없이 범인은 1개월 전부터 아께보노 아파트의 방 하나를 빌려놓고 준비를 서둘렀으니 말이야. 그런데 그때부터 이미 범인은 목걸이를 훔칠 것을 생각하고 있었을까? 아마 그렇지는 않았다고 생각하네. 훔친 것인지 감추어둔 것인지 하여튼 그것만은 범행 후 돌발적으로 저지른 것에 틀림없네.

다른 모든 것이 생각 끝의 계획인데 비하여 그것만이 돌발적인 행동이었다면 난 거기서 범인의 계획이 무너질 것이 아닌가 생각하네. 5만 엔이나 하는 진주 목걸이라 한다면 그렇게 쉽사리 처리할 수는 없으니까 말일세."

유리 선생은 그렇게 말하면서 가슴팍의 안주머니에 손가락을 집어넣었다.

"그런데 그런 문제는 좀더 제쳐놓기로 하세. 그 트렁크가 어디서 왔는가, 그리고 그것이 어디에 있는가, 그것을 알기까지는 나는 만사를 백지 상태에 두고 싶네. 그보다도 미즈끼, 이 암호를 연구해 보도록 하세."

그렇게 말하면서 유리 선생이 호주머니에서 꺼낸 것은 아마 경찰에서 베껴온 듯한 문제의 노래부를 수 없는 악보였다.

제9장 테너의 고민

"미즈끼, 이 악보는 여러 가지 점에서 참으로 흥미가 있네."
유리 선생은 베껴온 악보를 테이블 위에 펼쳐놓았다.
"우선 첫째로 이것을 암호라고 본다면 그 점은 일단 틀림이 없을 것 같은데 여기에 어떠한 사연이 적혀져 있는가, 그것은 두말할 나위가 없네. 둘째로 이 악보에 의해서 이번 사건과 후지모도 쇼지 피살사건이 처음으로 결부되었다는 것, 나는 이 점에 대해서 굉장히 흥미를 느끼고 있네. 왜냐하면 이 악보만 없었다면 아무도 두 개의 사건을 결부시켜서 생각하지 않았을 테니 말이야. 같은 연예계의 인사라곤 하지만 사꾸라 여사와 후지모도 쇼지와는 성질도 다르고 스케일도 엄청나네. 설마 두 사건이 관계가 있으리라고는 아무도 생각이 미치지 못했을 걸세. 그런 의미에서 이 한 장의 종이쪽지가 가지는 의의는 대단한 중대성을 띠고 있다네. 셋째로 이 악보가 어디에서 왔느냐 하는 것, 그것이 참으로 흥미가 있네. 사가라의 주장에 따르면 이 악보는 테너가 보낸 꽃다발 속에서 떨어졌다고 하는데 오노는 그것을 완강하게 부인하는 모양이야. 만약 그의 말을 믿는다면 그럼, 그때 사꾸라 여사의 옆에는 누군가가 또 있었다는 것이 되거든."
"도대체 누가 있었어요? 그때 사꾸라 여사 옆에……."
"우선 남편인 하라 소이찌로 씨, 이 사람이 가장 가깝게 있었던 모양이야. 그리고 약간 떨어진 곳에 조수인 아마미야 준뻬이, 여기에 사가라는 물론 있었고."
"오노를 합치면 모두 네 사람인데, 지휘자인 마끼노는 없었던가요?"
"마끼노는 전송나오지 않았던 모양이야. 그런데 이상 네 사람이 모두 플랫폼에서 사꾸라 여사가 악보를 줍는 것을 보았다는 걸세. 그러나 누구도 그것이 어디서부터 떨어졌는지를 알지 못한다고 말하고 있어. 하긴 제가 떨어뜨렸다고 나서는 사람은 없을 테니까. 말하자면 이 악보는 유령에 의해서 보내진 것과 똑같지. 유령 악보란 말일세. 이건……."
"그러나 선생님, 그것은 이 악보를 풀어 보면 어느 정도는 확실해질 것이 아닙니까?"
"그래, 나도 그것에 기대를 걸고 있지. 완전히 알게 될지는 의문이지만 뭔가 힌트는 얻어질 것이라고 생각해."
유리 선생은 너무도 침착해서 나는 어쩐지 초조해졌다.
"그럼 선생님, 이 암호를 빨리 풀어 보시지 않겠습니까? 여하튼 이 암호를 푸는 것이 무엇보다도 선결 문제이겠지요?"
"아니야, 그건 벌써 풀렸어" 하고 선생은 말했다.
"네?"
나는 엉겁결에 유리 선생의 얼굴을 쳐다보았다. 선생은 빙글빙글 웃으면서 말했다.
"아니야, 아직 완전히 풀지는 못했어. 대강은 풀렸는데 말이야. 나는 이상해서 견딜 수가 없어. 사꾸라 여사쯤 되는 위인이 어떻게 해서 이런 간단한 암호로 만족했는지 말이야. 훨씬 전에 나는 음악 전문가에게 들은 얘기가 있는데 악보를 암호로 이용하려고 생각한다면 충분히 할 수 있다는 거야. 조금만 힘들이면 노래할 수 있는 악보로 만드는 것쯤 아무렇지도 않다는 얘기지. 노래할 수 있게 만드는, 즉 그러한 악보를 만드는 것이 중요한 일이야. 아무리 암호라도 그것이 암호라는 것이 간단하게 밝혀진다면 가치는 반으로 줄어 든단 말일세. 사꾸라 여사가 그런 것쯤 모를 리가 없어. 그럼에도 불구하고 이렇게 간단하고 가장 초보적인 암호를 사용하고 있었다면 여기선 하나밖에 해석할 수가 없네. 말하자면 하라 사꾸라 여사의 암호 통신의 상대가 아마추어였다는 것, 악보에 대해서 전혀 무식했다는 것 말일세."

"그렇게 간단하게 풀렸습니까, 그게?"

"……라고 생각하네, 하하하. 강의는 이쯤 해두고, 그럼 여기서 한 번 풀어볼까?"

유리 선생은 탁상으로 몸을 다가갔다.

"이 악보를 보고 맨 먼저 느끼는 것은 사용된 음표가 다섯 종류라는 것 즉, 2분 음표에서 32분 음표까지의 다섯 종류 말일세. 하긴 전 음표도 단 한 군데만 사용되고 있는데 이것은 적으니까 무슨 특별한 의미를 갖는 것으로서 일단 고려하지 않기로 하네. 그럼 음표는 다섯 종류이고 선도 다섯일세. 그러나 이 선은 선과 선 사이도 사용되고 있으니까 이것을 열이라고 볼 수도 있겠지. 다섯과 열의 조립. 이렇게 하면 자네도 곧장 알 수 있겠지."

"50음이군요."

"맞았어. 아이우에오(アイウエオ) 말일세. 다만 이런 경우 어떤 선이 기본이 되는가, 즉 어디가 아(ア)행이 되는 것인가가 문제이네.

이 악보에는 리듬 기호가 없지? 그러니까 가장 기초적인 것으로 생각해서 일단 맨 밑에 한 선을 아(ア)행이라고 보게. 나는 생각하는데 이 악보에는 그때 그때 하(ハ)조라든가 로(ロ)조라든가로 옮겨짐에 따라서 아(ア)행의 위치를 바꿔 나가네. 그것에 따라서 겨우 복잡성을 증가시키는 것이 고작이야. 그래서 여기서는 일단 아래 한 선을 아(ア)행이라고 한다면 즉, 다음과 같은 50음도가 되는 걸세."

유리 선생은 다음과 같은 표를 만들었다.

	下1線	1線	1間	2線	2間	3線	3間	4線	4間	5線
♩	ア	カ	サ	タ	ナ	ハ	マ	ヤ	ラ	ワ
♩	イ	キ	シ	チ	ニ	ヒ	ミ	イ	リ	ヰ
♪	ウ	ク	ス	ツ	ヌ	フ	ム	ユ	ル	ウ
♪	エ	ケ	セ	テ	ネ	ヘ	メ	エ	レ	ヱ
♪	オ	コ	ソ	ト	ノ	ホ	モ	ヨ	ロ	ヲ

"자 미즈끼, 이것을 악보에 끼워 보게. 만약 이것이 아무런 의미가 없다면 옮겨 보기로 하고 아(ア)행의 위치를 바꾸어 보게."
그러나 그럴 필요가 없었다. 나는 위의 표를 참고로 하면서 하나하

나 음표의 밑에 글자를 기입해 나갔다. 곧장 그것이 하나의 뜻을 가지고 있다는 것을 느끼고 대단히 흥분되었다.

유리 선생은 내가 기입한 악보를 들여다보았다.

"과연 그렇군. 이것으로 대체적인 뜻은 알 수가 있네. 이 셋째 번 선에 있는 전 음표는 소〈ソ〉란 글자를 가리키겠지. 그리고 유〈ユ〉자 위에는 페르마티, 즉 늘임표가 붙어 있기 때문에 유〈ユー〉라고 발음하는 것에 틀림이 없네. 그리고 아타코〈アタコ〉의 코〈コ〉에는 점이 두 개 붙어 있어. 이것은 탁점의 의미로 고〈ゴ〉가 되겠지. 이 점은 하〈ハ〉자에도 하나 붙어 있는데, 이로써 파〈パ〉라는 글자가 되는 모양이야. 또한 그 파〈パ〉에는 늘임표가 붙어 있으니까 파〈パー〉, 즉 아파트일세. 다음으로 테〈テ〉의 음표에도 역시 점이 두 개 붙어 있으니까 이것을 데〈デ〉로 정정하고 이렇게 해서 전부 고쳐서 써보면……."

이렇게 말하면서 유리 선생은 다음과 같이 악보의 끝에다가 써붙였다.

——위험 도중에서 되돌아 오라 아다고시다의 아파트까지 오시압.

우리들은 한참 동안 이 글을 보고 있었다. 나는 흥분을 누를 수가 없었다. 나도 모르게 몸을 떨었다.

"선생님 그럼 사꾸라는……."

그때였다. 선생이 재빠르게 악보 위에 손수건을 떨어뜨리면서 "쉿……" 하고 불쑥 턱을 조아렸기 때문에 나는 깜짝 놀라 뒤쪽을 돌아다보았다. 연예 기자가 아닌 나는 그 사람들과 지금까지 한 번도 만난 적은 없으나 사진으로는 낯익은 얼굴이었다.

그래서 대뜸 알 수가 있었다. 그것은 사가라 지에꼬와 오노 다쓰히꼬였다. 사가라는 사진에서보다는 미인은 아니었으나 미인이 아닌 만큼 친근감이 있었다. 일본 여자로서는 키가 큰 편이고 살결이 상쾌할 만큼 아름다웠다. 그 사가라가 내 어깨 너머로 커다랗게 눈을 뜨며 방금 선생이 떨어뜨린 손수건을 매혹당한 듯이 바라보았다. 오노는 사가라의 바로 뒤에 서 있었다. 이 사람은 에누리 없는 미남이었다. 그 역시 사가라의 어깨 너머로 눈을 똑바로 뜬 채 테이블 위를 바라보고 있었다. 두 사람 다 뭐라 말할 수 없는 어두운, 그리고 또한 뭐라고 형용할 수 없는 열기를 뿜는 눈초리를 하고 있었는데 그것이 묘하게 나의 신경에 거슬렸다. 자칫하면 이 친구들이 지금의 암호문자를 읽은 게 아닌가 싶었다.

"어머⋯⋯ 저⋯⋯ 암호를 푸셨군요." 한참 뒤에 사가라가 주저하는 듯이 중얼거리면서 오노 쪽을 뒤돌아보았다.

오노는 당황한 나머지 크게 침을 삼키며 살며시 얼굴을 돌려 버렸다.

"하하하, 자 앉으세요."

"네, 저⋯⋯방해가 되지는 않는지?"

"아닙니다. 이제 끝났어요."

"암호를 푸셨나요?"

"네, 뭐 겨우 풀었는데 읽지 않으셨습니까?"

"어머!"

사가라는 얼굴을 붉히면서 더듬듯이 오노의 옆얼굴을 바라보았다.

"아니에요, 그럴 틈이 어디 있어요? 선생님이 재빨리 덮어 버리시지 않으셨어요?"

그렇게 말하면서 사가라는 우리들의 옆에 와 앉았다. 오노는 역시 서 있는 채 멍청히 창밖을 바라다보고 있었다. 창밖에는 어둠이 서서히 깔리고 있었다.

"하하하, 뭐 읽으셨다 해도 괜찮습니다. 언젠가는 알려지게 되는 거니까요."

선생은 손수건을 집어 들자 악보를 접어서 호주머니에 넣었다.

"그런데 나에게 볼일이라도 있습니까?"

"네, 저…… 오노 씨, 역시 당신이 말씀하세요."

"내가?" 오노는 역시 외면하면서 대답했다. "아니야, 나는 곤란해. 제발 부탁이니 당신부터 이야기를 해 주구려. 나는 아무래도 이런 얘기는 잘 하지 못하니까."

"뭡니까? 대단히 신중한 얘기인 모양이군요."

유리 선생은 두 사람의 얼굴을 번갈아 보면서 부드럽게 웃었다.

"어머, 그런 게 아니에요. 이분은 워낙 어린애 같아서요. 사람들 앞에서는 제대로 말조차 못해요. 여하튼 제가 먼저 말씀을 드리겠어요. 실은 저 매니저인 쓰찌야 씨의 얘긴데요."

"네, 쓰찌야 씨가 어떻게 됐습니까?"

"아니에요, 별로 어쨌다는 건 아니지만 아까 오노 씨가 일이 있어서 쓰찌야 씨의 방에 들어갔었는데 그런데……."

"그런데?"

"어머, 그렇게 흥미진진한 얘기는 아니에요. 오노 씨가 쓰찌야 씨의 방에 들어갔을 때 마침 쓰찌야 씨가 없었기 때문에 기다릴 양으로 의자에 앉아 있었대요. 그러자 책상 위에 펼쳐져 있는 노트에 눈이 가서…… 오노 씨, 그러셨죠?"

"그, 그랬습니다. 처음부터 그걸 훔쳐볼 생각은 없었어요."

"알겠어요. 그 노트에 뭐가 씌어져 있었던가요?"

"네, 그래요. 이번 사건의 일이 처음부터 끝까지…… 네, 선생님, 그렇게 되면 누구든 읽어보고 싶겠지요. 그래서 오노 씨가 무의식 중에 그것을 읽어 버렸대요. 그런데 이분이 읽고 난 다음부터 대단히 신경이 쓰여져 저더러 어떡하면 좋겠냐고 의논을 하는 거예요. 그래서 저는 누군가 치명적인 손상을 받을 것이 적혀 있었더냐고 물었어요. 그랬더니 그런 일은 없고 대체적으로 공평하게 씌어 있더라는 거예요.

   그리고 사건의 발단부터 대단히 상세하게 씌어져 있다고 하기 때문에 그렇다면 오히려 선생님께 말씀드리는 것이 좋지 않겠느냐, 혹은 무언가 참고가 될 수도 있고, 그렇게 되면 쓰찌야 씨도 좋아할지도 모르니까, 제가 그렇게 권했어요. 그렇죠, 오노 씨?"

오노는 말없이 어린애처럼 끄덕이기만 했다. 선생은 이야기를 듣고 있는 사이에 점차 눈이 빛나기 시작했다.

"쓰찌야 씨가 상세하게 메모를 해 둔 것은 참으로 고마운 일이군. 그 사람은 매니저이기 때문에 이런 일엔 가장 적합한 사람이지. 그럼 꼭 얻어서 읽어 보기로 하죠. 아니, 쓰찌야 씨뿐만 아니라 관련이 된 여러분이 그렇게 일일이 보고 들은 것을 적어 두신다면 우리들에겐 크게 도움이 되죠. 예를 들면 오노 씨의 경우도……."

"저말인가요?" 하고 오노는 무의식중에 고개를 돌렸다.

"그래요, 당신들도 20일 오전중에 어디서 무엇을 하고 있었나 정직하게 말해 준다면……."

유리 선생의 말이 떨어지기가 무섭게 오노는 튕겨진 듯이 두세 걸음 테이블 앞에서 비켜섰다.

"선생님, 그것은 무슨 뜻입니까?"라고 하면서 커다랗게 숨을 내쉬었다.

"오히려 내편에서 그걸 묻고 싶은 거예요. 당신은 20일 아침 8시에 여러분과 함께 오사카에 도착하여 곧장 이쪽으로 왔죠. 그런데 여기에 오자 다시 곧바로 나가서 2시경 공회당에 올 때까지 한 번도 모습을 나타내지 않았었죠. 도대체 무슨 일로 여기를 나갔었던가, 또 2시경까지 어디서 무엇을 했던가, 그걸 정직하게 말해 준다면 복잡한 수고는 상당히 덜어질 것 같은데요."

제9장 테너의 고민 283

오노는 말없이 겁에 질린 듯 선생을 노려보았다. 산뜻한 나비넥타이가 부르르 떨리는 것이 내 시선을 끌었다.
선생은 다시 얘기를 계속했다.
"그것에 대해서 이런 일을 나에게 알려 준 사람이 있었어요. 당신이 이곳에 도착하자마자 열두세 살쯤 된 여자아이가 찾아와서 당신에게 한 통의 편지를 건네주었죠. 여자아이는 편지를 건네주고 곧장 돌아갔는데 그 후 당신이 열어본 편지 봉투에서 나온 것은 분명히 악보가 아니었는지……라고 생각하는 사람이 있는데요."
오노의 안색은 더욱 더 짙게 겁에 질려 갔다. 이마에는 식은땀이 배어 있었다.
"누가…… 누가…… 그런 말을 했습니까?"
"그렇군. 이건 말해도 괜찮을 거요. 아마미야죠. 아마미야는 그때 별로 신경을 쓰지 않았는데 나중에 악보가 문제가 되자 문득 그때의 일이 떠오른 거죠. 어쩌면 당신이 받은 악보도 역시 암호가 아니었을까. 그렇지. 당신은 단숨에 그것을 읽어 버리고 안색이 변해지면서 곧장 여기를 뛰쳐 나갔다……고 마아미야가 아까 나에게 귀띔을 해줬지요."
오노의 눈에서는 갑자기 생기가 풀려 버렸다. 겨우 옆에 있는 의자에 기대고 있었다. 사가라는 입술을 깨물면서 빤히 오노의 옆모습을 바라보고 있었다. 그 눈동자에 순간 가벼운 그림자가 드리워져 있었으나 그것이 연민의 정인지 의혹인지 뚜렷하지 않았다. 곧장 긴 속눈썹을 내리깔았기 때문에 나는 그 뜻을 알 수가 없었다.
"그래서…… 그래서……." 오노는 말라붙은 입술을 혀로 축였다. "당신은 그것에 대해서 어떻게 생각하십니까?"
유리 선생은 부드럽게 미소를 띠며 약간 몸을 앞으로 내밀었다.
"나말이오? 아니, 나는 아무렇게도 생각하지 않아요. 백지 상태죠. 그러니까 당신이 그 공백을 메워주었으면 하고 생각하고 있죠. 오노 씨, 이런 일은 되도록 경찰의 귀에 들어가기 전에 분명히 해두는 편이 유리하지 않을까요? 지금과 같은 일을 아사하라 경감이 안다면 당연히 사꾸라 여사와의 암호 통신의 상대는 당신이 되어 버리는 것 아닐까요?"

오노의 안색이 창백해져 버렸다.

"그리고 도쿄 역에서 그 악보를 건네준 것도 역시 당신이 되는 게 아닐까요?"

"그건 틀립니다. 그건……."

오노의 얼굴에는 심한 고뇌의 빛이 떠오르고 있었다. 의자를 쥐고 있던 손가락에 무서운 힘이 쏠려 있었다. 어딘지 급소를 찔린 듯한 표정이었다.

"그것은 틀립니다. 저는 그날 아침 악보의 통신을 받았습니다. 그러나 도쿄 역에서의 그 악보와 내 것은……."

그런데 그때 부랴부랴 로비에서 들려오는 발소리에 오노의 고백은 거기서 중단되고 말았다.

오노는 맥이 풀린 듯 털썩 옆에 있는 의자에 앉아 버렸다.

제10장 장미와 모래

"오노 씨, 아, 사가라 씨도 여기 있었군요. 이 석간을 봐요. 이 석간을…… 또 이상하게 되었군. 트렁크가 뭐 어쨌다며……."

들어온 사람은 검정 옷을 입고 키가 훤칠하며 말라빠진 사나이로, 볼이나 코가 깎아내린 듯이 가늘고 뾰족하여 강철로 된 철사처럼 강인한 느낌을 주었다. 지휘자인 마끼노 겐조였다. 마끼노는 석간을 읽으면서 로비의 가운데로 걸어오더니 거기서 우리들의 기색을 살피고 미간을 찌푸리며 문득 그 자리에 서 버렸다.

"아, 이거 실례, 얘기중이셨군요."

그런데 거기에 또 한 사람의 사나이가 들어왔다. 키가 큰 점에 있어서는 마끼노와 같았으나 그에 비하면 몸집이 있어 보였다. 머리는 짧게 깎고 있었으며 그 머리에는 꽤 많은 흰머리가 섞여 있었다. 나는 첫눈에 바리톤인 시가라고 생각했다.

"마끼노 씨, 뭔가 또 석간에 색다른 기사가 실려 있습니까?"

"아, 시가 씨. 이걸 잠깐 읽어 보세요. 뭔가 수수께끼 같은 기사가 씌어 있어요. 또 새로운 사건이 펼쳐지는 모양이야. 도대체 이 사건은 어떻게 해결이 될까?"
"나 좀 봅시다."
시가가 신문을 받아 들고 읽기 시작했다.
거기에 사환이 들어왔다.
"유리 선생님이란 분 계십니까? 아사하라 씨에게서 전합니다."
"아, 그래? 고마워."
선생은 빠른 걸음으로 로비를 나가 카운터 쪽으로 걸어갔다.
"네네, 유립니다. 아, 그렇습니까?"
유리 선생의 목소리는 로비 쪽까지 들려왔다. 모두들 무심코 그 소리를 듣고 있었다. 선생의 말이 잠깐 끊겼는데 그때였다. 갑자기 뭐라고 말할 수 없는 굵고 깊은 울부짖는 듯한 소리가 로비 쪽에서 들렸다.
"오, 오오오 오오……."
그건 마치 소가 우는 듯한 폭이 넓고 깊이가 있는 울부짖음이었다. 우리들이 깜짝 놀라 소리나는 쪽을 되돌아 보자 거기에는 시가의 거대한 등이 물결처럼 흔들리고 있었다.
"오오 오오 오오……."
시가의 목에서 또 다시 바리톤의 폭과 깊이가 있는 울부짖음 소리가 흘렀다. 다음 순간 그는 신문을 내던지면서 두 손으로 머리를 감싼 채 털썩 테이블에 쓰러졌다. 우리들은 놀란 나머지 서로들의 얼굴을 더듬어보았다. 그때 카운터 쪽에서 유리 선생의 소리가 들렸다.
"네? 네? 뭐라고요? 그럼……" 하는 유리 선생의 숨막히는 듯한 소리가 들려왔다.
우리는 또다시 그쪽으로 고개를 돌렸다.
"네, 좋습니다. 그럼 이쪽에서 곧 가겠습니다."
선생은 수화기를 내려놓자 나를 손짓으로 불렀다. 나는 모자를 들고 일어섰다.

"선생님, 어디서 왔죠?"

선생은 대답 대신에 로비 쪽으로 두세 걸음 되돌아서더니 입을 열었다.

"오노 씨, 방금 얘기 말이죠. 그거 잘 생각해두세요. 돌아와서 듣겠습니다."

오노는 방심한 듯이 멍청히 옆을 바라본 채 고개를 끄덕였다. 사가라는 입술을 다문 채 허공의 한 점을 응시하고 있었다. 마끼노는 더듬듯이 우리들과 오노의 얼굴을 번갈아 보고 있었다. 시가는 두 손으로 머리를 거머쥔 채 얼굴을 들지 못했다.

밖으로 나오자 선생은 곧장 택시를 불렀다.

"오사카 역으로……."

"오사카 역?"

나는 놀라서 물었지만 선생은 아무런 대답도 없었다. 오사카 역전에서 내렸다.

"선생님, 이제부터 어디로 가십니까?"

"역장실이야."

"네, 그래요? 그럼 잠깐 전화 좀 걸고 가겠습니다."

나는 공중 전화로 달려가자 곧장 전화로 지사를 불러 시마즈 기자를 찾았다. 마침 자리에 있었다. 그때 내가 시마즈 기자에게 전화를 건 것은 두말할 나위없이 해독이 된 암호에 관해서였다.

"그래서 말인데, 사꾸라 여사는 19일 아침 시나가와에서 열차를 내리자 아다고시다의 아파트로 가지 않았는가 생각이 되네. 그러니까 지금 전화로 도꾜의 본사로 연락을 해서 아다고시다의 아파트를 샅샅이 조사해 주기 바라네. 그러나 이건 아직 발표하기는 빠르니까 그쪽 아파트에서 어떤게 발견이 되어도 보도하지 말도록 말이야."

"알았어, 그건 알고 있지만 그러나 미즈끼."
"뭐야?"
"이건 도대체 어떻게 되는 거야? 사꾸라 여사는 어디서 피살된 건가? 오사카야, 도쿄야? 도대체 어디야?"
"그건 잠깐 기다려 줘. 그것도 얼마 안 있어 알게 될 거야."
 여하튼 시마즈 기자는 좋은 질문을 해 주었다. 사실 지금에 있어선 사꾸라 여사가 어디서 피살되었는지 알 수가 없는 것이다. 나는 새삼스레 이 사건의 내막의 깊이에 대해서 놀라지 않을 수 없었다. 역장실 주위는 어쩐지 어수선했다. 솔직하게 말하자면 나는 역장실의 문을 열기까지는 대체 어떤 새로운 사태가 일어났는지 어림짐작도 할 수가 없었다. 그런데 그곳에 한 걸음 내딛자 나는 순간 사태를 짐작했다. 나의 눈에 맨처음 비친 것은 마룻바닥에 놓인 커다란 트렁크였다.
 그리고 트렁크를 저쪽에서 바라보고 있는 사람은 기억에 있는 운전기사 가와베 야스오였다.
 가와베가 얼굴을 들며 얘기를 했다.
"그렇습니다. 그 트렁크가 틀림없습니다. 보세요, 여기에 자국이 있습니다. 그것에 대해서는 낮에도 말씀을 드렸지요, 이게 바로 틀림없는 증거죠."
"아, 그래요? 이거 수고했소. 일이 있으면 또 와주도록 부탁할 테니 오늘은 그만 돌아가시오."
 아사하라 경감은 운전 기사를 돌려 보내고 주의 깊게 문을 닫았다. 그래서 방에 남아 있는 사람은 아사하라 경감과 유리 선생, 그리고 두 형사, 나와 5명이 되었다. 역원들은 수사에 방해가 되지 않도록 잠시 물러나 있었다.
"어떻습니까? 좀 앉으세요. 열쇠를 다루는 사람이 오는데는 시간이 걸리겠죠."
"아, 그 트렁크 아직 열어 보지 않으셨군요?"
"응, 엄중하게 자물쇠가 채워졌기 때문이야. 그래서 아사하라 경감께서 지금 열쇠 다루는 사람을 데리러 보냈지."
우리들은 낡고 커다란 트렁크를 둘러싸고 의자를 당겨 걸터앉았다. 아사하라 경감은 담배를 한 대 꺼내면서 말했다.
"어떻습니까? 한 대……."
"아니, 나는 이걸로 피우겠소."
유리 선생은 마도로스 파이프를 꺼내면서 가루담배를 재었다. 여기서 생각이 났기 때문에 언급해 두거니와, 유리 선생이 애용하는 마도로스 파이프가 이 사건의 종말에 있어서, 뭐라고 말할 수 없는 이상하고 야릇한 그리고 음산한 역할을 해낸 것이다.
그러나 그 얘기는 좀더 뒤의 얘기다.
"대체 이 트렁크는 어디에 있었습니까?"
"역의 보관소에 있었지."
나는 뜻밖이어서 휘파람을 불었다.
경감은 천천히 담배를 피우면서 말했다.
"그건 그렇고 이것을 이렇게 빨리 알게 되었다는 것은 반 이상은 요행이었죠. 아께보노 아파트에서 트렁크를 운반해간 자동차…… 그걸 목표로 전시내에 수배를 했는데 그것이 정통으로 맞아 들어간 거요. 더욱이 두세 번 도중에서 바꿔탄 모양이지만, 마지막 자동차 즉 여기까지 싣고 온 자동차가 맨 처음 발견된 거죠. 그 운전 기사가 왜 이 트렁크를 기억하고 있느냐 하면…… 잠깐 그 트렁크를 움직여 보시죠."
나는 바로 옆에 있는 트렁크를 두 손으로 흔들어 보았으나 너무도 가벼워서 오히려 몸이 뒤뚱거렸다.

"아니, 이건 빈 게 아닙니까?"

"그렇소. 이렇게 큼직하면서 너무도 가벼웠기 때문에 운전사도 이상하게 생각한 거죠. 그래서 인상에 남아 있었는데…… 그런데 이 트렁크에 대해서 또 하나 재미있는 얘기가 남아 있어요." 아사하라 경감이 호주머니에서 수첩을 꺼냈다. "이 트렁크는 20일 정오경 일시 보관해 두었을 뿐 오늘까지 그대로 찾아가지 않고 있죠. 그런데 그 사이 담당 계원이 자기 쪽의 화물에 약간의 사고가 있어서 일시 보관하는 데까지 조사를 한 일이 있으므로 그 담당 계원이 이 트렁크를 기억한다는 것입니다. 그 자국—— 그것이 역시 표적이 되었죠. 그래서 그 남자를 불러 여러 가지 얘기를 물어봤더니 그 트렁크는 분명히 2, 3일 전에 보관해 두었다는 거예요. 그래서 그 시일을 확인해 보았더니, 그 트렁크는 20일 이른 아침 열차로 여기에 도착하여 그날 오전중에 수취인에게 내준 기억이 있다는 겁니다. 그때는 저도 흥분을 했었죠. 트렁크의 행방과 동시에 출처까지도 알게 되었으니까 말이죠. 거기서 분명히 이 트렁크냐고 다짐을 하자 틀림없다는 거예요. 거기 남아 있는 자국, 그리고 너무도 무거워서 인상에 남았다는 거예요."

나는 문득 침을 삼켰다. 유리 선생도 몸을 내밀었다.

"그런데 이 트렁크는 어디서 왔습니까?"

"네, 바로 그거예요. 그게 또한 흥미진진하죠. 거기서 나는 재빨리 사본을 조사해 보았더니, 이건 바로 도쿄에서 발송된 거지 뭡니까. 19일 밤 10시 15분 도쿄발 열차에 물건을 싣어 20일 오전 8시 7분 이곳에 도착한 거죠. 즉, 오페라 단원들과 함께 오사카에 닿은 거예요. 더욱이 그 수취인이 누구냐 하면……." 이렇게 아사하라 경감은 목소리를 낮췄다. "쓰찌야 교조 이름으로 되어 있었어요."

나는 당장 심장이 내의를 찢고 튀어나올 것 같은 심정이었다. 유리 선생도 입을 오므리며 휘파람을 부는 시늉을 했다.

"그럼 사꾸라 여사는 도쿄에서 피살되었습니까?"

아사하라 경감은 눈을 가느다랗게 뜨고 나를 바라보면서 천천히 무겁게 머리를 가로저었다.

유리 선생은 파이프를 입에 문 채 트렁크를 바라보고 있다가 이윽고 경감 쪽을 바라보며 말을 꺼냈다.

"그런데 그렇게 되면 아사하라 경감님, 일단 이것을 분명히 해 두는 것이 좋을 것 같군요."

"네……?"

"사가라 양의 주장에 의하면 사꾸라 여사는 바로 다음 열차편으로 오사카에 오도록 되어 있었다지요? 즉 19일 아침 11시 몇 분인가의 기차를 타고 그날 밤 9시 지나 이쪽에 닿을 그런 예정으로 되어 있었고, 사실 우리들은 이때까지 그 열차로 사꾸라 여사가 이곳으로 왔다고만 생각하고 있었죠. 그런데 이렇게 되면 과연 그 열차에 사꾸라 여사가 타고 있었던가, 안 타고 있었던가, 그것을 일단 확인해 둘 필요가 있다고 생각해요. 그만한 인기가 있는 여성이니까 타고 있었다면 어떤 위장을 해도 안 밝혀질 리가 없어요. 어떻소, 열차의 차장이나 사환을 심문해 본다면……?"

유리 선생은 갑자기 도중에 말을 끊으며 아사하라 경감을 다시 바라보았다. 경감이 의미 있는 헛기침을 했기 때문이다. 경감은 어느 정도 우쭐거리는 말투로 얘기했다.

"실은 그것에 대해서 오래 전부터 신경을 써오고 있었죠. 그래서 여기 오기 전에 역장에게 미리 수배를 해 두었어요. 다행히도 문제의 열차 차장과 사환 두 사람 모두 비번이어서 마침 거기에 있었기 때문에 역장이 불러 주었어요. 그래서 지금 선생님이 말씀하신 것을 조사해 보았죠."

"그래서 그 결과는……."
"부정적이에요…… 즉 두 사람 다 절대로 사꾸라 여사는 타지 않았다고 단정했습니다. 그마만한 여성이니까 타고 있었다면 알려지지 않을 리가 없죠. 자신은 엄중히 검표를 하고 있었으니까 분명히 사꾸라 여사는 타고 있지 않았다고 단정하고 있습니다. 그리고 또 베일을 쓴 여자도 한 사람도 없었다는 거예요. 이건 차장도 사환도 힘을 주어 단정했어요."
"음."
유리 선생은 코로 커다란 숨을 쉬었다.
"그리고 사가라 양은 사꾸라 여사가 시나가와서 내리는 것을 분명히 보았죠. 내리는 척하면서 다른 칸에 탄다는 것은?"
"아니, 그럴 리는 없습니다. 사가라 양은 분명히 시나가와 역에서 사꾸라 여사가 급한 걸음으로 다리를 건너가는 것을 보았다는 겁니다. 그러니 절대로 그 열차는 타지 않은 거예요. 하긴 그 사가라의 말을 절대로 믿고 하는 말이긴 하지만……."
"아니, 사가라 양의 말은 신용해도 좋겠죠. 적어도 그 건에 한해서만은 말이죠."
유리 선생은 거기서 아까 해독한 악보의 암호를 잠자코 경감에게 건네주었다. 경감은 그것을 보자 크게 숨을 토했다.
"아, 그, 그러면 사꾸라 여사는 이런 암호를 받았기 때문에 아다고 시다의 아파트로 되돌아간 거군요."
"그래요. 그리고 사가라 양이 말한 대로 다음 열차편으로 오사카에 올 모양이었겠죠. 그런데 그 열차에 사꾸라 여사가 타고 있지 않았다고 한다면 거기에는 뭔가 어긋남이 있었다는 결과가 되겠죠. 11시 다음의 열차라고 하면……."
"그 다음의 열차는 오후가 됩니다. 그러니까- 다음 열차라면 9시에서 11시, 사꾸라 여사가 피살되었다고 보는 시간에는 열차는 아직 도쿄와 오사카 사이를 달리고 있는 것이 됩니다. 설마 열차 속에서 피살되었다고는 생각할 수 없으니까 이건 당연히 도쿄에서 피살된 것으로 되죠."

"그래서 이 트렁크에 집어넣어……."

나는 발밑에 있는 트렁크에서 갑자기 피라도 뿜어져 나올 듯한 느낌이 들었다.

"그렇습니다. 그리고 그것은 시간적으로도 불합리하지 않습니다. 이 트렁크는 19일 밤 10시 15분 도쿄발 열차에 실린 것으로 되어 있습니다. 그러니까 9시경에 도쿄에서 사꾸라를 살해하고 그 트렁크에 넣어 곧장 도쿄 역에 운반했다고 한다면 충분히 가능합니다."

"그리고 그는 '쓰찌야 교조'의 명의를 사용하고……."

"그렇습니다. 그러나 쓰찌야는 그 시각에 오사카에 있었기 때문에 ……그러니까 범인이 누구라도 그는 19일 밤 10시 15분까지는 도쿄에 있었던 자이고 20일의 오전에는 오사카에 와 있었던 자입니다. 그리고 오페라단의 내부 사정에 정통한 자…… 이렇게 되는 게 아닐까요?"

마침 그때 형사가 자물쇠 다루는 기술자를 데려왔다. 그는 트렁크를 앞에 두고는 허리를 구부리고 한동안 주무르더니 곧 쉽게 열었다.

"수고했소, 이제 돌아가도 좋소."

기술자가 이상하다는 듯이 미련이 남은 표정으로 나가자 경감은 트렁크의 뚜껑을 열었다. 비어 있는 것은 알고 있었으나, 그래도 기대와 초조로 잠깐 유리 선생을 바라보다가 이내 뚜껑을 활짝 열어 젖혔다.

우리들의 시선은 일제히 트렁크 속으로 쏠렸다.

아니나다를까 속은 비어 있었다. 꽤 낡은 트렁크였다. 내부의 종이가 군데군데 찢겨져 있었다. 그리고 별다른 이상은 없었다. 유리 선생이 허리를 굽히고 트렁크 속을 손가락으로 눌러보았다. 한동안 선생은 찢어진 종이 뒷면을 더듬더니 슬쩍 웃어 보이며 우리들 앞으로 손을 내밀었다. 그 손가락에 잡힌 것은 시들고 색이 바랜 장미꽃송이였다.

경감은 속으로 경탄을 하면서 그 꽃송이를 받아 수첩 사이에 끼웠다.

선생은 허리를 구부리고 다시 찢어진 종이의 뒷면을 뒤지다가 이윽고 일어서더니, 마술사처럼 우리들 앞에 쥐었던 주먹을 활짝 펴보였다.

그 손바닥에는 모래가 가득 붙어 있었다.

제11장 그녀와 다섯 사나이

"아무래도 일이 묘하게 돌아가죠?"
"음……."
"사건은 이제 도쿄로 옮겨야겠지요?"
"아냐, 도쿄로 옮긴다기보다 도쿄하고 오사카 양쪽에 걸쳐 있는 거지. 난 오늘 이 사건은 굉장히 머리를 쓴 사건이라고 말했었지. 내 예감이 맞아들어간 거야. 범인은 악마같이 치밀하게 이 사건을 꾸미고 있는 걸세. 그자는 지금 필사적일 거야."
오후 9시 30분 오사카발 상행 급행열차.
유리 선생과 나는 지금 그 열차 속에 있다. 우리 말고도 기무라 형사도 문제의 트렁크와 함께 똑같은 열차에 타고 있을 것이다.
유리 선생이 도쿄행을 마음먹은 것은 문제의 트렁크가 발견된 직후였지만, 아사하라 경감 쪽에서도 그 트렁크가 어느 날 몇 시경에 도쿄 역에 접수되었는지를 확인할 필요가 있었으므로, 부하인 기무라 형사를 트렁크와 함께 도쿄에 파견하게 된 것이다. 거기서 일단 헤어진 우리들은 재차 오사카 역에서 다시 만났던 것인데, 나는 그전에 사꾸라바시 지사에 들러서 시마즈 기자와 금후의 진행에 대해서 자세히 의논을 하고 왔다. 유리 선생과 경감 일행은 그동안 트렁크를 가지고 N호텔에 들렀었다. 그때의 정경에 대해서는 기차 속에서 유리 선생이 이렇게 말했던 것이다.

"그 트렁크 이야긴데, 그건 하라 사꾸라 가극단 것이라는 거야. 그러니까 도쿄 공연을 하는 동안 그쪽의 악사실에 있었어야 되는데 그게 언제 없어져 버렸는지 쓰찌야 지배인이나 아마미야 조수도 모른다는 것이야. 의상이 없어진 건 하나도 없다니 도쿄 공연중에 그 누군가가 의상은 다른 트렁크에 옮기고 빈 트렁크만을 훔쳐내서 이번 사건에 이용한 것이지."

"누가 훔쳐냈는지 그걸 모르는 거지요. 쓰찌야 교조 앞으로 돼 있었지만 물론 쓰찌야는 모른다고 했겠지요."

"흠, 쓰찌야는 18일 밤 도쿄를 떠났는데 그때는 분명히 이 트렁크도 도쿄의 회장(會場)에 있었을 것이라는 거야. 쓰지야가 출발 전 아마미야 조수에게 뒷일을 세세히 당부할 때도 트렁크는 여덟 개일 거라고 말했다는 거지. 헌데 아마미야가 짐을 챙겨 묶어 보니 트렁크는 일곱 개밖에 없더라는 거야. 그러나 의상 도구들을 조사해 봐도 별로 모자라는 것도 없고 모두 일곱 개의 트렁크 속에 고스란히 들었으니까, 아마도 쓰찌야 매니저가 잘못 세었겠지 하고 아마미야는 별 관심없이 지나왔다는 거야."

"아무래도 저 아마미야는 좀 경솔하지요? 저번의 콘트라베이스 건만 해도……."

"그런 것 같아. 그 점이 또 범인들이 노리는 점이거든. 만약 아마미야가 의식적으로 경솔을 부리는 것이 아니라면……."

"예, 뭐라구요?"

나는 놀라서 유리 선생의 얼굴을 다시 보았다. 유리 선생은 의미있는 눈으로 내 눈 속을 들여다보면서 말했다.
"미즈끼 군, 솔직히 말하면 나에게는 모든 것이 아직 오리무중이야. 모든 것이 안개 속이지. 허나 그 안개 속에서 꼭 하나, 한가닥 암시가 있다면 그것이 저 아마미야 군이란 말일세. 이번 사건에서 아마미야가 어떤 역할을 연출하고 있든 간에 그 사나이야말로 커다란 비극의 원동력임에는 틀림없다고 나는 그런 확신을 갖고 있단 말이야."
유리 선생은 어두운 한숨을 내쉬고는 그만 입을 다물고 말았다. 이런 경우 이쪽에서 어떤 질문을 꺼내더라도 입을 열지 않으리라는 것을 알고 있기 때문에, 나머지는 나 자신이 궁리해 보는 도리밖에 없었다. 나는 생각해 보았다. 아마미야가 어떤 의미에서 비극의 원동력이 되어 있다는 것일까. 그 졸망스럽고 유머러스하고, 바보인지 영리한지 알 수 없는, 어찌 보면 설익은 호박 같은 그는 어떤 의미에서든지 비극의 원동력이라고 할 만한 냄새는 풍기지 않았다. 그 사내가 범인?……허나 그렇게 생각한다는 것은 불가능하기보다는 오히려 넌센스처럼 느껴졌다. 결국 나에게는 유리 선생의 말이 알 수 없는 수수께끼로 남을 수밖에 없었다.
나는 다소 짜증스런 생각이 나서 아마미야의 그림자를 애써 지워버리고 또 하나의 인물을 생각해 보았다. 시가에 관한 것이다. 아까 호텔의 로비에서 석간을 봤을 때의 시가의 당황함은 심상치가 않았다. 그는 무엇을 그렇게 놀라워했을까. 그는 트렁크의 일을 알고 있었다는 것일까.
그래서 내가 지나가는 말처럼 시가 이야기를 꺼냈더니 유리 선생은 놀라는 표정으로 내 얼굴을 다시 본다.
"석간을 보고……? 시가가……?"
"아, 네. 그때 선생님은 전화를 받고 계셨지요. 네에, 정말 놀라운 표정이었어요. 그 사람 단번에 한 10년은 더 늙어 보이던데요."

"아닌게아니라 아까도 매우 맥빠진 것 같았는데, 그래 그 석간 가지고 있나?"

"네, 여기 있습니다만 별 것 없거든요. 트렁크 이야기 외엔."

내가 준 석간을 유리 선생은 차근차근 읽고 나더니 다시 입을 열었다.

"그러게 말야, 트렁크 외에 그자를 놀라게 할 만한 기사는 없는데."

"네, 그래요. 그리고 그자가 트렁크에 대한 비밀을 뭔가 알고 있었다면 오히려 놀라움을 감추려 할 것 아니겠어요? 아니, 뭐가……?"

유리 선생의 눈이 갑자기 신문의 한쪽에 고정되는 것을 보고 나는 불현듯 물었다.

"아니, 이건 이 사건과는 관련이 없는 것이지만…… 서양 화가 사에끼 준끼찌가 자살을 했구먼. 유럽 항로의 배 속에서……."

"아아, 그거요? 저도 좀 놀랐지요. 좋은 화가였는데."

서양 화가 사에끼 준끼찌가 자살했다는 기사는 내가 쓴 트렁크 기사의 바로 아래 상해 특전으로 실렸는데 이런 것이다. '사에끼 화백은 프랑스로 가는 도중 대양호 선실에서 음독 자살을 하였다. 그것은 배가 일본 항구를 떠난 지 얼마 안 되어서인 듯 상하이항 입항 직전에 사환이 발견하고 소동이 벌어졌지만 유서 같은 것은 발견되지 않았다. 그러나 그를 아는 다른 선객들의 말을 빌리면, 승선 이래 사에끼 화백은 심한 우울증에 걸린 듯 보였으니 충동적으로 음독하였을 것이다.' 운운의 내용이었다. 그리고 그의 친구의 말이라 하여 다음과 같은 내용이 첨가되어 있었다.

사에끼 준끼찌가 쉰 넘어까지 독신을 지켜 온 것은 모 저명한 부인에게 이루어질 수 없는 연정을 품어 왔기 때문이다. 그가 이번에 갑자기 프랑스행을 서두른 것도 그 부인과의 관계가 갈수록 괴로워졌기 때문으로, 도쿄를 떠나기 전 그가 그의 친구에게 토로한 바로는 다시는 일본에 안 돌아올 심산이었던 것 같다. 그런 관점에서 볼 때 어쩌면 그는 떠날 때부터 자살을 생각한 것이 아닐까, 운운.

"그 기사를 읽고 내가 놀란 것은 사에끼의 죽음도 죽음이지만 세상엔 참 닮은 일도 많다고 생각한 때문이에요."

"닮은 일?"

"예, 사실은 저 시가라는 사람이 사에끼와 똑같은 처지란 말입니다. 이건 악단 주변의 참새들의 이야기라 확실한 건 모르지만, 시가가 독신을 고집해 온 것 역시 실연 때문이라는 거지요. 헌데 시가의 실연 상대 말씀인데 물을 것도 없이 아시겠지요? 하라 사꾸라입니다."

"흠……" 하고 유리 선생의 눈동자가 커진다. "그러면 사꾸라와 시가의 관계는 같은 가극단의 동료라는 정도의 단순한 것이 아니란 말인가?"

"아니, 요즘은 그런 관계로 되어 있는 셈이죠, 적어도 표면적으로는. 허나 시가의 연정은 아직도 속에서 부글거리는 상태라는 게 정평이에요. 사꾸라도 물론 그걸 알고 있어요. 알고 있으면서 적당히 조정을 하는 거죠. 사꾸라란 여자는 주위에 언제나 찬미자를 거느리지 않고는 못 배기는 여자예요."

"세상에는 왕왕 그런 여인이 있기는 하지만……하지만 그래도 시가의 짝사랑은 꽤 오래된 거겠지, 어차피 사꾸라가 결혼하기 전부터의 일일 테니까."

"네, 그래요. 제국 극장에서 오페라로 데뷔할 때부터의 일이니까요. 그즈음의 사꾸라는 화제의 중심 인물이었던 모양이죠. 그녀에게 홀딱 빠져버린 남자는 시가뿐이 아니었죠. 지휘자인 마끼노도 그렇고, 매니저인 쓰찌야도 그렇고, 모두 사죽을 못 썼다나 봐요. 하기야 뒤의 두 사람은 사꾸라가 하라 소이찌로의 수중에 들어가니까 아예 단념해 버리고 얼씨구나 장가가 버렸으니 시가보다는 덜 순수했다고나 할까요?"

"음, 음, 그러면 뭐야. 하라 사꾸라 가극단은 사꾸라의 옛 연인들로 구성돼 있다 이거군."

"하하하, 그렇게 되는군요. 아니, 옛 연인들뿐 아니라 현재의 연인도 들어 있는 셈이죠. 오노하고 사꾸라 사이는 요즘 꽤 화제였던 모양이니까요."

"얼씨구, 그렇다면 시가에, 마끼노에, 쓰찌야에, 오노까지 도합 네 명의 애인이라, 아니 넷이 아니라 남편인 하라 소이찌로도 당연히 그 속에 넣어야 하니, 말하자면 그녀를 둘러싼 다섯 사나이라 해야겠군."

선생의 말투는 가벼운 농조였지만 그의 얼굴에는 어두운 구름이 덮여 있었다. 생각건대 하라 소이찌로의 생각이 그의 머리에 떠올랐을 것이다. 유리 선생과 하라 씨가 도대체 어떤 사이인지 나도 자세히는 모르겠지만, 사건 직후 하라 씨가 선생에게 출마를 권유한 것으로 보아 예전부터 잘 아는 사이임에 틀림없을 것이다. 선생으로서는 차차 노출되어 가는 사꾸라의 스캔들을 친구를 위해서도 듣기 난처했을 것이다.

잠시 우리들은 침묵을 지킨 채 기차의 동요에 몸을 맡기고 있다가 내가 불쑥 이렇게 물었다.

"헌데 선생님은 오노에게 그 일을 물어 봤습니까? 거 왜 20일 아침 오노가 암호의 악보를 받은 것 말이에요."

"흠, 물어 봤지. 그러나 오노는 아직 마음을 정하지 못했던 모양이야. 그래 도쿄에서 돌아올 때까지 잘 결심해 두라고 일러 놓긴 했는데……."

"오노는 뭔가 꼭 알고 있었을 거예요. 아까 선생님이 그 말을 꺼냈을 적에 그의 안색은 볼 만했으니까요."

"그래, 그는 뭔가를 알고 있어. 아니 오노나 사가라뿐만 아니야. 쓰찌야도 시가도, 마끼노도 모두 나름대로 뭔가 알고 있을지도 몰라."

"그렇다면 모르는 건 남편뿐이다, 이거죠."

"아냐, 그 남편이 제일 잘 알겠지."

"뭐요?"

유리 선생의 말에 묘한 힘이 있었으므로 나도 모르게 선생을 돌아보았다.

선생은 어두운 얼굴을 더욱 흐리게 하며 말했다.

"모르는 건 남편뿐이라는 따위 말은 하라에 한해선 통용되지 않는 말이야. 통용될 리가 없는 거지. 나는 전부터 그를 잘 알고 있었지만 눈구멍으로 들어가 콧구멍으로 빠질 만큼 영리한 자란 바로 그를 두고 하는 이야기야. 그러니 사꾸라와 뭇 사내들 사이에 어떤 종류의 교섭이 있다 한들 모를 리가 없지."

"그러면 그 양반은 알고 있으면서도 아내의 비행을 눈감아 줬다는 얘긴가요?"

"눈을 감아 주었거나 아내를 절대 신뢰하고 있었거나……."

그러나 뒷부분은 가능성이 희박해 보였다. 사꾸라처럼 늘 사내들에게 둘러싸여 인기를 누리지 않고는 배기지 못하는 여자를 절대 신뢰한다는 일은 하라가 제아무리 호인이라 할지라도 있을 수 없는 일이다. 물론 하라는 무척 관대한 것같이 여겨진다. 허나 인간의 관대함이란 스스로 한계가 있는 법이다. 사꾸라가 그것을 모르고 어느 한도를 넘기라도 한다면, 그래서 인내의 극한점에 도달한다면……거기까지 생각이 미치자 나는 부지중 몸이 움츠러들었지만 유리 선생이 그 노트를 꺼낸 것은 바로 이때였다.

"저, 그것은?"

"쓰찌야가 쓴 노트지."

"아아, 네. 그것이……."

"떠나기 전에 쓰찌야에게 간청해서 빌려 온 거야. 그자는 여간해서 승낙 안했지만 절대 비밀을 지킨다는 조건으로 무리해서 빼앗아 왔지. 아까 차 속에서 잠깐 읽었지만 꽤 신랄하게 쓴 것 같아."

이때 우리가 읽었다는 수기가 이 이야기의 첫머리에 나온 바로 그것임은 말할 것도 없다. 그건 도대체 그때까지는 우리들이 이미 알고 있는 사실뿐이었다. 그러나 앞서도 말했지만 유리 선생은 이 수기 속에서 비로소 사건의 첫 단서를 잡아냈던 것이다.

하지만 그때에는 나도 이 수기가 그렇게 중대한 것이라고는 미처 깨닫지 못했다. 그래서 선생과 둘이서 읽고난 뒤 나는 선생이 흔들어 깨울 때까지 잠에 곯아 떨어져 버렸던 것이다.

열차가 도쿄 역에 도착한 것은 7시 반이었다. 오사카에서 전화 연락이 있었던 모양으로 정거장에는 경시청의 도도로끼 경감이 마중나와 있었다. 도도로끼 경감하고는 지금까지 몇몇 사건에 행동을 같이 한 바 있으므로 유리 선생이나 나나 낯이 익었다. 막 트렁크를 짊어지고 내려온 기무라 형사를 소개하고 넷이서 수하물계를 찾아갔다. 여기에도 오사카에서 연락이 있었는지 19일 저녁 당번이었던 사나이가 우리들의 내방을 기다리고 있었다. 그는 트렁크를 살핀 뒤 곧 이렇게 말하는 것이었다.

"확실한 것은 모르지만 이 트렁크라고 생각됩니다. 엊저녁에 오사카에서 전화 연락이 있어 조사해 놓았습니다만, 19일 저녁 쓰찌야 교조에게 보낸 하물은 많이 있었어요. 그 대부분은 10시 15분발 고베행 열차가 뜨기 조금 전에 접수한 것이지만, 그 열차에는 시간 관계로 못 싣고 다음 열차에 실었습니다. 그런데 딱 한 개 다른 것 보다 조금 먼저 접수된 물건이 있었어요. 그게 바로 이 트렁크인데 이것만은 10시 15분 차에 실을 수 있었습니다. 접수한 시간요? 장부에는 9시 45분이라고 나와 있습니다만……"

유리 선생과 나는 불현듯 얼굴을 마주 보았다. 이 트렁크가 분명히 19일 밤 9시 45분에 여기에 맡겨졌다면, 그날밤 오사카에 있던 스찌야 교조나 고베에 있던 시가는 완전히 혐의의 권외로 벗어나게 되기 때문이다.

"그런데 이 트렁크를 가져온 인물인데요, 거기에 대해서 기억이 없습니까?"

유리 선생의 질문을 기다리기라도 한 듯 그 남자는 이렇게 말하는 것이었다.

"그겁니다. 나도 어떡하든 기억을 떠올리려고 애써 봅니다만 아시다시피 장소가 이런지라…… 다만 꽤 키가 큰 건장한 체구의 남자 같이 생각됩니다만 그 이상은 아무래도……."

그 계원은 애석하다는 표정이었다.

유리 선생도 별로 기대는 안 했다는 듯이 실망하는 빛은 아니었으나 그때 문득 생각난 듯 말했다.

"암, 그렇겠지요. 그래 그 남자 말씀인데요. 얼굴은 기억이 없더라도 그자가 변장을 했거나 변장까지는 아니라도 뭔가 사람들의 눈을 두려워한다든지 가령 얼굴을 돌린다든지…… 뭐 그런 눈치는 없었습니까?"

"글쎄요…… 아무래도 생각나지 않는데요. 말씀대로라면 이쪽에서도 묘한 눈치에 인상을 받았을 텐데 말입니다. ……생각이 안 나는

데요."

요컨대 도꾜 역 수하물계에서 얻은 단서라고는 19일 밤 9시 45분에 짐이 접수되었다는 것뿐 그밖엔 전무하다고 할 수밖에 없었다.

"참 수고했소. 그것만으로도 많은 참고가 되었소."

그리고 우리는 도도로끼 경감의 안내를 받아 역 구내 식당에서 간단한 아침 식사를 마쳤다. 사건이 갑자기 도꾜로 옮겨졌기 때문에 도도로끼 경감도 제법 흥분되는 듯 말했다.

"…… 그래서 오사카로부터 연락을 받고 아다고 일대의 아파트를 샅샅이 뒤졌습니다. 겨우 아침에야 이게 아닐까 하는 것이 하나 나타났어요. 죽은 사꾸라의 본명은 기요꼬라고 하지 않습니까?"

"그렇지요, 그렇지요. 에구찌 기요꼬라는 것이 그녀의 출가 전 이름이지요."

"역시 그렇군요. 아다고에 청풍장이라고 제법 괜찮은 서양식 아파트가 있는데, 거기 하나를 하라 기요꼬라는 이름으로 빌려서 살고 있는 자가 있어요. 헌데 관리인 말로는 이 하라 기요꼬라는 사람은 실제로 거기에 사는 것이 아니고 뭐랄까, 밀회의 장소로 빌려 썼던 것 같아요. 사내와 여자가 와서는 한 시간쯤 놀다가 가버리곤 했답니다."

유리 선생과 나는 또다시 시선을 마주쳤다.

"그래, 그럼 그 관리인은 그녀가 하라 사꾸라라는 것을 지금까지 모르고 지냈다는 건가요?"

"그런 것 같아요. 나도 방금 보고를 듣고 알았을 뿐이라 자세한 것은 모르지만, 여자는 언제나 검은 베일로 감싸고 왔다는 겁니다."

"그럼 당신은 아직 현장을 안 봤겠군요."

"네, 그렇습니다. 마침 여기에 오려고 할 때 아다고에서 전화가 걸려와서 선생과 함께 보러 갈까 하고 있던 중입니다. 현장에는 감시

원을 두어서 출입을 금지시켜 놓았습니다."

"옳지, 그럼 바로 갑시다."

떠나기 전에 식당 전화로 본사를 불렀더니 다나베 편집장은 아직 안 나왔지만 일직자가 나와서, 본사에서도 오사카의 시마즈 기자의 보고로 새벽부터 청풍장을 발견하여 지금 고이 기자가 가 있을 거라는 것이었다. 나는 잘 됐다 싶어 가슴이 울렁거렸다.

하라 사꾸라가 사람 눈을 피해 밀회하는 사내를 가졌었다면 거기서부터 사건의 베일은 벗겨져 나가는 것이 아니겠는가. 나는 그때 이렇게 간단하게 생각하고 사건도 이제 얼추 해결된 것으로 치부했었지만 그 누가 짐작이나 하였으랴. 하라 사꾸라의 이 불가사의한 밀회로 말미암아 사건이 더욱 기괴한 미궁으로 빠져 들리라는 것을.

제12장 또 하나의 죽음

 청풍장이라는 것은 아다고 산의 기슭에 있는 아담한 아파트로서 그 규모로 봐서는 오사카의 아께보노보다는 떨어지지만 깔끔한 면에 있어서는 훨씬 나았다. 주목할 점은 여기도 역시 구두를 신은 채 출입할 수 있다는 점, 수위실의 문앞을 통하지 않고도 마음대로 측면 통로를 통해 출입할 수 있다는 점, 사람 눈이 드둔 후미진 위치에 있다는 점, 곧 그런 점에서 아께보노 아파트와 매우 닮았다는 것이다. 말하자면 남녀가 밀회하기에 안성맞춤인 것이다.
 아파트 앞에서 차를 내리니 고이 기자가 곧 나를 발견하고 다가왔다.
 "수고하십니다."
 "수고하네. 회사에 전화했더니 자네가 여길 발견해냈다고 하더군. 그래 문제의 방은 살펴봤나?"
 "그게 말이지요. 억울하게 됐습니다." 고이 기자는 어깨를 움츠리며 "이 아파트를 발견한 것은 제가 한 발 앞이거든요. 새벽 6시에 찾아낸 거예요. 그래 방을 보여 달라거니 못 보여 준다거니 옥신각신하는 판에 경찰들이 들이닥쳐서 보시는 바와 같이 밖으로 쫓겨났습니다. 치사해서, 원."
 "아아, 그래? 괜찮네. 자네도 같이 오게. 상관없어."
 측면 입구로 해서 올라가니 바로 마주치는 곳에 골방 같은 방이 있고 그 다음이 문제의 방인 듯하였다. 복도는 거기서 구부러져 있으므로 문제의 방은 구부러진 모퉁이가 되고 거기다 그 구부러진 복도는 다시 한번 꺾이어서 저쪽으로 뻗어 있었다. 그러니까 문제의 방은 정면 출입구로부터 들어온다면 가장 아늑한 곳에 있는 셈이고, ㄱ자 모양으로 구부러진 복도의 맨 끝에 그 방이 꼭 하나 있는 꼴이 되었다. 앞에서도 말했지만 아담하고 깔끔한 아파트지만 그 대신 복도는 좁고 천장도 낮은데다 채광이 불충분해서 어쩐지 우중충한 느낌을 주는 것이 꼭 아침 이른 시각이란 탓만은 아니었다. 측면 입구로 들어가서 한번 구부러진 데 문이 있고 그 문 앞에 형사 하나가 서 있었다.
 "아닌게 아니라 이건 외진 동구 밖 아지트 같은 집인데……."
 유리 선생이 나를 돌아보며 웃었다. 묘하게 심각한 웃음이었다.
 형사가 방문을 열자 우리는 앞을 다투듯 안으로 밀려 들어갔다. 방은 두 칸으로 나뉘어져서 구석에는 간단한 취사도 할 수 있는 부엌이 있었으나 물론 그건 한 번도 쓴 적이 없는 것처럼 냉랭하였다. 그러나 안방에는 눈이 어릴 만큼 값진 가구들이 놓여 있었다.
 벽에 걸린 커튼, 기분 좋은 침대, 삼면경, 의자, 탁자…… 그 침대 머리에 쿠션이 하나 구겨져 있는 것을 보고 나는 구역질 같은 혐오감을 느꼈다. 이 방의 매무새야말로 사꾸라가 남편의 신뢰를 배신한 가장 뚜렷한 증거가 아니겠는가. 헌데…….
 방 안을 둘러보기 전에 문득 나의 눈은 어떤 한 점에 못박힌 듯 머물렀다.
 "선생님!"

"응? 왜 뭐가 있나?"

"보세요, 저 삼면경 앞을……."

"아아, 저 사진 말이지. 자넨 저 사진을 알고 있나?"

삼면경 앞에는 액자 속에 넣은 젊은 남자의 사진이 세워져 있었다. 도도로끼 경감도 그것에 눈길을 돌리고 갑자기 토끼눈이 되었다. 저벅저벅 가까이 가서 빼앗듯 액자를 쳐들고 되돌아 온 그 눈에는 깊은 감동의 빛이 역력했다.

"선생님, 이것으로 이번 사건이 후지모도 쇼지 살인사건과 관계된 것이라는 것이 뚜렷해졌군요. 이건 후지모도의 사진이에요."

"후지모도의……."

유리 선생은 이마에 손을 얹고 잠깐 당혹한 눈빛이었다가 금세 "어디, 어디" 하고 들여다보았다. "흠, 이게 후지모도인가. 그런데 도도로끼 경감님, 여기 끼여 있는 갓난애 사진은 어찌 된 셈이죠?"

나도 선생의 뒤에서 들여다보았는데 과연 유리 속에 낀 후지모도의 반신상 아래 명함판 크기의 귀여운 갓난애 사진이 끼여 있었다. 그건 생후 8, 9개월이나 됐을까, 겨우 뒤집고 누울 수 있을 정도의 갓난아기 사진으로 서양 인형처럼 예쁜 아기였다.

"선생님, 이건 후지모도의 어릴 적 사진임에 틀림없어요. 보세요, 어딘가 닮은 모습이 보이잖아요?"

그러려니 하고 보아서 그런지 아닌게 아니라 닮은 것 같기도 했다. 그러나 워낙 8, 9개월밖에 안 된 어린애에게서 27, 8세의 청년의 모습을 발견한다는 것은 어려운 일이었다.

"그럴는지도 몰라. 여기에 이렇게 같은 액자 속에 넣어 둔 것만 보더라도 말야. 하지만 문제는 왜 갓난애 시절의 사진을 함께 끼워 놓았느냐, 왜 20여 년이나 되는 낡은 사진을 가지고 있었느냔 말야……."

유리 선생의 의혹에 대답이나 하듯이 내 머리 속에 얼핏 떠오른 것은 후지모도 쇼지의 신상 이야기였다. 나는 갑자기 견딜 수 없는 흥분에 휩싸여서 침이 바싹바싹 마르는 느낌이었다.

"유리 선생님, 이 사진…… 이 갓난애의 사진은 사꾸라 여사가 간직했던 것이 아닐까요? 사꾸라 여사야말로 후지모도 쇼지의 생모가 아닐는지……?"

유리 선생과 도도로끼 경감은 순간 멍한 얼굴로 나를 쳐다보았다.

다음 순간 도도로끼 경감은 맹렬하게 구레나룻를 문질러댔다. 이것은 그가 흥분했을 때의 버릇이었다.

"그래…… 그럴는지도 몰라. 아니 틀림없어. 아니라면 후지모도의 갓난애 때 사진을 함께 끼워둘 리가 없거든. 후지모도의 신상 이야기는 나도 전에 읽은 일이 있지. 틀림없어, 후지모도는 사꾸라의 아들이야. 사꾸라의 비밀 아들이야. 그 목소리, 노래의 멋들어짐…… 그것은 사꾸라에게서 물려받은 거야."

유리 선생은 눈을 크게 부릅뜨고 그 사진과 우리들의 얼굴을 번갈아 보다가 역시 매우 흥분된 어조로 턱을 문지르며 말했다.

"도도로끼 경감님, 아무래도 또 한번 후지모도의 과거를 훑어볼 필요가 있겠는걸요. 그자의 성장 과정을 철저히 파헤쳐 볼 필요가 있어요. 그런데…… 그건 그렇다 치고 19일 아침 시나가와에서 기차를 내린 사꾸라는 여기로 되돌아왔을 것이 틀림없는데 그걸 증명할 만한 건 뭐 없을까요?"

그 증거는 곧 발견되었다. 시나가와에서 내린 사꾸라는 손가방은 사가라 지에꼬에게 맡기고 갔으나, 오노 다쓰히꼬에게서 받은 장미꽃 다발은 제 손으로 들고 갔다는 것이다. 사꾸라는 그 후 곧 이 방으로 돌아와서 장미꽃 다발을 테이블 위에 놓았을 것이다. 꽃잎이 두어 장 테이블보의 주름 사이에 끼여 있었다.

"옳지, 이것으로 사꾸라가 여기에 되돌아왔다는 것은 틀림없고, 그 밖에 뭐 다른 것은……."

그때다. 침대 밑을 들여다보던 형사가 묘한 소리를 질렀다.

"왜, 뭐 무슨 일이 있나?"

"모래가…… 모래가 침대 밑으로 쓸어 처넣어져 있어요."

우리들은 일제히 침대 밑을 들여다보았다. 과연 쓸어 모아진 모래가 한 무더기 침대 밑 가장 깊숙한 곳에 있었다. 경감은 곧 침대를 치우려 들었지만 유리 선생은 그것을 제지하고 오히려 우리를 방구석으로 몰아붙였다. 그러고는 침대 앞에 깔려 있는 융단을 들어젖혔다. 보니 과연 거기에도 미처 다 못 쓴 모래가 흩어져 깔려 있고 거기에다 무슨 네모진 것을 올려 놓았던 흔적도 남아 있었다.

"트렁크를 놓았던 자리지요?"

도도로끼 경감이 가라앉은 목소리로 대답했다.

"흠, 이따 그 트렁크를 가져와서 맞춰 볼 일이야. 대개 틀림없다고 보지만……."

"유리 선생님, 그럼 사꾸라는 이 방에서 죽었겠지요?"

차가운 전율이 나의 등덜미를 타고 흘렀다.

"그럴 거야, 아니, 틀림없겠지. 사꾸라는 여기서 모래 주머니로 얻어맞고 기절된 채로 교살당한 거야. 범인은 그뒤 사꾸라의 시체를 트렁크에 넣어서 도쿄 역으로 운반한 거지."

경감의 설명을 유리 선생은 잠자코 듣고 있었다. 차가운 전율이 또 한 차례 나의 등골을 관통했다.

사꾸라 여사가 피살된 것은 19일 밤 9시부터 11시까지의 사이라고 추정된다. 그러니까 9시경에 교살하여 트렁크에 넣었다 하더라도 9시 45분경에는 충분히 도쿄 역까지 운반할 수 있다는 계산이 된다. 그러나 그것은 처음부터 매우 치밀한 계획이 필요했을 것이다. 과연 유리 선생이 이 사건을 생각하고 또 생각한 범죄라고 보는 것도 무리가 아니다. 잠시 나는 홀린 사람처럼 이 역력한 모랫자국을 바라보았다. 이윽고 유리 선생이 꿈에서라도 깬 것처럼 말했다.

"아니, 여기는 이대로 두고 관리인에게 좀더 사정을 알아봅시다. 사꾸라가 언제부터 이 방을 빌리고 있었는지……."

우리들은 다음 칸으로 나가서 사잇문을 꽉 닫고 미리 대기시켰던 관리인을 불러들였다. 그런데 이 관리인의 이야기는 또 엉뚱한 것이었다.

"아까 경찰 양반이 와서 이 방에 무슨 의혹이 있는 것 같아 저도 지금 장부를 뒤져 봤습니다만, 하라 기요꼬라는 부인이 와서 이 방을 계약한 것은 6월 5일의 일입니다. 그리고……."

"6월 5일이라고? 이봐요, 그건 작년 6월이요? 금년 6월이요?" 경감이 놀란 듯 되물었다.

"물론 금년 6월이지요. 그래서 반달치 임대료를 내고 갔기 때문에 좀 미심쩍은 점도 있었습니다만 그냥 빌려 주기로 한 겁니다. 그때 그 부인 이야기로는 자기는 글 쓰는 사람인데 자택에서는 손님이 많아서 곤란하니 여길 공부하는 방으로 하여 때때로 이용하겠다는 것뿐이다라는 거였어요. 그리고는 2, 3일 지나서 의자랑 탁자, 긴 의자 등을 날라왔기에 저도 안심을 했습죠……. 그거야 이런 아파트를 관리하다 보면 별의별 일을 하는 분들을 다 만나므로 우리들은 되도록 깊이 간여하지 않고 있습니다. 그래서 어쩌다 한번씩 오는 것 같고, 오더라도 곧 돌아가는 것 같아서 별로 이상하게 생각하지도 않았습니다."

"그럼, 당신은 여기에 가끔 젊은 남자가 출입하고 있었다는 걸 전혀 모르고 있었단 말이죠?"

"아니요, 알고 있었습죠. 그렇지만 저 자신 한 번도 그 남자를 본

적은 없었거든요……. 저 건넌방 가와구찌 씨의 부인이 그런 말씀을 했습니다만 남자가 올 적엔 아마 측면 입구 샛문을 이용했을 겁니다. 하라 씨도 한 번도 정면 현관으로 나타난 적은 없거든요."
"헌데 당신은 하라 기요꼬라는 부인이 어떤 인물인지 모르오?"
"아뇨, 알고 있었습죠. 그걸 가르쳐 준 것도 가와구찌 씨 부인입니다. 실은 처음엔 그분이 그렇게 유명한 사람이라고는 전혀 눈치채지 못했습니다. 언제나 얼굴을 베일로 덮어 쓰고…… 아니 보았다 한들 저 같은 것이 알 수도 없을 겁니다만…… 그런데 한 달쯤 전에 가와구찌 씨가 이야길 해서 놀라가지고 은근히 조사를 해봤더니 기요꼬라는 것은 그이의 본명이었고 또 계약서에 적힌 본댁이라는 것도 버젓하게 우시고메로 돼 있어서 추호도 의심의 여지가 없었습니다. 그래서 아마 그렇게 유명한 분이니 남에게 알리고 싶지 않은 은둔처도 필요할 것이다 싶어 별로 신경을 안 썼습죠."
"그러나 당신은 그 부인이 최근에 오사카에서 피살됐다는 걸 신문에서 봤을 것 아니오? 그런데 왜 경찰에 신고하지 않았지요?"
"네, 그건 알고 있었습니다. 가와구찌 씨 부인께도 주의를 받았습니다만, 그러나 오사카에서 피살된 것과 이 아파트와 무슨 관계가 있겠습니까? 만약 관계가 있다면 어차피 경찰에서 조사 나올 것이니 그때까지 기다리는 것이 좋을 것이라고…… 그렇게 여기고 있었습죠."
도도로끼 경감은 한심하다는 듯 혀끝을 찼고, 여기에서 나는 비로소 범인의 현명함에 새삼스레 놀랐다. 그것이 도쿄에서 일어난 사건이라면 이 관리인도 곧바로 신고했을 것이다. 그것을 방해하기 위해서는 살인을 어디까지나 오사카에서 일어난 것처럼 보이게 하지 않으면 안 된다. 물론 이 아파트의 존재는 조만간 경찰의 주목을 받게 될 것이다. 그러나 그것이 지연되면 될수록 범인에게 유리할 게 아닌가.

어쩌면 범인은 이 아파트가 이렇게 쉽게 드러나리라고는 생각지 못했는지도 모른다.

"흠, 지금까지의 일은 어쩔 수 없었다 치고 앞으로는 주의해서 조금이라도 이상한 점이 있으면 곧 신고하도록……."

경감은 못마땅한 표정이었다.

유리 선생은 점잖게 물었다.

"그러니까 그 부인이 하라 사꾸라 여사라는 건 가와구찌 씨 부인에게서 처음 알았나요?"

"예, 그렇습니다."

"그럼 그 부인을 좀 불렀으면 좋겠는데 지금 있을까요?"

"글쎄요, 아마 계시리라고 생각합니다만 불러올까요?"

"아, 좀 오시라고 그러지요."

관리인이 나간 뒤 나는 유리 선생에게 말했다.

"선생님, 아무래도 묘하지요? 사꾸라가 이 방을 빌린 것이 6월부터라면 도대체 여기서 만난 것은 누구일까요? 전 꼭 후지모도 쇼지라고 생각했는데요."

"나도 모르지. 하지만 사꾸라 여사의 밀회의 상대가 후지모도가 아닌 것만은 확실해. 6월이라면 후지모도가 피살된 뒤의 이야기니까."

"뭐가 뭔지 모르겠는데요. 도대체 후지모도 사건과 이번 사건과 어떻게 관계된다는 말인가?"

경감이 내뱉듯이 중얼거렸을 때 단발머리의 젊은 부인이 주저하면서 문 쪽에서 얼굴을 내밀었다.

"아아, 가와구찌 부인이시군요. 어서 들어오십쇼."

"네, 관리인 아저씨가 뭐 용건이 있다고 하기에……."

"네, 아주머니께 좀 물어볼 것이 있어서…… 댁에서는 이 방의 주인이 하라 사꾸라 여사라는 걸 전부터 알고 있었다죠?"

"네, 저어, 확실히 알고 있었던 건 아니지만 혹시 그런게 아닌가 하고……"

"그 말씀은…… 여기 출입하는 부인의 얼굴을 똑똑히 본 적이 없다는 말씀입니까?"

"아니, 저어, 그게…… 늘 베일을 쓰고 있어서…… 얼굴을 똑똑히 본 것은 아니에요. 그래도 좀 묘한 일이 있어서……."

"묘한 일이요? 부인, 그걸 좀 말씀해 주시지요."

유리 선생의 점잖은 응대로 좀 안심이 되는 듯 가와구찌 부인은 곧 다음과 같은 이야기를 꺼내는 것이었다.

"그 분이 이 방을 빌린 것은 아마 6월 초순이라고 생각됩니다. 전구부러진 복도의 바로 모퉁이에 살고 있으므로 되도록 알고 지내고 싶었는데, 관리인 아저씨 말로는 여기에 상주하는 것이 아니고 때때로 공부하러 오는 것이다, 뭔가 글을 쓰는 분이라던가, 그래서 어떤 분일까 하고……." 매우 여자다운 호기심을 일으킨 모양이었다.

"그런데 금세 제가 알게 된 것은, 이 방에 오시는 건 그 부인만이 아니고 또 한 사람 젊은 남자분이 때때로 옆 출입구로 오는 거예요. 네에, 그 사람은 언제나 사람 눈을 피하듯 슬쩍 들어오는 것이었어요. 아니, 그 사람과 하라 씨가…… 즉 베일을 쓴 부인이지요. 그 두 분이 함께 온 적은 한 번도 없었던 것 같아요. 언제나 일부러 따로따로 오듯 돌아갈 때도 따로따로 가는 것 같았어요. 아니, 제가 뭐 몰래 들여다본 것은 아니니까 둘이서 이 방에서 뭣을 했는지 그것까지는 알 수 없습니다." 가와구찌 부인은 약간 얼굴을 물들이며 말을 계속했다. "그런데 한 번 묘한 일이 있었어요. 하라 씨가 들어온 지 얼마 되지 않은 때였지요. 누군가 복도를 달려가는 사람이 있어서 놀라서 문을 열고 보니까 늘 오는 그 젊은 남자가 저쪽으로…… 그러니까 현관 쪽으로 도망가듯 달려가는 것이었어요. 저 복도는 거기에서 곧 오른쪽으로 돌아서 현관으로 나가게 되어 있었는데 그 남자는 거기를 돌아서 곧 없어졌어요. 뭔가 있었구나! 그렇게 생각했지만 설마 뒤따라 갈 수야 없었지요. 게다가 손에 잡은 일거리도 있어서 그때는 그것으로 문을 닫아 버렸습니다만, 한 10분쯤 해서 살며시 이 방문 앞까지 와 봤더니 방 안에서 남자 한 분과 베일을 쓴 그 여자가 나오지 않겠어요?"

"아, 잠깐만. 그 남자가 늘 오는 그 젊은 남자인가요?"

"아니에요. 늘 오는 그 젊은 남자는 아까도 말씀드린 대로 현관 쪽으로 뛰어간 뒤였어요. 게다가…… 게다가 그때 베일 쓴 부인과 같이 나온 사람을 전 잘 알고 있습니다만 그 사람은 늘 오는 젊은 남자는 분명히 아니었어요."

"호오, 그 남자를 알아요? 도대체 그는 어떤 인물이지요?"

"테너의 오노 씨…… 네, 저는 그분의 팬이므로 잘 알고 있습니다만, 그때 베일 쓴 부인과 함께 나온 사람은 테너의 오노 다쓰히코 씨였습니다."

우리들은 부지중 얼굴을 마주 보았다. 유리 선생은 눈을 반짝이면서 턱을 문지르고,

"하아, 그리고 늘 오는 젊은 남자와는 별도라……."

"네, 그래요. 오노 씨를 여기서 본 것은 그게 처음이자 마지막입니다."

"그리고 그것은 언제쯤 일입니까?"

"지금으로부터 꼭 한 달쯤 전 일이에요. 그때 베일의 여인은 굉장히 흐트러진 자세로 금방 넘어질 듯한 모습으로 어찌 보면 울고난 얼굴 같기도 했어요. 오노 씨는 그때 부인을 감싸안 듯 옆 출입구로 나갔는데 오노 씨는 '선생님, 정신 차려야 합니다,' 어쩌고 하는

소리가 제 귀에 들렸기 때문에 비로소 저도 문득 주의를 돋구었지요. 오노 씨가 선생님이라고 부르는 사람, 그리고 하라는 성을 가진 사람…… 어쩌면 이분이 하라 사꾸라라는 사람이 아닐까 하는 생각이 비로소 들었기 때문에 관리인 아저씨께도 주의를 해 두었습니다."

자, 이쯤되면 점점 뭐가 뭔지 분간할 수 없게 되었다.

하라 사꾸라가 밀회를 하는 사나이가 있다는 걸 들었을 때 나는 곧 오노를 떠올렸었다. 그런데 여기 와 보니 후지모도의 사진을 장식해 두고 있다. 그래서 사꾸라의 밀회 상대는 후지모도가 아닌가 생각했지만 날짜로 따져서 후지모도가 될 수 없음을 깨달았다. 그래서 생각을 다시 돌려 오노에게 집중시켰던 것인데, 가와구찌 부인의 이야기로는 늘 오는 사나이는 오노하고는 또 다른 남자라는 것이었다. 그렇다면 그는 도대체 누구란 말인가. 사꾸라의 주위에는 젊은 사내가 몇 명이나 있단 말인가.

"그건 그렇고, 아주머니. 늘 여기 오는 남자 말인데요. 도대체 그는 어떤 사람입니까? 대개 윤곽이라도 알 수 없을까요?"

"네, 그게 언제나 복도에서 서로 스쳐 지나도 곧 외면을 해버리기 때문에…… 게다가 커다란 색안경을 쓰고 머플러로 얼굴을 반쯤 가리듯 하고 있으니. 그러나 대체로 중키의 하얀 젊은이라는 것은 알았습니다. 그리고…… 아 참, 그는 늘 레인코트 아니면 오버 깃을 세우고 있었는데, 한 번 오버의 앞이 열려서 속에 입고 있는 양복이 보였어요. 그게 참 인상적이었어요. 앞이 터진 긴 프록코트와 같은 것으로 윗저고리의 깃이 다른 색깔로 된 것이 꽤 어울린데다가 늘 지팡이랄까, 스틱이랄까, 가느다란 단장을 들고 있는 것이 아주 멋지게 보였습니다."

"뭐라고요? 그 사내가 가느다란 단장을 들었다, 그리고 윗저고리의 깃 색깔이 다른 프록코트를 입고 있었다, 이겁니까?"

그때 별안간 우리들 사이로 끼어든 것은 고이 기자였다.

"하아, 저, 분명히 그랬습니다. 하기야 오버의 앞이 열린 걸 본 것은 단 한 번뿐이었습니다마는."

"그리고 그 사람은 중절모를 눌러쓰고 선글라스를 끼고 머플러로 얼굴을 감추고……."

"네에, 그래요. 틀림없어요."

"고이 군, 어찌된 셈이야? 자네가 그 남자를 안단 말인가?"

"미즈끼 씨." 고이 군이 목졸리는 소리로 외쳤다. "그자 같으면 아까 내가 여기서 만났어요. 네, 저 출입구 쪽에서…… 나는 또 문제의 방이 옆쪽 출입구의 바로 안에 있다는 걸 몰랐기 때문에 그냥 그대로 지나쳐 버렸지만, 그 작자는 출입구를 나오자마자 도망가듯이 꺼져 버렸어요."

유리 선생은 그 말을 듣자 눈을 크게 부릅뜨고 마치 쏘는 듯한 눈빛으로 고이 군의 얼굴을 노려보았다.

"여보게, 그게 정말인가? 그러면 자네가 그자를 만난 것은 몇 시쯤인가?"

"모두들 오시기 한 시간 전쯤, 아니 조금 더 됐을까, 7시 반쯤이라고 생각됩니다."

"미즈끼 군," 유리 선생은 곧 나를 돌아보며 말했다. "자네 곧 회사에 전화를 걸어서 오사카로 연락을 취해 주게. 엊저녁부터 오늘 아침 사이에 하라 사꾸라 가극단 단원 중 호텔에서 없어진 자는 없는가. 어서 그것을 대지급으로 알아봐 주게."

나는 바로 관리인 사무실로 달렸다. 본사에 전화를 걸었더니 마침 다나베 편집장이 나왔다. 그는 내 목소리를 듣자 오히려 그쪽에서 책망하듯 말했다.

"미즈끼 군, 자넨 왜 도꾜로 돌아왔나? 엊저녁에 호텔에서 큰일이 벌어졌네."

"알고 있어요. 누군가 행방을 감춘 자가 있지요?"

"흠 알토의 사가라 지에꼬가 엊저녁부터 보이지 않는다는군. 그러나 그것보다 내가 말하는 건 그게 아냐. 엊저녁에 N호텔에서 살인이 있었단 말야."

"예? 뭐, 뭐라고요!"

나는 수화기를 부서져라 꽉 쥐었다. 전신이 쨍 얼어붙는 느낌이었다.

"그래 도대체 누가 죽었습니까?"

"매니저인 아마미야 준뻬이야…… 지금 막 시마즈 군으로부터 전화가 왔어. 자네 곧바로 오사카로 되돌아가 주게."

제13장 다섯 개의 창

 유리 선생과 내가 도쿄로 출장가고 없는 사이 오사카에서 어떤 일이 일어났던가. 그것을 이야기하기 위해서는 또 한 번 쓰찌야 교조의 수기를 인용하는 것이 편리하다. 상경하기 전 쓰찌야로부터 수기를 빌려받은 유리 선생은 그의 노고를 치하하는 동시에, 이후에도 보고 들은 것을 하나하나 적어 둘 것을 간청했었다. 쓰찌야는 그 약속을 지켜 우리가 도쿄로 떠난 뒤 일어난 일을 자세히 노트에 적어 두었던 것이다. 지금 나는 그 수기 중에서 이 사건에 필요한 부분만을 뽑아서 여기에 공개하기로 한다.

　　쓰지야 교조의 수기 일부
 아아, 골치가 아프다. 실은 오늘 저녁 나는 아무것도 생각지 않고 아무것도 쓰지 않고 잠들고 싶다. 아마미야 준뻬이의 그 무시무시한 죽음을 생각만 하여도 뼛골까지 얼어붙을 만큼 섬찟하여 견딜 수 없다. 이럴 때는 술이라도 퍼마시고 푹 자고만 싶다. 허나 약속은 약속이다. 이 사건이 끝날 때까지(도대체 이 사건의 종말이라는 것이 있기는 있을 것인가) 내가 보고들은 것을 세세하게 기록해 둘 것을 나는 유리 선생에게 약속해 버렸다. 아무 일도 일어나지 않았다면 몰라도 그런 무서운 사건이 터진 이상 나는 싫더라도 약속을 지켜야 되겠지.

허나…… 도대체 무엇부터 써 나가면 좋단 말인가. 그 사건이 일어나기 전에는 또 어떤 일이 있었던가…….

그렇다, 사가라 지에꼬다. 사꾸라 여사가 피살됐을 때도 그녀는 묘한 역할을 했지만 그녀는 묘한 계기를 만들고 있다. 도대체 그녀는……

사가라가 호텔에서 없어졌다는 것을 눈치챘던 것은 아마 밤 9시 좀 지나서였을 것이다. 그때 나는 내 방에서 막연히 생각에 잠겨 있었다. 부끄러운 이야기를 고백하는 것 같지만 나는 마음이 죄어서 견딜 수 없었던 것이다. 장차 되어 나갈 앞일을 생각하니 도대체 불안해서 견딜 수 없었다. 게다가 또 아까 경감이 날라온 그 트렁크다. 경감도 유리 선생도 그 트렁크에 대해서 확실한 것을 밝히진 않았다. 그러나 오늘 석간에 실린 기사나 아까 두 사람의 말투로 미루어 보아, 사꾸라 여사는 그 트렁크에 처박혀진 채 아께보노 아파트에 운반됐던 모양이다. 게다가 유리 선생이 오늘 저녁에 도쿄로 출장 운운한 것으로 봐서 트렁크는 도쿄에서 발송된 것이 틀림없다…… 라고 한다면 도대체 이건 어떻게 되는 것이냐, 사꾸라 여사는 어디서 죽었단 말인가?

그런 것을 두서없이 생각하고 있을 때였다. 아마미야 군이 두리번거리며 방문을 연 것은…….

"쓰찌야 씨, 사가라 씨가 어디 계신지 아시지 않습니까?"

"사가라 양? 사가라에게 무슨 볼일이라도 있나?"

"아니오, 경감님이 또 오셔서 사가라 씨에게 묻고 싶은 이야기가

제13장 다섯 개의 창　321

있다는 거예요. 그래서 찾아봤지만 아무 데도 보이지 않아요?"
"경감이 또 와 있나?"
"네."
"하지만 사가라 양이 없을 리가 없잖아? 앞뒤로 온통 형사들이 지키고 있는데……."
"네, 그 때문에 호텔 속을 온통 뒤져 봤지만 아무 데도 보이지 않아요."
나는 혀끝을 차며 일어났다.
"좌우간 아래로 내려가 보세."
4층 나의 방에서 아래로 내려가 보니 카운터 앞에 아사하라 경감이 심각한 얼굴로 서 있었다.
"사가라 양이 안 보인다고?"
"흠, 아무 데도 없어요."
"뭐 사가라 양에게 볼일이라도?"
"아니 용건이란 별것 아니고…… 그러나 무단으로 외출했다면 문제가 되니까요."
경감의 목소리에는 짜증이 서려 있었다.
"무단 외출이라…… 하지만 그런 일은 있을 수 없잖아요? 안팎으로 형사들이 진을 치고 있는데, 아무도 외출하는 걸 못 봤다는 겁니까?"
"못 봤어요, 첫째로 초저녁부터 이 호텔을 나간 여자는 아무도 없어요."
지금 이 N호텔에 투숙하고 있는 것은 우리들 하라 사꾸라 가극단 일행만이 아니다. 그 밖에 상당수의 손님이 있다. 경찰에서도 설마 그들 전부를 통조림으로 만들 수는 없다. 그러니까 가극단과 관계가 없는 사람들은 자유로운 출입이 가능하다. 하지만 정문 현관이나 뒷문이나 형사들이 진을 치고, 나가는 손님이 있을 때마다 매서운 눈초리를 보내는 것이다. 가극단 일행이 일반 손님을 가장하고 탈출하려 해도 즉석에서 붙들리고 말 것이다.
"그렇다면 호텔 안에 있어야 하죠. 찾아볼까요?"
"흠, 형사와 호텔 사람들을 시켜 찾고 있는 중이지만……."
"저희들도 도와 드리지요. 아마미야 군, 자네도 찾아보게."
"찾는다지만 어딜 찾지요?"
"누군가의 방에서 노닥거리고 있는지도 모르지. 모두 방에 있겠지?"
"네, 그러리라고 봅니다만……."
"그럼 한 사람 한 사람 물어보게. 그래서 사가라를 발견하면 곧 아래로 내려오도록 전하게."
"수고하게. 그럼 나는 지배인 방에서 기다릴 테니 그렇게 해주게."
경감의 말투도 좀 누그러진 것 같았다.
나는 거기서 아마미야 군과 헤어져 혼자서 식당으로 내려갔다. 식당에도 사가라 지에꼬는 없었다. 콘트라베이스의 가와다 군과 트롬본의 하즈미 군 둘이서 마시고 있었다.
"아, 자네들 사가라 양을 못 봤나?"
"사가라? 아니요, 못 봤는데요."
콘트라베이스의 가와다 군이 불쑥 말했다.
"쓰찌야 씨, 우리들은 도대체 언제까지 이 호텔에 통조림이 되어 있어야 합니까? 이대로라면 머잖아 몸뚱이에 곰팡이가 슬겠어요."
트롬본의 하즈미가 불평을 했다.
"그런 거, 내가 알 게 뭐야."
"쓰찌야 씨, 내 콘트라베이스는 언제 돌려 줄 겁니까? 경찰에 맡겨 놓고, 상처라도 낼까 봐 걱정이에요."

"그런 걸 내가 어떻게 알아, 경감에 물어보시오."

식당을 나와서 나는 3층에서 4층까지 차례로 뒤지고 다녔다. 가극단 패들은 3, 4층에 모두 분숙하고 있었다. 이 호텔은 5층 건물로 5층에는 가극단 패들은 아무도 없었다. 실은 5층의 한 방을 빌려서 의상과 도구들을 쟁여 놓았지만, 설마 그런 데까지 사가라가 올라갈 리는 없겠지.

사가라는 아무 데도 없었다. 시가와 마끼노는 제 방에 없었지만 다른 패들은 모두 제 방에 있었다. 내가 사가라를 물었더니,

"왜 그래? 좀 전에 아마미야도 물으러 왔던데 도대체 무슨 일이야?"

라고, 벌써 자리에 누웠던 소이찌로 씨는 궁금해하는 얼굴로 되물었다.

"사가라 양? 아니오, 모르는데요. 아까 아마미야도 찾고 있습디다만……."

오노는 창백한 얼굴을 하고 잠도 못 자고 방 안을 오락가락하고 있었던 듯싶었다. 소이찌로 씨와 오노의 방은 3층에 있었다.

나는 차츰 불안해졌다. 묘한 흥분이 가슴에 왔다. 경감의 못마땅한 기분도 무리는 아닌 성싶었다. 경비하는 형사가 절대로 밖에 나간 일이 없다고 주장하는 이상, 사가라는 이 호텔 안에 있을 것은 확실하다. 그런데 아무 데서도 그녀를 발견할 수 없다는 사실은 무엇을 뜻하는 것인가.

나는 4층도 차례로 찾아봤지만 여전히 그의 모습은 볼 수 없었다. 4층에서 딱 한 방만은 끝까지 들여다보지 않았는데, 그것이 나중에 그렇게 엄청난 의미를 가져올 것이라고는 꿈에도 몰랐다.

들여다보지 않은 그 방이란 다른 게 아니다. 콘트라베이스의 가와

다하고 트롬본의 하즈미가 쓰는 방이다. 이 두 사람은 한 방을 공동으로 쓰고 있었다. 둘이는 아까 식당에서 술을 마시고 있었기 때문에 그냥 지나쳐 왔던 것이다. 만약 그때 두 사람의 방을 잠깐만이라도 들여다보았더라면……?

 그건 그렇다치고 결국 나는 사가라를 찾을 수가 없어서 또 한번 아래로 내려가 보았다. 그리고 경감이 기다리고 있는 지배인의 방 출입문을 열었다.

 바로 그때였다. 그 소리가 들린 것은…….

 쨍그렁! 하고 유리가 깨지는 소리였다. 그것은 호텔의 어딘가 훨씬 위층에서 들린 것 같았다. 그렇게 생각한 순간 철썩! 무언가를 두드려 팽개치는 소리가 났다. 경감은 나보다도 먼저 이 소리를 들었을 것이다. 내가 방문을 열었을 때 이미 창문을 열고 밖을 내다보고 있었다.

 여기서 일단 지배인실의 위치를 설명해야 되겠다. 거기는 호텔의 측면에 해당하고, 창밖 한 칸쯤 저쪽에는 이웃 K신탁회사의 높은 건물이 서 있다. 즉 그 창밖은 신탁회사와 호텔의 사이에 있는 한 칸 정도의 통로로 돼 있다. 그 통로의 앞뒤를 살피고 있던 아사하라 경감은 돌연 움찔하며 몸을 젖혔다. 그리고 뒤돌아보고 나와 시선을 마주치자,

 "앗! 쓰찌야 씨, 누군가 저기에 떨어져 있소!"

하고 부르짖음과 동시에 곧 문밖으로 뛰어 나갔다. 그 통로를 오른쪽으로 꺾으면 큰길이다. 왼쪽으로 꺾으면 요도 강에 닿는다. 경감은 왼쪽으로 달렸으므로 나도 그 뒤를 따랐다.

 경감은 이윽고 호텔의 제일 안쪽까지 왔을 때 노면에 몸을 구부리고 성냥을 켜서 뭔가를 조사하고 있었다. 나도 경감을 뒤따르면서 등 뒤로 노면에 시선을 던졌다. 성냥불이 곧 꺼졌으므로 잘은 몰랐지만

축 늘어진 사람의 형체가 검게 뻗어 있었다.

경감은 반사적으로 몸을 일으키더니 호텔 건물을 올려다보았다. 양쪽을 높은 건물로 경계지은 그 통로는 거의 칠흑같이 어두웠지만, 꼭 하나 바로 이마 위의 4층방에 전등이 켜져 있고 창이 열려 있었다. 그리고 그 창으로 누군가가 내려다보고 있었다.

"누구야, 거기 있는 것은?"

"접니다. 무슨 일이 있었습니까?"

"누구지요? 저 소리는……."

"마끼노 군이지요. 지휘자인 마끼노 겐조."

"아, 그래요? 마끼노 씨, 거기 당신 방인가요?"

"아니오, 제 방이 아닙니다."

"그럼 누구 방이지요?"

마끼노는 잠깐 방을 돌아보더니 곧 아래쪽을 보며 말했다.

"가와다 군과 하즈미 군의 방인 모양입니다."

"그래 그 둘은 거기에 없나요?"

"네, 없습니다."

"그들은 지금 식당에서 술을 마시고 있지요."

나는 옆에서 주석을 달았다.

"마끼노 씨, 그럼 왜 당신은 그 방에 있지요?"

경감의 말소리는 날카로웠다.

"저요? 저 말입니까, 전 실은 이 방 앞을 지나고 있었어요. 그랬는데 방 안에서 쨍그렁 유리 깨지는 소리가 나서 얼떨결에 문을 열어보았어요."

"흠, 그래서요……?"

"그때 방 안의 전기가 꺼져 있고 깜깜했어요. 그래서 스위치를 넣었더니 창문이 열려서 흔들거리고 있었어요. 게다가 유리창이 깨져 있었기 때문에 깜짝 놀라 내려다본 거예요. 그런데 경감님, 무슨 일이 있었습니까?"

4층에서는 노면의 상태가 보이지 않는 모양이다. 경감은 '흐음' 하고 신음하듯 내뱉고는 다시 호텔 창들을 위로부터 아래까지 훑어보았다. 그러고는 물고 늘어지듯 이렇게 물었다.

"마끼노 씨, 그러면 당신은 유리 깨지는 소리를 듣고 바로 문을 열었단 말이죠?"

"바로? 예, 막 바로지요."

"그런데 방 안의 전기는 꺼져 있었다. 그래서 당신은 스위치를 틀어서 전기를 켰다. 그럼 그때 방 안에는 아무도 없었나요?"

"네, 아무도 없었어요."

"당신이 문을 열고 스위치를 트는 사이, 즉 방 안이 깜깜한 사이에 누군가가 당신 곁을 빠져나갔다…… 이런 일은 없었을까요?"

마끼노는 잠깐 생각하더니 말했다.

"그런 일은 없다고 봐요. 아시다시피 스위치는 문 바로 우측에 있잖아요? 그러니까 스위치를 틀었을 때 전 문 바로 중간에 서 있었거든요."

"그리고는 당신은 곧장 창가로 가서 밑을 내려다봤죠. 당신이 밑을 내려다보고 있는 동안에 누군가가 당신 등 뒤에서 나가 버렸다…… 이런 일은 없었을까요?"

마끼노는 또 잠깐 생각하더니 대답했다.

"글쎄요, 그건 아무래도 아닐 것 같아요. 전 그런 거 생각도 안 했습니다만, 누군가가 이 방에 숨어 있다고 하면 스위치를 틀었을 때 눈에 띄었을 것이니 그런 일은 없었다고 보아야죠."

"어째서요? 숨어 있었다면 눈에 띌 리가 없지 않을까요?"

마끼노는 또 방 안을 둘러보고 나서 대답했다.

"경감님께서 그렇게 말하는 것은 이 방을 모르니까 그래요. 한번 이리 와 보세요. 여긴 사람이 숨을 만한 곳은 아무데도 없어요. 억지를 붙이면 침대 밑이나 될까?"

"침대 밑? 그럼 침대 밑을 한번 살펴 주시오."

"경감님, 도대체 무슨……."

그런데 이 말 도중에 마끼노는 방 속으로 사라졌다. 나는 경감과 마끼노의 말씨름을 듣고 있는 동안 형용할 수 없는 불안을 느꼈다. 경감이 왜 그렇게도 끈질기게 마끼노를 추궁했는지 그 이유가 차차 납득이 가는 듯하였기 때문이다.

물체가 비스듬히 떨어지지 않는 이상, 지금 여기 누워 있는 인물은 세로로 높이 세워진 5개의 창이나 그 바로 위, 그러니까 옥상에서 떨어졌을 게 틀림없다. 그렇지만 여기서는 우선 옥상은 제쳐 두고 5개의 창 가운데서 4층을 제외하고는 모두 꼭꼭 닫혀 있었다. 물론 다른 창들을 면밀히 조사한다면 장담을 할 수 없는 일이지만, 지금으로서는 열려 있는 4층 창에 경감이 눈을 돌린 것은 당연하다.

이윽고 마끼노가 얼굴을 내밀었다.

"경감님, 역시 아무도 없어요. 첫째로 침대가 너무 얕아서 숨는다는 것은 어림도 없어요. 하지만 대체 무슨 일이 있었습니까?"

"아니오, 곧 알게 되겠죠. 좌우간 당신은 거기에 있어요. 아무도 들어오지 못하게 하고……."

우리들 목소리를 들었는지 아까부터 여기저기 방 안에 전기가 켜지더니 창문이 열리고 하나 둘 사람들의 얼굴이 창밖으로 내밀어져 있었다. 3층 창에는 오노의 얼굴도, 하라 소이찌로 씨의 얼굴도 보였다. 4층 창에서는 바리톤의 시가랑 다른 가극 단원들의 얼굴도 보였다. 모두 숨을 죽이고 어두운 노면을 내려다보고 있었다.

그러나 이상하게도 마끼노가 내려다보고 있는 창 쪽에서는 거기를 빼 놓고는 1층부터 5층까지 하나도 열린 창문이 없었다.

"아아, 저기 3층에서 보시는 분은 하라 씨가 아니십니까?"

"아, 그런데 경감님, 무슨 일이 일어났어요?"

소이찌로 씨의 졸린 듯한 목소리가 들려왔다.

"아니, 좀…… 선생 오른쪽 방 말인데 그건 누구 방이죠? 아니, 그쪽 말고 선생 쪽에서 보면 왼쪽 방 말입니다."

"아아, 안쪽…… 이건 사가라 양 방인데."

"제기랄!" 하고 경감의 혀차는 소리가 들렸다. "마끼노 씨, 마끼노 씨."

"네, 뭡니까?"

"당신이 있는 바로 위의 방, 그게 누구 방이죠?"

"아아, 그건 내가 아는데요."

그렇게 끼어든 것은 바로 나다.

"그래, 누구 방이오?"

"그건 빈 방이오. 아니 우리들이 빌리고 있으니까 빈 방이 아닐는지 모르지. 즉 의상 도구를 넣기 위해 빌린 거예요."

경감이 또 제기랄 하며 끙끙거렸다.

그때 지배인이 허둥지둥 달려와서 경감은 그쪽을 돌아보며 말했다.

"아아, 잘 왔어요. 저 2층과 이 1층방 말인데요. 아직 문이 안 열렸는데 아무도 없나요?"

"대체, 무슨 일입니까? 네, 저 2층은 지금 비어 있을 겁니다. 1층의 이 방은 헛간으로 쓰고 있습니다만……."

경감은 또 제기랄 하고 신음소리를 내고 있는 것 같았다. 나에게도 경감이 초조해하는 이유가 차츰 뚜렷해지는 것 같았다. 경감은 4층 이외의 방에서 어떤 가능성을 찾아내려고 하는 모양이었다. 그런데 세로로 늘어선 5개의 방을 위로부터 차례로 말하면 다음과 같다.

의상 도구를 쟁여 둔 방——가와다와 하즈미가 쓰는 방—— 사가라 지에꼬의 방—— 빈방—— 헛간.

"경감님, 무, 무슨 일이…….
지배인의 물음에 대하여 경감은 겨우 고개만 흔들었다. 그리고는 성냥불을 켜고 발 아래를 가리켰다. 지배인이 숨을 크게 들이마신 것도 무리는 아니었다. 거기에는 한 사나이가 부자연스런 자세로 넘어져 있었다. 얼굴에는 푹 오버가 씌워져 있었다.

성냥불이 꺼져서 경감은 또 한 개비 붙였다. 그리고 오버를 걷어 치웠다. 나는 부지중 숨을 삼켰다.

"창에서 떨어져…… 죽었습니까?"

경감은 고개를 끄덕이고는 황급히 성냥불을 켜서 아마미야 군의 목을 비쳤다. 나는 또 깊숙이 숨을 들이마셨다. 목덜미에 무참한 손가락 자국이 남아 있었다.

"교살한 뒤 창밖으로 던진 거야."

성냥불이 꺼졌다. 나는 껌껌한 속에서 오싹 소름이 끼치는 것을 느꼈다.

제14장 트롬본

 나는 도대체 언제까지 이런 글을 써야 하나, 사꾸라 사건으로 완전히 녹아 버렸는데, 이젠 또 아마미야 사건이다. 게다가 사가라의 행방도 묘연하다. 아마미야 사건이 있었으므로, 어쩌면 사가라도 어디선가 피살된 것이 아닌가 하고 나도 경찰들을 도와서 호텔 안을 샅샅이 뒤져 보았지만 사가라의 모습은 끝내 발견할 수 없었다. 게다가 안팎으로 감시를 하고 있던 형사는 절대로 바깥으로 나간 일이 없다고 한다. 첫째로 저녁부터 외출한 여자는 한 사람도 없다는 것이다. 그렇다면 사라가는 도대체 어디로 어떻게 빠져 나갔단 말인가. 나는 뭐가 뭔지 도무지 알 수가 없었다. 그런데 이건 좀 뒤의 일이다.
 이윽고 이 소동을 알아차린 형사가 골목으로 달려와서 경감은 시체를 그들에게 지키도록 하고 곧 4층 방으로 올라갔다. 나도 그 뒤를 따랐다. 보니 방 앞에는 가와다 군과 하즈미 군이 긴장된 얼굴로 서 있었다. 저쪽 복도에는 시가가 여전히 우울한 표정으로 서 있다.
 방 안에서는 침대 끝에 걸터앉은 마끼노 갠조가 담배를 빨고 있다. 경감을 보자 마끼노는 얼굴 근육에 조금 경련을 일으켰지만 일어나지는 않았다. 경감은 뚜벅뚜벅 방을 가로질러 창 쪽으로 가더니 부서진 유리창을 조사했다. 이 유리창은 양쪽으로 바깥을 향해 열리도록 되어 있는데, 왼쪽의 창유리가 넉 장 깨어지고 들쭉날쭉 구멍이 뚫려 있었다.

"당신이 스위치를 틀었을 때 이 창은 열려 있었나요?"

경감이 마끼노 쪽을 돌아다보았다.

마끼노는 지친 듯 끄덕거렸다.

"예, 열려 있었어요. 좌우 다 거의 직각으로 밖을 향해 열려 있었어요." 그리고 마끼노는 꼴깍 숨넘어가는 소리를 내고는, "경감님, 창 아래 던져진 것은 누구지요? 아니, 그것이 누구든 그런 건 문제가 아니에요. 저 남자⋯⋯어쩌면 여자는 이 창에서 던져진 걸 거예요. 그런데 유리 깨지는 소리가 들렸던 바로 그 순간 나는 이 방에 뛰어들었죠. 아까 경감님이 왜 그렇게 추근추근 이 방에서 나간 사람이 없느냐고 물으신 이유를 나도 이제 알 것 같습니다. 그렇지요, 아무도 이 방에서 도망간 사람은 없어요. 게다가 보시는 바와 같이 여기는 아무데도 숨을 자리가 없고요. 그러니⋯⋯그러니⋯⋯결국, 내가 던져버린 것으로 되지요. 나 이외에는 저 남자, 아니면 여자를 던질 기회를 가진 자는 없다, 이렇게 되는군요."

경감은 눈 한번 깜짝하지 않고 마끼노의 얼굴을 바라보고 있더니 이어서 그 눈으로 방 안을 둘러보았다.

나도 경감의 시선을 따라서 빙 둘러보았다. 과연 마끼노가 한 말대로다.

텅 빈 방 안에는 아무 데도 사람이 숨어 있을 만한 장소는 없다. 좌우의 벽 쪽에 침대가 하나씩 놓여 있었지만 그 침대도 너무 낮아서 도저히 사람이 기어들어갈 만한 공간은 없었다. 설사 무리하게 들어간다 하더라도 나오는 일이 큰일이라, 마끼노가 아무리 창밖에 정신을 팔고 있었다 하더라도 거기에서 누군가가 기어나온다면 눈치채지 못할 리가 없었다.

"마끼노 씨" 하고 경감은 마끼노를 정면으로 바라보며 말했다.

"당신은 지금 그 남자……어쩌면 여자라고 했는데, 그렇다면 여기에서 내던져진 사람은 여자일는지도 모른다고 생각하나요?"

마끼노는 멍하니 경감을 바라보더니 대답했다.

"하지만 그것은…… 아까부터 아마미야 군이랑 쓰찌야 씨가 열심히 사가라 양을 찾고 있지 않았습니까? 그래서 저는 사가라 양이 내던져진 것이 아닌가 하고……."

사가라의 이름을 듣자 경감의 눈썹이 갑자기 크게 움직였다. 그렇다, 사가라는…… 사가라는 어찌 된 셈이냐, 우리는 그때까지 사가라를 깨끗이 잊고 있었던 것이다.

경감은 나에게 무언가 말하려 했다.

그러나 그때였다. 내 곁에 서 있던 하즈미 군이 별안간 뭐라고 크게 부르짖는 듯하더니 느닷없이 방 안으로 뛰어들었다. 그리고 마끼노를 떠밀듯 하며 침대 위에서 집어 든 것은…… 트롬본이었다.

"누구야, 누구야! 내 트롬본을 요 모양으로 만들어 버린 사람은……."

금세 울음이라도 터뜨릴 것 같은 하즈미의 목소리, 우리들의 눈은 한결같이 하즈미가 쥐고 있는 트롬본으로 쏠렸는데, 아닌게 아니라 트롬본의 에어파이프가 형편없이 찌부러져 있었다……. (이하 생략)

이상으로 우리가 도쿄로 떠난 날 밤 오사카 호텔에서 어떤 일이 일어났는지 대강 알았으리라고 짐작되므로 쓰찌야의 수기는 이 정도로 하고, 다시 우리들 자신의 모험으로 붓을 돌리기로 한다.

오후 8시 오사카 역 도착. 이 열차는 지난 19일 밤 하라 사꾸라가 타고 오기로 돼 있던 열차였다. 바로 그 열차편으로 우리가 오사카에 되돌아온 것은 N호텔에서 아마미야가 피살된 그 다음날 밤이었다. 생각하면 얼마나 어수선한 사건인가. 우리들이 처음 도쿄에서 오사카로 내려온 것은 어제 아침의 일이다. 그리고 그날밤 도쿄로 되돌아갔다가 지금 또다시 오사카로 되돌아온 것이다. 도대체 우리는 몇 번이나 도쿄와 오사카 간을 왕복해야 되는 것인가. 유리 선생도 나도 꽤 억센 편이었지만 그날밤은 어지간히 지쳐 있었다. 오사카 역에서 곧장 N호텔로 달려왔을 때 둘이는 말조차 하기 싫었다.

그러나 사건 쪽에서는 좀처럼 우리를 쉬게 해주지 않는다. 전보를 쳐 놓았기 때문에 아사하라 경감은 우리를 기다리고 있었다. 경감은 즉각 우리를 호텔 지배인 방으로 안내하고는 어젯밤 사건을 들려줬는데, 그것을 듣고 있는 동안 유리 선생의 얼굴에서는 차츰 피로의 빛이 가시었다. 지그시 눈을 감고 선생은 한참 침묵을 지키고 있다가 몸을 앞으로 내밀며 말했다.

"그러니까 이렇게 되는 셈이로군. 그때 당신은 이 방에 있었다, 위에서 유리 깨지는 소리가 났다, 이어서 털썩, 물체 떨어지는 소리가 났다, 그래서 창문을 열고 보니 골목 안쪽에 아마미야 군이 쓰러져 있었다. 그런데…… 그때 당신은 즉시 위쪽을 보았나요?"

"물론 보았지요. 일종의 반사작용이었지요. 그러나 문제의 4층방 창문 외에는 다 닫혀 있었어요. 하기야 어두워서 잘 보이지는 않았습니다만, 시체를 버리고 문을 닫았다면 무슨 기척이라도 있었어야 할 것이라고 생각해요."

"시체의 골절 상태 같은 것으로 얼마만한 높이에서 떨어졌는지…… 그런 건 알 수 없을까?"

"예, 나도 그걸 생각해서 의사에게 물어 봤습니다만, 의사 말로는 적어도 3층 이상의 창에서 떨어진 것은 틀림없다는 것입니다."

"그러면 역시 4층 창문이라는 가능성은 더 커지는 셈이지요. 게다가 유리 깨지는 소리를 듣고 바로 문제의 방에 뛰어든 마끼노 씨는 절대로 방 안에는 아무도 없었다는 것을 증언하고 있지요?"
"그렇습니다. 그 친구 그래서 속을 태우고 있지요. 즉 자기 외에는 아마미야를 던져 버릴 기회를 가진 자는 없다는 것을, 증언한 뒤에야 깨달았으니까요."
경감은 그때 비시시 의미 있는 웃음을 웃었다.
"과연 아무도 그 방을 빠져나간 자가 없다면 마끼노 씨에게 혐의가 걸릴 수밖에 없군요. 그러나 정말 아무도 빠져나갈 수 없었던 것일까. 범인도 창밖으로 빠져 나갔다는 것은 생각할 수 없을까요?"
"아뇨, 그것도 생각해 봤죠. 왜냐면 이 호텔은 창문 밖 왼쪽에 빗물받이 통이 위아래로 뻗어 있어요. 이것은 보통 때는 빗물받이지만 비상시에는, 예컨대 화재 때라든지 할 때는 그걸 타고 피할 수 있도록 아주 튼튼하게, 그리고 매끄럽게 돼 있어요. 그러니까 그것을 타고 내려간 것은 아닌가…… 하고도 생각해 봤지만 그렇다면 아무래도 내 눈에 띄었어야 할 것입니다."
"그 말씀은……."
유리 선생이 언뜻 그 굵은 눈썹을 올린 것은 이 이야기에 선생이 얼마나 많은 흥미를 가지고 있는가를 증명하는 것이리라.
"그러니까 그건 시간의 문제지요. 처음 나는 유리 깨지는 소리를 들었다, 그 순간 일어서서 창으로 달려가 곧 창문을 열고 밖을 보았다, 마침 그것은 아마미야 군의 시체가 노면에 떨어질까말까 하는 순간이었지요. 창문을 열었다, 고개를 내밀었다, 그 순간 털썩, 하고 소리가 나서 나는 그쪽으로 얼굴을 돌렸어요. 그러니까 범인이 시체를 내던지고 그 뒤 물받이를 타고 내려왔다 하면 제아무리 민첩하게 했다 하더라도 내 눈에 띄지 않을 리가 없지요. 또 같은 말을 마끼노에게도 할 수 있지요. 마끼노 씨도 유리 깨지는 소리를 듣고 바로 방 안으로 뛰어들었다, 스위치를 틀었다, 그리고 창가로 달려갔다, 그럼에도 불구하고 범인의 모습은 보이지 않았다, 이렇게 말하는 거예요. 실제로 마끼노 씨가 스위치를 틀었을 때는 아직 유리창 문이 흔들흔들 움직였다고 시체를 던지고 난 바로 직후였음은 틀림없어요. 범인이 제아무리 날랜 자라도 4층 창문에서 타고 내리려면 상당한 결심이 필요하죠. 시체를 던진다, 물받이에 매달린다, 그리고는 제아무리 빨리 타고 내려도 다소 시간이 걸리지요. 그럼에도 불구하고 마끼노나 내가 범인의 그림자를 못 보았으므로 물받이를 타고 도망갔을 가능성은 없는 것으로 생각할 수밖에 없지요."

이것은 경감의 일종의 자학이었다. 이래서 범죄를 매우 불가능한 것으로 만듦으로 해서 스스로 초래하는 초조감을 경감은 일종의 자조적인 쾌감을 가지고 도려내고 있는 것이다.

"그런데 관계자 일동의 알리바이는?"

"글쎄요, 그게 곤란하다니까요. 마끼노 씨는 따로 치고, 다른 사람들은 모두 제 방에 틀어박혀 있었다니까 알리바이의 입증도 할 방법이 없어요. 하기야 콘트라베이스의 가와다와 트롬본의 하즈미, 이 두 사람은 오래 전부터 소동이 벌어질 때까지 식당에서 술을 마시고 있었으니까 문제가 없습니다. 그리고 매니저인 쓰찌야, 이 사람은 훌륭한 알리바이가 있어요. 내가 아마미야 군의 시체를 발견하고 깜짝 놀라 뒤돌아봤을 때 쓰찌야 씨는 이미 이 방에 있었으니까요."

유리 선생은 거기서 또 묵묵히 생각하고 있다가 이윽고 옆에 있는 트롬본을 발견하고 "아아, 이것이 하즈미 군의 트롬본이로군요. 과연 지독하게 휘었군" 하며 트롬본을 집어올리더니 덧붙였다.

"이것을 이 정도로 구부리려면 상당히 힘이 세어야겠군. 그건 그렇고 지문은?"

"아마미야 군의 지문이 묻어 있었어요. 물론 소유주인 하즈미 군의 지문도 있었습니다마는 그밖에는 누구의 지문도 없었어요. 하니까 이것은 제 생각입니다만 범인에게 습격당한 아마미야 군은 이 트롬본으로 대항하려고 했던 모양이지요. 그래서 격투를 벌이는 사이에 이 모양으로 휘어져 버리지 않았나 생각합니다."

"그러나 그렇다면 범인의 손도 조금은 이것에 닿았을 텐데요. 그러니까 어디엔가 범인의 지문이 남았을 텐데…… 아마미야 군과 하즈미 군의 지문만 남기고 자기 지문만을 닦아 없앤다는 것은 아주 어려운 일이니까요. 그런데 4층 문제의 방에는 격투를 벌인 흔적은 없었던가요?"

"있었습니다. 융단이 꽤 흐트러져 있었고 게다가 아마미야 군은 교살될 적에 침대에 넘어지려 했던 모양이지요. 침대 다리의 쇠에 피 묻은 머리카락이 2, 3개 늘어붙어 있었는데 틀림없이 아마미야 군의 머리털일 것이라는 거예요. 그리고 트롬본에 범인의 지문이 남아 있지 않았다는 것은 범인이 그것에 손을 대지 않아도 되었거나 아니면 장갑을 끼고 있었던지 둘 중의 하나겠지요."

"호텔 안에서 말입니까? 그래 장갑을 끼었다면 낄 만한 이유가 있었겠지요. 자, 그럼 대체로 윤곽은 알아 두었으니 문제의 방이라는 걸 보여 주실까요?"

유리 선생이 일어나려고 할 때였다. 형사가 문을 열고 이런 말을 전했다.

"저어…… 오노라는 남자분인데요. 그분이 꼭 유리 선생님께 말씀 드릴 게 있다고 합니다."

"그래, 쇠뿔은 단김에 빼야지, 우물쭈물하다가는 마음이 변할는지 모르니, 경감님. 4층 쪽은 뒤로 돌리고 오노 이야기를 먼저 들을까요?"
"야스이 군, 오노를 곧 이리로 데려와 주게."
형사가 물러가니까 유리 선생은 문득 나를 돌아보았다.
"아참, 잊고 있었군. 〈주간 클럽〉이라는 것이 자네 회사에서 나온다면서……."
나는 놀라 유리 선생을 다시 바라보았다.
"네, 그런데요, 하지만……."
"그 주간 말인데, 지난 잡지들은 오사카 지사에도 갖추어져 있겠지?"
"네, 그거야 있을 겁니다만. 선생님, 〈주간 클럽〉에 뭐가……."
"아냐, 이유는 나중에 말하지. 자네, 미안하지만 지사에 전화 좀 해서 작년…… 그러니까 10월부터 12월까지 것을 곧 이리 가져오도록 해 주게. 좀 볼 게 있어 그러니……."
나는 곧 시마즈 군에게 전화를 했다.
"알았어, 곧 가져 가지. 그런데 미즈끼, 사건은 어떤 형편인가?"
"나는 아직 모르겠네. 그러나 선생님은 뭔가 심증이 있는 모양일세, 좌우간 대지급으로 갖다 주게."
내가 전화를 끊었을 때 오노가 비칠비칠 안으로 들어오고 있었다.

제15장 공포에 떠는 소프라노

하룻밤 사이에 이렇게 초췌해진 사나이를 나는 본 적이 없다. 어제의 오노도 꽤 초췌해 있었지만 지금은 더욱 눈이 들어가고 광대뼈가 불거져 나온 것은 어젯밤 한숨도 잠을 이루지 못한 증거다. 생기를 잃은 눈으로 오노는 우리들 세 사람의 얼굴을 차례로 바라보더니 이윽고 침을 꿀꺽 삼키고는 입을 열었다.
 "선생님, 선생님은 그 아파트를 발견했겠지요? 그리고, 그 방에 있는……."
 "오노 군, 자 앉게. 자네가 말하는 것은 이 사진 이야기 아닌가?"
 선생이 접은 가방 속에서 꺼내 놓은 것은, 청풍장에서 발견한 후지모도 쇼지의 사진이었다. 오노는 그것을 보더니 크게 한숨을 내쉬고는 무너지듯 의자에 앉더니 두 손으로 머리를 싸안았다.
 "오노 군, 이것으로 내가 어느 정도로 사꾸라 여사의 일을 알고 있는지 자네도 알겠지. 자, 말해 보게. 있는 대로 털어놓는 것이 자네도 마음이 가벼울 걸세."
 오노는 고개를 떨군 채 두세 번 간신히 고개를 끄덕거리더니 더듬

더듬 말했다.
"그렇습니다. 나는 이제 더는 이 비밀을 견딜 수가 없어요. 이것을 고백한다는 것은 어쩌면 선생님…… 하라 선생을 배신하는 것이 될는지 모르지만 그러나 어쩔 수 없어요. 나는 어차피 의지가 약한 놈이니까요."
오노는 거기서 멍하게 빛을 잃은 눈을 들더니 얘기를 시작했다.
"먼저 처음 선생님을 찾아간 20일 아침 이야기부터 하지요. 아마미야 군이 선생님께 말한 것은 사실입니다. 그날 아침 나는 암호의 악보를 받았어요. 그 문구는 이랬어요. '곤란한 일이 생겼다, 꼭 비밀로 만나 이야기할 것이 있다, 곧 다까라쓰까까지 오라, 대합실에서 기다린다……' 그런 문구였어요."
"그럼 발신인은?"
"없어요, 그러나 그런 암호 통신을 보내는 이는 하라 선생밖에는 없으니까 나는 아무런 주저도 없이 찾아갔습니다."
"그 암호는 가지고 있나?"
"찢어 없앴습니다. 다까라쓰까에 가는 전차의 창 밖으로."
"아, 좋아요. 그럼 계속하지."
"그런데, 다까라쓰까에 가 보니까 선생의 모습이 안 보였어요. 나는 선생이 늦어지나 보다고 생각하고 대합실에서 기다리고 있었어요. 한 시간, 두 시간, 세 시간…… 하지만 선생은 끝내 오시지 않았습니다. 안 보일 수밖에요. 그 시각에 선생은 이미 이 세상 사람이 아니었으니까요."
오노는 약간 신경질적으로 웃고 나서 말을 이었다.
"그래서 저도 단념하고 돌아왔어요. 2시부터 연습에 들어가므로 더 이상 기다릴 수는 없었지요. 그리고…… 그리고는 그 뒤는 당신네들도 알고 있을 겁니다."

오노는 거기서 또 약간 몸을 떨었다. 유리 선생은 위로하는 듯이 말했다.

"옳지, 잘 알았어요. 그럼 오노 군, 이제는 정작 그 청풍장 이야기를 들려 주시오. 동시에 당신이 왜 사꾸라 여사와 암호 통신 같은 걸 하고 있었는지 그 내력도 좀 이야기해 주시오."

오노는 잠시 잠자코 있었다. 고개를 떨군 채 자꾸 손톱을 물어뜯었다. 그러나 곧 결심이라도 한 듯 얼굴을 들고는 후후후후…… 하고 목구멍 속에서 겨우 웃더니 이윽고 말했다.

"나는 이런 놈입니다. 고백할 요량으로 왔으면서 막상 부딪치면 겁이 납니다. 의지가 박약해요. 하지만…… 큰맘먹고 다 말하겠어요. 그렇습니다, 그와 같은 암호 통신을 하자고 한 것은 하라 선생이었어요. 그건 아마 6월경, 후지모도 사건이 있은 뒤 얼마 안 되어서니까 나는 잘 기억하고 있습니다. 선생님이 느닷없이 그런 제안을 한 겁니다. 이제부턴 여러 가지 남이 보면 곤란한 점이 있을지 모르니 서로 주고받는 편지를 암호로 하자고 선생님이 그런 말씀을 한 겁니다. 아까도 말씀드렸지만 그건 후지도도 사건이 있은 직후로서 암호 악보 이야기로 떠들썩하던 때라서 나는 곧 선생님이 거기에서 힌트를 얻은 걸로 알았습니다. 선생님도 그걸 시인했어요. 그뒤 우리는 자주 암호 통신을 주고받았습니다. 그렇지만 여기서 분명히 말씀드립니다만, 선생님과 나는 나쁜 짓은 결코·안 했습니다. 나는 선생님을 동정했습니다. 존경도 하고 있었습니다. 선생님은 그런 훌륭한 분인데다 매력있는 부인이므로, 그런 분에게 특별히 귀염을 받는다는 것에 나는 뭐랄까, 영혼이 저려오는 것 같은 희열을 느꼈습니다. 선생님 같은 훌륭한 분과, 위대한 예술가와 꼭 연인들처럼 암호 편지를 주고받는다…… 나는 그것만으로도 하늘로 오르는 것처럼 기쁨과 자랑스러움을 느낀 것입니다. 그러나 그것은 연애는 아니었어요. 연애와 아주 흡사한 감정이었지만 어딘가 틀리는 데가 있었어요. 저 자신에게도 그렇고 선생님께도 그랬습니다. 말하자면 어머니와 아들, 그것도 매우 사이가 좋은, 유별나게 다정한 모자간의 감정, 표현이 잘 안 됩니다만 아무튼 그런 감정이었습니다. 요컨대 그것은 순수한 연애는 아니었지만 암호 통신과 같은 '비밀'이 끼어들었기 때문에 매우 연애 비슷한 기분이 되어 버린 거지요. 즉 '비밀'이라는 것을 갖는다는 감미롭고 신비스런 기분에 젖어 있었습니다. 그런데 그런 교섭이 한 달이나 계속되었을까요. 그 동안에……그렇지요, 그것은 분명히 7월 말이나 8월 초의 일이라고 생각됩니다. 나는 우연한 일로 이번에는 드디어 선생님의 진짜 비밀을 엿보아 버렸습니다."

오노는 거기서 말을 끊고 마른 입술을 혀로 축였다. 그리고는 고뇌에 찬 눈으로 마룻바닥을 내려다보다가 다시 더듬더듬 입을 열기 시작했다.

"저의 집은 아다고 산의 바로 밑에 있습니다만, 집에 있을 땐 언제나 오후 4시부터 5시경까지 근처를 한바퀴 삥 도는 것이 나의 습관입니다. 그 산책길의 중간에 청풍장의 옆문을 뛰어나온 부인이 있었어요. 그 부인은 검은 색 양장을 하고 짙은 베일을 쓰고 있었기 때문에 얼굴을 볼 수 없었지만, 저를 보더니 갑자기 방향을 바꾸어서 저쪽으로 도망가듯 사라져 버렸어요. 저는 좀 얼떨떨하여 그 뒷모습을 바라보고 있었지요. 이윽고 나는 불현듯 어떤 생각이 떠올랐습니다. 그 몸집, 걸음걸이…… 그건 분명히 하라 선생이었습니다. 그렇게 깨달았을 때 나는 형언할 수 없는 혐오감을 느꼈습니다. 선생님은 어떤 일이나 숨기는 일이 없었습니다. 그분 남편도 모르는 비밀까지 나에게 말해 주었습니다. 그러니까 하나에서 열까지 선생님에 관한 일은 모르는 것이 없다고 자부하고 있었는데 그때의 태도는 어찌된 것일까. 왜 나를 보고 내빼듯 가버렸을까. 아니, 그것보다 먼저 청풍장에는 어떤 용건이 있었을까. 나는 이제까지 한 번도 청풍장에 아는 이가 살고 있다는 이야기를 들은 적이 없었어요. 내가 바로 그 근처에 살고 있다는 것은 선생님도 잘 알고 있으니 거기에 아는 이가 있다면 어떤 기회에 그런 말이 안 나올 리는 없었을 텐데…… 좌우간 나는 좀 불쾌했어요. 선생님과는 그런 사이는 아니지만 역시 무슨 질투 같은 그런 감정이었어요. 게다가 그 뒤 선생님을 뵈었을 때도 시치미를 떼고 그 일에 대해서는 일언반구도 없었으므로 더욱 기분이 나빴습니다. 그래서 저도 시치미를 떼고 있었지요. 그러나 그 뒤로는 산책 도중, 특히 청풍장의 옆문 출구에 주의가 간 것은 물론입니다. 그런데 얼마 안 되어 나는 또 그 근처에서 선생님을 뵈었습니다. 그때도 선생님은 검은 양장을 하시고 검은 베일을 쓰고 있었습니다. 하지만 나는 그 뒷모습으로 곧 선생님이라는 걸 알고 잰걸음으로 뒤를 쫓았습니다만, 발소리에 눈치챘는지 선생님은 얼핏 뒤돌아 저를 보고는 놀란 듯 달려서 청풍장 안으로 숨어 버렸습니다. 저도 뒤따라 들어갔습니다. 그러고는 그 방에 선생님이 뛰어들어간 것을 붙잡았습니다."

오노는 거기서 유리 선생을 흘끔 보고 나서 말을 이었다.

"제가 뛰어들었을 때 선생님은 경대 위에 놓였던 것을 황급히 감추려 하였습니다. 그러나 전 다짜고짜 덤벼들어 선생님의 손에 있는 것을 뒤틀어 빼앗았습니다. 그것이…… 바로 그 사진이었어요."

유리 선생이 가지고 있는 후지모도 쇼지의 사진에 오노는 멍한 눈길을 돌렸다.

"그래, 사꾸라 여사는 이 사진에 대하여 뭐라고 설명을 하던가?"

오노는 두 손으로 머리를 감싼 채 두어 번 끄덕거리고는 대답했다.

"설명했어요. 아니 제가 선생님께 고백시켰지요. 후지모도는 한 번도 만난 적이 없지만, 신문이나 잡지로 늘 사진을 보고 있었으므로 얼굴은 잘 알고 있었어요. 그래서 사진을 보자마자 곧 후지모도라는 걸 알았지요. 나는 아주 불쾌감을 느꼈습니다. 후지모도는 이미 죽었지요. 그러나 질투라는 것은 상대가 이미 죽어 버렸다 해도 그걸로 상쇄되는 건 아니니까요. 후지모도의 도색 행각은 나도 많이 듣고 있던 터라 실로 뭐라 형언할 수 없는 지저분하고 치사한 생각이 들어서 문득 거친 말투로 선생님을 추궁했어요. 그래서…… 선생님도 고백하지 않을 수 없었습니다."

"어떤 고백이었나요?"

"후지모도는 선생님의, 하라 선생의 아들이었어요. 선생님의 사생아였어요."

오노는 쏟은 것이라도 내뱉듯 이렇게 말하고는 고개를 떨구어 버렸다. 아사하라 경감이 휘익 하고 휘파람 소리를 내었다. 경감이 놀란 것도 무리는 아니지만 그러나 우리들, 즉 나와 유리 선생은 그렇게 놀라지는 않았다. 우리들은 이 일을 이미 마음속에 그리고 있었으니까.

"아하, 사꾸라 여사가 그랬군요. 하지만 사꾸라 여사는 뭣 때문에 그런 데다 방을 빌렸지요? 그리고 거기서 가끔 밀회를 했다는 젊은 남자는 누구지요?"

"아아……." 오노는 놀란 듯 얼굴을 들고, "당신은 모든 것을 다 알고 있군요. 네, 거기에 대해서도 선생님은 말했습니다. 그 젊은 남자란 선생님의 그런 비밀을 쥐고 있는 자예요. 그래서 선생님을 협박하고 돈을 울궈내고 있었어요. 그자가 어떻게 선생님의 비밀을 쥐게 되었는지 그것에 대해서는 선생님은 어떤 무서운 의심을 가지고 있었습니다. 즉 그자야말로 후지모도를 죽인 범인이 아닌가, 후지모도를 죽이고 나서 그가 가지고 있던 선생님의 편지로 알게 된 것이 아닌가

……."
"그렇다면 왜 경찰에 고발하지 않았을까요?"
아사하라 경감의 말에 오노는 분연히 얼굴을 붉히며 말했다.
"어떻게 그런 일을 할 수 있겠어요? 선생님은 확실한 증거를 가진 것도 아니고, 아니 설사 증거가 있다고 하더라도 선생님은 아마 침묵을 지켰을 겁니다. 그자가 붙들리는 날이면 선생님의 비밀이 폭로될 수밖에 없을 테니까요."
"그러면 결국 사꾸라 여사는 자기 아들을 죽인 범인에게 협박당하고 있었군요."
"그렇습니다. 그래서 그 협박은 한층 심각하고 무서웠어요. 그자는 완전히 필사적이었으니까요."
"그래, 그자의 정체는 무엇일까? 사꾸라 여사는 그자의 이름을 말하지 않던가요?"
유리 선생이 온화하게 물었다. 오노는 힘없이 머리를 조아렸다.
"그것만은 절대로 묻지 말아 달라고 하며 선생님은 입을 열지 않았습니다. 아니 이름을 감출 뿐 아니라 제가 열을 올려 그 자식 얼굴 껍질을 벗겨 놓겠다고 날뛰는 걸 선생님은 한사코 말렸습니다. 어쨌든 그는 상처입은 멧돼지 같은 사나이니 절대로 건드리지 말도록, 그리고 상대가 어떤 존재인가, 어떤 사나이인가 하는 것도 캐려 하지 말도록 극력 만류하셨습니다. 나도 선생님께 더 이상 화가 미쳐서는 안 되겠기에 일단 선생님 말씀을 따르기로 했습니다. 그러나 넌지시 그자의 동태를 살피는 정도는 좋으리라 싶어서 그 뒤로도 청풍장에 주의를 기울이고 있었습니다만 두 번 가량…… 그렇지요, 딱 두 번입니다만 그자의 모습을 얼핏 본 일이 있습니다."
"그래 어떤 모습이던가?"
"글쎄요, 뭐랄까. 키는 중키보다 조금 작다고나 할까요? 두 번 다

오버나 레인코트를 입고 있었는데 꼭 한번 오버의 앞자락이 열려 있는 것을 본 일이 있습니다. 아주 멋있는 양복을 입고 값비싼 단장을 들고 있었어요. 그자는 역시 후지모도와 같은 패거리일는지 모르겠습니다."

"그래 얼굴은?"

"얼굴은 잘 모르겠습니다. 늘 색안경을 끼고 머플러로 가리고 있었으니까요."

그때 형사가 문을 열고 얼굴을 내밀었다.

"신일보사에서 미즈끼 씨에게 잡지철을 가지고 왔는데요……"

"아, 그래요? 이리 주게."

유리 선생은 형사의 손에서 주간지 철을 받아들고 아무렇게나 책장을 넘기며 말했다.

"그런데 후지모도 쇼지 말인데, 그자가 사꾸라의 사생아라고 한다면 그 아버지는 대체 누구지? 거기 대해서 여사는 뭐라고 하던가?"

"그건 저도 물어봤었지요. 그러나 선생님은 그것도 제발 묻지 말아달라며 기어코 대답을 안 했어요. 저도 그 이상 묻지 않았습니다만 그때의 말투로 봐서 아무래도 내가 아는 사람이 아닌가 생각되었어요."

"자네가 아는 사람? 누굴까, 그는?"

"모르겠습니다. 짐작조차 가질 않아요. 그러나 그때의 눈치로 봐서 이름을 대면 내가 알 만한 사람……이라는 그런 심증이 갔었지요."

"그래, 그런데 오노 군, 자네는 최근 외국여행에서 돌아왔지? 귀국한 것은 언제더라?"

오노는 별걸 다 묻는다는 듯이 유리 선생의 얼굴을 빤히 쳐다보았다.
"금년이지요. 금년 3월입니다. 그러나……."
"아냐, 아무것도 아냐. 그렇다면 모르는 것도 무리가 아니지." 유리 선생은 묘한 말을 하면서 호주머니에서 연필을 꺼내 잡지에다 낙서를 하고 있다가 "미즈끼 군, 이 페이지를 찢어 버려도 괜찮겠지?"
유리 선생은 내 대답을 기다리지도 않고 찌익 찢어서 그 아래위를 꼼꼼하게 접고는 말을 이었다.
"오노 군, 사꾸라 여사를 협박하고 있던 사나이 말인데 혹시 이런 모양이 아니었던가?"
선생이 내민 것은 제법 멋있는 젊은이의 전신이었다. 앞자락이 벌어진, 긴 프록코트를 입고 머리에는 오페라 모자를 쓰고 옆구리에 단장을 끼고 있었다. 하얀 색깔의 상당한 미모인 듯한데 연필로 안경과 머플러를 장난처럼 그려 넣어서 얼굴은 잘 알 수 없었다. 그러나 이 사진을 훑어본 순간 오노는 온몸으로 놀라는 듯하였다.
"앗, 이 남자입니다, 이 남자입니다. 그러나 이것은……?"
"접어 놓은 곳을 읽어 보게."
나도, 아사하라 경감도, 의자에서 일어나서는 오노에게로 다가가서 좌우에서 들여다보았다. 오노는 덜덜 떨리는 손으로 위아래 접은 곳을 들추었다. 그 순간 오노도, 경감도, 나도, 너무나 놀라서 뒤로 넘어질 지경이었다.
사진 뒤에는──올가을 음악계의 히트 〈춘희〉 그리고 사진 밑에는 알프레드 제르몽──사가라 지에꼬.

제16장 비극의 유머리스트

오노가 방을 나간 뒤, 우리들은 오랫동안 침묵을 지켰다. 나는 형언할 수 없는 공포감으로 가슴이 막히는 듯한 느낌이었다.

그렇다치고, 유리 선생은 얼마나 기억력이 좋은가. 그렇다, 그 〈춘희〉—— 나도 그것을 모를 리가 없다.

그것은 작년 가을의 대히트였었다. 하라 사꾸라의 비올레타에, 사가라 지에꼬의 알프레드 제르몽. 그게 히트한 것이다. 물론 제르몽은 테너역이다. 그것을 알토로 부르는 것은 일종의 파격이었다. 그것을 사꾸라가 대담하게 주장한 것이다.

"하지만 일본에는 제르몽을 부를 수 있는 좋은 테너가 없기 때문에 어쩔 수 없잖아요. 두고 보세요, 알토로 꼭 성공시키고 말 테니. 우리 지에꼬는 정말 멋있어요."

그런데 나는 근래에 와서 들은 이야기가 있다. 이번 전쟁중에 가극의 본고장 이탈리아에서도 테너가 거의 다 징집되었기 때문에 역시 이 제르몽을 알토로 불러서 〈춘희〉를 상연한 일이 있었다 한다. 그렇다면 하라 사꾸라의 용단은 가극의 본고장보다 선수를 친 셈이 된다.

그건 그렇고 그때 사가라의 제르몽은 대단한 인기였다. 그 당시로 말하면 남장의 미인이 유행처럼 되어 있었다. 게다가 사가라의 제르몽은 소녀 가극의 어떤 남자역보다도 멋있고 매혹적이었다. 제르몽이란 역할만도 득이었다. 〈춘희〉란 공연물도 가극으로서는 일본에 널리 알려진 터였다. 3일간의 예정이 일주일로 연장된 것도 무리가 아니다.

물론 까다로운 비평가들이 입을 모아 비난한 것은 말할 것도 없다. 그러나 비평가의 비난이라는 것은 거꾸로 대중들의 호기심을 불러일으키는데 묘한 효력을 가진다. 그들이 가극의 정도가 아니라고 꼬집고 사꾸라 여사의 장삿속을 비난하면 할수록 오히려 인기는 이 〈춘희〉에게 집중되었던 것이다.

그 〈춘희〉의 알프레드 제르몽, 그러면 사꾸라 여사를 협박한 것은 사가라 지에꼬였는가.

유리 선생은 가볍게 고개를 좌우로 젓고는 우울한 어조로 이런 말을 했다.

"아니오, 그것은 나의 공이 아니오. 쓰찌야 씨가 가르쳐 준 거나 다름없소. 쓰찌야 씨의 수기 속에 사꾸라 여사가 작년에 〈라 트라비아타〉를 한 것이 적혀 있었소. 그것을 엊저녁에 기차 속에서 읽고 있었기 때문에 그 당시의 평판을 생각해내고, 그래서 아침에 청풍장에서 이웃 아주머니에게서 사꾸라 여사와 밀회하던 남자의 옷차림을 들었을 때 곧 이 사진을 떠올렸던 거야. 그러니까 이건 내 공이 아니지."

"아아, 알았다, 알았어. 이제 비로소 알았다."

경감이 느닷없이 부르짖었기 때문에 나는 놀라서 그를 돌아보았다. 경감은 급한 목소리로 말했다.

"선생님, 그렇지요. 엊저녁에 호텔을 지키던 형사들은 초저녁부터 한 사람의 여자도 외출한 일이 없다고 단언했지요. 형사가 그렇게 믿어버린 것도 당연하지. 사가라는 어쩌면 이런 복장으로 나가지 않았을까요?"

"그래, 나도 그것을 생각하고 있었소. 그래서 우리들보다 한발 더 먼저 도쿄에 닿아서 청풍장에 나타난 거요."

"뭐라고요? 사가라가 도쿄에 갔다고요?"

"그래요. 당신은 아직 그걸 모르고 있었군요."

유리 선생이 간단히 오늘 아침 이야기를 들려주었더니 경감은 놀란 토끼눈이 됐다.

"흠, 하지만 사가라는 왜 그런 모험을 했을까요? 대체 무슨 용건이 있어서 청풍장엘 갔을까요?"

"그것은 필경 그 방에 뭔가 증거가 될 만한 것이 남아 있었겠죠. 그것이 발견되면 사꾸라 여사를 협박했다는 사실이 탄로될 줄 알고 위험을 무릅쓰고 되찾으러 갔던 거지요. 그렇지요, 유리 선생님?" 나는 유리 선생 쪽을 돌아보며, "어제 저녁 이 로비에서 선생님이 그 암호를 풀었을 때 사가라는 내 등뒤에서 눈을 접시처럼 크게 뜨고 들여다보고 있었어요. 사가라는 그때 해독된 문장을 읽었을 거예요. 그래서 조만간 아다고의 아파트에 경찰의 손이 뻗칠 줄 알고 위험을 무릅쓰고 호텔을 빠져 나가 상경했어요."

유리 선생은 고개를 끄덕이며 말했다.

"그래, 그때 사가라가 해독문을 읽었다는 것은 나도 알고 있었지. 아니, 아니 일부러 읽기 좋게 해 주었던 거야. 어떤 반응을 일으킬 것인가 하고. 그러나 내가 지금 생각하고 있는 것은 그게 아냐. 사가라 양이 남장을 하고 여기를 빠져 나갔다 치고, 대체 그녀는 어떻게 해서 그 복장을 손에 넣었느냐 이거야. 그녀는 이런 일이 있을 것이라는 걸 예측하고 오사카까지, 아니 이 호텔까지 제르몽의 의상을 가져왔던 것일까?"
"아니오, 그것은 내 옷이 아니에요."
우리들—— 나와 아사하라 경감은 부지중 벌떡 일어났다. 유리 선생조차도 얼굴이 확 달아올랐다. 의자를 잡은 두 손은 부들부들 떨리고 있었다.
"사가라 양!"
경감이 무섭게 나무라는 것을 유리 선생이 제지시켰다. 그리고는 스스로 문께로 가서 거기에 서 있는 사가라의 어깨에 가볍게 손을 얹었다. 그리고 유심히 그녀의 눈 속을 들여다보았다. 그 응시가 너무 강한 탓이었을까. 사가라는 눈을 깜빡거리더니 엷게 볼을 물들이며 긴 속눈썹을 깔았다.
유리 선생은 그제야 겨우 손을 내리고 가볍게 그녀의 팔을 잡아 방 가운데로 데리고 와서 의자를 권했다. 우리들——아사하라 경감과 나는 선생의 그런 동작을 멍하니 바라보았다.
유리 선생도 의자에 앉아 말했다.
"자, 들어보자고. 지금 그 말은 무슨 뜻이지요?"
사가라는 천천히 무릎을 포개고는 몸을 앞으로 기울이며 대답했다.
"네, 말하겠어요. 하지만 그 전에, 선생님…… 아 참, 선생님은 파이프 담배라 안 되지. 미즈끼 씨, 담배 한 대만 줘요."
사가라는 모자를 벗어서 테이블 뒤에 던졌다. 나는 호주머니에서 담배를 꺼내 내밀었지만 그때 손가락이 떨리는 것을 어쩔 수가 없었다. 첫째는 지금 선생의 태도로 봐서 묘하게 흥분된 탓도 있지만 또 하나는 그때 사가라가 너무나 매력적이었기 때문이었다.
사가라는 남장을 하고 있었다. 알프레드 제르몽의 무대 의상 차림이다. 보통 여자의 복장일 때는 못 느꼈는데 이렇게 남장을 하고 있으니 형언할 수 없을 만큼 매혹적이었다. 소녀 가극단의 남자역이 세상을 떠들썩하게 하는 것도 무리가 아니라고 나는 그때 비로소 깨달았다.

사가라는 천천히 담배 연기를 들이마시며 말했다.

"지금 이 복장이 문제가 되었지요? 네, 거기에 대해서 제가 한 말은 거짓이 아니에요. 저도 이것과 같은 의상을 가지고 있어요. 하지만 이건 제 것이 아닌걸요."

"누구의……그럼 누구의 의상이지요?"

"선생님…… 그래요. 하라 선생님 거예요."

아사하라 경감이 의심스러운 듯 끙끙거렸다. 그러나 유리 선생은 그 말을 듣자 갑자기 몸을 앞으로 기울이며 물었다.

"그럼, 사꾸라 여사도 똑같은 의상을 가졌었나요?"

"네, 그래요. 그 이유를 지금 말하겠어요." 익숙한 솜씨로 사가라는 담뱃재를 떨고는 "작년 제가 이 복장으로 알프레드를 한 것을 아시지요? 보세요. 거기 내 사진이 있잖아요. 제 입으로 말하는 건 좀 쑥스럽지만 그 역할은 꽤 인기였어요. 선생님은 그것을 몹시 부러워해서 이렇게 말했지요. ──전에 한번 이탈리아에서 〈피가로의 결혼〉의 켈비노 역을 한 일이 있는데, 그것은 본래 소프라노로 작곡된 것이 아니다. 남자라 하지만 백작 부인의 몸종에 불과하니 남자인지 여자인지 잘 모른다. 언젠가 한번 멋진 남자역을 하고 싶지만 소프라노가 돼서 할 수가 있어야지. 거기다 대면 그대가 참 부럽다──하고 극구 칭찬하더니 의상실을 불러서 자신도 저와 똑같은 의상을 한 벌 맞추었어요. 그게 바로 이거예요."

"그러나 그런 의상을 만들어서 뭣에 쓰려 했을까? 무대에서 입을 것도 아니겠고……."

"장난이었어요. 선생님은 어린애 같은 분이에요. 위대한 예술가는

다 그렇지만 선생님도 어린애처럼 순진한 데가 있었기 때문에, 가끔 이 복장을 하고 모임 같은 데에 나가서 모두를 놀라게 하고는 좋아했어요. 언젠가 저와 둘이서 똑같은 복장을 하고 긴자의 골목길을 헤맨 적도 있었어요. 네, 시치미만 떼고 있으면 누구에게도 쉽사리 여자로 눈치채일 수 없는 그런 사실이 꽤우 신이 났던 모양이에요."
"흠. 그럼, 이 오사카에서도 누군가를 놀래주고 싶어서 그 의상을 준비했던 것인가요?"
"네, 그렇겠지요. 아마……하지만 난 조금도 그런 거 몰랐어요. 그런데 엊저녁에 아무래도 이 호텔을 빠져 나갈 필요가 있어서 무슨 분장할 의상이 없는가 하고 5층에 있던 트렁크를 뒤졌는데, 〈나비부인〉의 의상 속에 이것이 있는 것을 발견하고는 저도 좀 놀랐어요. 그러나 이거야말로 안성맞춤이어서 곧장 빌리기로 했지요. 아시겠지만 선생님과 저는 키로부터 몸집까지 아주 흡사하기 때문에 이 옷도 잘 맞아요. 네? 제 것요? 아, 그것은 의상 트렁크 속에 감춰두고 갔었지요."
"그래가지고 당신은 여기를 빠져 나가서 도쿄의 청풍장으로 갔군요. 허지만 거기는 무슨 용무가 있었지요?"
"그렇지, 당신은 도대체 청풍장에서 무얼 훔쳐냈지?"
경감이 가로채어 물었다.
"어머나! 실례되는 말씀 마세요." 사가라는 장난기 섞인 눈을 빛내며 말했다. "뭐 훔치거나 그런 일 없어요, 라고 말하면 안 되나요? 네, 전에 한 번 거기서 훔쳐낸 것이 있어요. 그런데 오늘 아침엔 훔치러 간 건 아니에요. 거꾸로 전에 훔친 것을 돌려 주러 갔어요."
"뭣을, 뭘 돌려 주었나요?"

"그 사진……후지모도의 그 사진이에요."

갑자기 유리 선생이 소리가 나도록 숨을 들이마셨다. 그리고는 무섭게 몸을 앞으로 숙이며 말했다.

"그렇다면 당신도……당신도 그 일을 알고 있었나요?"

사가라는 한참이나 유리 선생을 응시하다가, 이윽고 수수께끼 같은 웃음을 띠며 말했다.

"그 일……? 그러면 선생님도 그 일을 눈치채고 있었군요, 저 사진 때문에?"

"아냐, 이 사진 때문이 아니오. 나는 그것보다도 다른 것에서 그 일……후지모도 쇼지가 사꾸라 여사의 사생아란, 새빨간 거짓말이라는 걸 알고 있었지요."

나는 놀라서 유리 선생의 얼굴을 바라보았다. 아사하라 경감도 새삼스럽게 놀라며 말했다.

"선생님, 그러나 그것은…… 그렇다면 오노는 우리를 속였단 말인가요?"

하지만 선생은 그 말엔 대답도 없이 여전히 사가라의 얼굴을 보며 말했다.

"그러나 이 사진에 관해서는 몰랐지요. 이 사진에 무슨 조작이라도 있었나요?"

사가라는 의심스러운 듯 선생을 바라보다가 가벼운 한숨을 지으며,

"어머나! 시시해. 그렇다면 오늘 아침 제 수고는 헛고생이 됐게요. 그 사진이 아니라도 선생님이 다 알고 계셨다면 제가 괜히 애써서 그 사진을 돌려주러 가지 않아도 됐을 것을. 선생님, 그 액자 속에 들어 있는 갓난아기 사진 좀 꺼내 보세요."

유리 선생은 급히 액자 뒤를 떼어내고 속에 있는 갓난아기 사진을 꺼냈다.

"오노 씨는 그것을 후지모도의 어릴 적 사진이라 했지요. 네, 그 사람은 그것을 곧이듣고 있어요. 하지만 사진 뒤쪽을 보면 바로 그건 거짓이라는 걸 알 수 있어요."

유리 선생이 급히 사진을 뒤집자 우리들은 저쪽로 눈이 둥그래졌다. 거기에는 가로 쓴 문자가 빽빽이 인쇄돼 있었다. 분명히 그것은 외국 잡지에서 오려낸 것이었다.

"후지모도가 제아무리 인기 있는 유행 가수라 해도 설마 갓난아기 때부터 유명할 리는 없잖아요? 그러니 하물며 외국 잡지 같은 것에 실릴 리가 없지요. 게다가 난 그 갓난아기를 알고 있어요. 그 사진은 작년 〈클래식〉 잡지에서 오려낸 것으로 사진의 주인공은 미국 영화 배우 필립 홈즈의 갓난아기 때 사진이에요. 선생님은…… 하라 선생님은 유머리스트였어요."

제17장 프리마돈나의 비밀

"선생님이 왜 그런 일을 하셨는지 저는 잘 알고 있어요. 그것은 제가 선생님이라는 사람……선생님의 성질을 잘 알고 있기 때문이에요."

사가라는 또 내 담배 케이스에서 한 개비를 뽑아 들었다. 그리고 다리를 포개고 머리를 의자 등에 기대더니 눈을 가늘게 뜨고 천천히 말을 시작했다.

"그러나 이런 일을 경찰 분에게 납득이 가도록 설명한다는 것은 어려운 일이라고 전 그렇게 생각했죠. 아무리 침이 마르도록 설명해 봤자 의심이 많은 경찰 분들은 도저히 믿어주지 않겠지. 그러니까 사실을 가지고 선생님의 기만이라고 할까, 연극이라고 할까, 그것을 여러분에게 보여주지 않으면 안 된다. 이렇게 생각했기 때문에 난 그처럼 대담한 흉내를 냈어요. 즉 그 사진을 청풍장에 되돌려 놓아, 여러분이 발견하게 만들고 나아가서는 거기에 있는 거짓을 깨닫게 하고 싶었던 거예요."

유리 선생은 뚫어지게 사가라의 얼굴을 바라보았다. 그 눈동자에는 상냥스런 근심이 넘쳐 흐르고 있었다.

"그래요" 하고 거기 맞장구를 친 것은 아사하라 경감이었다. 그 어조에는 아직 다분히 의혹이 남아 있었지만 굳이 그것을 삼키려는 듯 "응, 그것으로 대개 당신의 행동의 의미는 알았ㅈ'만, 문제는 사쿠라 여사지요. 사쿠라 여사는 뭣 때문에 그런 얼토당트 않은 거짓말을 했지요?"

사가라는 그 말을 듣자 밝은, 밝은 중에도 어딘가 애수가 어린 미소를 머금었다.

"경감님, 지금 댁에서 수사하고 계신 이 사건, 이건 세상에 흔히 있는 사건이 아니에요. 하라 사쿠라라는 위대한 프리마돈나, 세계적 대예술가를 둘러싸고 일어난 사건이에요. 그러니까 댁에서 이 사건을 이해하시려면, 아무래도 예술가적 기질을 잘 이해하지 않으면 안 돼요. 하라 선생님은 일상 생활의 전부가 예술이었어요. 더 알기 쉬운 말로 하면 선생님의 일상 생활 도두가 연극이었어요. 젓가락의 오르내림으로부터 고개의 조그만 움직임, 아무렇지도 않은 아침 인사 속에서도 선생님은 결코 연극을 잊은 일이 없어요. 그것은 자기가 위대한 프리마돈나라는 자각에서도 왔겠습니다만, 또 하나는 예술가에 있을 수 있는 어린애 같은 허영심, 언제나 사람들의 이목의 중심이 되고자 하는……세상이나 주위 사람들에게서 늘 화젯거리가 되고자 하는 그런 어린애 같은 성질에서도 왔어요. 그런데 거기에 오노란 사람이 뛰어들었어요. 순진무구하고 순정적이고 정직하고 남을 의심할 줄 모르는 오노, 도련님 같은 오노, 게다가 이 오노 씨가 선생님께 완전히 경도돼 버렸지요. 선생님을 신처럼 우러러보고 있었어요. 그래서 얼핏 선생님 마음속에 장난기가 솟았던 거지요. 오노 씨를 노리개로 한다고 하면 좀 어폐가 있지만 오노 씨를 상대로 한 술래잡기, 즉 일종의 유희였지요. 모성의 비극

어쩌고 하는 연극, 그것을 생각해내서 오노 씨 상대로 그런 연극을 연출했던 거예요."

"그러면 뭔가, 청풍장을 둘러 싼 일체의 에피소드, 그것은 모두 사쿠라 여사가 꾸민 연극이며, 여사가 오노에게 고백한 것은 다 거짓말이라는 뜻인가요?"

"네, 그래요. 하지만 선생님 자신은 나중에 가서는 연극이라고 생각 안 했을는지도 몰라요. 선생님이란 분은 그런 분이었어요. 굉장히 공상력이 강해서 공상하고 있는 동안에 사실과 공상의 경계가 모호해져 버린다, 공상 속에서 우러난 산물을 어느 틈엔가 실제로 있었던 것으로 믿어버린다…… 이런 분이었어요. 토마스 하디의 소설에 《환상의 부인》이라는 것이 있었는데 선생님은 그것의 극단적인 예였어요."

경감은 흥, 하고 못마땅한 신음소리를 냈다. 그리고는 의심스럽다는 듯이 사가라의 남장 차림을 바라보며 말했다.

"그러면 청풍장에서 면회하고 있었던 남자는 그것도 사실은 사쿠라 여사 자신이었다. 즉 사쿠라 여사가 남장을 하고 1인 2역을 연출했다 이건가요?"

"네, 그래요. 이 남장에 대한 자신이라는 것도 선생님이 이번 일을 생각해낸 동기의 하나가 되었을 거예요."

경감은 잠시 침묵을 지키더니 이윽고 대쪽이라도 쪼개는 듯 분명한 어조로 말했다.

"그러면 즉 이렇게 되는 거지. 사쿠라 여사는 오노 군의 순진성을 이용해서 그를 희롱하려고 마음먹었다, 그런데 후지모도의 피살 사건이 일어났다, 게다가 이 후지모도란 자가 어릴 적에 생모와 헤어져 모성애에 굶주리고 있었다는 것을 사쿠라 여사가 알고서 그걸 이용해서, 흡사 자기가 후지모도의 생모인 것처럼 오노를 믿게 하고 또 이 비밀을 아는 누구에겐가 공감당하고 있다……이런 연극을 오노 군에게 보임으로써 그를 놀림감으로 삼았다……라는 이야기가 된단 말이지요?"

"네, 바로 그대로예요."

"허나……."

돌연 경감은 마룻바닥을 차고 일어나서 거칠게 방 안을 오락가락하며 "그런 일이 믿어지겠는가? 아무리 예술가의 장난기라 하더라도 그런 터무니없는 바보 같은 계획적인 연극, 자칫하면 어떤 소동이 벌어질지도 모르는 그런 바보 같은 짓을 사쿠라 여사가 하고 있었다고 믿어지겠는가?"

"그러니까 아까부터 제가 말했지 않습니까? 이 사건을 이해하려면 하라 사쿠라라는 위대한 예술가, 갓난아기 같은 어른을 이해하지 않으면 안 된다고……."

"그러나 우리들에게는 그렇게 어렵게 생각하는 것보다는 역시 더 상식적으로 해석하는 편이 나을 것 같군요."

"상식적인 해석이라 하면……."

"즉, 사쿠라 여사가 오노 군에게 말한 것은 진실이다, 후지모도는 역시 사쿠라 여사의 사생아이고 그 사실을 알고 있던 인물에게 협박당하고 있었다, 그리고 그 인물이라는 것이 남자였을지도 모르고 어쩌면 남장한 여자였는지도 모른다고 말이오."

사가라는 갑자기 의자에서 몸을 일으켰다. 그리고는 도전하는 듯한 눈매로 경감의 날카로운 시선을 맞받아 쏘다가 곧 경멸하는 미소를 띠며 말했다.

"역시 그렇군요. 당신네들은 그런 식으로 평범한 해석밖에는 못 하시는군요. 하지만, 충고해 두겠는데요, 당신네들이 그런 상식적인 해석을 고집하는 한 이 사건은 해결을 보지 못할 거예요."

제17장 프리마돈나의 비밀 359

사가라는 축 늘어진 듯 의자 속에 몸을 묻었다. 사가라의 말투에 있는 날카로운 빈정댐으로 경감의 얼굴빛이 홱 달라졌다. 일순 긴박한 공기가 두 사람 사이에 흘렀으나 바로 그때였다. 유리 선생이 이 분위기를 깨려는 듯 끼어든 것은.
"사가라 양, 그렇지만 당신은 어떻게 그걸 알았지요? 사쿠라 여사의 연극을……"
사가라는 유리 선생 쪽으로 돌아앉았다.
"그건 이래요. 아마 그게 한 달 전 일일까, 청풍장에 살고 있는 젊은 부인으로부터 전화가 걸려와서……아실는지 모르지만, 전 하라 선생님하고 동거하고 있었거든요. 그때 선생님이 외출중이어서 제가 전화를 받았어요. 그런데 그 아낙네가 하라 기요꼬라는 것은 하라 선생의 본명이 아닌가 하고 물어오는 것이었어요. 그래서 전 좀 이상하게 생각했기 때문에 그 부인네……가와구찌라는 분이었어요. 그분에게 여러 가지 질문을 한 끝에 비로소 선생님이 청풍장의 한 방을 빌리고 있다는 것을 알게 됐어요. 그래서 어쩐지 좀 걱정이 되어서 청풍장으로 살짝 엿보러 갔어요. 그랬더니 거기에 후지모도의 사진이 장식되어 있었어요. 뿐만 아니라 액자 속에 끼워져 있는 갓난애의 사진……그걸 보고 나는 깜짝 놀랐지요. 그건 지금부터 반 년쯤 전이에요. 선생님은 그때부터 이상하게 애기가 갖고 싶다고 입버릇처럼 말했는데, 어느 땐가 클래식 잡지에서 그걸 발견하시고는 대단히 마음이 끌리신 것 같았어요. 거기다가 세간에 퍼진 후지모도의 신상 이야기 등등 이것저것 맞추어 생각해 보니 나는 곧 선생님의 공상을 알 수 있었어요. 그뒤 나는 계속 청풍장에 신경을 쓰고 있었기 때문에 선생님의 공상적인 연극이 오노 씨를 대상으로 하고 있다는 사실, 즉 오노 씨를 놀림감으로 하기 위해 그런 위험한 장난을 하고 있다는 것을 깨달았어요."

"그런데도 당신은 오노 군에게 그걸 일러 주려고 안 했던가요?"

경감이 뛰어들어 물었다. 사가라는 조금 눈썹을 치켜 올렸지만 일부러 경감의 얼굴을 외면하고 말했다.

"어떻게 그런 일을 할 수 있어요? 선생님은 그 장난에 어린애처럼 열중하고 계셨어요. 옆에서 공연스런 간섭을 해서 선생님의 꿈을 부숴버린다는 것은 곧 선생님의 마음에 상처를 주는 것이 돼요. 그래서 나는 오노 씨에게 충고하려고는 전혀 안 했어요. 하지만 너무 깊이 들어가서 엉뚱한 사태라도 일어난다면……하고 그걸 걱정했기 때문에 기회를 봐서 선생님께 직접 충고하려 했어요. 그래 그 준비 단계로 가장 오해의 씨가 될 만한 사진만을 몰래 훔쳐서 감추어 놓았어요."

유리 선생은 잠시 무엇을 바쁘게 머리 속에서 정리하고 있는 듯하더니 곧 몸을 기울이며 말했다.

"사가라 양, 지금 당신의 이야기로는 사쿠라 여사가 아기를 갖고 싶다고 말한 것은 반 년쯤 전부터라고 했지요. 그 전에는 그런 일은 없었나요?"

"네, 그 전에는 어린애 이야기를 꺼낸 적이 없었어요."

"그런데 갑자기 어린애가 갖고 싶다고 말하기 시작했단 말이죠. 왜 그런 모성애가 갑자기 일어났을까요? 뭔가 거기에 동기 같은 것이 있었나요?"

"글쎄요, 그건 저도 모르겠어요. 역시 나이 탓이 아니었을까요?"

"확실히 말해서 그것은 대체로 어느 때부터였지요?"

사가라는 잠깐 고개를 갸우뚱하다가 말했다.

"네, 그건 아마 4월경이 아닌가 생각돼요. 네네, 틀림없어요. 아마 미야 씨가 쓰찌야 씨의 조수로 들어와서 얼마 안 됐을 때니까."

갑자기 엷은 미소가 유리 선생의 입가에 떠올랐다. 그 미소는 그대로 입가에 머물고 있었는데 이윽고 유리 선생은 몸을 일으켰다.

"아, 고맙소. 그래서 모든 것을 잘 알게 됐소. 그건 그렇고 사가라양, 또 한 가지 더 묻고 싶은 것이 있는데 이 일은 가장 중요한 일이니 잘 생각해서 대답을 해 줘요. 사쿠라 여사가 청풍장의 한 방을 몰래 빌려 쓰고 있었다는 것, 그리고 오노 군을 상대로 그런 장난을 연출하고 있었던 사실을 당신 말고도 따로 누군가가 알고 있는 사람은 없었나요?"

"글쎄요…… 모르겠는데요."

"그래도 누군가가 알고 있으리라는 가능성은 없을까요?"

"네, 그거야 생각할 수는 있지요. 나부터가 알고 있었으니까. 게다가 선생님이란 분은 아까부터 몇 번 말했듯이 어른인 어린애였기 때문에 자기 딴에는 아주 빈틈없이 해냈다 해도 곁에서 보면 여기저기 구멍이 뚫려 있는……이런 분이었어요."

유리 선생은 거기서 벌떡 일어서 사가라의 어깨에 상냥스레 손을 얹고 그녀를 안아 일으켰다.

"아주 고맙소. 그럼 당신은 방에 돌아가서 편히 쉬시오. 나중에 또 용무가 생길는지 모르지만 그때까지 편히 쉬고 있어요."

"선생님……."

문가로 간 사가라는 갑자기 뜨거운 눈길로 유리 선생을 돌아보았다. "선생님, 선생님은 제 이야기를 꼭 믿어 주시는 거지요?"

"믿고말고. 그것으로 모든 것이 아귀가 들어맞으니까. 아, 그리고 3층으로 가거든 하라 소이찌로 씨더러 잠깐 내려오시도록 전해 주시오."

사가라가 나가는 것과 동시에 형사가 전보를 들고 왔다. 전보는 유리 선생 앞으로 된 것이었다. 선생은 그것을 다 읽고 난 뒤에 곧 우리에게 내밀었다. 그 전보의 내용은 이렇다.

19일 여객기에 사쿠라에 해당하는 여객 없음, 도도로끼.

경시청의 도도로끼 경감으로부터였다.
"응, 이것으로 살인 현장은 도쿄로 한정된 셈이지요."
아사하라 경감의 말이었다.
"사쿠라 여사는 어떠한 방법으로도 19일 밤 절대로 오사카에 올 수 없다는 것이 이것으로 확실해진 셈이지요. 범인은 청풍장의 한 방에서 사쿠라 여사를 살해하고 시체를 트렁크에 넣어서 오사카로 부쳐 왔다, 그래서 아께보노 아파트에서 콘트라베이스 케이스에 바꿔 넣어서 나카노시마 공회당에 부쳐 왔다……. 범인이 왜 그런 수속이 복잡한 일을 했느냐 하면 살인은 오사카에서 이루어졌다고 생각하게 하려는 의도였지. 그런데 19일 밤 도쿄에 있었던 인물이라고 하면……."
그러나 그때 문을 노크하는 소리가 들려서 경감의 독백은 뚝 끊어지고 말았다. 들어온 것은 하라 소이찌로 씨였다.
하룻밤 사이에 저렇게 달라진 사람을 나는 본 일이 없다. 어제의 하라 씨는 어두운 그림자라곤 추호도 없었다. 그래서 무서운 사건으로 난데없이 아내를 잃어버린 남편의 입장으론 오히려 부자연스러울 만큼 관대하고 여유가 있었다. 그러나 지금의 하라 씨는 완전히 넉아웃된 사람처럼 보였다. 어제까지만 해도 그렇게 반질반질하던 동안이 완전히 광택을 잃고, 그런가 보다 하고 봐서 그런지 갑자기 흰머리도 늘어난 것처럼 보였다. 도대체 무엇이 이렇게 엄청난 변화를 이 사람에게 가져오게 했는가고 나는 내심으로 의심하지 않을 수 없었다. 아내를 잃은 슬픔은 서서히 찾아온다고 했지만 그렇다 치더라도 이 변화는 너무나 급격하였고 심각했다. 사쿠라 여사의 변사 이외에 뭔가 또 커다란 타격이 찾아온 것이 아닐까. 그런데 사쿠라 여사가 피살된

제17장 프리마돈나의 비밀

뒤로 일어난 사건이란 엊저녁의 아마미야 군의 사건뿐인데 겨우 매니저의 조수가 죽은 정도의 사건으로 이런 위대한 인물이 이다지도 침통해한다는 것은 아무래도 납득이 가지 않았다.

"아이고, 이거 손수 이렇게 내려오시게 해서 황송합니다. 좀 여쭤보고 싶은 것이 있어서요."

지금까지 사가라가 앉아 있던 의자에 걸터앉은 소이찌로 씨는 멍하니 초점을 잃은 눈으로 우리들을 둘러보았다. 뭣인가 정신적으로 균형을 잃은 그런 눈이었다.

"실은 부인에 대해서 묘한 문제가 일어났는데요, 이것은 아마 선생께도 초문이라고 생각되므로 들은 대로 전해드립니다만……."

유리 선생은 신중한 말만을 고르면서 우리들이 청풍장의 한 방에서 발견했던 일들과 오노의 고백에 이르기까지 또박또박 다짐받듯 들려주었다. 그동안 아사하라 경감과 나는 눈 하나 깜빡하지 않고 소이찌로 씨의 얼굴을 응시하고 있었다. 그때 그 안면에 나타난 변화는 실로 미묘한 것이었다. 처음 소이찌로 씨는 어안이 벙벙한 듯한 표정이었다. 그러나 이야기가 진행됨에 따라 허망한 눈동자에 차츰 빛이 돌기 시작했다. 그것은 커다란 놀라움과 아울러 격렬한 노여움의 빛인 듯하였다. 특히 마지막 오노의 고백에 이르러서는 참을 수 없는 분노로 혈관이 지렁이처럼 부풀어 올랐다.

"거짓말이오!"

유리 선생이 채 말을 끝내기도 전에 부르짖은 소이찌로 씨는 당장 의자에서 튀어오를 듯한 자세였다.

"거짓……? 왜 거짓말이라는 겁니까?"

"거짓이오, 거짓이고말고!"

소이찌로 씨는 숨을 헐떡거리듯이 "오노 군이 고의로 거짓말을 했거나 아니면 그 사내 자신이 얼토당토 않은 꿈을 꾸고 있거나……

그, 그런 터무니없는 일이."

"하라 씨, 당신이 부정하는 것은 부인이 청풍장의 한 방을 남모르게 빌리고 있었다는 사실입니까, 아니면 부인에게 후지모도 쇼지라고 하는 사생아가 있었다는 일 말입니까?"

소이찌로 씨는 갑자기 소스라치듯 유리 선생을 바라보다가 곧 힘없이 어깨를 떨어뜨렸다.

"과연 집사람이 청풍장의 한 방을 빌리고 있었다는 것은 당신네들이 발견한 것이니 부정할 수 없을는지도 몰라요. 그러나 그녀가 어떤 이유로 해서 아파트의 한 방을 빌려 쓰고 있었다 하더라도 후지모도가 아내의 사생아였다는 것은 절대로, 절대로 있을 수 없어요."

소이찌로 씨의 말투에는 묘하게 확신 같은 것이 있어서 우리는 부지중 서로의 얼굴을 바라보았다. 유리 선생은 흥미 있는 눈으로 상대방을 보면서 말했다.

"어째서 그렇게 단언할 수 있지요? 당신은 후지모도라는 사내를 아십니까?"

"아니오, 나는 몰라요. 그러나 후지모도이건 누구이건 그녀에게 아이가 있다는 일은 절대로 있을 수 없어요. 거짓말이라고 여겨지면 게이오 병원 박사에게 물어보시오. 이 일은 본인과 나와 박사 외엔 절대로 아무도 모르는 비밀인데 그녀는……사쿠라는……."

소이찌로 씨는 좀 머뭇거리다가 곧 결심이라도 한 듯 다소 노기띤 어조로 이렇게 내뱉었다.

"태어나면서부터 아이를 낳을 수 없는 여자였어요. 즉 그녀는 성적 불구자였어요!"

간주곡

　미즈끼 준스께 왈……엘러리 퀸의 미스터리 소설을 읽으면 종말에 가서 반드시 독자에의 도전이 나오는 듯하다. 나의 이 소설이 퀸의 그런 작품과 같이 그렇게 씌어진 것은 결코 아니다. 그러나 지금까지 써온 17장까지의 사이에서, 적어도 하라 사쿠라를 죽인 범인의 계획을 간파할 수 있는 힌트는 충분히 갖추어진 셈이다. 어떻습니까? 한 번 이쯤에서 책을 덮고 명상, 가장 의심이 가는 사람을 지적해 보시면…….

제18장 남편의 고백

 갑자기 나는 심한 쇼크를 받았다. 강한 전류가 흘러간 것처럼 등뼈를 관통하는 듯한 전율을 느꼈다. 아사하라 경감도 낮은 신음 소리를 내며 의자에서 자세를 고쳤다. 모든 것을 꿰뚫어보고 있던 유리 선생이었지만 이것만은 상상 밖이었는지 날카로운 휘파람 소리를 냈다.
 가장 중대한 고백을 하고 난 다음 누구나 그렇듯이 하라 소이찌로 씨도 잠시 정신적 허탈 상태에 빠져 있다가 이윽고 가벼운 한숨을 쉬면서 입을 열었다.
 "이 일을 폭로한다는 것은 그녀에게 있어서 가슴 아픈 일이오. 아마도 그녀의 자존심을 손상시키는 정도가 너무나 크리라 생각되오. 나 자신으로 보더라도 몹시 가슴 아픈 일이오. 그러나 그녀의 인격을 손상시키는 것보다는 나으리라 싶어 감히 고백하는 바이오. 유리 선생, 아니 미즈끼 씨는 신문 기자이니 아마도 이러저러한 이야기를 많이 듣고 있으리라 생각하오. 그녀의……하라 사쿠라의 부자연스러울 정도의 섹시함, 상궤를 벗어난 연분홍빛 스캔들, 분방한 연애 행각……항간에서는 모두 그것을 참말인 양 믿고 있소.

그리고 그것을 예술가의 에로티시즘으로 해석하고 있소. 그러나 그것은 진실이 아니었소. 하라 사쿠라에게는 연분홍빛 스캔들은 하나도 없었소. 그녀에게는 딴 남자와의 연애 사건이 전혀 없었던 것이오. 아니 절대로 있을 수 없었던 거요. 그럼 어째서 그렇게 번번이 소문이 퍼졌던가. 그것은 그녀 자신 스스로가 도색적인 소문이 나도록 일부러 행동했던 것이오. 그럼 왜 그런 행동을 했는가. 거기에 그녀의 서글픈 비밀이 있소.

여보, 유리 선생, 경감님도, 미즈끼 씨도, 제발 들어 주시오. 항간에는 갱년기를 지나서 새삼스레 젊게 단장을 하고 젊은 사람과의 묘한 소문이 퍼지는 것을 즐거워하는 부인이 있지. 그러나 조금 슬기 있는 사람이면 곧 그 부인의 슬픈 속임수, 생리적으로 이미 여자가 아닌 부인의 헛된 초조감을 금세 눈치챌 수 있을 거요. 그녀는……하라 사쿠라는 일생 동안 갱년기가 지난 부인과 같은 처지였소. 자기의 불능을 알고 있었기 때문에, 그리고 그것을 극단적으로 부끄러워하며 숨기고 싶었던 까닭에, 새삼스럽게 그녀는 에로틱한 행동을 하지 않을 수 없었던 거요. 생리적으로 이미 여자가 아닌 자기를 극력 숨기기 위해서는 더더욱 여자를 과장하고, 있지도 않은 교태를 의식적으로 선전하지 않을 수 없었던 거요. 물론 거기에는 예술가로서의 기질, 타고난 풍부한 공상력도 도움이 되었겠지. 그러나 근본이 되는 것은 역시 자기가 여자가 아니라는 열등의식과, 그것이 세상에 알려지는 것을 극도로 겁내고 있던 자존심이 만사를 지배하고 있었지요. 그것은 옆에서 보는 사람에게는 지극히 마음 아픈 노력이었소."

소이찌로 씨의 말꼬리가 떠는 듯 사라졌을 때 우리들은 모두 약속이나 한 듯이 한숨을 내쉬었다.

이제야 겨우 생각나는 게 있다. 하라 사쿠라의 연애 행각은 그것이 너무나 빈번하였고 언제나 상대의 얼굴이 달랐다는 것으로 유명했지만, 내가 얻어들은 바로는 그 아무와도 최후의 선을 넘은 적이 없었다는 점이다. 거기 대해서는 반신반의로 있었는데 이제는 똑똑히 이해할 수 있게 되었다. 만약 사쿠라가 성적으로 정상적인 여인이라 하더라도 최후의 일선만은 끝까지 지켰을 것이다. 아니, 그녀가 정상인이었다면 애당초 그런 문제는 일으키지 않았을지도 모른다. 그러나 그녀가 성적으로 불구자였기 때문에 더욱 고집스럽게 최후의 선을 지키지 않으면 안 되었을 것이다. 그것을 넘으면 자기의 비밀이 탄로날 수밖에 없기 때문에……나는 새삼스럽게 여사의 참담한 고투를 생각하고 숙연해지지 않을 수 없었다.

"네, 과연, 잘 알았습니다."

경감도 그때만은 묘하게 동정어린 목소리로 말하였다. "부인께서는 그처럼 아이를 낳을 수 없었다, 그리고 그런 부인이 중년을 지난 뒤 가끔 빠져버리는 강렬한 모성의 의무에, 부인께서도 빠져버렸던 거겠지요. 자기가 아이를 낳을 수 없는 체질이므로 더욱 아이가 가지고 싶었겠지요. 거기에 공교롭게도 생모를 알 수 없는 후지모도 쇼지 사건이 일어나서 부인께서는 어느 사이엔가 후지모도의 생모의 자리에 자기를 놓고 만족하고 있었던 거로군요."

"그렇지요. 아니, 그랬을 것이오. 그녀는 공상력이 강한 환상적인 여인이었으므로 어쩌면 마지막엔 자기도 정말 후지모도의 생모나 되는 것처럼 착각하고 있었는지 모르지요."

"그점 사가라 양도 같은 의견인데요. 그러나 나에게는 또하나 납득이 안 가는 점이 있어요."

유리 선생은 점잖게 말을 잘랐다.

"사가라 양의 말로는 부인이 갑자기 모성애의 충동에 사로잡히게 된 것은 금년 4월경이라고 하던데요. 사가라 양은 간단히 그것을 나이 탓일 거라고 해요. 그럴 수도 있을는지 모르지만 나는 그것 말고도 딴 이유가 있을 것 같군요. 이제까지 잠자코 있던 모성애가 그렇게 돌연히, 게다가 그처럼 강렬하게 불타오르려면 거기에 무언가 커다란 단서 같은 것이 있을 법하다고 생각되지요. 하라 씨, 뭐 짚이는 것이 없을까요? 4월경에 여사의 신변에 모성욕을 자극할 만한 일이 일어나지 않았는지요?"

소이찌로 씨는 돌연 찔린 사람 같은 눈으로 유리 선생을 보았다. 하지만 곧 시선을 옮기고 약간 고개를 흔들었을 뿐 별 대답은 없었다. 유리 선생은 급히 몸을 기울이며 말했다.

"하라 씨, 4월이라 하면 아마미야 군이 매니저로 들어온 때지요. 그리고 아마미야 군은 당신의 먼 일가라는 이야기였고, 당신이 직접 추천하셨지요. 하라 씨, 아마미야 군은 당신의 무엇이 됩니까? 혹시……혹시 당신의 아들……숨긴 자식이 아니었나요?"

나는 또 심한 쇼크를 받았다. 아아, 그랬었구나. 유리 선생이 그렇게 자주 아마미야에 대해 말한 것은 그런 뜻이었구나. 나는 금세 심장이 튀어나올 것 같은 가슴의 동요를 느꼈다. 아사하라 경감도 쥐라도 난 듯한 얼굴로 소이찌로 씨의 모습을 지켜보고 있었다. 그 소이찌로 씨는 의자의 팔걸이를 꽉 붙잡은 채 금세 뜀이라도 뛸 자세였다. 창백하게 긴장된 공기 속에서 소이찌로 씨가 내뿜는 거친 숨소리만이 소용돌이치고 있었다.

돌연 소이찌로 씨는 뼈라도 부러진 듯 털썩 의자에 몸을 무너뜨렸다.

"유리 선생……당신은 알고 있었나요?"

그리고는 손수건을 꺼내어 조용히 이마며 목언저리의 땀을 닦았다.

"알고 있었다? 아니, 알고 있었다는 건 좀 어폐가 있지요. 물적 증거를 잡은 것은 아니었으니까. 나는 다만 추측을 했을 뿐입니다.

아마미야 군과 당신과는 체격이나 얼굴 모습은 얼핏 전혀 다르지요. 그럼에도 불구하고 나는 두 사람 속에 깃든 엄중한 비슷한 점에 생각이 안 미칠 수가 없었어요. 눈, 코, 입을 통틀어 전체적인 인상은 전혀 달랐지만 하나하나 자세히 살펴보면 참 많이도 닮았지요. 조그만 동작, 목소리 등에도 무서운 공통점이 있었어요. 게다가 아마미야 군이 실수를 저질렀을 때 당신이 보여주는 참을 수 없을 만큼의 마음 아픔, 굴욕, 수치……그런 점에서 두 사람이 부자지간이란 걸 추측했습니다."

유리 선생은 거기서 나와 경감을 돌아보고 말을 이었다.

"아까 사가라 양이 후지모도의 사진 속에 있는 거짓을 지적하기 전부터 나는 후지모도가 사쿠라 여사의 사생아가 아니라는 것을 간파하고 있었던 것처럼 말했지. 그것은 괜한 소리가 아니었어. 나는 그것보다 먼저 아마미야 군이 소이찌로 씨의 자제분……아마도 숨긴 자식일 것이라는 것을 추측하고 있었지. 남편도 비밀 자식이 있으니 아내도 비밀 자식을 가진다……라고 한다면 아무래도 이야기의 박자가 너무 잘 맞는 거야. 그러니까 사쿠라 여사 쪽은 사실이 아닐 거라고 생각한 거야. 이것은 오노 군의 이야기를 들으며 더욱더 확신을 굳혔지. 사쿠라 여사가 악보의 암호를 생각해내고 청풍장에 방을 빌리고 한 것은 모두 후지모도 사건 직후의 일로 신문이 아직 떠들썩하고 있던 때이라, 만약 사쿠라 여사가 진실로 후지모도 사건에 관련이 있다면 암호 같은 것은 일찍이 집어치웠겠지. 게다가 청풍장으로 보더라도 거기가 오노 군의 산책 코스라는 것은 사쿠라 여사도 잘 알고 있어야 할 터였지. 그러니까 만약 사쿠라 여사가 오노에게 말한 것이 진실이라 한다면 무엇보다도 먼저 아다고 근처는 피했어야 했어. 그런데 일부러 청풍장을 택한 것은 오노 군에게 발견되기를 바랐던 것이야. 즉 연극을 하고 있었구나 하고 알아차렸지. 하기야 나도 설마 사쿠라 여사가 1인 2역을 하고 있을 줄이야 몰랐지만 말이야. 남자쪽은 아마도 사가라 양이었겠지. 사가라 양이 여사의 부탁으로 연극의 상대를 하고 있었을 것이라고 생각했었지. 그런데……."

하고 유리 선생은 소이찌로 씨 쪽을 향해서 "사쿠라 여사는 올 4월까지 아마미야 군 일을 몰랐겠지요?"

소이찌로 씨는 힘없이 고개를 끄덕이었다.

"그리고 그것이 여사에게 커다란 쇼크를 주었겠지요?"

소이찌로 씨는 또 힘없이 고개를 끄덕였다.

"나도 그 일이 그렇게 엄청난 쇼크를 주리라고는 꿈에도 생각 안 했어요. 그녀가 그런 몸이니만큼 나의 난봉은 천하가 공인했소. 내가 밖에다 얼마든지 여자를 만들어도 그녀는 결코 화를 내거나 원망하는 일이 없었죠. 아니 반대로 내게 새 여자가 생길 때마다, 그녀 쪽에서 먼저 찾아서 이거저것 손도 봐 주었지요. 그녀는 나에게 있어 커다란 어린애와 같은 존재였지만 그녀 쪽에서는 반대로 나의 어머니나 누님처럼 구는 것을 좋아했어요. 내 뒤치다꺼리나 하는 것에서나마 한 가닥 위안을 받으려고 했겠죠. 그러니 아마미야 군에 대해서도 지금 생각하니 좀더 일찍이 그녀에게 고백했더라면 좋았을 걸 그랬지요. 그러나 그것만은 고백할 용기가 나지 않았소. 아마미야는 내가 학생 시절 가정부에게서 난 아이로, 여하튼 너무 젊은 시절 일이라서 부끄럽기도 하고 아마미야의 생모도 꽤 괜찮은 집안으로 출가한 뒤라 그녀를 위해서 잠자코 있는 것이 좋으리라고 생각했소. 그런데 요즘 와서 아마미야의 양부라는 자가 죽고, 게다가 아마미야가 그런 아이여서 어디 가나 실수만 하고 오래 붙어 있질 않았소. 그래서 아마미야의 생모가 졸라대어 기요꼬……즉 사쿠라에게 청을 넣어서 보조 매니저로 써주도록 했지요."

"그때 당신은 진상을 말했나요?"
"아뇨, 그럴 용기가 없었어요. 게다가 지금까지 감추고 있던 것을 굳이 고백할 필요도 없겠다 싶어……."
"그럼에도 불구하고 부인은 그것을 눈치챘군요."
"그래요, 유리 선생. 당신이 눈치챈 것처럼, 그녀도 여자의 직감으로 나와 아마미야의 비슷한 점에 눈이 간 거요. 꼬치꼬치 따지고 들면 난들 고백하지 않을 수 없었을 거예요. 게다가 여지껏 그랬던 것처럼 그 일이 그처럼 강하게 그녀의 마음을 손상시키리라고는 생각지 않았으니까 말요. 기요꼬……사쿠라는 전례에 따라서 노여움도 원망도 하지 않았소. 그런데 더 좋지 않은 일이 벌어졌소. 그녀는 울고 있었소. 그야말로 영혼이 끊어질 듯이, 오랫동안의 남편의 기만을 꾸짖기보다도 나에게 숨긴 자식이 있다는 것으로 하여 새삼스럽게 자기의 결함에 몸을 죄는 듯한 비'애를 느꼈을 테죠. 그 무렵 시들은 꽃잎처럼 풀이 죽어 있었는데 아마도 그것이 이루어질 수 없는 모성애 욕구에 대해 강렬한 자극이 됐으리라 생각돼요."
"아마미야 군은 당신이 아버지라는 것을 알고 있었나요?"
"십중팔구 알고 있었을 거요. 그러나 저래봬도 꽤 속은 깊은 모양으로 나에게 결코 친숙한 태도를 보이지 않았소. 나는 그게 가엾었어요. 게다가 그애가 죽은 뒤에 나는 비로소 이번 사건, 기요꼬의 무참한 최후도 어쩌면 그애……아마미야의 일이 동기가 된 것이 아닌가고 생각하기 시작했지. 기요끄에게 면목이 없다……이렇게 생각하니 엊저녁은 한숨도 잠을 못 잤어요. 유리 선생, 나는 기요꼬를 사랑하고 있었던 거요. 이 세상 그 무엇보다도 그녀를 사랑했던 거요. 그녀 쪽에서도 마찬가지였다고 생각해요."
소이찌로 씨의 눈에서는 또 빛이 사라지기 시작했다.
유리 선생은 그를 격려하듯이 다소 소리를 높였다.

"하라 씨, 또 하나 물어 볼 게 있는데요. 처음 예정으로는 당신은 부인과 함께 19일 아침 도쿄를 떠나기로 되어 있었지요. 그것을 저녁으로 연기한 것은 무슨 까닭이지요?"

"아아, 그거……거기 대해서는 나도 이상하게 생각하고 있어요. 19일 아침 나는 기요꼬와 함께 출발할 참이었죠. 그런데 그만 출발한 시간 전쯤 상공회의소의 N으로부터 전화가 와서 급히 얘기할 일이 있으니 그날 저녁 6시에 쓰끼지에 있는 모 요정에서 만나자는 것이었어요. 기요꼬에게 그 말을 했더니 자기는 사가라가 있으니 염려 말고 당신은 이야기를 마치고 저녁차로 와달라는 거었어요. 그래서 그날 밤 쓰끼지의 요정엘 갔더니 N이 와 있었소. 그러나 놀란 것은 별 중요한 이야기도 없었어요. N이 웃으면서 말한 바에 의하면, 실은 나의 아내에게서 전화가 왔는데 주인과 함께 오사카로 떠나서는 거북한 일이 있다, 어떻게 용건을 만들어서 주인을 밤까지 붙잡아 둘 수 없겠는가, 이렇게 간청을 해서 할 수 없이 자네를 이렇게 붙잡아 둔 거다, 이러는 거예요. 나도 좀 놀랐지만 대체로 기요꼬는 그런 장난기가 다분히 있어서 여러분이 생각하는 것처럼 마음을 쓰지 않았소. 뭔가 또 우리를 깜짝 놀라게 할 계획이 있겠지, 하고……그래서 여기 와가지고 그녀의 모습이 보이질 않아도 그다지 놀라지 않았던 것이오."

경감이 그때 생각난 듯이 끼어 들었다.

"헌데, 당신이 쓰끼지에서 요정을 나온 것은 몇 시쯤이었나요?"

"8시경이라고 생각되오."

"그때 바로 도쿄 역으로 직행했나요?"

"아뇨, 시간이 남아서 긴자를 산책했지요. 그냥 흔들흔들 발길 닿는 대로……."

"그동안에 아는 사람이라도 만났습니까?"

"아니, 아무도……아아, 당신은 지금 알리바이를 조사하는 것이로군. 그것 같으면 불행히도 만족한 알리바이를 입증할 수는 없소."

소이찌로 씨는 피곤한 미소를 띠었다.

"20일 아침에 당신은 줄곧 호텔의 방에 파묻혀 있었나요?"

"그렇죠. 밤기차로 잠을 못 잤기 때문에. 그러나 이것도 의심하려면 못할 것도 없겠죠. 방에 들어가는 척하고 빠져나가는 것도 불가능하지는 않으니까."

경감은 난처한 듯 얼굴을 찌푸렸다.

"아니오, 고맙습니다. 그럼 질문은 이 정도로……나중에 또 얼굴을 봐야 될 일이 있을는지도 모르겠어요."

소이찌로 씨는 유리 선생에게 가볍게 눈인사를 하고 거북한 몸짓으로 일어나서 비칠거리듯 사라졌다.

"도대체 일은 어떻게 되는 겁니까?"

소이찌로 씨가 나가자 경감은 내뱉듯이 말했다. "후지모도의 사건과 이 사건과는 관계가 있는 겁니까, 없는 겁니까?"

"우선 없는 것으로 보아야 되겠죠."

"즉 예술가의 에로티시즘이 낳은 환상이라는 건가요? 아무래도 이건 우리에게는 난문제인데요. 사쿠라 여사는 원래 그렇다치고, 사가라도, 오노도, 모두가 좀 태도가 지나친 것 같아요."

"그렇지요. 거기에 바로 비극의 씨가 있는 거죠. 그러나…… 그러면 이제 현장을 보여 주실까요? 아 잠깐, 거기 있는 것이 아마미야가 입었던 외투지요?"

휘어진 트롬본 곁에 한 벌의 외투가 던져져 있었다.

유리 선생은 그것을 손에 들었다.

"아마미야가 입고 있었다? 아니 아마미야가 이 외투를 입은 것은 아니지요. 외투는 아마미야의 몸 위에 던져져 있었으니까."

제18장 남편의 고백

"몸 위에 던져져 있었다?"

유리 선생은 문득 미간을 좁히더니 갑자기 흥미를 느낀 듯이 자세히 외투를 살피고 있다.

"네, 그래요. 원래 그것은 콘트라베이스의 가와다 군 것인데요. 범인은 4층에서 아마미야 군의 시체를 내던지고 뒤에 외투를 던진 거지요. 이것이 폭삭 아마미야의 얼굴을 덮고 있었어요."

"그러나 왜 외투를 던질 필요성이 있었을까요? 이 외투에 뭔가……."

유리 선생은 갑자기 눈을 반짝였다. 펼쳐놓은 그 외투의 등에서 옆구리로 가는 끈에 강하게 결박했던 자국이 남아 있었다.

"아사하라 씨, 이 주름은……?"

"글쎄, 그겁니다. 가와다에게 물어도 모른다는 거예요. 누가 이 따위 짓을 했느냐고 그 사람은 꽤 기분이 안 좋은 모양이에요."

"하하하하, 무리도 아니죠. 콘트라베이스 케이스랑 외투랑 묘하게 그자, 범인에게 이용당하고 있거든요. 자, 그럼 현장을 보여 주시죠."

우리는 4층 아마미야가 피살된 방으로 올라갔다.

그 방은 가장 구석진 모퉁이로 되어서 비좁은 비상 계단이 방의 바로 옆을 달리고 있었다. 우리가 문을 열쇠로 열고 있을 때, 두어 방 건너 저쪽 문이 열리고 장신의 시가가 얼굴을 내밀었다. 시가는 찬찬히 우리들을 지켜보고 있다가 곧 문을 닫고 안으로 들어가 버렸다.

자, 이제 그 방의 모양은 이미 쓰찌야의 수기를 읽었으니 새삼 여기서는 언급하지 않아도 좋을 것이다.

유리 선생은 부서진 유리창을 조사하고, 그러고는 창문을 열고는 고개를 내밀고 아래위를 살펴보더니 곧 고개를 들이밀고 창을 닫았다. 그리고 경감의 설명을 들으면서 그 당시의 모양을 머리 속에서

재현하고 있다가 곧 흥미를 잃은 듯 고개를 좌우로 흔들었다.

"그런데 이 윗방이 가극단의 창고로 돼 있다죠?"

"그렇습니다. 사가라는 거기에서 그 남장 의상을 발견한 거지요."

"그럼 한번 그 방을 돌아볼까요?"

경감은 묘한 얼굴을 했으나 유리 선생은 뚜벅뚜벅 방을 나갔다.

그 좁은 층계를 두서너 걸음 올라가다가 무슨 생각이 났는지 곧 되돌아와서,

"아니 이쪽부터 정리해 놓고 가죠."

복도를 지나서 선생이 똑똑 노크를 한 것은 시가의 방이었다.

제19장 바리톤의 슬픔

"시가 씨, 좀 물어볼 것이 있어서 이렇게 몰려 왔어요."
 그때 시가는 두 손을 호주머니에 꽂은 채 창가에 서 있었다. 거무튀튀하고 굴곡이 짙은 얼굴에는 여전히 진한 애수가 서려 있었으나 그 애수의 밑바닥에서 얼핏 희미한 근심이 어린 것을 우리들은 놓치지 않았다.
 "무슨 일입니까? 내가 대답할 수 있는 것이라면……."
 시가는 자신도 앉을 생각을 않고 우리들에게도 앉으란 말을 하지 않았다. 유리 선생과 시가의 대화는 서서 할 수밖에 없었다.
 "묻고 싶은 건 다름 아니고, 어제 당신은 석간 신문을 보고서 매우 놀랐던 모양이던데, 당신은 뭔가 그 트렁크에 대해서 마음속으로 짚이는 게 있었습니까?"
 "석간 신문……? 트렁크……?" 시가는 수상쩍다는 듯 얼굴을 찡그렸으나 금방 알아차린 듯 얼굴빛이 흐려졌다.
 "아, 그것……아래층 복도에서? 아니, 그때 놀란 것은 트렁크의 기사가 아니었어요. 내가 놀란 것은……."

시가는 화장대 위에서 어제의 석간 신문을 집어 들었다.
"이 기사지요. 사에끼 준끼찌가 배 안에서 독약을 먹고 스스로 목숨을 끊었다는, 상하이에서 온 특전이었어요."
유리 선생은 갑자기 굵은 눈썹을 치켜 올렸다.
"아, 그럼 당신은 사에끼 씨를 알고 있었나요?"
"알고 있었어요. 사에끼와 우리들은, 나나 쓰야나 마끼노나 모두 옛날에 한솥밥을 먹은 사이지요. 그 사에끼가 스스로 목숨을 끊었다……그것만으로도 나에게는 큰 충격이었는데 나는 그에게 미안한 일을 했어요."
"미안한 일?"
"사에끼는 20일 오후 1시 고베 항에서 외국 나들이 길에 오르기로 되었습니다. 그래서 11시 즈음에 제1부두 근처에서 그와 만나서 함께 점심이라도 먹으면서 전송하기로 약속이 되어 있었어요. 그런데 일이 묘하게 돌아가서는 나는 그 약속을 지키지 못했어요. 그는 나를 꼭 기다렸을 것입니다. 배가 떠나는 마지막 순간까지 나를 기다렸을 거예요. 그래서 끝까지 내가 나타나지 않자 그는 얼마나 쓸쓸하게 생각했을까, 전송하는 사람 하나도 없이 초라하게 고국을 떠나간 그 사람. 상처입은 가슴을 안고서 얼마 지나지 않아 스스로 목숨을 끊어버린 친구. 그걸 생각하면……무엇보다도 먼저 전송을 나갔어야 했다는 죄책감으로 간장이 찢어지는 듯했어요."
시가는 흐느껴 울 듯 깊은 한숨을 쉬었다.
"아하, 그래서 당신은 그 신문을 읽고 놀랐군요. 그런데 지금 당신은 묘한 일이 일어나서 사에끼와의 약속을 지킬 수 없었다고 말한 것 같은데 묘한 일이란 대체 무슨 일이지요?"
시가는 황망히 얼굴을 들고 힐끗 유리 선생을 노려보다가 곧 어깨를 흔들며 말했다.

"이쯤 되면 있는 대로 다 털어놓지요. 그날 아침, 그러니 20일 아침이지요. 나는 사쿠라……아니, 하라 여사의 전보를 받았어요. 네, 9시 무렵인데 발신국은 우메다로 되어 있었어요. 나중에 생각하니 그때쯤 하라 여사는 이미 시체로 변해 있었으나 나는 물론 꿈에도 몰랐지요. 그 전문이라는 게 긴급히 이야기할 일이 있으니 미노모의 폭포 앞까지 와달라는 것으로……."
"그래서 갔나요?"
"그렇습니다. 나에게 사쿠라……아니, 하라 여사의 부탁은 지상명령이었으니까요."
시가는 엷게 얼굴을 물들이더니 곧 의연히 머리를 들고 말했다.
"내가 사에끼의 죽음에 그렇게도 마음 아파했던 것은 이 일이 있기 때문이었어요. 우리들은 두 사람 모두 참으로 비슷한 마음을 갖고 있었지요. 사에끼와 나는 사모해서는 안 될 여인을 사모해 왔어요. 하라 여사의 부탁 앞에서는 우정도 뒷전으로 밀려날 수밖에 없었습니다. 그래도 사에끼만은 이런 일을 잘 이해해 주리라고 생각했는데……."
"알겠소. 그래서 미노모에 갔으나 하라 여사는 끝내 나타나지 않아서 오사카로 되돌아왔군요. 그건 그렇고 그때 그 전보를 가지고 있나요?"
"아뇨, 미노모에서 돌아올 때 전차 속에서 찢어 없애버렸어요. 속았다고 생각하니 화가 나서……."
그때 경감이 끼어 들었다.
"당신은 18일 밤 도쿄를 떠나 19일 아침 여기에 도착했지요. 그런데 19일의 알리바이에 대해서 좀 설명해 주시겠소?"
"19일?…… 아, 그렇지. 나는 쓰찌야와 함께 도쿄를 떠났는데, 쓰찌야는 오사카에서 내렸고 저는 산노미야까지 곧바로 갔습니다. 고베에서 저의 볼일은 긴급히 처리해야 할 일이었지만 아주 간단한 사무여서 바로 끝났어요. 그래서 아침 9시 무렵에 호텔을 나와서 고베의 뒷산을 하이킹했지요. 록고를 지나 다까라쓰까로 나왔습니다. 다까라쓰까에 닿았을 적에는 이미 저녁 나절이어서 온천 물에 목욕을 하고, 밥을 먹고는 오사카로 나와서 밤 10시 즈음까지 빈들빈들 돌아다니다가 산노미야 호텔로 돌아가서 잤습니다."
"그럼 19일 밤 당신이 산노미야 호텔에 있었다는 걸 호텔 사람들이 증명할 수 있겠지요?"
"증명?" 시가는 놀란 듯이 고개를 갸웃거렸다. "글쎄요, 그것은 ……내가 호텔에 돌아왔을 적에는 밤 11시가 지났고, 안내원은 카운터 안에서 졸고 있었어요. 나는 방 열쇠를 가지고 있었기에 굳이 안내원을 깨울 것까지는 없겠다 싶어서 그냥 방으로 올라가 잤습니다. 그러나 20일 아침 종업원이 전보를 가지고 왔을 적에는 분명히 방에 있었으니까……"
"19일 아침 호텔을 나가서 고베의 뒷산을 산책했을 적에 누구 아는 사람이라도 만났었나요? 아니, 꼭 아는 사람이 아니라도 누군가 당신이 산책하고 있었다는 걸 증명할 만한 사람이 있을까요?"
경감의 무뚝뚝하고 사무적인 물음에 시가는 조금은 혼란스러운 듯하였다.
"아니오, 원래 고베는 나에게는 낯선 고장이었는데다 산속이어서 ……그런데, 그런데 그런 것이 왜 필요합니까?"
"아니, 나는 지금 어떤 가능성을 생각하고 있는 중입니다. 19일 아침 고베에서 볼일을 마친 당신은 곧 도쿄로 되돌아갈 수 있었다, 그래서 도쿄에서 어떤 종류의 피비린내 나는 볼일을 마치고 곧장 또 밤차를 타고 서쪽으로 간다, 그리고 20일 아침 오사카에서 내려 우메다에서 사쿠라 여사의 이름으로 해서 자기 앞으로 전보를 친다, 그리고 아무도 모르게 호텔로 돌아와 제 방으로 스며들어가 종업원이 전보를 가지고 오는 것을 기다렸다……. 이렇게 될 수 있는 것인지 생각하고 있는 중이오."

시가의 핏줄이 금세 크게 부풀어 올랐다. 잠시 그는 물어 뜯기라도 할 듯한 눈길로 경감의 얼굴을 노려보고 있다가, 곧 목구멍 속에서 킥킥 미친 사람 같은 웃음소리를 냈다.

"그렇지, 가능성의 문제라면 안 될 일도 아니겠지요. 적어도 내가 일을 저지르지 않았다고 증언할 사람이 아무도 없으니."

시가는 털썩 침대 끝에 허리를 내리고 두 손으로 머리를 받치고는 잠시 동안 침묵 속에 빠져 들었다.

우리들은 잠시 동안 시가의 커다란 등을 내려다보았다. 나는 아까 경감의 말대로 과연 가능성이라는 것은 어디나 있는 것이라고 생각했다. 그와 동시에 알리바이라는 것이 이처럼 어려운 것인가 생각하니 어쩐지 가슴이 썰렁해지는 느낌이었다. 전혀 이것은 남의 일이 아니다. 언제 어느 때 우리들 자신이 무서운 살인 사건에 말려들지 않으리라고 장담할 수 있겠는가.

유리 선생은 가볍게 시가의 어깨를 두들겼다.

"뭐, 그렇게 낙담할 것은 없소. 아사하라 경감님도 지금 말한 것과 같은 것에 확신을 가지고 계신 것은 아니니까. 그러나 시가 씨, 나로서는 조금 이상하게 생각되는 것이, 당신은 19일에 왜 산책을 했지요? 그 사이에 사에끼 씨와 만날 수는 없었나요?"

문득 시가가 얼굴을 쳐들었다. 그리고 유리 선생을 노려보았다.

"어떻게 그런 일이 있을 수 있지요? 사에끼는 20일 아침 도쿄에서 왔지 않아요? 19일에는 아직 고베에 없었다……."

유리 선생은 갑자기 눈을 크게 떴다.

"20일 아침 고베에 닿았다? 그렇다면 어쩌면 가극단의 일행과 같은 차가 아니었을까?"

"그럴는지도 모르지요. 그게 아니면 바로 다음 열차였거나……."

"시가 씨, 사에끼 씨는 마끼노 씨와 예부터 아는 사이지요? 그렇다면 같은 열차로 내려왔다면 서로 말을 주고받았겠지요."

"글쎄요, 어떨는지. 난 그렇게 생각 안 돼요. 옛 친구라곤 하지만 마끼노와 사에끼와는 근래에 와서 아주 사이가 멀어졌고, 게다가 사에끼는 되도록 사람을 피하려고 했으니까……. 온갖 지인(知人)들을 피하게 위해 그는 일본을 떠나고 싶어했으니까요."

"아니, 참 고마웠어요. 시가 씨, 나중에 또 얼굴을 보게 될는지 모르지만 오늘은 그럼 이만!."

그리고 우리는 5층으로 올라갔다.

제20장 파이프의 곡예

　나의 친구로서 같은 미스터리 소설을 쓰고 있는 S·Y라는 사나이가 얼마 전 이런 노래를 지어 보냈다. ──'탐정은 모두 모아 놓고 그리고 결론을 내린다'── 과연 그대로다. 영미의 미스터리 소설을 읽어 보면 명탐정은 마지막에 관계자 모두를 모아 놓고는 그런데 여러분, 어쩌고 저쩌고 하는 것이다. 나도 그런 걸작에 뒤지지 않을 만한 각오로 이 소설을 쓰고 있으니만치 아무래도 이 시점에서 나오는 사람들을 한 방에 모아 놓고는, 유리 선생으로 하여금 자, 여러분, 이러저러한 것입니다, 라는 논리의 단서를 더듬어 갈라치면 끝내 범인은 아무개라도 말해 버릴 수밖에 없도록 되는 것이다.
　그런데 실제로 유리 선생은 그와 비슷한 일을 한 것이다.
　그것은 그날 밤 11시 무렵의 일이었다. 수사 본부로 되어 있는 그 지배인의 방에서 가극단 일행 모두가 모였다. 이때의 삼엄한 분위기로 보아 누구나가 사건이 이제 막바지에 이르렀음을 느꼈던 모양이다. 서로의 눈치를 살피면서 묘하게 딱딱한 헛기침을 하고 있는 사람들의 창백하게 긴장된 얼굴은 이제부터 지능 검사라도 받으려는 초등

학교 학생들처럼 가련하게 보였다.

　모든 사람들은 반원형으로 둘러앉았다. 그 반원의 중심이 되는 자리에 유리 선생과 아사하라 경감, 그리고 내가 책상을 앞에 두고서 자리잡았다. 책상 위에는 탁상 전화가 놓여 있었다. 유리 선생이 이 방에 들어온 바로 다음부터 자꾸 그 전화에 신경을 쓰고 있었는데 나는 그 까닭을 잘 알고 있었다. 모든 사람들을 이 자리로 불러모으기 조금 전에 유리 선생은 복도에 있던 시마즈 기자에게 뭔가 부탁을 했다. 시마즈 기자는 주간 잡지를 가지고 복도에 버티고 서 있었던 것이다.

　유리 선생이 무엇을 부탁했는지는 나도 잘 몰랐지만 그때 시마즈 기자의 놀라움과 흥분 상태로 봐서는 아주 중요한 일인 듯싶었다.

　"제기랄······" 하고 시마즈 기자가 내뱉었다. 그리고는 새삼 주위를 둘러보았다. "예, 예, 그렇게 하지요, 결과는 곧 전화로 알려드리지요."

　시마즈 기자는 바람처럼 호텔을 빠져 나갔다. 선생은 아마도 그 보고를 기다리고 있었을 것이다.

　그건 그렇고, 선생은 그 5층방에서 무엇을 발견했을까? 거기에는 커다란 트렁크 대여섯 개가 쌓여 있었다. 소도구나 소지품을 넣은 상자도 있었다. 그리고 그 상자를 묶은 밧줄이 풀어 헤쳐진 채 흐트러져 있었다. 선생은 그러한 것들에는 그다지 흥미를 느끼지 못한 듯 곧 창문을 열고 위쪽 처마나 아래쪽 좁은 통로를 살펴보고 있었다. 이 처마의 안쪽에는 굵은 철봉 하나가 가로질러 있었다. 선생은 그 철봉을 보자 빙긋 웃고는 곧 창문을 닫고 그길로 방을 나가버렸다.

　그 철봉은 무엇을 뜻하는 것일까? 그리고 또 시마즈 기자는 어디로 무엇을 조사하러 갔을까. 그런 일을 멍하니 생각하고 있던 터라 나는 그 자리에 마끼노가 없다는 것을 알지 못했다. 그래서 그 마끼노가 한발짝 늦게 긴장된 표정으로 들어왔을 땐 솔직히 말해서 꽤 놀랐다.

"경감님." 마끼노는 긴장된 표정을 더욱 긴장시키면서 번질거리는 눈으로 경감을 노려보았다. "당신은 몇 번이나 내 소지품을 조사해야 만족합니까?"

"몇 번? 내가 당신 소지품을?"

"그래요, 당신은 내 물건을 조사했지요. 그때는 나도 곁에 있었으니까 거기에 대해서는 그다지 할 말은 없어요. 그런데 또 살짝⋯⋯ 아니, 당신이 나를 의심하고 있다는 것은 잘 알아요. 그러나 남의 물건을 제멋대로 그렇게 자주 뒤죽박죽 만들어 놓아서야⋯⋯."

"잠깐만, 그건 뭐 잘못 생각한 것 아니오? 그뒤로 난 당신 물건에 손댄 일은 없어요."

"시치미 떼지 마시오. 조사하는 건 몇 번이라도 좋아요. 그러나 그 전에 양해를 구해야⋯⋯나는 성미가 급해서 누군가가 내 물건 뒤지는 건 질색이에요."

"마끼노 씨." 옆에서 점잖게 입을 연 것은 유리 선생이었다. "그러면 누가 당신 소지품을 건드린 사람이 있나요?"

"있어요. 누군가가 내 옷가방 속을 휘저어 놓았어요. 꽤 교묘하게 해 놓아서 얼핏 봐서는 모르지만 나는 언제나 내 소지품을 정돈하는 편이라 금방 알 수 있어요."

유리 선생은 손을 들어 형사를 불렀다.

"자네, 마끼노 씨 방에 가서 옷가방 좀 가져오게. 마끼노 씨, 괜찮겠지요? 이런 일은 철저하게 규명해 두어야지⋯⋯."

마끼노는 놀란 듯이 눈을 둥그렇게 떴으나 그다지 반대는 하지 않았다.

형사는 곧 나갔다가 이내 마끼노의 옷가방을 들고 왔다.

"마끼노 씨, 속을 조사해도 괜찮을까요?"

마끼노는 눈을 들었으나 옳다 그르다 말없이 열쇠를 꺼냈다. 유리 선생은 옷가방을 열었다. 과연 마끼노가 말했듯이 쫌꼼하게 정리되어 있었다. 속옷 종류, 양말, 간단한 화장 도구 등 보통 남자들이 여행할 때 필요한 것들이었다. 유리 선생은 그것을 하나씩 책상 위에 늘어놓기 시작했다. 그때마다 마끼노의 눈썹은 불쾌한 듯 떨렸다.

곧 옷가방 속은 텅 비었다.

"뭐가 있나요?"

마끼노는 빈정거리듯 웃음을 띠었다.

"아니, 지휘봉 말고는." 유리 선생은 옷가방 속에서 지휘봉을 집어 들고 소리없이 웃으며 마끼노 쪽을 돌아보았다. "마끼노 씨, 당신 지휘봉은 속이 텅 비어 있군요."

"네, 그래요. 지휘봉이란 보통 다 그래요. 그러나 그것은 내가 특별 주문한 것이라 좀 길게 되어 있어요."

"아, 그래요? 그럼 이것을 한번 흔들어 보시오."

마끼노는 또 신경질적으로 얼굴을 찡그렸다. 그리고 소리없이 유리 선생의 손에서 지휘봉을 낚궤챘다.

그러나 그때 마끼노의 얼굴에는 조금 놀라는 표정이 스쳐갔다. 어허! 하듯 눈을 크게 뜨고 고개를 갸우뚱거리며 귀 곁에다 대고 지휘봉을 두세 번 흔들더니 갑자기 의심스러운 눈으로 유리 선생을 보았다.

그리고는 허둥지둥 지휘봉을 비틀었다. 지휘봉은 양 끝이 마개로 막혀 있고 속은 대롱처럼 된 모양이다. 마끼노는 그 마개를 따내고는 지휘봉을 비스듬히 기울였다. 그러자 떨리는 그의 손바닥에 좌르르 쏟아져 흘러나온 것은 틀림없는 진주 목걸이었다.

한순간 갈대숲을 지나는 바람소리 같은 동요가 방 안에서 일어났다. 경감은 의자를 차고 일어서서 마끼노의 왼손을 잡고 있었다. 마끼노는 비명을 질렀다.
"난 몰라요! 내가 아니야, 내가 아니란 말이야!"
"아, 잠깐, 경감님. 기다리세요." 유리 선생은 마끼노의 손바닥에 있는 목걸이를 집어 들고 "아사하라 군도, 마끼노 씨도 자리에 앉으세요. 하라 씨, 이게 분명히 부인 목걸인가요?"
하라 소이찌로 씨는 목걸이를 받아들었다.
"네, 그런 것 같아요. 그러나 이런 일은 여자분이 더 잘 알지요. 사가라 양, 어때요?"
"네……분명히……선생님 목걸이입니다."
띄엄띄엄 그렇게 말하고는 사가라는 추운 듯 어깨를 떨고 있었다. 마끼노는 아직도 입속에서 중얼거리고 있었다.
"내가 아니야, 내가 아니야. 난 몰라. 누군가가 나에게 죄를 뒤집어 씌우려 한 거야."
"그래, 그런지도 모르지. 그러나 누가 했든지 목걸이는 처음부터 여기 있지 않았어. 적어도 엊저녁까지는."
"엊저녁까지는?"
경감이 이상하다는 듯 되물었다.
"음, 그렇지. 엊저녁까지는……왜냐하면 이 목걸이는 하즈미 군의 트롬본 에어파이프 속에 감추어져 있었거든."
앗! 하는 소리가 사람들의 입에서 튀어나왔다. 갈대 숲을 지나는 소리는 점점 높아져갔다.
"이렇게 말하면 아마미야 군이 왜 죽음을 당했는지 알겠지? 범인은 어제 저녁 트롬본 속에서 목걸이를 꺼내고 있었는데, 마침 그 자리에 아마미야 군이 나타난 거야. 그래서 이번엔 다시 마끼노 씨 지휘봉 속에 감춰둔 것이지."

"유리 선생, 그게 누구요? 당신의 말투로 보아 다 아는 것 같은데?" 소이찌로 씨가 갑자기 생기가 도는 듯한 어조로 말했다. 그리고 거기 있는 한 사람 한 사람 얼굴을 번갈아보면서, "당신이 의심하는 것은 시가인가, 쓰찌야인가, 아니면 오노 군인가, 마끼노 군인가, 자칫하면 당신은 나를······."

소이찌로 씨가 이름을 부를 때마다 그들의 얼굴을 둘러보았다. 그러나 범인이 이들 가운데 있다 해도 나는 그때의 표정으로 '이 사람이구나!'하고 집어낼 수는 없었다. 묘하게 어물어물 겁먹은 듯한 오노, 뜻밖에 죄가 없을지도 모르는데 이것저것 다 포기한 시가 씨가 오히려 대담무쌍한 장본인인지도 몰랐다. 쓰찌야는 얼굴빛 하나 달라지지 않고 마끼노는 줄곧 손톱만 물어뜯고 있었다. 아니 어쩌면 스스로 그런 발언을 한 소이찌로 씨야말로 의심스럽지 않은가.

유리 선생은 그 말에 바로 대답하지는 않았다. 선생은 버릇대로 마도로스 파이프를 물고 있었는데 그때 참으로 묘한 짓을 하기 시작한 것이다. 마도로스 파이프를 입에서 떼고는 조끼 주머니에서 검정색 끈을 꺼내어 그것을 두겹으로 접어서 파이프의 목에 걸었다. 그리고는 빙글빙글 파이프의 축을 왼쪽 손가락으로 돌리고 있었다. 축을 돌릴 때마다 목에 건 끈이 뒤틀리며 새끼가 꼬아졌다. 대체 선생은 의식적으로 그것을 하고 있는 것인지, 아니면 무의식중에 끈과 파이프로 장난치는 것인지, 선생의 안색을 보면 그 어느 쪽도 아닌 성싶었다.

빙글빙글 왼쪽 손가락으로 선생은 파이프의 축을 돌리고 오른손 손가락으로 끈의 끄트머리를 잡고 있었다. 사람들은 묘하게 불안한 눈초리로 선생의 손가락을 바라보고 있었다.

그런데──바로 그때 탁상 전화가 요란스럽게 울렸다. 선생은 파이프와 끈을 책상 위에 놓고는 급히 수화기를 들었다.

"선생이시지요? 유리 선생님이신가요? 시마즈입니다. 지금 아께보노 아파트에 와 있습니다."

나는 자못 놀랐다. 그것은 시마즈 기자가 간 곳이 아께보노 아파트였기 때문은 아니다. 그 시마즈 기자의 목소리가 마치 스피커에서 흘러나오는 소리처럼 뚜렷이 방 안을 울렸기 때문이었다.

"선생님!"

나는 곁에서 주의시키려고 했다. 그러나 선생은 쉿——하듯이 나를 제지하면서 물었다.

"아 그래, 부탁한 것은?"

"알았습니다. 역시 선생님 말씀대로였어요. 아께보노 아파트에는 각 반마다 배정된, 공동의 모래 주머니가 층계 입구나 복도 구석구석에 놓여 있었어요. 그 모래 주머니는 각 반마다 30개로 그 개수가 정해져 있어서 20일 오전 10시 즈음까지 각 반장은 그 수를 점검했는데, 그때는 어느 반이나 딱 30개씩 있었답니다. 그런데 지금 조사해 보니……."

"지금 조사해 보니?"

"어느 반이나 대여섯 개씩 모래 주머니가 늘어나 있어요. 게다가 아무도 본 적이 없는 모래 주머니가……."

"그래, 자넨 그 무게를 달아보았겠지?"

"달았습니다. 지금까지 발견된 모래 주머니만도 이미 60kg을 넘어서고 있어요. 어쩌면 아직 발견되지 않은 분량이 더 있을는지도 모르겠어요."

"고맙네. 그럼 관리인에게 모래 주머니를 잘 보관해 달라고 부탁하게. 곧 이쪽에서 아사하라 경감님이 가실 테니까."

선생은 전화를 끊자 힐끗 모든 사람들을 훑겨보면서 빙긋이 웃었다. 그리고는 말없이 파이프와 끈으로 손장난을 시작했다. 누구 하나

말을 꺼내지 않았다. 모두 비석처럼 침묵을 지켰다. 그러면서도 그들은 지금의 대화를 모조리 들었으리라는 것은 의심할 여지가 없다. 묘하게 불안하고 겁먹은 눈으로 안절부절못하고 서로의 눈치만 살피고 있었다.

모래 주머니…… 모래 주머니, 아파트 사람들은 아무도 모르는 모래 주머니…… 20일 오전 10시 이전에는 거기에 없었던 모래 주머니……모두 합치면 60kg이 넘는 모래 주머니…….

유리 선생은 파이프 축을 손으로 뱅글뱅글 돌렸다. 이제 더 이상 파이프를 돌릴 수 없을 만큼 꼬였다.

바로 그때였다. 오른손의 엄지와 검지로 끈을 접은 선생은 파이프 축을 잡고 있던 왼손을 살짝 놓았다. 놓자마자 파이프는 끈의 끄트머리에서 뱅글뱅글 팽이처럼 돌기 시작한다.

빙글빙글——뱅글뱅글——파이프는 돌고 또 돈다. 파이프가 돌아감에 따라 새끼로 꼬였던 끈이 뱅글뱅글 풀어진다. 곧이어 꼬임이 거의 제대로 된다. 그 순간 목에 걸었던 파이프가 끈에서 미끄러져 때그르르 마룻장에 떨어졌다.

"핫핫핫……." 갑자기 방 안이 떠나가듯 입을 크게 벌리고 떠들썩하게 웃은 것은 유리 선생이었다.

"요컨대 말이야. 새끼줄이 풀릴 동안은 범인에게 여유가 있었다, 이거야. 핫핫핫……."

쨍그랑! 누군가가 천장의 전등을 겨누고 무엇인가 내던졌다. 불이 꺼졌다. 유리 조각이 우박처럼 사람들의 머리 위로 떨어졌다. 앗! 하는 비명이 어둠 속에서 들렸다. 어마! 부인네들이 비명을 지르고 의자를 넘어뜨리며 우왕좌왕했다.

나는 본능적으로 창문께로 뛰어갔다. 동시에 누군가 내 몸을 떠밀려고 했다.

"누구야?"

나는 그 사람의 어깨를 잡았다. 그 순간 그 사람은 주먹으로 내 턱을 후려쳤다. 만약 그때 정통으로 맞았다면 나는 아마 정신을 잃고 의식이 없어졌을 것이다. 나는 약이 머리끝까지 올랐다. 그와 동시에 이 놈이 범인이구나, 하는 것을 직감했다.

나는 죽기를 각오하고 그 사람에게 달려들었다. 우리들은 서로 들러붙은 채 마루 위를 뒹굴었다. 나는 꽤나 많이 그자에게 쥐어뜯기고 두들겨 맞았다. 그러나 그는 나의 적수는 아니었다.

"미즈끼 군, 괜찮은가?"

"괜찮아요, 지금 깔아눕히고 있어요. 불을 켜 주세요."

어둠 속에서 어지러운 발소리가 나더니 이윽고 우리를 둘러싼 형사들이 손전등을 켰고, 그 빛줄기는 나에게 깔린 사람의 얼굴——이제는 단념했는지 축 늘어져 눈을 감은 쓰찌야 교조의 얼굴을—— 비추고 있었다.

피날레

　제20장 '파이프의 곡예'까지 썼을 적에 나는 원고를 들고 모처럼 만에 구니다찌의 유리 선생을 찾아 뵈었다. 내가 지금도 애석하게 생각하는 것은 쓰찌야의 그 멋진 수기에 결말이 없다는 점이었다. 쓰찌야는 범행 일체를 자백했다. 그러나 그것을 수기로 해서 남겨 놓기 전에 독방 속에서 청산가리를 들이켜 스스로 목숨을 끊어버린 것이다. 그 청산가리야말로 그가 문제의 트렁크를 도쿄 역의 임시 보관소에서 수하물을 부쳐준 사례로 뱃멀미약이라 하여 그 가엾은 사에끼 준끼찌에게 준 것이었는데, 그 약을 어떻게 해서 감방에까지 가지고 들어갔는지 지금까지도 수수께끼로 남아 있다.
　그런데 내가 끝을 낸 원고를 보여드리자 유리 선생은 곧 빙긋 웃었다. 그리고 부인을 불러 말했다.
　"이것 봐요, 미즈끼 군이 소설을 써 왔어요."
　부인은 한눈으로 표제를 보고 눈을 크게 떴다.
　"나비부인 살인사건……어머나! 그럼 그 사건이군요? 싫어요, 싫어요. 그럼 우리 이야기도 썼겠지요."

"그러니까 처음에 말했잖아? 미즈끼 군의 일이니 어차피 남녀 사이에 얽힌 색정적인 일을 다룬 폭로 소설일 거라고. 틀림없이 당신이 남자처럼 차려입고서 도쿄와 오사카를 무대로 경찰 나으리들을 골탕먹였다는 걸 거창하게 늘어놓았을걸."
"어머나, 싫어요. 미즈끼 씨, 어디 두고 봐요."
지에꼬 부인——즉 그 옛날의 사가리 지에꼬는 나를 노려보는 시늉을 했지만 곧 차분한 표정으로 돌아갔다.
"그래도 그때 그 일을 생각하면 난 지금도 서글퍼져요. 선생님도 안됐지만 그뒤 나는 어떻게 될 것인가 하고 생각하니 제 마음이 말이 아니었어요. 뭐니뭐니해도 선생님은 우리들에게 대들보였으니까요."
"그래, 사쿠라 여사는 위대했지. 많은 사람들이 기대고 의지하는 분이었거든. 그 가운데서도 쓰찌야 교조는 그분을 가장 많이 따랐어. 그렇기 때문에 그분을 죽여도 자기는 혐의를 받지 않을 것으로 생각했지만 스스로 그것을 수기에서 너무 강조한 거야."
"그거에요, 선생님." 나는 무릎을 탁 치며 선생의 얼굴을 보았다.
"실은 그 소설은 아직 마무리를 짓지는 못했어요. 쓰찌야 교조를 눌러 잡았다는 데서 끝났습니다. 미스터리 소설의 특성으로 해서 그 뒤에 선생님의 추리 과정을 더해야 합니다. 이것은 그때도 여쭈어 보았습니다만, 다시 한 번 정식으로 여쭈어 보고 싶어서 이렇게 찾아뵈었습니다. 선생님이 쓰찌야를 범인으로 지목하게 된 것은 아마도 그 수기 덕분이겠지요?"
"그래, 그럼 그때의 일을 생각하면서 또 한 번 강의해볼까? 여보, 지에꼬, 차 좀 준비해주겠소?"
이윽고 지에꼬 부인이 따라준 차를 마시며 이렇게 이 소설의 결말을 이야기해 주었다.

"그 수기는 두 가지 뜻에서 나에게 암시를 준 거야. 그 가운데 하나는 수기 전체에 넘쳐 있는 어조라고 할까, 아니면 기세라고 할까. 즉 하나의 분위기겠지. 자네는 요즘 그 수기를 다시 읽었을 테니까 잘 기억하겠지만 그것은 매우 자조적이야. 아니, 자조라기보다는 오히려 자신을 학대할 뿐만 아니라 거칠고 형편없어. 게다가 그 수기가 그냥 자기의 기록을 위하여 쓰지 않았다는 건 전체의 구성으로 봐서 곧 알 수 있지. 쓰는 이는 그것을 다른 사람들이 읽어 주기를 바라며, 아니 그것을 목적으로 해서 쓴 것이야. 이 일은 오노 군이 우연히 들어간 방 안에 펼쳐져 있던 것으로만 봐도 알 수 있지 않은가.

 매니저라는 것은 모든 단원들의 중심이기에 언제 누가 들어올는지 알 수 없지. 그걸 모를 쓰찌야가 아닐 텐데 책상 위에 펼쳐 놓은 채 두었다는 것은, 즉 그것을 누구에겐가 보여 주고 싶었던 거라고 생각해도 무방할 거야. 그런데 그것이 누구에게 보이기 위해서 쓴 거라고 한다면 그 속에 들어 있는 자조, 자학, 조악이라는 것은 더더구나 꼴불견이지. 도대체 나는 자조 취미, 자학 취미, 조악 취미 같은 건 비위에 안 맞아. 아무래도 그건 정신이 건전한 사람이 할 일은 아니야. 사람은 누구나 적당한 자존심을 가지고 있기 때문이지. 게다가 쓰찌야의 수기 속에 담긴 자조에는 어쩐지 좀 저속한 데가 있어. 가령 장래에 자기에게 이익이 될 것 같은 하라 소이찌로 씨나 오노 다쓰히꼬――두 사람 모두 부자지―― 이 두 사람에 관해서는 절대 나쁘게 쓰지 않았어. 특히 소이찌로 씨에게는 드러내놓고 아부를 하고 있거든. 그래서 나는 이것은 분명히 뭔가 바라는 바가 있어서 이렇게 쓴 것이고, 또한 이런 수기를 쓰는 쓰찌야라는 사내는 그 근본이 아주 천박한 사람이라고 생각한 거지."

유리 선생은 거기서 부인이 따른 차로 목을 축이면서 말을 이었다.
"그런데 여기 목걸이 문제가 있어. 자네도 알다시피 그 사건은 한 달도 더 전에 계획된 거지. 물론 한 달 전에 아께보노 아파트를 빌렸을 때는 아직 그렇게 상세한 계획은 서 있지 않았어. 그러나 어찌 됐든 그 아파트의 방 하나를 계획의 일부로서 쓰려고 빌렸던 것은 틀림없지. 그런데 그 즈음부터 범인은 이미 목걸이를 훔치려고 생각하고 있었을까? 그것은 아니라고 봐도 틀림없을 거야. 범인은 그냥 사쿠라 여사를 죽일 작정으로 차근차근 세밀하게 계획에 계획을 세우고 있었어. 그런데 막상 사쿠라 여사를 죽이고 보니 거기에 값비싼 목걸이가 있었지. 범인은 문득 그것을 훔치고 싶은 본능적인 유혹에 끌렸어. 이 사건은 범인의 성격을 제법 뚜렷하게 보여주는 거야. 아주 저열한 그 근성……그 성격은 적어도 하라 소이찌로 씨와 오노 다쓰히꼬에게는 없어. 마끼노나 시가에게는 어떨까 생각하며 나는 꽤 깊이 그들을 관찰했지만 아무래도 두 사람에게도 그런 천박한 면은 없는 듯했어. 그리고 단 한 사람 쓰찌야만이 그런 성격이었지. 즉 내가 그에게 눈독을 들인 것은 그 점이 첫째 조건이었어. 물론 그런 선입견에 사로잡히지 않으려고 나로서도 경계에 또 경계를 했지만 여기서 빠뜨릴 수 없는 것이, 그 수기 속에는 또 한 가지 커다란 암시가 있었다는 거야."
유리 선생은 내가 가져온 쓰찌야의 수기를 열어 보였다.
"자, 보게. 여길세. 콘트라베이스 케이스 속에서 사쿠라 여사의 시체를 발견한 대목을 쓰찌야는 이렇게 쓰고 있어…… 도대체 하라 사쿠라라는 여인은 일상 생활 모두가 연극이어서 어떤 경우라도 등장의 계기를 마련하는 것을 잊지 않는 여자였다…… 이 일은 나중에 소이찌로 씨나 지에꼬도 보증했지만 이 일과 사쿠라 여사가 오사카로 간 것은 서로 모순되지 않는가. 대체로 이런 인기 직업인은 모처럼만의 지방 공연이 있을 땐 한바탕 왁자지껄 인기를 끌 만한 일을 저지르는 법이야. 특히 오사카라는 곳은 그곳이 극단적인 도시라는 거야. 게다가 사쿠라 여사라는 인물은 그렇게 주위에서 떠받들어 주는 것을 무엇보다도 좋아하는 성격⋯⋯성격이라기보다는 본능이지. 그럼에도 불구하고 그때 사쿠라 여사의 오사카 행은 초라하기 그지없었지. 시간 예정표에 따르면 부군과 지에꼬, 세 사람뿐이고 환영하는 사람도 없이 오사카 역에 닿아서 D빌딩 호텔에 든다고만 돼 있었지. 이것은 여사의 성격과는 아주 모순되는 거야. 실제로 그 이튿날 아침 도착한 다른 무리들은 대대적인 환영을 받고 있어. 그런데도 막상 프리마돈나, 게다가 그런 것을 가장 좋아하는 여사가 그렇게 초라한 오사카 입성으로 양이 찰 리 만무하지."

"예, 그건 나도 이상하게 생각했어요. 하지만 밤차를 타면 다음날 제대로 소리가 안 나온다는 것도 사실이니까 여사도 어쩔 수 없이 이번만은 단념한 것이라 생각했지요."

"그것을 단념할 만한 여사라면, 애시당초 그런 비극은 일어나지도 않았을 거야. 그것을 단념하지 못한다는 점이 범인에게 이용된 거지. 어쨌든 나는 이건 여사의 성격과는 맞지 않는다고 생각했어. 게다가 거기에 대해서 아무런 불평불만도 없었다는 것은 거기에 어떤 이면──일단 지금이야 이렇게 초라한 모습으로 오사카에 입성하지만 나중에는 세상을 깜짝 놀라게 할 만한 이면──이 있는 게 아닌가 하는 생각이 들었어. 그런데 그런 이면이 있다고 한다면 여사 혼자서 그런 일을 만들 리는 없지. 당연히 거기에는 상담역이 있어. 그 상담역이 누굴까를 생각했을 때 가장 먼저 머리에 떠오른 것이 바로 지에꼬 당신이지. 당신은 사쿠라 여사와 함께 도쿄를 떠났고, 게다가 여사의 대역 같은 것도 하고 있었지. 그래 어김없이 당신은 그 계획에 한통속이라고 생각했어."
"네, 그렇게 생각하셔도 어쩔 수 없지요. 사실 저도 시나가와에서 선생님이 내렸을 적에는 아하, 선생님께서 또 연극을 하시는구나 하고 생각했으니까요. 그래요, 저도 알고 있으면서 거든 셈이지요."
"음, 그러니까 내가 그대를 의심한 것도 무리는 아니었던 거야. 그건 그렇고, 하라 사쿠라와 사가라 지에꼬 이 두 사람이 그 각본 속에 있다 해도 이것만 가지고는 이야기가 안 돼. 그 계획이라는 것이 어떤 것이 되었든 어차피 거기에는 남자……그것도 사무적인 재간이 있는 남자를 필요로 했을 거야. 그렇다 치면 당연히 내 머리에 떠오르는 것은 매니저인 쓰찌야 교조야. 매니저, 매니저야말로 이런 경우의 상담자로서는 가장 알맞은 사람이라고 할 수 있지. 게다가 쓰찌야는 한결음 앞서 오사카에 가 있었으니 그 계획을 함께 꾸몄을 가능성은 더욱 커진다……."
나는 말없이 고개를 끄덕였다. 유리 선생의 추론 과정에는 한치의 허점도 없는 듯하였다.
"그래, 쓰찌야가 여사의 계획에 참여하고 있었다치고 다시 한 번 그 수기를 읽어 보게. 수기에는 그 일에 대해서는 한마디도 적혀 있지 않아. 즉 쓰찌야는 적어도 그 한 가지 일만은 비밀로 하고 있어. 그렇다면 그밖에 더 감추는 것이 있지는 않은가, 아니 어쩌면 그 수기 전체가 거짓이 아닌가 하고 일단은 의심할 만하지 않은가?"
나는 고개를 또 끄덕였다.
유리 선생은 이어서 말했다.
"자, 이제 수기는 그쯤 해두고 이번에는 그 암호에 대해서 생각해 보세. 미즈끼 군, 그 암호를 읽어서 알아내었을 적에 나는 자네에게 이렇게 말한 적이 있지. 사쿠라 여사쯤 되는 사람이 이런 초보적인 간단한 암호를 쓰고 있었다면 거기에는 한 가지 해석밖에 없다, 즉 암호의 상대가 아주 서투른 애숭이일 것이라고. 내가 그때 말한 애숭이는 우리 경찰관을 말한 거야. 즉 그 암호는 경찰 쪽 사람들이 발견하고 그 뜻을 읽어서 알아낼 것을 처음부터 바라면서 거기에 있었던 것이라고……이렇게 생각한데는 또 하나의 까닭이 있지. 그 악보는 손가방 속에 있었지. 그런데 범인은 손가방 속에서 목걸이를 훔쳤으니까 악보도 눈에 띄었을 것이다, 그럼에도 불구하고 찢지도 않고 내버리지도 않고 그대로 둔 것은 더욱 우리들이 그것을 발견해주기를 바랐던 것이다, 라고 생각했었지."
"그런데 도쿄 역에서 그 악보를 여사에게 건네준 사람은 누구였습니까?"
"건네준 사람은 없고, 사쿠라 여사 자신이 짐짓 떨어뜨린 거야. 이 일은 처음 들었을 적부터 막연하게나마 느끼고 있었지만 소이찌로 씨의 이야기를 듣고는 점점 그 확신을 굳혔지. 애인 지에꼬와 함께 도쿄를 떠날 예정이던 소이찌로 씨를 가지 못하게 묶어 두었던 것은 상공회의소의 N 씨라고 했지. 더구나 N 씨가 그런 장난을 한 것은 사쿠라 여사로부터 부탁을 받았기 때문이라는 것이었지. 나는 그래서 점점 더 뭔가 흑막이 있었다는 것을 확신했고, 동시에 암호의 악보를 승강장에 떨어뜨린 것도 여사 자신이라는 것을 확신했어. 하기야 그런 확신에 이르기까지에는 당신, 공모자의 한 사람인 사가라 지에꼬 당신도 계산 속에 넣고 있었지만……."
지에꼬는 다소곳이 고개를 끄덕였다.
"자, 다시 이야기를 처음으로 돌려서……우리가 그 악보를 읽어서 알아내도록 하기 위해서 떨어뜨렸다면 그건 무엇 때문이었을까? 말할 것도 없이 그것은 우리들의 초점을 청풍장에 돌리기 위해서였다, 라는 이야기가 되지. 게다가 아께보노 아파트의 방에 굴러 있던 모래 주머니, 그 모래 주머니에 커다란 시간적인 모순이 있던 것은 자네도 알고 있지. 그것만 해도 그처럼 똑똑한 범인이니만큼 실제로 도쿄에서 저지른 범죄를 마치 오사카에서 저지른 것처럼 만들려고 했다면 조그만 주의를 기울여도 그런 모순은 생기지 않았을 것이야. 그러니까 그 모순을 일부러 만들어낸 것으로, 그것은 경찰관의 눈을 그 방에서부터 돌리려고 미리 준비된 계획이었다고 생각하는 게 반드시 지나치다고는 할 수 없어. 즉 그런 모순이 있으면 있을수록 나는 눈에 불을 켤 수밖에 없었던 거야."
"그럼에도 불구하고 선생님은 일부러 도쿄로 가셨군요."
"그건 어쩔 수 없었지. 나는 신통력 있는 건 아니니까. 내가 이 사건을 맡고서 처음으로 윤곽을 잡은 것은 쓰찌야의 수기를 읽은 뒤부터야. 그리고 도쿄로 가는 기차 안에서 그 수기를 읽었어. 그것을 좀더 일찍 읽었더라면 도쿄에는 가지도 않았을지도 모르고, 아마미야 군도 살해당하지 않았을는지도 모른다고 생각하니 참 애석한 일이야. 하기사 그 수기를 읽기 전부터 나는 결국 범죄는 오사카에서 저질러진 것이 아닌가 하는 의심은 품고 있었어. 그 까닭은 그 암호라는 것이 너무나 쉽게 풀린 탓도 있겠지만 또 하나, 그 트렁크야. 범죄가 실제로 도쿄에서 저질러진 것이라면 그 트렁크야말로 범인이 있는 지혜를 다해서 덮어 감추거나 가리어 숨겨야 하는 것이었으니까. 그리고 또 범인이 그렇게 생각했다면 할 수 있는 지혜를 가진 사람이었지. 그럼에도 불구하고 트렁크는 너무나도 싱겁게 우리들의 눈에 띄었고, 너무나도 쉽게 발견되었지. 이것은 또한, 저 암호 악보와 같은 논법으로 우리들의 주목을 받고 싶었던 거야. 발견되어지고 싶었던 것이다, 라고 추리를 할 수 있지 않은가——고 나는 생각했었지. 사실 또 그 트렁크에는 장미와 모래 이외에 그 속에 시체를 담아 왔다는 증거는 어디에도 없었으니까 말이야. 장미와 모래는 아께보고 아파트에서 넣을 수 있고, 문제의 무게는 다른 물건을 넣는다 해도 충분히 속일 수 있을 테니까 말이야. 그러나 그 수기를 읽기 전에는 뚜렷이 거기에 확신을 가지지 못했어. 어쨌든 도쿄건 오사카건 양쪽으로 다 허석이 되는 사건이니까 범인이 도쿄에서 무엇을 보여줄 것인지, 그것을 한 번 보자고 생각을 했었어."

나는 말없이 고개를 끄덕였다. 결단코 도박을 배격하는 주의(主義)의 선생으로서는 좀 돌더라도 이해가 될 때까지 조사를 해야 했을 것이다.

"몇번이나 말한 대로 나는 절대로 신통력 따위는 없어. 다만 다른 사람들과 다른 점이 있다면 한번 붙잡은 가능성은 절대로 놓치지 않는다는 것이지. 이 경우에 첫 가능성은 범죄가 오사카에서 저질러졌다는 것이었어. 그런데 범인이 마치 범죄가 도쿄에서 저질러진 것처럼 속임수를 쓴다 여러 가지 밝혀진 사실도 그것을 뒷받침하다 보니 경찰쪽 사람들은 오사카에서 범죄가 저질러졌을 가능성은 아예 생각조차 하지 못했던 것이지. 그것이 나와 다른 점이었고, 도쿄의 비중이 점점 높아졌을 즈음에도 나는 언제나 오사카에서의 범죄 가능성을 잊지 않았어. 도쿄와 오사카라는 두 가능성을 저울에 달아서 그 무게를 재는 것을 잊지 않은 거지. 그런데 오사카에서의 범죄 가능성에만 한사코 매달려 있으면 다무래도 그날 19일 밤 9시부터 11시 사이에 여사가 오사카에 도착했다는 것을 증명해야 했어. 그러나 그것을 증명할 수 없다는 것을 알게 될 때까지는 나는 오사카에서의 범죄 가능성을 버릴 수 없었지. 그런데 그날 밤 9시 몇 분인가 오사카에서 도착한 기차에는 사크라 여사는 결코 타지 않았다는 거야. 그래서 나는 비행기를 떠올렸지. 그래서 도쿄에 갔을 적에 도도로끼 경감에게 부탁해서 19일 여객기 손님의 명단을 조사했었는데 그 답이 전보로 온 것은 자네도 알고 있겠지. 그러나 그때 나는 이미 그 답장 같은 것은 아무래도 좋았어. 왜냐하면 그 무렵에는 나는 이미 여사가 9시 몇분인가의 기차로 그날밤 오사카에 틀림없이 도착했었다는 것을 알고 있었으니까. 그것을 차장이나 직원이 몰랐던 것은 여사가 남자처럼 꾸미고 있었기 때문이야. 지에꼬, 그걸 가르쳐 준 것은 바로 당신이야. 당신은 여사의 남장 이야기를 가르쳐 주었을 뿐 아니라, 그 옷이 무대 의상 속에 있었다는 것까지 가르쳐 주었어. 그 옷이 무대 의상 속에 있던 일은 당신 스스로도 이상하게 생각할 정도였으니까, 그런 곳에 있다는 것은 잘못이지. 즉 범인이 거기에 감춘 것이고, 이것은 여사가 입고 온 것이라고 나는 그렇게 생각했지."
"그렇다면 내 어설픈 모험도 전혀 도움이 되지 않은 것은 아니었군요."
"그렇고 말고, 그로 인해서 나는 뚜렷하게 진상을 알게 됐을 뿐 아니라, 그 일 때문에 그대 자신의 혐의도 풀어 버렸지. 그때까지 그대에게 가졌던 의심도 그대의 남장 고백에 의해서 한꺼번에 날아가 버렸으니까 말야."
지에꼬 부인은 다소 겸연쩍은 듯 웃고 있었다.
"그런데 오사카의 가능성을 최후까지 죄어들어가면서 어차피 그 트렁크의 내용에 대해서 생각하지 않을 수 없었지. 범인은 도대체 그 트렁크에 무엇을 넣어 왔을까, 그리고 그것을 어떻게 처리했을까, 끝까지 나를 괴롭힌 것은 이 점이었어. 여기서 나는 실토하지만 인간의 연상처럼 가련한 것은 없지. 인간……그것도 어엿하게 의류를 걸친 인간의 중량에 상당하는 것이라는 점에서 나는 언제부턴가 커다란 부피가 많은 것을 공상하고 있었던 거야. 그런데 저 20일 아침의 범인은 참으로 바빴던 것이야. 게다가 아파트라 하면 사람의 눈에 띄기 쉬운 곳이지. 그런 가운데서 범인은 어떻게 해서 그렇게 커다란 것을 감쪽같이 처리할 수 있었을까, 이것이 마지막까지 나를 괴롭힌 거야. 그게 말야, 문득 진실에 부딪친 것은 트렁크 속의 그 모래야. 우리들은……아니, 나는 처음 이렇게 생각했어. 범인은 사쿠라 여사를 모래 주머니로 죽였다, 그때 모래 주머니가 찢어져서 여사는 모래투성이가 됐다, 하니까 그 트렁크 속의 모래는 모래투성이의 시체를 보내온 것으로 보이기 위해서 넣은 것이라고. 그러나 내가 얼핏 정신 차린 것은 이 생각을 거꾸로 하면 어떨까, 모래투성이의 시체를 보낸 것처럼 보이기 위해서 모래를 넣은 것이 아니고, 그 트렁크 속에 모래를 넣어 왔기 때문에 시체를 모래투성이로 만든 것은 아닌가, 즉 시체의 모래가 먼저가 아니고 트렁크의 모래가 먼저가 아닌가, 그렇게 생각이 미치자마자 나는 승리의 나팔소리가 귓전에 울리는 것 같은 기분이었지. 트렁크 속에 모래를 넣어온다, 모래 같으면 주머니에 넣어서 몇 개든 분할할 수 있다, 게다가 그 아께보노 아파트에는 모래 주머니가 여기저기 쌓여 있지 않았던가, 그 모래 주머니의 수가 10퍼센트나 20퍼센트쯤 늘어 있어도 아무도 모를 것이다, 범인은 이렇게 생각한다, 그러나 보내 오는 도중에 모래 주머니가 터지지 않는다는 보장은 없어. 터지지 않더라도 주머니에서 흘러 떨어질 수 있는 것이지. 그런데 모래라는 것은 완전히 청소해 버린다는 것은 어려운 일이야. 특히 20일 아침의 범인은 매우 바쁘니까 차분히 트렁크 속의 모래를 치울 만한 여유가 없었어. 한 톨이라도 거기에 남게 되면 간파당할 염려가 있는 것이야. 그래서 역으로 범인은 모래를 그대로 두고 그걸 감추기 위해 흉기로서 모래 주머니를 사용한 것이 아닌가, 실제로는 사쿠라 여사의 후두부의 상처는 둔기라는 점일 뿐 꼭 모래 주머니라고 단정할 수는 없는 것이니까 다른 것으로 때려놓고 그걸 모래 주머니처럼 생각하게 한 것이 아닌가. 실제로 모래 주머니를 쓴다는 것은 너무 기발한 일이고, 그처럼 계획적인 범인이 다른 흉기를 준비해 놓지 않고 임시 변통으로 모래 주머니를 사용한다는 것은 좀 엉뚱한 일이니 이것은 나처럼 생각하는 것이 훨씬 자연스럽지 않은가. 즉 범인은 트렁크 속에 넣어서 보내온 모래를 감추기 위해 사쿠라 시체를 모래투성이로 만든 것이라고……."

"옳거니, 그것이 시마즈 군에 의해서 현실적으로 조사 증명이 된 셈이군요."

"그렇지, 그런데 트렁크의 내용을 해결했지만 또 하나, 그 트렁크를 부친 인물이 문제야. 그 트렁크가 도쿄 역에서 수하물로 부쳐진 것은 19일 밤이었는데 그 무렵 쓰찌야가 오사카에 있었던 것은 의심할 여지가 없어. 게다가 이런 계획범이 늘 그런 것처럼 공범자가 있다고는 생각되지 않았어. 그것은 발각의 위험률을 두 배로 늘리는 것이니까. 쓰찌야는 이 점만 가지고도 자기는 안전지대에 있다고 믿고 있었지만 어렵쇼, 시가의 고백이 최후의 이 난관을 해결해 준 거야. 사에끼 준끼찌는 19일 밤차로 도쿄를 떠났다, 아마도 그것은 가극단의 일행과 같은 열차였겠지. 그 열차는 20일 아침 쓰찌야가 마중을 나갔으니까 그는 사에끼를 만날 수 있었을 것이다, 만나서 수하물 표를 받을 수 있었을 것이다, 게다가 사에끼와 쓰찌야는 옛날 같은 솥의 밥을 먹은 사이라는 것이다, 게다가 또 하나 그 사에끼는 배 안에서 독을 마시고 죽어버린 것이다, 사람들에게는 자살이라는 것으로 돼 있지만 유서고 뭐고 없으니까 사실 자살이라는 증거는 아무데도 없는 것이다……. 이렇게 생각했을 때는 새삼스럽게 범인의 흉악함에 소름이 끼치지 않을 수 없었지."

사실 선생이 말하는 대로다. 사쿠라 여사를 죽인 것에는 범인은 범인대로의 울분이란 게 있었겠지. 아마미야 군을 죽인 것은 극한적 상황이라는 것이 있었을 게다. 그러나 사에끼 준끼찌는 범인이 이용하고 범인이 도구로 썼다는 이유만으로 그 도구가 입을 열까봐 죽인 것이니 이보다 더 잔인한 일은 없을 것이다.

"예, 그것으로 대개 선생님의 추리의 과정은 알았습니다. 그럼 이번에는 다시 범인의 계획을 순서대로 이야기해 주십시오."

"흠." 선생은 늘 애용하는 파이프를 빨면서 천천히 말하기 시작했다. "그전에 먼저 이 사건의 동기를 생각해 보세. 쓰찌야가 하라 사쿠라 여사를 죽인 동기, 그것을 납득이 가도록 이야기하기란 좀 어렵지. 거기에는 살인죄를 범할 만한 구체적인 사건은 하나도 없으니까 말야. 물질적인 면만 생각한다면 오히려 사쿠라 여사가 죽는 것은 범인에게 곤란한 사정이었음에도 불구하고 쓰찌야가 그런 일을 했다는 것은 결국 쓰찌야와 여사와의 성격적 상극이라고 할 수밖엔 없을 거야. 지에꼬의 말에 의하면 사쿠라 여사는 변덕쟁이고 고집쟁이고 어리광쟁이였지만 실은 친절한 사람이었다는 거야. 그러나 기분에 변화가 많다는 것⋯⋯즉 변덕쟁이라는 건 어쩔 수 없고 게다가 위대한 예술가에게 흔히 있는 오만성을 부인할 수는 없지. 어떤 종류의 인간에게는 이 변덕스러움, 즉 비위 맞추기 힘든 점, 그리고 오만스러움은 견딜 수 없는 것이지. 게다가 비위를 맞추려면 자연 자기를 비굴한 위치로 떨어뜨릴 수밖에 없다, 쓰찌야는 그것이 참을 수 없었던 거야. 자기를 비굴한 위치에 떨어뜨리며 그렇게 해야만 한다는 사실에 의하여 여사에 대해 이중의 울분을 가지지 않을 수 없었던 것이야. 여사가 실제로는 친절한 사람이었다는 점도 불만의 씨였을 것이야. 왜냐하면 여사의 매니저로서의 불평 불만을 털어놓아도 아무도 자기에게 동조하지 않는다, 거꾸로 여사편을 드는 사람이 많다⋯⋯이런 일도 쓰찌야를 초조하게 만든 원인이었을 것이거든. 요컨대 쓰찌야가 그런 인간이라 하더라도 상대가 달랐으면 살인 같은 건 없었을 것이고, 여사가 그런 인물이라 하더라도 상대가 달랐으면 죽지는 않았을 거야. 즉 종(鍾)과 당목(撞木)이 맞아야 소리가 나는 것이고 종과 당목이 따로따로라면 소리는 나지 않을 테지. 또 하나 생각할 수 있는 것은 두 사람의 경력을 보면 옛날의 쓰찌야는 여사의 선배였네. 여사가 아직 무명으로 있을 때 쓰찌야는 이미 당당한 기성 가수였던 모양이야. 그것이 차츰 조락해서 자기 후배의 매니저를 하고 있으니 거기에 언제나 뭉클거리는 무엇이 있었던 게 아니겠는가. 그 수기를 볼 것 같으면 쓰찌야에게는 다분히 자학적인 경향이 있는 것처럼 보여. 그러나 그런 경향은 쓰찌야의 본질은 아니고 여사의 매니저로서의 처세상 어느 틈엔가 쓰찌야가 자기 방어의 방패로 삼고 있었던 것 같아. 이 점은 매우 중요한 문제를 해결하게 되지. 그리고 마음에도 없는 굴욕이 쌓이고 쌓여서 언젠가는 폭발한다, 그 폭발이 그런 비극을 불러 일으켰던 거라고 생각해. 즉 이것은 예술가의 비극이었던 것이야. 범인도 피해자도 예술가였어. 범인은 자기의 손익을 잊어버리고 한결같이 증오의 대상을 말살하는 데 열중했던 거야.”

"세상에는 때때로 그런 정체불명의 동기라는 것이 있군요. 인간은 반드시 늘 자기의 이해타산 위에서 행동하는 것이 아니라는 일례가 되겠지요.”

"그렇지, 바로 그대로야. 그러니까 살인사건의 경우 늘 그 동기를 구체적인 사실에서 구하려는 것은 옳지 않다고 생각해. 그건 그렇고, 그런 식으로 해서 쓰찌야는 사쿠라 여사를 말살하려고 했지. 그런데 때마침 알게 된 것이 사쿠라 여사가 청풍장에서 연출하고 있던 그 연극이었던 것이야. 미즈끼 군이나 지에꼬는 그 방면에 전혀 백지는 아니니까 알겠지만 기생의 포주, 남자 무당, 예능인의 매니저들은 모두 일종의 공통점을 가지고 있지, 그건 진드기처럼 악착같이 주인공을 물고 늘어진다는 거야. 실제로 또 그렇게 하지 않으면 그들은 살길이 없어지니까. 그들은 주인공의 어떤 비밀이라도 냄새 맡아내는 본능을 가지고 있어. 그들이 숨기면 숨길수록 악착같이 추구하지. 그러니까 그의 경우 쓰찌야가 청풍장 일을 모르고 있었다면 나는 오히려 그것이 부자연스러운 일이라고 생각해. 쓰찌야는 청풍장의 일을 알았네. 오노와 사쿠라 여사가 암호통신을 하는 것도 알았지. 여사와 오노의 성격을 알고 있는 쓰찌야는 금세 그것이 여사의 유희라는 것, 그러나 오노는 진실이라고 믿고 있는 것도 알았어. 다만 이 경우 한 가지 실수인 것은, 지에꼬도 이 사실을 알고 있고 진상을 간파하고 있었다는 사실을, 그리고 여사의 생리적 결함을 몰랐다는 것이야.

이 두 가지는 뭐라 해도 쓰찌야의 실수인데 그러나 어쩔 수 없었을 것이야. 그래서 청풍장 일을 안 쓰찌야는 이것을 살인에 이용하려 했어. 아니 이 사실을 알게 됨으로써 살인의 동기가 구체화되었는지도 모르지. 그래서 쓰찌야는 정작 구체적인 계획에 돌입하고 우선 그 첫 사업으로 아께보노 아파트의 한 방을 빌렸어. 저 오사카 공연의 일정은 확정되지 않았지만 한 달 전에 알고 있었으니 말일세. 그 시기를 이용하려고 생각했어. 그래 정작 일정이 결정되자 도쿄와 오사카의 공연 사이에는 단 하루밖에 여유가 없었지. 이것은 그러나 우연히 그렇게 되었다기보다 역시 매니저의 의지가 작용을 해서 그렇게 되도록 만들었다고 봐야 돼.

자, 그럼 그때부터가 이제 본격적인 무대가 된다, 밤열차에 탈 수 없는 여사는 아무래도 19일 아침 도쿄를 떠나지 않으면 안 된다, 그 때문에 그녀는 오사카 역의 환영을 받을 수가 없게 된다, 거기에 여사의 불평이 있었던 거야. 그리고 그거야말로 쓰찌야가 학수고대했던 바였어. 쓰찌야가 어떤 감언이설로 여사를 설복했는지 몰라도 그는 먼저 청풍장의 일을 자기가 알고 있다는 것을 이용해서 오노 군을 비롯하여 모두들 깜짝 놀라게 해주자고 그런 식으로 꾀었을 것이야. 쓰찌야가 고백한 바로는 그는 실제로 아무런 계획도 갖지 않았다는 거야. 그러나 마치 그런 계획이 있는 것처럼 여사를 설득시켰지. 그리고 그러기 위해서는 일단 일행을 떼어 버리고 실컷 걱정을 시킨 뒤에 막이 오르는 직전에 가서 기발한 계획을 가지고 등장하면 어떤가……고 그런 식으로 꾄 모양이야.

그런데 사쿠라 여사는 소이찌로 씨나 지에꼬가 지적했듯이 진짜 커다란 애기였지. 그런 일이 아주 즐거웠던 거야. 모두에게 한껏 걱정을 시키고 막바지에 가서야 나타난다, 여사에게 이처럼 신나는 장난은 없을 것이다. 그래서 두말 없이 쓰찌야의 꾐에 넘어간 것이야. 이쯤되면 다음은 쓰찌야의 뜻대로지. 그래서 쓰찌야는 세밀한 줄거리를 만들고 자기가 만든 암호 악보를 여사에게 건넸다, 그리고는 트렁크에 필요량의 모래 주머니를 넣고 이것을 도쿄 역의 수화물 보관소에 맡겼어. 물론 그전에 청풍장의 방에 모래를 뿌리고 거기에 트렁크의 자국을 낸 것은 말할 것도 없지. 그리고는 사에끼 준끼찌에게 그 트렁크를 수하물 창구에서 부치도록 부탁했어. 어떤 구실로 사에끼를 속였는지는 모르지만 이것은 아무래도 억지가 있었겠지.

그리고는 쓰찌야는 시치미를 떼고 18일 밤 도쿄를 출발했어. 그런데 그 다음날이었지. 여사는 물론 쓰찌야에게 그런 무서운 음모가 있다는 것을 모르니까, 그가 써 놓은 각본대로 먼저 부군의 동행을 방해하고 도쿄 역에서 악보를 떨어뜨리고 그리고 시나가와에서 내려서 청풍장 아파트에 갔어. 거기에는 미리 그 남장에 필요한 의상이 준비되어 있었지. 여사는 남장으로 바꾸고 입고 있던 옷은 옷상자 속에 넣어 아마 그때 오노에게서 받은 꽃다발도 함께 넣어 버렸겠지. 그리고는 다음 열차로 시나가와에서 떠났네. 이때 주의해야 될 것은 청풍장의 방에는 이미 모래가 뿌려져 있었는데 소파나 융단으로 감춰져 있었으니까 여사는 몰랐었짔지. 설사 알았다 하더라도 그것이 그렇게 중대한 의미를 가진 것이라고는 꿈에도 생각지 않았겠지. 이렇게 남장한 여사는 19일 밤 9시 넘어서 오사카에 도착했어.

역에는 쓰찌야가 마중을 나와서 아께보노 아파트로 안내했지. 그것도 계획의 일부라고 생각한 여사는 추호도 의심하지 않았겠지. 자, 아파트로 데리고 간 쓰찌야는 거기서 다시 옷을 갈아입는 여사를 때려눕히고 목졸라 죽였어. 그리고 트렁크에 넣기 알맞도록 여사의 몸을 적당히 묶어서 벽장 속 같은 데에 넣어 둔다, 이것이 19일 밤의 쓰찌야의 행동의 전부야. 그런데 꼭 그 시간에 도쿄에서는 사에끼 화백이 아무것도 모르고 트렁크를 임시 브관소에서 찾아서 그것을 수하물로 부쳤지. 그 사에끼는 가극단의 일행과 같은 열차로 20일 아침 오사카 역을 통과하고 있었어. 쓰찌야는 그때 수하물표를 받고 답례로 청산가리 약병을 주었지. 물론 독약이란 말은 않고 뱃멀미약이다 뭐다 하고 속였겠지. 그리고는 오노를 암호 악보로 다까라쓰까에 유인해서 시가를 가짜 전보로 미노모에 불러냈지.

이렇게 두 사람을 꾀어낸 것은 물론 자기의 알리바이를 모호하게 만들기 위해서지만 시가의 경우는 또 한 가지 의미가 있어. 그것은 시가와 사에끼를 만나지 못하게 하기 위함이었지. 사에끼가 시가와 만나서 무심코 그 트렁크 이야기라도 꺼낸다면 그야말로 모두가 수포로 돌아가니까. 자, 그 뒤의 이야기는 새삼 말할 필요가 없겠지. 콘트라베이스 케이스와 트렁크는 따로따로 받아서 콘트라베이스 케이스에는 사쿠라 여사의 시체를 넣고 트렁크 쪽은 거꾸로 모래 주머니를 꺼내고 그것을 아파트의 요소요소에 돌리고 장미꽃을 넣어서 그 두 개의 물건을 각각 목적지로 보낸 것이네. 이것이 쓰찌야가 한 일의 전부인데, 내가 이 사건에서 범인의 교활한 지혜에 감탄한 것이 두 가지 있어. 그 첫째는 피해자 자신으로 하여금 범인의 알리바이를 만든 점, 즉 살인이 도쿄에서 일어난 것처럼 보이기 위해서 실제로 움직인 것은 피해자 자신이었거든. 그리고 또 하나는 시체를 넣어 보낼 용기로 선택한 것이 콘트라베이스 케이스라는 점이야. 이 점에 대해서는 쓰찌야 자신도 쓰고 있지. 콘트라베이스와 시체의 중량의 차이, 그것만으로도 시체는 도쿄에서 보내진 것이 아니고 오사카에서 넣었다, 라고 경찰이 생각하도록 꾸민 점, 즉 처음엔 먼저 의심을 받아 놓고 의심에 동요를 일으켜서 끝내는 의심을 푼다고 쓰찌야는 그렇게 꾸몄어. 다시 말하면 혐의의 면역성을 받아놓으려 한 것인데 이건 보통내기의 간사한 꾀가 아니야."
"참, 쓰찌야의 간사한 꾀는 아마미야건의 알리바이 만들기에서도 충분히 알 수 있지요."
"그렇지. 정말 그런 지혜가 순간적으로 어떻게 나왔을까. 하기야 쓰찌야는 마지막 도피처로서 그 물받이통에 미리 눈독을 들이고 있었을 거야. 그래 그날 저녁 쓰찌야는 콘트라베이스의 가와다와 트롬본의 하즈미가 식당에서 한잔 마시고 있는 것을 보고 물실호기라 그 트롬본 속의 목걸이를 꺼내려고 했거든. 그것을 아마미야에게 들켰으니까 죽여 버렸어. 물론 그때 범인은 용의주도하게 장갑을 끼고 있었으니까 아마미야 군의 지문만이 거기 남아 있었던 거야. 그래 아마미야 군의 시체를 가와다의 외투로 싸서 5층에 짊어져 올렸지. 그리고는 근처에 있는 밧줄로 5층 창밖에 있는 처마의 철봉에 걸쳤지. 마치 목을 매듯이. 그리고 그것에 시체를 매달았는데 직접 몸에 밧줄이 닿으면 밧줄 자국이 남을 염려가 있으니까 외투로 뭉쳐둘 필요가 있었어. 자, 그래가지고는 몸통을 빙빙 돌리는 거야. 회전할 때마다 밧줄은 꼬여서 두루뭉수리가 된다, 더 이상 회전할 수 없을 만큼 돌려놓고 자기는 물받이통을 타고 내릴 자세를 취한 거야. 그 자세가 완전하게 될 때까지는 한 손으로 시체를 받들고 있으니까 꼬인 것은 안 풀린다, 이제 손을 놓고 미끄러져 내림과 동시에 시체는 빙빙 돌기 시작한다, 꼬인 밧줄이 풀리면서 시체를 결박했던 밧줄의 박력도 차츰 늦춰진다, 그와 동시에 시체는 밧줄에서 빠져나와 4층 창에 부딪쳐서 유리창이 깨지고 시체는 곤두박질해서 땅에 떨어진다, 이 소리를 듣고 마끼노가 뛰어들고 경감이 아래층 창으로 내다봤을 때, 순간 범인은 아래로 미끄러져 내려서 뒷문으로 들어가 경감의 방문께에 서 있었던 거야……. 즉 이 경우 밧줄의 꼬임이 풀리는 만큼의 시간이 범인이 노리는 바로써 이걸로 알리바이를 만들고 밀실의 살인이 성공적으로 조작된 거야. 그리고 나중에 증거가 되는 밧줄은 지에꼬의 행방을 찾는 동안 범인이 감쪽같이 걷어 버렸지."

우리들은 그리고 오랫동안 침묵을 지켰다. 이것으로 대개 사건의 진상은 밝혀진 셈이지만, 유감스런 것은 이 사건과는 전혀 관계가 없다고는 하지만 중요한 한 개의 요소가 된 후지모도 사건이 아직 해결되지 않았다는 것이다. 사건으로부터 이제까지 사이에 저 대전쟁이 일어난 이상 그 사건은 영원히 해결되지 않은 채 끝날 염려도 있다. 그러나 이 일은 우리들의 모험과는 무관한 일이다.

그런데 나는 마지막으로 지에꼬 부인을 향해서 이렇게 말했다.

"그런데 부인, 이 사건에서 선생님이 무엇으로 가장 머리를 괴롭혔는지 아시나요?"

"글쎄요…… 난 몰라요. 지금까지 말씀하신 가운데 무슨 우리 선생님을 괴롭힐 만한 사실이 있었나요?"

"있고말고요. 당연히 있지요. 그것은요, 사가라 지에꼬 양은 무슨 까닭으로 그런 모험을 했을까. 그건 어쩌면 사가라 양이 오노를 사랑하고 있어서 그것을 옹호하기 위한 공작이 아니었던가, 이 의문이 최후까지 가장 선생님을 괴롭혔지요. 하하하……."
"아니!" 유리 선생이 이렇게 부르짖은 것과 "어마나, 싫어요!" 하고 지에꼬 부인이 귓불을 붉힌 것은 거의 동시였다.
이윽고 지에꼬 부인은 가라앉은 음성으로 말했다.
"난 오노 씨가 싫지는 않았어요. 좋다고 해도 좋아요. 허지만 그처럼 정직하고 순진하고 세상 물정 모르는 사람은 오히려 믿음성이 없어요."
"선생님 같은 분이 좋지요. 하하하, 그렇지요. 당신 같은 분은 동갑짜리 남자 따위 시시하겠지요. 호세는 오노 군, 에스카미리오는 시가 씨에게 부탁하고 대체로 양해를 받았지만……그러나 안심하시지요. 이번엔 결코 칼멘 살인사건 같은 것은 일어나지 않을 테니까요. 왜냐하면 이제는 임자가 옆에 있으니까. 하하하……."

트릭을 본능적으로 숙지한
통쾌한 구상적 이미지

요꼬미조 세이시!
 소설가를 지망하는 사람이라면 그의 생애야말로 가장 동경에 마지 않는 삶일 것이다.
 그는 탐정소설이라는 장르를 에도가와 란포에 이어 화려하게 개화시킨 선구자로, 일세를 풍미하였다. 〈신청년〉〈보석〉의 전성기는 말할 것도 없고, 한 차례 전성기가 지난 다음에도 남들 같으면 대작가다운 유유한 생활을 보냈으련만 그는 다시 최전선으로 뛰어들게 된다. 제1전성기를 보낸 뒤 10년 이상 고적하고 안온한 생활을 보낸 요꼬미조 세이시는 젊은 출판인 가도카와 하루끼(角川春樹)의 전폭적인 이해와 도움으로 또다시 붐을 일으키게 된다. 노대가의 평온한 세월을 향유하기는커녕 고희를 바라보는 나이에 현역 최전선에서 부활하는 것이다.
 그러나 그의 생애가 놀라운 것은 화려하게 부활한 그 점만이 아니다. 요꼬미조 세이시는 과거의 영화를 되살리는 것이 아닌, 현재의 새로운 인기 작가로 두 시절을 풍미하게 되면서 수년 동안 부동의 지위를 누렸다는 사실이다. 그는 단 한번도 작가이기를 포기한 적이 없었다. 전쟁 중에도 그는 수첩에 미스터리를 깨알 같은 글씨로 적고 있었다. 전쟁이 끝났다는 소식을 접하자 그는 맨 먼저 '드디어 탐정소설을 쓸 수 있게 되었다!'고 신이 나서 종종걸음으로 돌아갔다는 에피소드는 독자들을 빙긋 웃짓게 한다. 그는 하룻밤에 100장이라는 봇물 터지는 기세로 《나비부인 살인사건》과 《혼징살인사건》을 단숨에 완성시켰던 것이다.

요꼬미조 세이시라는 작가는 흔히 말하는 문장가도 아닐 뿐더러, 기교가 뛰어나다고는 할 수 없는 작가다. 그렇지만 담담하게 써 내려가면서 감정을 배제한 채 '말 이외의 감정'을 느끼게 하는 그의 문장력과 소박하면서도 뼈대 굵고 이미지 강한 작품의 구성에서는 그를 따를 작가가 다시 없다. 문장이 빼어나기로 치면 시가 나오야(志賀直哉)가 최고일 것이다. 또 기교가 뛰어난 소설은 생활 냄새가 너무 강해서 창작치고는 빈곤한 느낌을 준다거나, 일상성이 곳곳에 배어 있는 가운데서 문득 인간심리의 아주 기묘한 작은 부분을 톡 꼬집어 묘사하는 세련된 표현을 구사하기 일쑤이므로 그런 깍쟁이 같은 짓은 사실 세이시와는 거리가 먼 일이다.

어쩌면 미스터리라고 하는 장르는 처음부터 순수문학적 로망과는 역방향을 지향하는 보조 수단으로 특히 융성해졌던 것이 아닐까 싶다.

본래 미스터리라는 장르가 생겨난 발상은 더듬어보면 그 원조가 에드거 앨런 포이고, 범죄실화이며, 괴기소설의 계보에서 뻗어 나온 한 가지일 것이다. 즉, 포까지 생각할 것도 없이 미스터리란 애초부터 시라든가 괴기소설 또는 공포소설과 그 기원이 같다는 말이며, 거칠게 표현하자면 훌륭하고 고결한 순문학과는 아예 씨가 다르다는 말이 된다.

피비린내 나는 이야기며 기괴하고 소름이 확 돋는 그런 이야기에 어린애처럼 호기심을 갖고, 개나 고양이의 시체, 또는 경찰차가 동원되고 사람들이 벌떼처럼 몰려 있는 광경을 보면 한번 목을 길게 빼서 들여다보지 않으면 도저히 직성이 풀리지 않는 그런 일반적인 충동——그것은 결코 부끄러운 감정이 아닐 뿐더러 경시당하거나 도덕이라는 이름으로 처벌되어야 할 필요도 없다. 그러한 충동은 사람들이 생각하는 것보다 훨씬 더 근원이 깊어, 인간정신의 근본과 기묘하게 연결되어 있기 때문에 살인, 무참한 유혈사건, 가슴아픈 이야기들은 이상하게도 사람들의 마음을 자극하는 것이다. '난도질 잭'이 200여 년의 세월이 흘러도 여전히 사람들 마음속에 기묘한 흥미를 일깨우는 범죄인 것처럼.

그것은 분명 정의나 선악, 휴머니즘과는 다른 차원에서 우리들의 마음속에 근원적으로 뿌리내리고 있는 감정이다. 그러므로 미스터리의 본질적 매력이 반드시 '수수께끼 풀기'에만 있는 것이 아니라, 그것은 오히려 단순한 '보족(補足)'일 수도 있는 셈이다. 만약 '보족'이라는 말이 불만스럽다면, 일상으로 복귀하기 위해 약간 손을 써두는 어떤 안전 장치쯤으로 이해해도 좋을 것이다. 간단히 말해서, 우리가 미스터리를 즐겨 읽는 것은 뭐라도 좋으니까 살인이나 살인미수, 또는 증오나 공포가 지배하는 그런 세상을 한번이라도 맛보고 싶어서가 아닐까.

요꼬미조 세이시는 한때 기교적인 작가도 명문장가도 아닌 단순히 통속탐정소설의 대표격이라고 평가받았다. 그러나 그에게는 기이한 사물의 트릭을 마치 본능으로 숙지하고 있는 듯한, 본질적으로 비일상 영역에 속하는 듯한 어떤 분위기가 풍겨 나온다. 그가 그려낸 것은 늘 우리가 무의식으로 좀더 들여다보고 싶어했던 것이고, 그의 작품을 읽어보면 자신이 속으로 은밀하게 읽고 싶어하던 것이 어떤 장

면이고 어떤 작품이었는지――즉 바로 이러한 장면이고, 이런 작품이었다는 것을 스스로 깨닫게 되는 것이다. 그것을 외부에서 한마디로 표현해버리면 에로니, 어둠이니, 공포라고 하는 것이 되겠지만 절대 그게 전부일 리는 없다.

요꼬미조 세이시의 소설 세계에서 찾아볼 수 있는 가장 큰 특징 가운데 하나는, 줄거리 변환이나 심리묘사가 아니라 선명한 구상적 이미지인 것이다. 물론 늘 미스터리만 다루니까 그런 점도 있겠지만 그가 지향하는 것은 한결같이 기괴한 빛을 띠고 있다. 곧, 세이시가 다루는 것은 보통 집념, 망념, 숙명적 증오, 너무도 강렬한 애정, 복수, 인과응보 같은 것이고, 그의 이미지의 소재가 되는 것은 쌍둥이, 정신 이상자, 근친상간, 불구자, 간통, 화상, 이상 성격 등이다. 게다가 검은 고양이, 짐승의 시체, 갑옷 입은 무사, 바닥 모를 저수지, 독풀, 점술, 자장가, 기도원, 오래된 편지, 뱀, 거미, 문신, 멍, 악기, 계시, 저주, 절세 미녀, 미소년, 독부, 마술사, 지나침, 이성… 과 같은 소재를 이용하여 세이시만의 독특한 세계를 엮어내는 것이다.

《혼징살인사건》은 1948년 제1회 탐정작가클럽 장편부문 수상작이면서 아울러 세이시의 출세작이자 대표 작품 가운데 하나이다. 지금도 '일본 미스터리 베스트 10'에서 반드시 3위 안에 드는 작품이다. 이것은 그의 출세작이기도 하지만 일본 최대 명탐정인 긴다이찌 고스께(金田一耕助)의 존재를 독자들에게 강하게 어필시킨, 긴다이찌가 처음으로 등장한 작품이기도 하다. 옛 혼징(本陣)이던 오래된 가옥에서 트릭에 가득 찬 밀실 살인을 다룬 본격 미스터리로 일본 가옥의 특질을 충분히 살린 트릭이 높은 평가를 받았다. 세이시의 팬들 사이에서도 서슴지 않고 그의 '베스트3'로 꼽을 만큼 인기가 있는 작품인데, 가련하고 병약한 소녀 스즈꼬(鈴子)의 존재가 지금도 마음에 선명하게 떠오른다.

《혼징살인사건》은 실로 작가만의 고유한 작품 세계인 낭만적인 괴기무드와 본격 미스터리와의 융합을 시도한 작품이다. 어떤 의미에서 작가가 존 딕슨 카에 대하여 도전하는 작품이라고도 할 수 있다.

《나비부인 살인사건》은 크로프트에 대한 도전이라고도 할 수 있는 작품이다. '통' 대신 '콘트라베이스 케이스'로 바꾸어놓고, 세이시는 '좋아! 어디 이번에는 크로프트에게 한번 도전해볼까' 하면서 콧김을 세게 내뿜는 듯한 그런 기분은 아니었을까? 하라 사쿠라 가극단의 단장인 하라 사쿠라가 〈나비부인〉의 오사카공연을 앞두고 갑자기 모습을 감추는데, 수많은 염문을 퍼뜨리며 그야말로 프리마돈나로 군림했던 사쿠라는 수일이 지난 뒤 장미꽃과 모래와 함께 콘트라베이스의 케이스 속에서 발견된다. 꼬리에 꼬리를 물고 이어지는 살인사건에는 도대체 무슨 비밀이 감춰져 있는 것일까?

《나비부인 살인사건》은 〈록〉지에 연재되었던 작품이다. 이 작품에 대해서는 연재가 결정되면서 요꼬미조 세이시가 의욕에 차서 자신의 포부를 밝힌 작가의 말을 직접 들어보기로 하자.

'이 소설은 앞으로 두 달 동안 연재될 예정인데 이 참에 나는 독자 여러분에게 한가지 과제를 내드리고 싶다. 즉, 작품 속의 유리(由利) 선생과 함께 범인을 찾아주었으면 하는 것이다.

2차대전이 끝나고 나는 느끼는 바가 있어 앞으로는 가능하면 본격 탐정소설을 쓰겠다고 생각하고 있다. 그렇지만 어떤 것이 본격 탐정소설인지 내게 묻는다면, 아마도 대답이 궁색해질 것이다. 탐정소설이 한 색깔뿐이라고 해서야 좋을 리가 없을 것이다. 다양한 색채로 장식된 탐정소설이어야만 이 장르도 점점 발전해 가지 않을까? 그러나 어떤 색채로 장식되어 있든, 만약 거기서 '수수께끼를 푸는 흥미'가 잊혀진다면 그것은 진짜 탐정소설이 아니지 않을까? 적어도 나는 지금 그렇게 생각하고 있다. 결국 탐정소설이라고 하는 것은, 작가와 독자의 지식 게임인 것이다. 작가가 독자에게 제공하는 수수께끼가 이상하면 이상할수록, 또 그 이상한 수수께끼의 해결 방법이 합리적이면 합리적일수록, 좋은 탐정소설이 아닐까? 하여간 나는 지금 그렇게 생각하고 있으니 그러한 방침으로 써나갈 생각이다.

그렇다고 해서 내가 지금 그러한 의미의 진정한 좋은 탐정소절을 쓸 만한 능력이 있다고 혼자 우쭐해 있는 것은 절대 아니다. 오히려 그만한 능력이 없기 때문에 오히려 독자 여러분에게 도전장을 내미는 것으로 나 스스로를 옴짝달싹 못하게 옭아매어, 스스로에게 채찍질을 가하려는 생각인 것이다. 그리고 범인 수색의 상세한 규정 등에 대해서는 편집자와 상의해서 발표할 예정이지만 아무쪼록 이번 호부터 최대한 날카로운 눈초리로 이 소설을 읽어주었으면 한다.'

세이시는 다작 작가로 한 작품 한 작품 시간을 들여 꼼꼼히 계산한 뒤에 쓰기보다는 오히려 전체 덩어리에서 생겨나는 이미지대로 자유분방하게 써나가는 타입이었다. 그래서 처음에 말했듯이 때로는 통속적인 느낌을 주기도 하고, 거친 문장도 아무렇지 않게 사용했지만, 세이시에게 있어서는 그런 면이 결코 마이너스가 아니라, 오히려 그런 결과들이 서로 맞물려 세이시만의 독특한 작품 세계를 완성시켰던 것이다.

그의 소설적 특징이라면 겁을 내면서도 슬금슬금 이상한 곳으로 다가가는 엽기적인 성향, 그와 동시에 천진함과 공포, 우아함과 괴기, 새침함과 음침함, 과거와 현재의 기묘하고도 충격에 찬 이율배반이다.

 그리고 지금 다시 그 작품들을 읽어보더라도 그만의 독특한 세계는 결코 '시대에 뒤떨어진' 인상을 주지 않는다. 그것은 아마도 세이시의 그러한 세계가 그 시대의 패션이나 시대 상황에서 생겨난 것이 아니라, 그만의 백일몽 속에 존재하고 있는 위험하고 찬란한 극채색의 세계에서 생겨난 것이기 때문일 것이다.

 그러나 이러한 '꿈꾸는 힘'──꿈을 통해 다른 세계를 뚜렷이 존재시킬 수 있는 힘을 가진 작가 가운데 '밤에 꾸는 꿈이야말로 진짜 현실'이라고 단언하던 작가들은 이미 이 세상을 떠났다. 그런 의미에서 요꼬미조 세이시는 일본 탐정소설 그 자체이자 흔들림 없는 일관된 모습으로 탐정소설의 왕도를 걸은 위대한 작가라고 하겠다.

 요꼬미조 세이시는 효고현(兵庫縣)에서 태어나 1921년 오사카 약학전문대학교 입학하면서 글을 쓰게 되었는데, 1981년 생을 마칠 때까지 실로 수없이 많은 작품을 남겼다. 그의 대표작은 다음과 같다.

 《혼징살인사건》《여덟 무덤 마을》《옥문도(獄門島)》《긴다이찌 고스께(橫溝正史) 추리전집─전15권》《속 긴다이찌 고스께 추리전집─전10권》《요꼬미조 세이시(金田一耕助) 전집─전10권》《신 요꼬미조 세이시 전집》